KB119024

엄 마 가 죽 어 서 참 다 행 이 야

엄마가 죽어서

제넷 맥커디 지음 박미경 옮김

참 다행이야
I'm Glad My
Mom Died

위즈덤하우스

마커스, 더스틴, 스코티에게 이 책을 바칩니다.

프롤로그

왜 다들 사랑하는 사람이 혼수상태에 빠진 뒤에야 빅 뉴스를 터트리는지 모르겠다. 혼수상태라는 게 뭔가 신나는 일이 없어서 빠지는 상태인가 싶었다.

엄마는 병원 중환자실에 누워 있었다. 의사 말로는 앞으로 48시간 남았단다. 할머니와 할아버지와 아빠는 대기실에서 친척들한테 전화를 돌리고 자판기에서 요깃거리를 뽑아 먹고 있었다. 할머니는 너터버터 쿠키를 먹으니까 불안감이 조금 가신다고 했다.

나는 엄마의 작고 축 늘어진 몸을 내려다보며 서 있었다. 오빠들도 엄마를 에워싸고 있었다. 듬직한 마커스, 똑똑한 더스틴, 예민한 스콧. 굳게 닫힌 엄마의 눈가를 내가 손수건으로 닦아준 것을 시작으로, 마침내 한 사람씩 행동을 개시했다.

"어머니," 듬직이가 몸을 숙이고 엄마의 귀에 속삭였다. "저 곧 캘리포니아로 돌아갈 거예요."

우리는 엄마가 놀라 깨어날까 싶어서 기대에 찬 눈으로 바라봤다. 하지만 아무 변화도 없었다. 그러자 똑똑이가 앞으로 나섰다.

"엄마. 음, 엄마, 나 케이트랑 결혼할 거야."

이번에도 우리는 눈을 동그랗게 뜨고 바라봤다. 역시나 변화가 없었다.

예민이가 앞으로 나섰다.

"엄마……"

나는 예민이가 엄마를 깨우려고 하는 말을 듣지 않았다. 내 차례가 왔을 때 뭐라고 할지 생각하느라 바빴다.

결국 내 차례가 왔다. 나는 입을 꾹 다물고 오빠들이 배를 채우러 우르르 나갈 때까지 기다렸다. 드디어 엄마와 단둘이 남았다. 나는 삐걱대는 의자를 침대에 바싹 붙여 앉았다. 그리고 씩 웃었다. 한 방 크게 터트릴 작정이었다. 결혼? 집으로 돌아간다고? 그게 뭐 대수라고! 나한테 더 중요한 뉴스가 있었다. 엄마가 눈을 번쩍 뜰 만한 뉴스였다.

"엄마. 나…… 드디어 40킬로그램을 찍었어. 진짜 삐쩍 곯았어."

중환자실에서 죽어가는 엄마를 앞에 두고 내가 떠올린 최상의 아이디어는 바로 이거였다. 엄마가 입원하면서 생긴 두려움과 슬픔은 거식증을 부추기는 완벽한 칵테일로 변해서 엄마가 나를 위해 정해준 체중 목표치를 달성하게 했다. 40킬로그램. 나는 이게 먹힐 거라고 확신해서 엉덩이를 쭉 빼고 거만하게 다리를 꼬았다. 그리고 엄마가 깨어나길 기다렸다. 기다리고 또 기다렸다.

하지만 엄마는 깨어나지 않았다. 깨어날 기미조차 없었다. 이해할 수가 없었다. 내 체중으로도 엄마를 깨울 수 없다면 다른 어떤 것으로도 깨울 수 없을 터였다. 어떤 것으로도 엄마를 깨울 수 없다면, 엄마가 정말로 죽는다는 뜻이었다. 엄마가 정말로 죽는다면, 나는 이제 어쩌란 말인가? 내 삶의 목적은 항상 엄마를 행복하게 하는 건데, 엄마가 나한테 바라는 모습의 사람이 되는 건데, 엄마가 없다면 나는 이제 어떤 사람이 되어야 할까?

엄마가 죽기 전

1

내 앞에 놓인 선물은 6월 말인데도 크리스마스 포장지에 감싸여 있었다. 별로 싸지도 않다고 엄마가 누누이 말했는데도 할아버지가 샘스클럽 할인매장에서 12롤 세트를 사는 바람에 이놈의 포장지가 집에 잔뜩 쌓여 있었다.

나는 포장지를 조심스럽게 벗겼다. 그냥 확 찢을 수도 있었지만, 엄마가 선물 포장지를 다시 고이 접어두고 싶어 한다는 걸 알았기 때문이다. 내가 살살 벗기지 않고 확 찢으면, 엄마가 바라는 온전한 상태를 유지할 수 없을 터였다. 더스틴 오빠가 엄마한테 쓸데없는 물건을 쌓아둔다고 뭐라 하면, 엄마는 추억으로 간직하고 싶어서 그런다고 반박했다. 그래서 나는 포장지를 살살 벗겨냈다.

잠시 고개를 들자 다들 나를 쳐다보고 있었다. 할머니는 잔뜩 부풀린 파마머리에 들창코를 바싹 들이대고 아주 열심히 쳐다봤다. 누가 선물을 열 때면 할머니는 늘 저렇게 심각한 얼굴을 했다. 어디서 샀는지, 가격은 얼마인지, 할인 판매 중이었는지 알아내려는 속셈이었다. 이런 걸 알지 않고는 못 배겼다.

할아버지도 나를 쳐다봤다. 보기만 하는 게 아니라 사진도 연신 찍어댔다. 나는 사진 찍히는 게 정말 싫었지만, 할아버지는 사진 촬영을 무척 좋아했다. 그리고 틸라묵 바닐라 빈 아이스크림도 무척 좋아했다. 잠자리에 들기 전에도 양껏 먹었다. 할아버지가 좋아하는 일을 못 하게 막을 자는 아무도 없었다. 안 그래도 허약한 심장이 더 나빠질 거라고 엄마가 아무리 말해도 할아버지는 콧방귀도 안 뀌었다. 할아버지는 틸라묵 아이스크림도, 사진 촬영도 절대로 포기하지 않을 터였다. 내가 할아버지를 많이 사랑하지 않는다면 아마 짜증이 확 났을 것이다.

아빠도 여느 때처럼 졸린 눈으로 나를 쳐다봤다. 엄마가 아빠를 쿡쿡 찌르며 아무래도 아빠의 갑상샘에 문제가 있나 보다고 속삭였다. 그러자 아빠는 짜증스럽게 "내 갑상샘은 멀쩡하다니까"라고 말한 후 5초 만에 다시 반쯤 자는 상태로 돌아갔다. 늘 이런 식이었다. 가볍게 티격태격하거나 고래고래 소리치거나. 티격태격이 한결 나았다.

오빠들도 한자리씩 차지하고 있었다. 마커스. 더스틴. 스콧. 나는 각기 다른 이유로 오빠들을 사랑했다. 마커스는 책임감이 강하고 듬직했다. 아마도 철이 들어서 그런 것 같았다. 벌써 열다섯 살 어른이었으니까. 마커스에겐 주변의 다른 어른들한테서 볼 수 없는 단호함 같은 게 있었다.

더스틴은 나한테 노상 짜증이 나 있는 듯했다. 그래도 나는 더스틴이 그림 그리기와 역사와 지리를 잘해서 참 좋았다. 그 점에 대해 칭찬을 많이 하려고 애썼지만, 더스틴은 그런 나를 두고 아첨꾼이라고 했다. 무슨 뜻인지 정확히는 모르겠지만 표정으로 봐서 좋은 뜻은 아닌 듯했다. 아무튼 칭찬을 받았으니 속으론 은근히 좋았을 것이다.

스콧은 곧잘 향수에 젖어서 좋았다. 향수라는 단어는 엄마가 날마다 읽어주는 만화 단어집에서 배웠다. 오빠들과 나는 엄마한테 홈스쿨링으로 교육을 받았다. 어려운 단어를 들으면 까먹지 않도록 날마다 한 번씩은 써보려고 했다. 향수에 젖는다는 말은 스콧에게 딱 어울렸다. '과거를 그리워함.' 이제 겨우 아홉 살이라 그리워할 과거가 많진 않았지만, 스콧은 늘 과거를 그리워했다. 크리스마스가 끝날 때나 생일 파티가 끝날 때 스콧은 늘 눈물을 흘렸다. 핼러윈 파티가 끝날 때, 때로는 평범한 날이 끝날 때도 엉엉 울었다. 그날이 끝나가서 슬프다나. 아직 다 지나가지도 않았는데 벌써 그날을 동경했다. '동경'이라는 단어도 만화 단어집에서 배웠다.

엄마도 나를 쳐다봤다. 아, 엄마. 엄마는 참 예뻤다. 정작 본인은 예쁘다고 생각하지 않았다. 그러니까 식료품점에 갈 때도 한 시간씩 머리를 매만지고 화장을 했겠지. 나로선 도무지 이해가 안 갔다. 처덕처덕 바르지 않는 게 더 나아 보였다. 훨씬 자연스러웠다. 그래야 엄마의 피부, 엄마의 눈, 엄마의 본모습이 드러났다. 하지만 엄마는 어떻게든 가렸다. 얼굴에 황갈색 파운데이션을 바르고 눈 밑을 따라 시커먼 선을 긋고, 뺨에 크림을 잔뜩 문지른 다음 파우더를 팍팍 두드렸다. 엄마는 머리도 크게 부풀렸다. 그리고 키가 155센티로 보이도록 굽이 높은 구두를 신었다. 실제 키인 150센티로는 성에 차지 않았기 때문이다. 다 거추장스러워 보여서 엄마가 그런 걸 안 했으면 싶었다. 그래도 나는 그 안에 감춰진 엄마의 본모습을 볼 수 있었다. 더 예쁜 엄마의 본모습을.

엄마가 나를 쳐다봤고 나도 엄마를 쳐다봤다. 우리는 늘 그런 식이었다. 서로 연결되어 있었으니까. 아주 끈끈하게. 하나로. 엄마가 내게 슬쩍 미소를 지었다. 나도 얼른 웃어 보였다. 그런 다음 잽싸게 포장지를 마저 벗겨냈다.

여섯 번째 생일 선물로 받은 물건을 본 순간, 몸서리를 칠 정도까지는 아니었어도 아무튼 무척 실망스러웠다. 러그래츠(Rugrats) 만화 시리즈를 좋아하긴 하지만, 티셔츠와 반바지로 된 투피스에는 내가 제일 꺼리는 캐릭터인 안젤리카가 그려져 있었다. 안젤리카 주변엔 데이지꽃이 피어 있었다. 나는 꽃무늬 옷을 무척 싫어했다. 게다가 소매와 바지 끝단에 주름 장식까지 잡혀 있었다. 내 영혼에 반하는 것을 한 가지만 꼽으라면 단연 주름 장식이었다.

"어머나, 예뻐라!" 나는 흥분해서 소리쳤다. "정말 마음에 쏙 드는 선물이에요!"

나는 속내를 숨기고 활짝 웃었다. 엄마는 내 미소가 가짜인 줄 알아차리지 못했다. 진짜로 마음에 들어 하는 선물인 줄 알았다. 엄마는 생일 파티를 위해 옷을 갈아입으라면서 내 잠옷을 벗기기 시작했다. 엄마의 손길은 전혀 조심스럽지 않았다. 살살 벗기는 게 아니라 찢어내듯 거칠었다.

두 시간 뒤, 나는 안젤리카 의상을 입고 이스트게이트 공원에서 친구들에게 둘러싸여 있었다. 사실 그들은 친구라기보단 내 인생에서 유일하게 또래였던 사람들이다. 교회에서 나와 같은 유치부에 속해 있었다. 칼리 라이젤은 지그재그 모양의 머리띠를 하고 있었다. 메디슨 토머는 언어 교정기를 끼고 있었다. 그게 너무 멋져 보여서 나도 한번 껴봤으면 싶었다. 그리고 트렌트 페이지는 줄곧 분홍색에 대해 떠들었다. 하도 떠들어서 주변에 있던 어른들을 질색하게 했다. (처음엔 분홍색을 향한 트렌트의 집착에 어른들이 왜 그렇게 신경 쓰는지 몰랐지만, 나중에 종합적으로 생각해보고 이유를 알아냈다. 어른들은 트렌트가 게이라고 생각했던 것이다. 그런데 우리는 모르몬교도였다.

어떤 이유에선지, 게이이면서 동시에 모르몬교도가 될 수는 없었다.)

케이크와 아이스크림이 나왔을 때 나는 무척 들떴다. 소원을 정한 순간부터 꼬박 2주 동안 이 순간을 손꼽아 기다렸다. 생일 소원은 지금 내가 가진 가장 큰 힘이었다. 내가 통제할 수 있는 최고의 기회였다. 나는 그 기회를 함부로 날릴 생각이 없었다. 아주 중요하게 쓰고 싶었다.

다들 "생일 축하" 노래를 불러주었다. 음정도 맞지 않는 데다가 한 소절 끝날 때마다 메디슨과 트렌트와 칼리가 "차차차"를 덧붙였다. 그 소리가 너무 거슬렸다. 그들의 신나는 표정으로 봐선 그러는 게 멋지다고 생각하는 눈치였다. 하지만 나는 그게 생일 축하 노래의 순수성을 앗아간다고 생각했다. 왜 그냥 좋은 걸 좋게 놔두지 않는단 말인가?

나는 엄마와 눈을 마주쳤다. 내가 엄마를 아낀다는 걸, 엄마가 나의 최우선 순위라는 걸 눈빛으로 알렸다. 엄마는 차차차를 덧붙이지 않았다. 엄마의 그런 점을 높이 샀다. 엄마가 코를 찡긋거리며 환하게 웃어주었다. 모든 게 잘될 것 같았다. 나도 웃어 보이며, 이 순간을 한껏 받아들이려 애썼다. 나도 모르게 눈물이 핑 돌았다.

엄마가 처음 유방암 4기 판정을 받았을 때 나는 겨우 두 살이었다. 잘 기억나지 않지만 몇 장면은 어렴풋이 떠올랐다.

먼저, 엄마가 병원에 입원하기 전 나한테 커다란 담요를 떠준 기억이 떠올랐다. 엄마는 초록색과 흰색이 섞인 커다란 담요를 내밀며 자신이 병원에 있는 동안 잘 쓰라고 했다. 그 담요가 싫었는지, 엄마가 그걸 주면서 하는 말이 싫었는지, 그도 아니면 엄마가 그걸 내밀 때 들었던 느낌이 싫었는지 모르겠지만, 아무튼 나는 그 순간

확실히 뭔가가 싫었다.

할아버지 손을 잡고 병원 잔디밭을 가로질러 가던 기억도 희미하게 남아 있었다. 엄마에게 주려고 민들레를 꺾기로 했는데, 왠지 갈색 막대 같은 잡초가 더 마음에 들어서 그걸 꺾었다. 엄마는 그 잡초를 크레욜라 컵에 넣어 TV 수납장에 몇 년 동안 올려두었다. 그때의 기억을 간직하겠다고. (걸핏하면 향수에 젖는 스콧의 습성이 여기서 비롯된 게 아닐까?)

교회 안에 파란색 카펫이 울퉁불퉁하게 깔린 방에서 젊고 잘생긴 두 선교사가 엄마의 민머리에 손을 올리고 축도를 드리는 장면도 떠올랐다. 나머지 식구들은 차가운 접이식 의자에 앉아 그 모습을 지켜봤다. 한 선교사가 올리브오일에 성스러운 기운을 불어넣는 건지 뭔지는 모르겠는데, 아무튼 올리브오일을 축성한 다음 엄마의 머리에 부었다. 안 그래도 빛나던 엄마 머리가 더 반짝거렸다. 다른 선교사가 축복을 빌면서 하나님의 뜻이라면 엄마의 생명을 연장해달라고 했다. 그러자 할머니가 벌떡 일어나 소리쳤다. "염병할, 하나님 뜻이 아니더라도 그래야지!" 그 바람에 선교사는 기도를 처음부터 다시 해야 했다.

내 인생에서 그 시기는 별로 기억나지 않지만, 굳이 기억하려 애쓸 필요가 없었다. 맥커디 가문에서 수시로 화제에 올랐으니, 그 자리에 없던 사람이라도 기억에 아로새겨졌을 테니까.

엄마는 암 투병 이야기를 떠벌리길 좋아했다. 화학 요법, 방사선 치료, 골수 이식, 유방 절제술, 유방 재건술, 유방암 4기, 진단 당시 겨우 서른다섯 살이었다는 점을 교회 신자나 동네 사람은 물론이요, 앨버슨 마켓에서 우연히 마주친 사람에게도 수시로 떠벌렸다.

그 사실 자체는 슬프지만, 그 경험이 엄마에게 엄청난 자부심을 안겨준 것 같았다. 다분히 의도적이랄까. 나, 데브라 맥커디는 암을 극복했으니 누구라도 붙잡고 떠벌릴 권리가 있다. 적어도 다섯 번에서 열 번까지는!

엄마는 사람들이 즐거운 휴가를 회상하듯 암을 회상했다. 심지어 진단 받은 직후에 찍은 홈 비디오를 자식들한테 매주 다시 보게 했다. 주일 예배를 다녀온 후, 엄마는 비디오 재생기 작동법을 몰라서 오빠들 가운데 한 명에게 VHS 테이프를 넣고 틀게 했다. 그리고 직접 사회를 봤다.

"자자, 다들 조용! 조용! 비디오를 보면서 엄마가 지금 너희들 곁에 있다는 사실에 감사드리도록 하자."

엄마는 지금은 괜찮다는 사실에 감사하자는 취지로 이 영상을 본다고 했지만, 나는 썩 내키지 않았다. 오빠들이 얼마나 불편해 하는지 눈에 훤히 보였기 때문이다. 물론 나도 불편하긴 마찬가지였다. 우리 중 누구도 당시 민머리로 서글프게 죽어가던 엄마에 대한 기억을 떠올리고 싶어 하지 않았다. 하지만 누구도 그 점을 토로하진 않았다.

영상이 재생되기 시작하면, 엄마는 우리를 소파에 앉혀놓고 자장가를 불러주었다. 매번 똑같은 영상이 재생되듯이 엄마의 진행 멘트도 똑같았다. 우리가 영상을 볼 때마다 엄마는 "마커스가 감당하기엔 너무 벅찬 일이었어. 그래서 자꾸 복도로 나가서 마음을 가라앉힌 후 돌아왔단다"라고 말했다. 최고의 칭찬인 양 아주 흡족한 목소리였다. 엄마의 불치병을 그만큼 괴로워했다는 뜻이니, 마커스는 훌륭한 사람이라는 것이다. 그런 다음엔 내가 얼마나 고약한 아이였는지 설명했다. '고약한'이라는 말에 어찌나 힘을 줬는지, 마치 욕설을 내뱉는 것 같았다. 그렇게 슬픈 상황에서 내가 목청이 터지도록 〈징글벨〉을 불러 젖히는 통에 진절머리가 날 지경이었다고 했다. 내가 그 정도로 분위기 파악을 못 한다는 사실이 믿기지 않았다고도 했다. 그렇게 무거운 분위기에서 어쩜 그렇게 명랑할 수 있었을까? 나도 믿기지 않았다.

나이는 변명이 되지 못했다. 홈 비디오를 볼 때마다 나는 밀려드는 죄책감에 오그라들었다. 바보 천치가 아니고서야 어쩜 그렇게 무지했을까? 엄마에게 뭐가 필요한지 어째서 감지하지 못했을까? 엄마는 우리가 상황을 최대한 진지하게 받아들이고 엄청난 충격에 빠지길 바랐던 것이다. 엄마가 없으면 하늘이 무너진 것처럼 행동하길 바랐던 것이다.

화학 요법이니 골수 이식이니 방사선 치료니 하는 말을 들으면 사람들은 엄마가 그렇게 힘든 일을 겪어냈다는 사실에 엄청난 충격을 받은 듯 반응하겠지만, 나한테는 그저 기술적 용어일 뿐이었다. 아무런 의미도 없었다.

하지만 나한테도 맥커디 집안의 전반적 분위기는 의미가 있었다. 내가 기억하는 한 당시엔 그야말로 숨죽인 분위기였다. 다들 숨을 죽이고 엄마의 암이 재발하는 걸 기다리는 것 같았다. 암 투병에 대한 엄마의 끊임없는 떠벌림과 잦은 후속 검진 사이에서 집안 분위기는 무겁게 가라앉았다. 엄마의 연약한 건강은 내 삶의 중심이 될 수밖에 없었다.

그래서 나는 생일 소원으로 엄마의 건강에 도움이 될 만한 일을 빌기로 마음먹었다.

마침내 '생일 축하' 노래가 끝났다. 때가 왔다. 아주 중요한 순간이었다. 나는 눈을 감고 숨을 깊이 들이마시며 마음속으로 소원을 빌었다.

'엄마가 다음 해에도 살아 있으면 좋겠어요.'

2

"한 줄만 더 꽂으면 된단다." 엄마가 나비 모양의 집게 핀을 내 머리에 조심스레 꽂으며 말했다. 머리카락을 잔뜩 잡아당겨서 자잘한 핀으로 고정하는 스타일이 나는 무척 싫었다. 그냥 야구 모자를 쓰면 딱 좋겠는데, 엄마는 이런 스타일을 좋아했다. 내가 더 예뻐 보인다나. 나비 핀도 예쁘고.

"알았어요, 엄마." 나는 닫힌 변기 뚜껑에 앉아 다리를 앞뒤로 흔들며 말했다. 종아리에 닿는 차가운 감촉이 좋았다.

때마침 집 전화가 울리기 시작했다.

"이런!" 엄마가 화장실 문을 열고 밖으로 몸을 쭉 빼더니 주방 벽에 걸린 수화기를 잡았다. 그런데 한 손에 쥔 내 머리카락을 놓지 않는 바람에 내 몸도 덩달아 엄마와 같은 방향으로 쏠렸다.

"여보세요." 엄마가 수화기에 대고 말했다. "어허, 어허. 뭐라고?! 9시? 빨라야 9시라고? 이유가 뭐든, 애들이 또다시 아빠 없이 저녁 시간을 보내야 한다니! 정말 너무하네, 마크, 너무해!"

엄마가 수화기를 쾅 내려놓았다.

"네 아버지였단다."

"그런 줄 알았어요."

"저 남자는 말이다, 넷. 가끔은 내가 그냥……." 엄마는 불안스레 한숨을 푹 쉬었다.

"가끔은 엄마가 그냥 뭐요?"

"가끔은 네 아버지하고 결혼하지 말고 의사나 변호사, 아니면⋯⋯."

"아니면 인디언 추장하고 결혼할 걸 그랬다고요?" 내가 엄마의 말을 끝맺었다. 하도 많이 들어서 무슨 말을 할지 뻔히 알았다. 내가 한번은 어떤 인디언 추장과 데이트했느냐고 물었는데, 엄마는 진짜 그랬다는 게 아니라 비유적 표현이라고 했다. 아이를 낳기 전까지만 해도 엄마가 원한다면 누구하고든 결혼할 수 있었다는 뜻이랬다. 애들을 줄줄이 낳는 바람에 매력이 떨어졌다나. 내가 미안하다고 하자, 엄마는 남자보다 내가 훨씬 더 중요하다며 괜찮다고 했다. 내가 제일 소중한 친구라며 이마에 뽀뽀까지 해주었다. 그러더니 문득 생각난 듯 의사하고 실제로 데이트를 몇 번 했다고 덧붙였다. "키도 크고 활달하고, 재정적으로도 아주 안정된 사람이었지."

엄마는 계속 내 머리에 핀을 꽂았다.

"프로듀서들하고도 데이트했단다. 영화 프로듀서, 음악 프로듀서. 한번은 퀸시 존스가 길모퉁이에서 내 옆을 지나가다가 흠칫 놀라며 돌아보더구나. 솔직히 말하면, 넷, 난 그 남자들 가운데 누구하고도 결혼할 수 있었어. 실제로 결혼했어야 했어. 부귀영화를 누리며 멋지게 살 팔자였는데⋯⋯. 내가 얼마나 간절히 배우가 되고 싶어 했는지 너도 알잖니."

"하지만 할머니와 할아버지가 허락하지 않았잖아요."

"그래, 맞아. 허락하지 않았지."

두 분이 왜 허락하지 않았는지 궁금했으나 굳이 물어보지 않았다. 시시콜콜 캐묻는 것을 엄마가 좋아하지 않았기 때문이다. 그냥 엄마가 나한테 알리고 싶어 하는 정보만 내놓게 놔두고, 엄마가 나한테 원하는 방식대로 그 정보를 받아들이려 애썼다.

"아얏!"

"아, 미안! 귀가 집혔니?"

"네, 하지만 괜찮아요."

"이 각도에선 제대로 보기 어렵구나."

엄마가 내 귀를 문지르자 통증이 금세 가라앉았다.

"알아요."

"내가 누리지 못했던 삶을 너는 누리고 살았으면 한단다, 넷. 내가 마땅히 누렸어야 할 삶을, 내 부모님이 나한테 허락하지 않았던 삶을 너는 꼭 누리고 살게 해주마."

"오케이." 나는 다음에 이어질 말이 두려웠다.

"내 생각에, 넌 연기를 해야 해. 넌 훌륭한 아역 배우가 될 거야. 금발에 파란 눈. 그 동네서 딱 좋아하는 배우감이지."

"그 동네요?"

"할리우드 말이다."

"할리우드는 여기서 좀 멀지 않아요?"

"한 시간 반밖에 안 걸려. 물론 고속도로를 지나긴 하지. 고속도로에서 운전하는 법을 배워야 할 거야. 그 정도는 너를 위해서 기꺼이 감수할 수 있단다. 난 네 할머니, 할아버지와 달라. 너한테 뭐든 최고로 좋은 걸 해주고 싶단다. 항상. 너도 알지?"

"네."

엄마가 잠시 입을 다물었다. 뭔가 중요한 말을 꺼낼 때면 늘 이렇게 뜸을 들였다. 그러더니 몸을 굽히고 내 눈을 쳐다봤다. 아직 마무리 짓지 못한 머리카락을 손에 쥔 채.

"자, 넌 어떠니? 연기를 해보고 싶니? 엄마의 귀여운 배우가 되고 싶니?"

답은 하나뿐이었다.

3

나는 자신이 없었다. 준비도 안 된 상태로 올라갈 자신이 없었다. 바로 앞에 있던 아이가 무대 계단에서 훌쩍 뛰어내리는 모습을 보자 더욱 혼란스러웠다. 그 애는 전혀 불안해 보이지 않았다. 아무 일도 아닌 듯 태연했다. 그러고는 먼저 독백 연기를 마치고 앉아 있는 십여 명의 아이들 옆에 가서 앉았다.

주변을 둘러보니, 아무 장식도 없는 흰 벽과 접이식 철제 의자에 줄지어 앉아 있는 아이들이 보였다. 나는 손에 든 종이를 엄지손가락으로 초조하게 만지작거렸다. 이제 내 차례였다. 연습할 시간을 더 벌려고 제일 끝에 섰는데, 괜히 그랬나 싶었다. 그사이 긴장감만 더 커졌다. 이런 기분은 처음이었다. 너무 긴장해서 속이 메스꺼울 지경이었다.

"제넷, 무대로 올라가거라." 내 운명을 결정할 남자가 말했다. 검은 꽁지머리에 염소수염을 기른 아저씨였다.

나는 그에게 고개를 끄덕인 후 무대로 올라갔다. 엄마가 알려준 대로 손동작을 크게 할 수 있도록 종이를 바닥에 내려놨다. 그런 다음 젤오 지글러(Jell-O Jigglers, 젤라틴 디저트, 푸딩, 파이믹스 등을 제공하는 미국 브랜드—옮긴이 주)에 대한 독백 대사를 읊었다.

처음엔 목소리가 떨렸다. 머릿속에서 내 목소리가 아주 크게 들렸다. 소리를 좀 줄여보려 했으나 점점 더 커질 뿐이었다. 나는 활

24

짝 웃으며 염소수염 아저씨가 알아차리지 않기를 빌었다. 마침내 마지막 대사에 이르렀다.

"…… 왜냐하면 젤오 지글러는 나를 키득키득 웃게 하거든!"

나는 대사를 끝낸 후 키득키득 웃었다. 엄마가 알려준 대로, 코에 주름을 잡으면서 아주 귀엽고 높은 목소리로. 그 소리가 내 불편한 속내처럼 불편하게 들리지 않기를 바라면서.

염소수염 아저씨가 목청을 가다듬었다. 좋은 징조가 아니었다. 그는 내게 독백 연기를 한 번 더 해보라고 주문했다. "긴장을 좀 풀고 친구에게 말하듯이 편하게 해라. 아, 그 손동작은 집어치우고."

나는 속으로 갈등했다. 손동작은 엄마가 꼭 하라고 했던 거였다. 이따가 대기실에 가서 손동작을 안 했다고 하면, 엄마가 실망할 것이다. 하긴 에이전트 계약을 못 땄다고 하면 훨씬 더 실망할 것이다.

나는 손동작을 빼고 독백 연기를 다시 했다. 살짝 나아진 느낌이 들었지만, 염소수염 아저씨가 기대한 만큼은 아닌 게 분명했다. 기대에 미치지 못했다는 생각에 기분이 착잡했다.

염소수염 아저씨가 아홉 명의 이름을 부른 후 나머지는 가도 좋다고 했다. 아홉 명 중에 내 이름도 끼여 있었다. 우르르 나가는 아이들 가운데 자신이 방금 거절당했다는 사실을 아는 아이는 여자애 한 명뿐이었다. 나머지 네 명은 아이스크림을 먹으러 가는 양 신나게 뛰어나갔다. 그 여자애한테는 안됐지만 나한테는 다행이었다. 나는 뽑혔으니까.

염소수염 아저씨는 아카데미 키즈(Academy Kids)가 우리의 보조 출연 활동을 대리하고 싶다고 했다. 그 말인즉슨, 우리가 쇼나 영화에서 보조 출연자로 활동할 거라는 뜻이었다. 나는 아저씨의 지나치게 생기 있는 표정이 나쁜 소식도 좋게 들리도록 하려는 속셈임을 간파했다.

아저씨는 대기실에 있는 엄마들한테 가서 소식을 전하라고 하더니, 세 아이를 불러 세우고 잠시 남으라고 했다. 나는 아저씨가 이 특별히 선택된 아이들에게 무슨 말을 하는지 들어보려고 일부러 꾸물대면서 맨 마지막에 나왔다. 아저씨는 그들에게 대사가 있는 '주연 배우'로서 대리할 거라고 말했다. 그들은 독백 대사를 굉장히 잘했기 때문에 인간 소품이 아니라 대사를 읊을 자격이 있는 진짜 '배우'로 대접 받는다는 것이었다.

속에서 뭔가 불편한 감정이 끓어올랐다. 자격지심이 뒤섞인 질투심이랄까. 나는 왜 대사를 읊어도 될 만큼 잘하지 못했을까?

나는 대기실에서 기다리는 엄마에게 달려갔다. 엄마는 그 주에만 벌써 네 번째로 수표책의 잔고를 맞추고 있었다. 내가 보조 출연자로 뽑혔다고 하자 엄마는 진짜로 행복해 보였다. 내가 더 높은 단계에 뽑히지 못했음을 모르기 때문이었다. 엄마가 그 사실을 알게 될까 봐 걱정됐다. 엄마는 에이전트 계약 서류를 작성하기 시작했다. 그런 다음 내가 서명해야 하는 점선을 펜으로 가리켰다. 엄마가 이미 서명한 점선 옆이었다. 내 보호자니까 엄마도 서명해야 했다.

"무엇 때문에 서명하는 건데요?"

"계약서에는 에이전트가 20퍼센트를 받고 우리가 80퍼센트를 받는다고 되어 있어. 그 80퍼센트 가운데 15퍼센트는 쿠건 계좌 (Coogan account, 쿠건 법은 아역 배우 보호를 위한 법으로, 아역 배우의 수익 중 15퍼센트는 쿠건 계좌의 신탁 관리를 통해 성인이 될 때까지 부모 마음대로 사용할 수 없도록 했다. 할리우드 최초의 유명 아역 배우로 부모에게 수익을 모두 빼앗긴 재키 쿠건의 법적 소송에서 비롯되었다—옮긴이 주)로 들어갈 거야. 그건 네가 열여덟 살이 되면 마음대로 쓸 수 있어. 대다수 부모는 자식들한테 그것밖에 안 주지. 하지만 넌 운이 좋단다. 엄마는 내 월급이랑 필수 경비 외엔 네 돈에 손도 안 댈 거니까."

"필수 경비가 뭔데요?"

"왜 이렇게 꼬치꼬치 캐묻니? 엄마를 못 믿니?"

나는 잽싸게 서명했다.

염소수염 아저씨가 부모들에게 평가 결과를 알려주려고 왔다. 그는 제일 먼저 엄마에게 다가오더니, 나한테 주연을 맡을 잠재력이 있다고 했다.

"잠재력이요?" 엄마가 따지듯 물었다.

"네, 겨우 여섯 살밖에 안 됐으니 일찍 시작한 셈이죠."

"하지만 왜 당장은 주연을 맡을 수 없다는 거죠?"

"음, 독백 연기할 때 보니까 긴장을 많이 하더군요. 수줍음을 많이 타는 것 같아요."

"우리 애가 수줍음을 좀 타긴 하지만 점점 나아지고 있어요. 금세 극복할 거라고요."

염소수염 아저씨는 나무 문신이 새겨진 팔을 긁적긁적했다. 그리고 뭔가 조심스러운 말을 꺼내려는 듯 숨을 깊이 들이마셨다.

"제넷이 잘하기 위해서는 연기를 스스로 하고 싶어 하는 게 중요합니다."

"아, 얘는 다른 무엇보다도 이걸 하고 싶어 해요." 엄마가 계약서 다음 페이지의 점선에 서명하면서 말했다.

다른 무엇보다도 이걸 하고 싶어 한 사람은 내가 아니라 엄마였다. 나는 이날 스트레스도 많이 받고 재미도 없었다. 선택할 수만 있다면 다시는 이딴 걸 하고 싶지 않았다. 하지만 다른 한편으론 엄마가 원하는 대로 하고 싶기도 했다. 엄마 말이 대체로 맞을 테니까.

염소수염 아저씨가 나를 보며 씩 웃었다. 그 미소가 무슨 의미일지 궁금했다. 나는 어른들의 그런 야릇한 표정이나 소리가 싫었다. 답답했다. 내가 뭔가를 놓치는 것 같았다.

"행운을 빈다." 아저씨는 살짝 무거운 목소리로 말한 후 가버렸다.

4

아카데미 키즈와 에이전시 계약을 맺은 후, 금요일 새벽 3시에 엄마가 나를 깨웠다. 〈X 파일〉이라는 쇼의 보조 출연자로 연기하는 첫날이었다. 내 호출 시간은 새벽 5시 이후였지만, 엄마는 고속도로를 처음 운전하는 게 두렵다며 일찍 출발하고 싶어 했다.

"날 좀 보렴. 널 위해서 두려움을 극복하잖아." 엄마가 1999년형 포드 윈드스타 미니밴에 올라타면서 말했다.

우리는 20세기 폭스 스튜디오에 한 시간이나 일찍 도착했다. 그래서 어둑한 실내를 잠시 돌아다녔다. 방음 스튜디오 중 한곳에 갔더니, 한쪽 벽에 루크 스카이워커와 다스 베이더의 거대한 포스터가 걸려 있었다. 엄마는 좋아서 괴성을 지르며 일회용 카메라를 꺼냈다. 그리고 나를 포스터 앞에 세워놓고 셔터를 눌렀다. 창피해서 그 자리를 얼른 벗어나고 싶었다.

새벽 4시 45분. 이젠 내 호출 시간이 다 됐다 싶었는지, 엄마는 방음 스튜디오 바로 앞에 있던 프로덕션 보조원에게 우리의 도착을 알렸다. 작달막한 키에 머리가 벗어진 보조원은 우리에게 일찍 도착했다면서, 촬영장으로 가기 전까지 보조 출연자 대기실에 잠깐 들러도 된다고 했다.

보조 출연자 대기실은 아주 멋진 곳이었다. 방음 스튜디오 바깥쪽에 설치된 텐트였는데, 갖가지 음식이 차려져 있었다. 시리얼, 사탕, 커피, 오렌지 주스, 은쟁반에 담긴 팬케이크와 와플, 스크램블드에그와 베이컨 등 아주 푸짐했다.

"세상에, 이게 다 공짜란다." 엄마가 들뜬 목소리로 말하면서, 머핀과 크루아상을 종류대로 냅킨에 싸서 커다란 페이리스(Payless, 미국의 패션 브랜드—옮긴이 주) 가방에 넣었다. 오빠들한테 갖다줄 생각인가 보았다. 한 쟁반에는 달걀이 잔뜩 놓여 있었다. 삶은 달걀이라는 말에 나는 맛을 보려고 하나 집어 들었다. 엄마는 딱딱한 표면에 대고 달걀을 굴린 다음 껍질 벗기는 요령을 알려주었다. 나는 소금과 후추를 뿌린 다음 한입 베어 물었다. 맛이 아주 좋았다. 얼른 리츠 샌드위치도 한 봉지 집어 들었다. 이 일에 금세 익숙해질 수 있을 것 같았다.

내가 달걀을 다 먹었을 때쯤 나머지 아역 보조 출연자들이 다 도착했다. 모두 서른 명이었다. 바로 촬영장으로 출발한다는 소리가 들렸다.

우리는 대머리 보조원을 따라 촬영이 이루어질 스튜디오로 향했다. 촬영과 녹음이 동시에 이루어지는 방음 스튜디오에 들어서자 입이 쩍 벌어졌다. 높다란 천장에는 조명과 장대가 수백 개나 걸려 있었다. 나무 냄새도 나고, 마치 두드리는 소리와 드릴로 구멍 뚫는 소리도 났다. 카고 바지를 입은 사람들이 우리 앞으로 지나갔다. 그중 일부는 벨트에 각종 연장을 매달고 있었고, 일부는 손에 클립보드를 들었다. 또 일부는 무전기에 대고 다급하게 속닥였다. 이 안에선 뭔가 마법 같은 일이 펼쳐지는 것 같았다.

우리가 촬영장에 도착하자, 작은 체구에 연갈색 머리를 귀 뒤로 넘긴 감독이 버럭 소리치면서 우리를 다급히 안으로 이끌었다. 그는 나를 비롯한 서른 명의 아이들을 쳐다보면서 우리가 오늘 가스실에 갇혀 질식사하는 아이들을 연기할 거라고 했다. 나는 고개를 끄덕이면서 그의 말을 한마디도 놓치지 않으려 애썼다. 이따가 집에 돌아갈 때 엄마에게 고스란히 전해줄 생각이었다. 가스실에 갇혀 질식사한다고? 알았어.

감독은 우리가 어디에 서야 하는지 알려줬다. 나는 뒤편에 서 있다가 작은 아이들은 앞으로 나오라고 해서 앞쪽으로 나왔다. 감독은 한 명씩 가리키면서 '무서워 죽겠다'는 표정을 지어보라고 했다. 나는 아홉 번째인가 열 번째로 무서워 죽겠다는 표정을 지었다. 그러자 감독은 옆에 서 있던 카메라맨에게 나를 클로즈업하라고 했다. 그게 무슨 소린지 몰랐지만, 감독이 그렇게 말한 후 나한테 윙크를 했기 때문에 좋은 뜻이겠거니 싶었다.

"한 번 더, 훨씬 더 무서워하는 표정으로!" 감독이 나한테 소리쳤다. 나는 방금 지었던 표정에 눈을 좀 더 크게 떴다. 그게 먹혔는지 감독이 "됐어, 다음!"이라고 하면서 내 등을 툭 쳤다.

그날 내내 세트 촬영과 학교 공부가 번갈아 진행되었다. 우리는 촬영장과 교실처럼 꾸며진 방을 오락가락했다. 나는 엄마에게 홈스쿨링을 받았기 때문에 엄마가 준비해준 연습 문제지로 공부했다. 교실에서 내 옆자리에 앉은 열두 살짜리 여자애가 자꾸 팔꿈치로 쿡쿡 찌르며, 우리는 보조 출연자라 하기 싫으면 숙제를 안 해도 된다고 했다. 스튜디오 선생님들은 주연 배우들만 가르치고 싶어 해서 우리가 숙제를 제대로 했는지 별로 신경 쓰지 않는다는 것이다. 나는 그 말을 애써 무시하고 각 주의 수도에 관한 문제를 하나씩 풀어나갔다. 30분가량의 학교 공부가 끝난 후, 우리는 가스에 질식하는 장면을 또 찍으려고 보조원을 따라 촬영장으로 갔다. 매번 똑같은 장면만 찍었다.

한 장면을 왜 이렇게 여러 번 찍어야 하는지 몰랐지만, 물어보지 않는 게 상책이라고 판단했다. 촬영장에 돌아갈 때마다 카메라 위치가 달라져 있는 걸로 봐서, 그것과 관련이 있겠다 싶었다. 아무튼 촬영장으로 돌아갈 때마다 엄마 얼굴을 잠깐 볼 수 있었다.

촬영장으로 가는 길에 보조 출연자들의 '부모님 대기실'이 있었다. 비좁은 대기실에 서른 명이나 되는 아이들의 부모가 오밀조밀 모여 있었다. 그 앞을 지날 때마다 나를 향해 웃어주는 엄마에게 손을 흔들었다. 엄마는 슈퍼마켓 주간지인 《우먼스 월드》에 푹 빠져 있다가도 무슨 기척이 있으면 얼른 고개를 들었다. 그 많은 아이 가운데 나를 바로 포착하고는 활짝 웃으며 엄지를 들었다. 엄마와 나는 그만큼 끈끈하게 연결되어 있었다.

일이 끝날 때쯤 되자 나는 기진맥진해졌다. 8시간 30분 동안 촬영장과 교실을 쉴 없이 오가며 숙제하랴 연기하랴 정신이 없었다. 드릴 소리와 자욱한 연기 때문에 귀도 먹먹하고 눈도 뻑뻑했다. (가스실 분위기를 내려고 기계에서 안개가 연신 뿜어져 나왔다.) 정말로 긴 하루였고 연기가 특별히 즐겁지도 않았다. 그나마 삶은 달걀은 마음에 들었다.

"가스실에 갇혀 질식사했다고?" 엄마는 집으로 가면서 내가 들려준 일화를 신나게 떠들었다. "너를 클로즈업으로 잡았다고? 네가 얼마나 잘하는지 그 장면이 확실히 보여줄 거야. 방송이 나오면, 아마 아카데미 키즈에서 너를 주연 배우로 삼겠다고 달려들 거야. 두고 보렴."

엄마는 손가락으로 운전대를 톡톡 두드리면서 믿기지 않는다는 듯 고개를 흔들었다. 그 순간만큼은 아무 걱정도 없어 보였다. 나는 엄마의 행복한 표정을 마음에 깊이 새겼다. 엄마가 이런 표정을 더 자주 지어주길 바랐다.

"넌 스타가 될 거야, 네티. 내가 진작 알아봤지. 넌 꼭 스타가 될 거야."

5

"15분 뒤에 교회로 출발해야 한다!" 엄마가 다른 방에서 소리쳤다. 곧이어 화장용 브러시가 거울에 부딪히는 소리가 들렸다. 아이라인이 또 비뚤게 그려졌나 보다.

우리 가족이 다니는 교회는 '예수 그리스도 후기 성도 교회의 가든 그로브 제6교구'였다. 할머니는 여덟 살 때 모르몬교도로 세례 받았고, 엄마도 여덟 살 때 모르몬교도로 세례 받았다. 그러니 나도 똑같이 여덟 살 때 모르몬교도로 세례를 받을 것이다. 모르몬교를 창시한 조셉 스미스가 그때부턴 자기 죄를 책임질 수 있다고 했기 때문이다. (그전에는 죄를 지어도 벌을 받지 않는다.) 할머니와 엄마는 세례를 받고도 교회에 가지 않았다. 두 분 다 수고하고 무거운 짐을 지지 않고서 천국에 가는 특전을 바라는가 보았다.

하지만 엄마가 암 진단을 받은 직후부터 우리는 교회 예배에 꼬박꼬박 참석했다.

"내가 착하고 충실한 종이 되면 하나님이 나를 낫게 해주실 거라는 사실을 알았단다." 엄마가 내게 설명했다.

"아. 그러니까 우리는 하나님한테 뭔가를 바랄 때부터 교회에 나갔던 거네요?"

"그건 아니야." 엄마는 웃으면서 아니라고 했지만, 목소리가 살짝 긴장한 것 같기도 하고 짜증 난 것 같기도 했다. 그러더니 화제를 바꿔서 〈미션 임파서블 2〉 예고편에서 톰 크루즈가 정말 잘생겨 보인다고 했다.

그 뒤론 우리가 언제, 또는 왜 교회에 다니기 시작했는지 다시는 묻지 않았다. 우리가 왜 교회에 가는지 시시콜콜 알 필요는 없었다. 이유를 몰라도 좋은 건 좋은 거니까.

나는 교회에서 풍기는 냄새가 좋았다. 타일 바닥을 청소할 때 쓰는 소나무 향의 세정제와 삼베 휘장에서 나는 은은한 향이 참 좋았다. 1학년 반 수업도 좋았고, 〈나를 선교사로 보내주면 좋겠어〉나 〈모르몬 성서 이야기〉 같은 신앙과 예수님에 관한 찬송가도 아주 좋았다. 내가 제일 좋아한 찬송가는 〈팝콘 팝핑〉이었다. 그런데 생각해보니, 〈팝콘 팝핑〉은 살구나무에서 팝콘이 펑펑 터진다는 내용이라 신앙이나 예수님과 무슨 관련이 있는지 모르겠다.

무엇보다도 일상에서 벗어날 수 있다는 점이 가장 좋았다. 교회는 참으로 아름답고 평화로웠다. 끔찍이 싫어하는 장소인 집에서 벗어나, 매주 세 시간씩 이곳에서 마음의 여유를 찾을 수 있었다.

우리 집도 교회와 마찬가지로 캘리포니아 주 가든 그로브 (Garden Grove)에 있었다. 그런데 주민들은 이 동네에 애정이 별로 없는지 '가비지 그로브'(Garbage Grove)라고 불렀다. 엄마가 미처 입을 틀어막기 전에 더스틴이 설명한 바로는, 이 동네에 쓰레기 같은 백인(white trash, 미국 남부의 가난한 백인을 경멸적으로 이르는 말—옮긴이 주)이 많기 때문이란다.

우리는 집세를 싸게 내고 살았다. 아빠의 부모님, 그러니까 친할아버지가 소유한 집이었기 때문이다. 그런데도 엄마는 더 싸게 살지 못한다는 사실에 불평을 늘어놨다.

"애초에 한 푼도 내지 말아야 한다니까. 우린 한 식구잖아." 엄마는 설거지하거나 손톱을 손질하다가 나한테 이렇게 말하곤 했다. "그분들이 유언으로 네 아버지한테 집을 물려주지 않으면, 내가 맹세코……."

우리는 거의 매달 집세를 연체했다. 엄마는 늘 그 때문에 징징거렸다. 입금액도 자주 부족했다. 엄마는 그 점에 대해서도 늘 징징거렸다. 때로는 엄마와 아빠, 할아버지와 할머니까지 돈을 보태도 충분하지 않았다. 엄마가 암과 싸우는 동안 할아버지와 할머니가 '임시로' 우리 집에 들어왔다. 그런데 엄마가 좋아진 이후에도 두 분은 그냥 눌러살게 되었다. 그게 모두에게 더 좋았기 때문이다.

엄마는 이것을 '최저 임금의 저주'라고 불렀다. 할아버지는 디즈니랜드에서 매표원으로 일했고, 할머니는 양로원에서 접수원으로 일했다. 아빠는 할리우드 비디오(Hollywood Video, 1988년 설립된 가정용 비디오와 비디오 게임 대여 회사. 2010년 문을 닫음─옮긴이 주)에서 판지 자르는 일도 하고, 홈 디포(Home Depot, 가정용 건축 자재 유통회사─옮긴이 주)의 주방 디자인 부서에서도 일했다. 엄마는 미용 학교에 다녔지만 "염색약이 워낙 독한 데다가" 임신과 육아 때문에 경력을 쌓을 수 없었다고 했다. 그래서 휴가철에 가끔 타깃(Target, 미국 종합 유통회사─옮긴이 주) 매장에서 교대 근무를 섰지만, 엄마의 주된 일은 나를 할리우드에 입성시키는 것이라고 했다.

거의 언제나 연체하고 입금액도 자주 부족했으나 집에서 쫓겨나진 않았다. 집주인이 친할아버지가 아니었다면 진작 쫓겨났을 것이다. 그런데 차라리 쫓겨났으면 싶었다.

이 집에서 쫓겨난다면 다른 곳으로 옮겨야 한다는 뜻이었다. 다른 곳으로 옮기려면, 챙겨 가야 할 물건을 박스에 담아야 한다는 뜻이었다. 챙겨 갈 물건을 박스에 담으려면, 이 집에 있는 온갖 물건을 분류해서 일부를 버려야 한다는 뜻이었다. 그렇게 한다고 생각만 해도 홀가분한 기분이 들었다.

우리 집이 늘 이런 상태는 아니었다. 내가 태어나기 전의 사진을 몇 장 봤는데, 물건이 어수선하게 조금 널려 있긴 했지만, 지극히 평범해 보이는 집이었다.

오빠들 말로는 엄마가 아프게 되면서 이렇게 됐다고 했다. 그때부터 엄마는 물건을 버리지 못했다. 그 말인즉슨, 내가 두 살 때부터 온갖 잡동사니가 쌓이기 시작했다는 뜻이다. 그 뒤로 상황은 갈수록 나빠질 뿐이었다.

차고는 바닥부터 천장까지 빈틈이 거의 없었다. 플라스틱 통마다 낡은 서류와 영수증, 아기 옷, 장난감, 헝클어진 장신구, 잡지, 크리스마스 장식, 사탕 껍질, 기한 지난 화장품, 빈 샴푸 병, 깨져서 지퍼백에 담긴 머그잔 등으로 가득했다.

차고에는 출입구가 두 개 있었는데, 주 출입구인 정문과 뒷문이었다. 뒷문으로는 안쪽까지 들어가기가 거의 불가능했다. 지나갈 공간이 그만큼 없었기 때문이다. 억지로 뚫고 갈 수 있더라도 굳이 그쪽으론 들어가고 싶지 않을 것이다. 시궁쥐와 주머니쥐가 수시로 드나들어서 아빠가 몇 주에 한 번씩 쥐덫을 설치했다. 그래서 비좁은 틈새로 지날 때 쥐 사체에서 나는 냄새로 숨도 못 쉴 것이다.

뒷문으론 들어갈 수 없으니, 우리의 두 번째 냉장고는 차고 앞쪽에 놓여 있었다. 그래야 주 출입구인 정문을 통해 쉽게 접근할 수 있었다.

아니, 비교적 쉽게 접근할 수 있었다고 해야겠다.

그 동네에서 수동으로 차고 문을 여닫는 집은 우리 집뿐이었다. 게다가 어찌나 무거웠는지 경첩마저 부러졌다. 집 안에서 그 문을 들어 올릴 수 있는 사람은 아빠와 마커스뿐이었다. 전에는 힘겹게 문을 다 들어 올리면 딸깍 소리가 크게 나곤 했다. 그 소리가 나면 차고 문은 계속 올라가 있었다.

하지만 이제 그렇지 않았다. 몇 년 전, 딸깍 소리가 난 후에 문이 저절로 확 떨어져버렸다. 그 뒤로는 열린 상태에서 스스로 지탱하지 못했다.

그래서 이젠 차고에 갈 때면 두 사람이 동행했다. 육중한 문을 누가 열든, 덜커덩 떨어지지 않도록 온몸으로 계속 받히고 있어야 했다. 그사이 다른 사람이 잽싸게 필요한 물건을 꺼냈다. 보통 마커스가 문을 열고 내가 물건을 꺼냈다.

차고에서 뭘 가져오라는 소리를 들으면, 마커스와 나는 겁이 덜컥 났다. 마커스가 차고 문을 들어 올리고 무게에 짓눌려 얼굴을 잔뜩 찌푸린 채 떠받치는 사이, 나는 잽싸게 냉장고 문을 열고 빽빽하게 들어찬 식료품 가운데 필요한 품목을 찾아야 했다. 그럴 때면 굴러오는 바위가 덮치기 전에 숨겨진 보물을 낚아채는 인디아나 존스가 된 기분이었다.

침실도 발 디딜 틈이 없었다. 예전엔 마커스, 더스틴, 스콧이 이층 침대에서 자고 내가 놀이방에서 자곤 했지만, 이젠 침실마저 잡동사니로 가득 차서 잘 수가 없었다. 잠은 고사하고 침대가 어디에 있는지 분간할 수도 없었다. 그래서 우리는 더 이상 침실에서 자지 않았다. 코스트코에서 구입한 3단 매트를 거실에 깔아놓고 다 같이 잤다. 아이들이 체조할 때 사용하는 매트에 누워 자는 게 나는 너무 싫었다.

이 집은 하나부터 열까지 죄다 엉망이었다. 이 집에 산다는 게 수치스러웠다. 이 안에 있으면 가슴이 답답하고 불안했다. 그러니 찬송가가 울려 퍼지고 타일 세정제의 소나무 향을 맡을 수 있는 세 시간의 탈출을 어찌 고대하지 않겠는가.

하지만 내가 아무리 닦달해도 식구들이 제때 문을 나서지 않으니, 참으로 속상할 따름이었다.

"자, 모두 움직여! 얼른, 얼른!" 내가 왼쪽 구두의 버클을 채우며 소리쳤다.

더스틴과 스콧은 그제야 부스스 일어나 눈곱을 뗐다. 그사이 할아버지가 코스트코 매트 '침대'를 비틀거리며 밟고 지나갔다. 할머니와 할아버지는 한때 내 놀이방이었던 방의 소파에서 잤다. 그 방은 이제 두 분의 침실 겸 창고로 바뀌었다.

"자자, 10분 내로 아침 먹고 옷 갈아입고 이도 닦아야 해!"

부엌으로 걸어가는 더스틴과 스콧의 등에 대고 내가 소리쳤다. 두 사람은 아무 생각 없이 시리얼을 그릇에 왈칵 쏟았다. 더스틴은 알록달록한 럭키 참스(Lucky Charms)를, 스콧은 초콜릿 맛의 카운트 초큘라(Count Chocula)를 골랐다. 둘 다 나한테 눈을 굴리는 걸로 봐서 동생 주제에 이래라저래라 명령한다고 화난 눈치였다. 하지만 나한테는 그게 명령처럼 느껴지지 않았다. 오히려 절망적인 외침처럼 느껴졌다. 나는 질서를 원했다. 평화를 원했다. 이 집에서 벗어나 세 시간의 휴식을 간절히 원했다.

"내 말 들었어?" 내 질문에 아무도 답하지 않았다. 할아버지는 부얼 한쪽에서 토스트에 버터를 바르고 있었다. 할아버지가 뚝 떼어 낸 버터 덩어리가 내 신경을 건드렸다. 그 정도 크기면 몇 사람이 발라도 될 양이었다. 엄마는 할아버지가 날마다 버터 스틱의 절반을 쓴다고 투덜댔다. 가격도 비싼 데다 할아버지의 당뇨병에도 좋지 않다는 이유에서였다.

"할아버지, 버터를 좀 아껴 쓰면 안 돼요? 엄마가 또 화낼 텐데요."

"쳇!" 할아버지는 내 말을 가볍게 무시했다. 대답하기 곤란한 질문을 받으면 할아버지는 언제나 쳇! 하면서 무시해버렸다.

나는 화를 누르며 거실로 나갔다. 그리고 회색 카펫 위에 하얀 보자기를 펼쳤다. 하얀 보자기는 3단으로 접힌 가로 25센티, 세로 25센티 크기의 꽃무늬 천이었다. 이 3단 천 조각이 우리 집의 '식탁'인 셈이었다. 아무래도 우리 집엔 3단 구조를 좋아하는 사람이 있는가 보았다.

내가 하얀 보자기를 펼치는 사이, 더스틴과 스콧이 한 줄로 걸어 들어왔다. 마치 줄타기를 하는 사람들처럼 아주 조심스러웠다. 우유와 시리얼을 생각 없이 왕창 따르다 보니, 살짝만 흔들려도 우유가 회색 카펫으로 떨어졌기 때문이다. 오늘도 예외가 아니었다. 카펫에 흘린 우유에서 시큼한 냄새가 난다고 엄마가 날마다 말하는데도 두 사람은 늘 우유와 시리얼을 넘치도록 따랐다. 이 집에선 아무도 말을 듣지 않았다.

엄마는 교회 갈 때만 신는 구두를 아직 신지 않았다. 엄지발가락에 생긴 티눈 때문에 최대한 늦게 신으려는 의도였다. 그래서 우유가 쏟아진 카펫에 발을 디디는 순간 엄마는 히스테리를 일으키며 스타킹을 벗어 던질 것이다. 그리고 새 스타킹을 사려고 교회 가는 길에 라이트 에이드(Rite Aid, 미국의 약국 및 잡화점 체인—옮긴이 주) 앞에서 세워달라고 할 것이다. 편의점에 들르게 되면, 나의 세 시간 짜리 휴식은 더 줄어들 수밖에 없을 것이다. 그렇게 되도록 손 놓고 있을 수 없었다.

나는 수건 선반으로 달려갔다. 가는 길에 화장실을 지나다가 닫힌 문에 귀를 댔더니, 할머니가 전화로 친구에게 불평하는 소리가 들렸다.

"진이 글쎄 나한테 준 스웨터의 가격표를 떼지도 않았더라. 할인가로 물건을 사놓고선 정가로 산 것처럼 말이야. 너무 간사하지 않니? 내가 머빈스 쇼핑몰에 가서 그 스웨터를 봤는데, 70퍼센트나 할인하더라니까. 진은 나한테 15달러도 쓰지 않았던 거야……."

"할머니, 얼른 나와요! 오빠들도 화장실을 써야 한다고요!" 내가 화장실 문을 두드리며 소리쳤다.

"넌 왜 이렇게 할미를 못살게 구니?" 할머니가 안에서 소리쳤다. 할머니는 누구랑 통화할 때면 늘 이런 식으로 말했다. 피해자처럼 보이게 하려는 속셈이었다.

나는 수건 선반에서 크리스마스 전구 그림이 그려진 빨간색 행주를 낚아채듯 집어 들었다. 그리고 부엌 수도꼭지에서 물을 살짝 적신 다음 우유가 쏟아진 카펫에 대고 꾹꾹 눌렀다. 고개를 들어보니 더스틴과 스콧은 하얀 보자기에 앉아 시리얼을 먹고 있었다. 스콧은 마치 슬로모션으로 돌아가는 화면처럼 느려 터지게 씹었다. 급할 게 하나도 없는 얼굴이었다. 더스틴은 입을 크게 벌리고 쩝쩝 소리를 내며 씹었다. 급하긴 하지만 효율성이 떨어졌다.

시계를 확인했다. 오전 11시 12분. 11시 30분 예배에 맞춰 가려면 8분 내로 이 집구석에서 나가 밴에 올라타야 했다.

"서둘러, 이 굼벵이들아!" 나는 오빠들한테 소리치면서 크리스마스 행주에 내 체중을 다 실어 카펫을 꾹꾹 눌렀다.

"입 닥쳐, 똥 얼룩아!" 스콧이 나한테 툭 쏘아붙였다.

할아버지는 키친타월로 감싼 토스트에서 빵부스러기를 흘리며 나를 밟고 지나갔다. 할머니는 속이 비칠 만큼 얇은 수건으로 몸을 대충 감싸고 반대편에서 걸어 들어왔다. 정말 역겨웠다. 파마머리는 화장지로 감고 머리핀으로 집어서 절묘하게 고정되어 있었다.

"할미가 화장실에서 나왔다. 이제 됐니, 계집애야?!" 할머니가 부엌으로 가면서 말했다.

나는 할머니를 무시하고, 두 오빠한테 화장실이 비었으니 얼른 가서 이를 닦으라고 했다. 시리얼 그릇은 내가 치우겠다고 덧붙였다. 잘하면 때맞춰 교회에 도착할 수 있을 것 같았다.

나는 기운을 차렸다. 젖은 행주를 빨아 카펫을 다시 닦으려고 얼른 부엌으로 달려가 물을 적셨다. 그런데 그새를 못 참고 엄마가 거실로 향하고 있었다. 가슴이 철렁했다. 내가 막 경고하려 했지만, 엄마가 부엌을 나선 순간 이미 늦어버렸다.

"이게 뭐야?" 말꼬리는 올라갔지만, 엄마는 방금 밟은 게 뭔지 정확히 알고 있는 어조였다.

내가 잽싸게 나섰다. 방금 젖은 행주로 우유를 다 닦아서 엄마가 밟은 건 그냥 물일 뿐이라고 설명했다. 하지만 소용이 없었다. 엄마의 노여움은 가라앉지 않았다. 벌써 스타킹을 벗어 던지며, 아빠에게 편의점에 들러서 새 스타킹을 사야 한다고 소리쳤다.

내가 어떻게 하면 식구들이 더 빨리 집을 나설 수 있을까? 그 방법을 알면 앞으론 무슨 수를 써서라도 그렇게 할 것이다. 우리는 우르르 밴에 올라타고 편의점으로 향했다. 잘하면 〈팝콘 팝핑〉 시간에 맞춰 도착할 수 있을지도 모르겠다.

6

"아빠!"

문을 열고 들어오는 아빠에게 소리치며 달려갔다. 나는 아빠가 퇴근하고 돌아올 때마다 이렇게 달려가서 아빠의 플란넬 셔츠에 머리를 박고 숨을 크게 들이켰다. 흐으음…… 아빠에게선 트레이드마크처럼 늘 갓 베어낸 나무 향과 페인트 냄새가 풍겼다.

"안녕, 넷." 아빠는 내 기대와 달리 퉁명스럽게 말했다. 나는 아빠가 반갑게 웃어주거나 내 머리를 쓰다듬어주거나 나를 번쩍 안아주길 바라지만, 그런 일은 한 번도 없었다. 아직까진. 그래도 나는 희망을 버리지 않았다.

"오늘 일은 어땠어요?"

"괜찮았다."

아빠와 어떤 식으로든 교감하기 위해 다른 이야깃거리가 절실히 필요했다. 엄마하고는 어렵지 않게 이뤄지는데, 아빠한테는 왜 이렇게 어려운 걸까?

"재미있는 일은 없었어요?" 아빠와 나란히 거실로 걸어가면서 물었다.

아빠는 대답하지 않았다. 그런데 뭔가를 봤는지 순간적으로 표정이 굳어졌다. 나는 얼른 아빠가 바라보는 쪽으로 고개를 돌렸다.

엄마였다. 엄마의 표정과 몸짓, 그러니까 꼿꼿한 자세와 들어 올린 턱, 악다문 입, 동그랗게 뜬 눈으로 보건대, 엄마는 단순히 짜증 나거나 화난 상태가 아니었다. 격노한 상태였다. 당장 분노를 터트릴 상태였다. 아, 안 돼! 당장 나도 뭔가를 해야 했다.

"마크." 엄마가 노한 마음을 강조하려고 입술을 깨물며 말했다. 지금이 아니면 내가 끼어들 기회는 없었다.

"사랑해, 엄마!" 나는 소리치면서 엄마에게 달려가 두 팔로 껴안았다.

어떻게든 엄마를 진정시키려 애썼다. 하지만 내가 미처 다음 말을 생각해내기도 전에 엄마가 먼저 입을 열었다.

"마크 유진 맥커디." 목소리 끝이 날카롭게 올라갔다.

아, 이런! 엄마 입에서 '유진'이 언급되면 다음 상황은 불 보듯 뻔했다.

"고객을 도와야 해서 어쩔 수 없이 늦었어. 중간에 빠져나올 수 없었다니까." 아빠가 설명했다. 약간 겁먹은 말투였다.

"세 시간이나 늦었잖아, 마크."

나는 더스틴과 스콧에게 눈짓으로 도움을 청했다. 그들은 닌텐도 64의 '골든 아이 007' 게임을 하고 있었다. 하늘이 두 쪽 나도 꿈쩍하지 않을 때가 있다면, 그건 바로 그들이 닌텐도 64의 '골든 아이 007' 게임을 할 때였다. 할머니와 할아버지는 일하러 나가고 없었다. 나 혼자서 감당해야 했다.

"엄마, 나랑 〈제이 레노 쇼〉 보지 않을래요? 제이 레노 좋아하잖아요? 오늘 밤에 특별 뉴스가 나온다던데."

"조용히 해, 넷."

나는 한발 물러났다. 여기서 더 나섰다간 나한테까지 불똥이 튈 것이다. 제이 레노라면 먹힐 줄 알았는데, 아니었다. 나는 물론 〈코 난 쇼〉를 더 좋아했지만, 우리 집에선 무슨 가족 행사처럼 〈제이 레 노 쇼〉를 즐겨봤다. (교회에서 이런 이야기를 했더니, 허프마이어 자매님 은 〈제이 레노 쇼〉가 다소 외설적이기도 하고 밤 11시 30분이면 내가 이미 잠자리에 들었어야 할 시간이라고 했다. 하지만 엄마는 허프마이어 자매님 이 주제넘게 비판했다면서 무시해도 된다고 했다.)

나는 엄마를 유심히 관찰했다. 가슴이 들썩거리고 있었다. 분노 지수가 점점 올라간다는 뜻이었다. 귀도 점점 빨개졌다. 급기야 아 빠한테 달려들었다. 그런데 아빠가 몇 걸음 뒤로 물러나는 바람에 몸이 앞으로 확 쏠려서 무릎으로 넘어졌다. 엄마가 소리를 지르기 시작했다.

"이건 학대야, 학대!"

아빠는 엄마의 손목을 잡고 어떻게든 진정시키려 했다. 엄마가 아빠 얼굴에 침을 뱉었다. '007' 게임에서 누가 이겼는지, 환호성과 함께 주먹이 허공으로 치솟았다.

"뎁, 고작 두어 시간 늦었잖아. 그게 뭐 그리 대수라고!" 아빠는 엄마의 악다구니 사이로 덩달아 목소리를 높였다.

"내가 우습게 보여? 그렇게 우습게 보이냐고?!" 엄마는 팔을 비틀 어 뺀 다음 아빠를 마구 때리기 시작했다.

"엄마, 힘내! 힘내!" 나는 두려움을 극복하자마자 늘 그렇듯이 엄 마를 응원했다.

"뎁, 이건 정말 분별없는 짓이야. 당신은 도움이 필요해!" 아빠가 간청했다.

아, 안 돼! 아빠는 그런 말이 엄마를 더 크게 자극한다는 걸 정말 모르는 걸까? 아빠나 할아버지가 엄마에게 '도움이 필요하다'고 말할 때마다 엄마는 더 길길이 날뛰었다.

"난 도움이 필요하지 않아. 도움이 필요한 사람은 바로 당신이야!" 엄마는 악을 쓰면서 부엌으로 달려갔다. 그러자 아빠는 신발을 벗기 시작했다. 이것으로 일단락됐다고, 엄마가 곧 마음을 가라앉힐 거라고 생각하는 눈치였다. 아, 어쩜 저렇게 모를 수 있을까? 엄마를 어쩜 저렇게 모를 수 있을까?

하나, 둘, 셋. 나는 속으로 숫자를 셌다. 열까지 세기도 전에 엄마가 돌아올 것이다. 넷, 다섯, 여섯, 일곱. 엄마가 돌아왔다. 칼을 들고서. 할아버지가 밤마다 채소를 썰 때 사용하는 커다란 식칼을 들고서.

"내 집에서 나가!" 엄마가 소리쳤다. "당장 나가!"

"뎁, 제발 그만해! 자꾸 이런 식으로……."

엄마가 마지막으로 아빠를 차에서 자도록 했던 게 몇 달 전이었다. 이번엔 그 간격이 평소보다 길었다. 아빠는 보통 일주일에 한 번 정도 쫓겨났다. 그럴 만한 이유가 있었다. 엄마는 아빠가 가족을 충분히 돕지 않는다고 했다. 일을 핑계로 노상 늦게 들어오는데, 바람을 피우는지 누가 알겠냐고 했다. 자식들한테 통 관심이 없어서 우리를 아빠 없는 자식처럼 자라게 한다고도 했다. 아무튼 아빠가 이렇게 오랫동안 쫓겨나지 않았던 건 기적이었다. 오히려 엄마한테 고마워해야 할 터였다.

"마크, 당장 나가라니깐!"

"그 칼 치워, 뎁. 이건 안전하지 않아. 당신 아이들한테도 위험하다고."

"그렇지 않아. 난 절대로 내 아기들을 해치지 않을 거야. 절대로 내 아기들을 해치지 않을 거라고. 당신이 뭔데 감히 그런 비난을!"

엄마의 뺨을 타고 눈물이 흘러내렸다. 커다랗게 뜬 눈이 무섭도록 불안해 보였다.

"나가라고!"

엄마가 또다시 아빠에게 달려들었다. 아빠가 주춤주춤 물러났다.

"알았어, 알았어. 나갈게. 나간다고."

아빠는 신발을 구겨 신고 서둘러 나갔다. 엄마는 부엌으로 돌아가서 칼을 서랍에 넣었다. 그리고 털썩 주저앉아 서럽게 울기 시작했다. 나는 그 옆에 웅크리고 앉아 엄마를 안아주었다. 누군가가 '007' 게임에서 또 이겼나 보았다.

7

내 호출 시간인 새벽 6시부터 흙더미 위에 계속 서 있었다. 지금
은 정오라 태양이 머리 바로 위에서 이글거렸다. 주연 배우들에겐
장면이 끝날 때마다 우산 그늘이 제공되었다. 그들은 접이식 의자
에 앉아 쉬기도 하고, 아이스박스에서 막 꺼낸 생수를 홀짝이기도
했다. 하지만 나는 그렇지 않았다. 나 같은 보조 출연자에겐 그런
호사가 제공되지 않았다.

나를 비롯한 보조 출연자는 랭커스터 외곽의 뜨거운 사막에서
우산도 물병도 없이 까끌까끌하고 곰팡내 풍기는 대공황 시대의
옷을 입고 땀을 뻘뻘 흘렸다. 우리가 이런 옷을 입은 이유는, 〈황금
의 꿈〉(Golden Dreams)이라는 단편 영화에서 대공황기의 가난한 사
람들을 연기했기 때문이다. 캘리포니아의 역사에 관한 여러 일화를
보여줄 이 영화는 디즈니랜드의 새 파트너 테마파크인 '캘리포니
아 어드벤처'에서 상영될 예정이었다. 엄마는 새벽 4시 30분에 이
곳으로 운전하고 오면서 잔뜩 들뜬 목소리로 이런 이야기를 들려
주었다. 하지만 나한테 흥미롭게 들렸던 부분은 디즈니랜드 테마파
크가 새로 생긴다는 소식뿐이었다.

제일 괴로웠던 부분은 내 치아에 발라준 이물질이었다. 아침에
그들은 내 머리를 두 갈래로 땋고 얼굴을 꼬질꼬질하게 분장해주
었다. 그런 다음 입을 크게 벌리라고 했다. 내가 그렇게 하자 메이

크업 담당자가 찐득찐득한 갈색 액체를 내 입에 떨어뜨렸다. 치아가 썩어 보이게 하는 조치라고 설명하면서. 찐득한 액체는 금세 굳었으나 속이 메슥거릴 정도로 역겨웠다. 한 달 정도 양치를 안 하면 이런 느낌일 것 같았다. 그 뒤로 내내 이물감에 시달렸다. 정신을 집중할 수 없을 만큼 성가셔서 그 이물질 주변으로 혀를 계속 굴렸다.

"넌 여기 있는 게 행복해 보이지 않는구나. 억지로라도 행복해 보이는 척하렴." 엄마가 내게 말했다. 보조 출연자용 화장실로 가는 길이었다. 나는 한 시간 넘게 똥을 참다가 결국 워키토키를 들고 있던 사람에게 화장실에 다녀와도 되겠냐고 물었다. 귀찮은 아이로 찍힌다고 엄마가 그냥 참으라고 했지만 더 이상 참을 수가 없었다.

"엄마 미안!" 똥을 싸면서 말했다. 엄마는 키친타월에 물을 적셨다. 엄마가 아직도 내 엉덩이를 닦아준다는 사실이 나는 너무 창피했다. 얼마 전에도 이젠 여덟 살이나 됐으니까 내가 처리할 수 있다고 말했지만, 엄마는 울상을 지으며 내가 열 살이 될 때까지는 닦아줘야 한다고 했다. 내 포카혼타스 속옷에 얼룩이 묻을 수 있다나. 내가 닦아도 그런 얼룩이 묻지 않으리라는 걸 알았지만, 엄마가 속상해 할까 봐 더 우기지 않았다.

"얼굴 좀 그만 찡그려, 알았지?" 엄마가 내게 재차 당부했다. "눈썹이 잔뜩 휘어져서 성난 사람 같잖아."

그사이 축축한 키친타월이 내 엉덩이를 세 번 훑고 지나갔다.

"알았어요."

나는 다시 흙더미 위로 돌아왔다. 내 기분과 반대로 보이려 애썼지만, 햇살이 너무 쨍해서 쉽지 않았다. 나도 모르게 눈살을 찌푸릴 수밖에 없었다.

"내가 아까 점찍은 애 어디 있지? 슬퍼 보이던 애 있잖아. 걔를 한번 써봅시다." 감독이 조감독에게 외쳤다.

조감독이 여러 아이를 가리켰지만, 감독은 계속 머리를 젓다가 내 차례에서 멈췄다.

"그래, 걔."

"자, 나랑 가자." 조감독이 내 손을 잡고 감독 쪽으로 이끌었다.

감독은 내게 구닥다리 차에 올라앉아서 고개를 오른쪽으로 살짝 돌리고 가만히 있으라고 했다. 나는 고개를 끄덕인 후 지시대로 했다. 감독은 그 장면을 몇 번 찍더니 됐다고 했다.

조감독이 나를 엄마에게 데려갔다. 엄마는 배경 장면으로 쓰이는 고풍스러운 테이블 근처에서 기다리고 있었다. 조감독은 그날 내 일정이 끝났으며, 주요 장면에 얼굴이 찍혔기 때문에 더 이상 보조 출연자로 나올 수 없다고 했다.

"주요 장면에 애 얼굴이 찍혔다고요?" 엄마가 흥분해서 물었다.

"예. 실은 그래서 새로운 서류를 좀 작성해야 합니다. 엄밀히 따지면 그게 중요한 역할이거든요."

엄마는 좋아서 몸이 흔들릴 지경이었다. "어떻게 그런 일이 일어났죠?"

"그러니까 우리가 고용한 계집애가 지시를 잘 따르지 않더라고요. 슬픈 표정을 지으라고 아무리 말해도 자꾸 배시시 웃고요. 하지만 당신 딸은 그렇지 않았어요. 무지하게 슬픈 얼굴을 하고 있더라고요." 조감독은 그렇게 말하면서 껄껄 웃었다.

"그렇죠. 우리 애는 무지하게 슬픈 얼굴을 하고 있죠." 엄마가 고개를 끄덕이며 말했다. 30분 전에 나한테 얼굴 좀 피라고 했던 말은 벌써 잊은 듯했다.

"아무튼 우리가 당신 딸을 그 역할에 썼으니, 얘는 엄밀히 따지면 주요 출연자가 됐습니다."

조감독이 새로운 서류를 가지러 잠시 물러났다. 엄마는 몸을 돌리고 내 손을 덥석 잡았다.

"그들이 너를 썼어, 넷! 그들이 너를 썼다고!"

엄마는 집에 돌아오자마자 아카데미 키즈에 전화해서 나의 주요 배역 계약 건을 떠벌렸다. 그들은 정말 멋진 소식이라면서, 내가 아역 배우로서 대단히 중요한 자질 두 가지를 갖추었다고 했다. 내가 분위기를 잘 파악하고 지시도 잘 따르는 아이로 통하게 됐다는 것이다. 그들은 나한테 맞는 '핵심 보조 출연자' 역할을 찾아주겠다고 했다. 엑스트라를 캐스팅하는 감독이 아직 내 명성을 듣지 못했기 때문에 이제 막 시작한 단계에선 좀체 맡기 어렵다는 말도 덧붙였다. 그 말에 엄마가 당황한 듯 보였다.

"핵심 보조 출연자라고요? 그냥 엑스트라를 멋지게 포장한 말처럼 들리는데요. 애한테 주요 배역을 찾아줘야 하지 않나요? 그들이 〈황금의 꿈〉에서 내 딸을 주역으로 고용했다고요. 그러니까 얘가 이젠 주요 배역에 오디션을 볼 수 있지 않나요?"

"아직은 무리예요. 우린 그 애한테 경험을 더 쌓게 한 후에 재평가하고 싶어요."

엄마는 알겠다고 말하긴 했지만 영 못마땅한 표정이었다.

"얼어 죽을 재평가야?" 엄마가 전화를 끊으며 말했다. 엄마가 이런 식으로 불평할 때마다 상대방이 아직 수화기를 들고 있을까 봐 걱정됐지만, 다행히 아직까진 별문제가 없었다.

엄마는 그날 밤 내내 조바심을 쳤지만, 다음 날 아침엔 기분이 다시 좋아졌다. 아카데미 키즈에서 곧 제작될 파일럿 프로그램에 '핵심 보조 출연자'로 나를 추천했다고 연락해왔기 때문이다. 8일 동안 찍을 거라고 했다.

"네가 아직은 두드러진 엑스트라에 불과할지 모르지만," 엄마가 이를 닦으면서 내게 말했다. "엄마랑 같이 노력하면, 얼마 안 가서 '보나 파이드(bona fide, 진정한)' 주연 배우가 될 거야."

엄마가 침을 탁 뱉으며 덧붙였다.

"'보나 파이드'라는 말을 이런 데 쓰는 것 같은데, 맞는지 모르겠구나."

8

    파일럿 촬영은 순조롭게 진행되었다. 나는 두드러진 엑스트라에서 더 승격되진 않았지만, 나를 주연 배우로 세우겠다는 엄마의 목표에 한 걸음 다가가게 해줄 만한 사건이 있었다.

    내 또래인 어느 주연 배우의 보호자가 엄마를 마음에 들어 했다. 그래서 엄마에게 자기 딸의 에이전트인 바버라 캐머런의 전화번호를 알려주었다.

    "바버라 캐머런이야, 넷! 빌어먹을 바버라 캐머런 말이야!"

    "와!"

    "그 사람이 누군지 아니?"

    "아니요."

    "그 여자는 유명한 아역 배우들의 엄마란다. 〈그로잉 페인즈〉(Growing Pains)의 커크 캐머런과 〈풀 하우스〉(Full House)의 캔디스 캐머런이 그 여자 애들이야. 그녀는 자기 자식들을 직접 관리했어. 그러다 남의 집 자식들도 관리하기 시작하더니, 지금은 제일 잘나가는 청소년 담당 에이전트가 됐단다. 정말 대단한 여자야."

    엄마는 즉시 바버라에게 전화해서 나와 큰오빠인 마커스를 위한 오디션 일정을 잡았다. 마커스가 대뜸 싫다고 했지만, 엄마는 일단 한번 시도해보자고 기어이 설득했다.

    "넌 미소가 정말 멋지다니까. 치아도 고르고." 엄마가 말했다. "얼굴에 자잘한 점도 많잖아. 맷 데이먼의 어릴 때랑 판박이라니까."

나는 내심 더스틴과 스콧이 부러웠다. 엄마가 왜 마커스와 나한테만 그들과 다른 기대를 품는지 도무지 모르겠다. 그 답을 알고 싶지만, 가족이라도 이야기할 수 없는 게 있는 것 같았다. 이 문제도 그냥 그러려니 하면서 넘어가야 할 것 같았다.

바버라는 자기 집에서 일했다. 오디션도 집에서 이루어졌다. 마커스와 나는 도착하자마자 독백 대본을 하나씩 받았다. 그들은 우리에게 30분 동안 연습한 후 연기를 보여달라고 했다. 어느 영화의 대본인지 모르겠지만, 마커스는 여자 친구가 자살한 고등학교 2학년생을 연기해야 했고 나는 부모님이 이혼하지 않도록 설득하려 애쓰는 어린 여자애를 연기해야 했다.

엄마는 차에 우리를 앉혀놓고 대사를 연습시켰다. 그런 다음 한 명씩 오디션을 보러 들여보냈다.

마커스가 먼저 들어갔다. 30분 정도 있다가 나왔는데, 기분이 썩 좋아 보였다. 그는 바버라와 다른 여자 한 명이 수다스럽게 떠들면서 많이 웃었다고 했다.

내가 안으로 들어갔다. 떨리는 마음으로 대사를 읊자, 바버라와 다른 여자가 시선을 교환했다. 그러더니 한 번 더 해보라면서, "힘을 좀 빼"라고 말했다. 나는 당황했다.

"더 자연스럽게 하라는 말이야." 바버라가 다시 알아듣게 말했다.

나는 대사를 다시 읊었다. 다른 여자가 바버라에게 어깨를 으쓱했다. 바버라도 '글쎄' 하는 표정을 지었다.

"수고했어." 두 사람이 동시에 말했다.

나는 최대한 천천히 걸었다. 출입구까지 가는 동안 어떻게든 시간을 더 벌어볼 생각이었다. 내가 너무 일찍 나가면 엄마가 실망할 테니까. 천천히 걸었는데도 1분 정도밖에 보태지 못했다.

내가 차에 이르자 엄마가 걱정스러운 표정으로 쳐다봤다.

"어땠니?"

"괜찮았어요."

"그들이 말을 많이 하던?"

"딱히……."

"네가 하는 연기에 많이 웃어주던?"

"딱히……."

"흠."

집으로 돌아오는 길에 보니 엄마는 실망한 기색이 역력했다. 마커스에게 신나고 뿌듯한 얼굴로 대하는 것 같았지만, 나는 엄마 마음을 읽을 줄 알았다. 억지로 그런다는 걸 다 알았다. 마커스를 향한 뿌듯함과 흥분은 나를 향한 실망감에 빛을 잃었다.

***

"우리는 마커스가 무척 마음에 듭니다. 그 애를 우리 고객으로 삼고 싶어요. 하지만 제넷은, 음…… 걘 카리스마가 부족해요."

그 소식을 전한 사람은 바버라와 함께 있던 로라였다. 로라는 바버라의 오른팔이자 그 회사에서 바버라 외에 유일한 에이전트였다. 약삭빠르고 날카로우며 빙빙 돌려서 말하는 타입이 아니었다. 목소리도 어찌나 우렁찬지, 저녁으로 라면을 끓이던 엄마의 수화기 너머로 다 들릴 정도였다.

"마커스에겐 굉장히 잘됐네요. 그런데 제닛하고도 계약을 맺었다가 6개월 동안 아무 배역도 못 따면 그때 떨어뜨려도 되지 않겠어요?"

엄마는 애원 조로 말하면서, 자기 생각이 마음에 들었는지 나를 향해 엄지손가락을 치켜 보였다.

"우리는 이미 젊고 재능 있는 여자애가 많은데……." 로라가 말끝을 흐렸다.

"얘는 금세 배우고 지시도 잘 따르거든요." 엄마는 쾌활한 목소리로 어떻게든 로라를 설득하려 애썼다. 애걸하는 사람치고는 어울리지 않는 어조였다.

로라는 바버라에게 확인한 뒤에 다시 연락하겠다고 했다. 엄마가 내 쪽으로 몸을 돌렸다.

"넷, 바버라가 너를 받아들이게 해달라고 얼른 기도하렴. 기도 자세는 혼자서 갖추고. 엄마는 라면을 저어야 하니까."

나는 엄마의 지시대로 올바른 모르몬 기도 자세를 취했다. 우리 둘 다 눈을 감았다.

"하늘에 계신 하나님 아버지," 내가 기도를 시작했다. "이렇게 멋진 날을 주시고 우리에게 많은 축복을 주셔서 감사……"

"젠장!" 엄마가 말했다.

내가 눈을 번쩍 떴다. 엄마는 젓고 있던 숟가락을 떨어뜨리고 손가락을 빨기 시작했다. 다음 순간 수도꼭지를 틀고 손가락에 찬물을 흘려보냈다.

"손가락을 데었단다." 엄마가 내게 설명했다. "자, 계속하렴. 얼른."

나는 고개를 끄덕이고 나서 다시 기도로 돌아갔다.

"바버라 캐머런이 부디 저를 받아들이도록 축복해주세요. 우리가 편안한 밤을 보낼 수 있도록 축복해주세요. 엄마가 가끔 잠을 설치는데 오늘 밤엔 편히 잘 수 있도록 축복해주세요. 감사합니다, 하나님 아버지. 예수 그리스도의 이름으로 기도드립니다. 아멘."

"아멘. 잘했다, 귀염둥이."

엄마가 라면을 그릇에 담고 있는데 다시 전화벨이 울렸다. 엄마는 냄비를 떨어뜨릴 듯 싱크대에 내려놓았다. 쿵 소리가 나면서 라면 국물이 조리대에 튀었지만, 엄마는 전화에 집중하느라 눈치채지 못했다.

"어허." 엄마가 들뜬 목소리로 말했다. 그런데 어찌나 초조하게 왔다 갔다 하는지, 이번엔 로라의 목소리가 수화기 너머로 들리지 않았다.

"어허." 엄마가 내게 눈길을 보내며 다시 말했다. 나도 덩달아 불안하고 조마조마했다.

"잘됐네요. 절대 후회하지 않을 거예요." 엄마는 그렇게 말하고 전화를 끊었다. 그리고 기쁨이 가득한 눈으로 나를 한참 동안 쳐다봤다.

"어떻게 됐어요?" 내가 물었다.

"바버라가 너를 받아주겠대. 자신감이 붙도록 매주 연기 수업에 나오라곤 했지만 어쨌든 너를 받아준다고 했어."

엄마는 놀라움과 뿌듯함에 머리를 마구 흔들었다. 그리고 안도의 한숨을 내쉬며 나를 끌어안았다.

"넌 이제 주연 배우란다, 귀염둥이. 보조 출연은 이제 끝났어."

9

나는 연기 수업이 싫었다. 바버라 캐머런이 자기에게 관리 받고 싶으면 등록해야 한다고 했던 연기 수업을 두 달째 받고 있었다. 연기 수업은 매주 토요일 오전 11시부터 오후 2시 30분까지 진행되었다. 비록 집에서 멀리 벗어날 기회이긴 했지만, 교회에 갈 때처럼 그 시간을 고대하진 않았다. 갑갑한 집에 있는 것보다 연기하는 게 훨씬 더 불편했기 때문이다.

연기 수업은 약간의 '몸 풀기'로 시작했다. 십여 명의 아이들이 라스키 양을 흉내 내면서 천천히 돌았다. 로라의 성이 라스키였다. 그녀는 바버라의 오른팔일 뿐만 아니라 우리의 연기 선생님이기도 했다. 연기 지도랍시고 기껏해야 얼굴을 이상하게 일그러뜨리거나 입을 무서우리만치 크게 벌리거나 눈알이 튀어나올 듯 눈을 크게 떴다. 이게 연기를 더 잘하는 데 무슨 도움이 될지는 몰랐지만, 그딴 질문을 던지는 성가신 아이가 되지 말아야 한다는 건 알았다.

"수업 시간에 '온전히' 집중해야 한다." 엄마는 집으로 운전하고 돌아갈 때마다 내게 당부했다. "라스키 양이 계속 주시하고 있으니까. 성가신 아이들은 지시를 따르지 않고 자꾸 질문을 해대거든. 그런 아이들은 오디션 볼 기회가 없을 거야. 오디션을 보는 아이들은 입 꾹 다물고서 시키는 대로 하는 아이들이야."

얼굴 체조가 끝나면 우리는 여러 동물을 흉내 냈다. 몇 명은 그걸 재미있어 하는 것 같았지만, 나는 바보 같은 기분이 들었다. 나는 코끼리처럼 나팔 소리를 낼 줄 몰랐다. 고양이처럼 가르랑거리거나 원숭이처럼 낄낄댈 줄도 몰랐다. 그러고 싶지도 않았다. 동물 소리는 그냥 동물들한테 맡겨뒀으면 싶었다.

라스키 양은 가끔 모두에게 동작을 멈추라고 한 후, 한 아이를 지명해서 혼자 동물 소리를 내보라고 했다. 수줍음이나 어색함을 극복하는 데 도움이 된다나.

"제닛, 나팔 소리! 진짜 코끼리처럼 나팔을 불어봐! 진심을 담아서!"

진심을 담지는 않았지만 어쨌든 최선을 다했다. 그런데 수줍음을 극복하긴커녕 쥐구멍이라도 있으면 들어가고 싶었다.

거북한 동물 흉내 내기가 끝나면 우리는 암기 기술로 넘어갔다. 정해준 장면에 맞춰 30분 동안 캐릭터의 대사를 외운 다음 한 사람씩 '담백하게' 대사를 읊었다. 이쪽 업계에선 '감정 없이 빠르게' 대사를 읊을 때 '담백하게'라는 용어를 썼다. 오디션을 볼 때 지나치게 연습한 티를 내지 않을 수 있어서, 이 기술은 특히 아이들에게 중요하다고 했다. 대사를 다 숙지하도록 '담백하게' 외우고 나서 감정을 추가하면 그 장면을 신선하게 연기할 수 있다는 것이다.

대사 암기는 곧잘 하는 편이라 그나마 가장 덜 싫어하는 부분이었다. 나는 보통 15분 만에 외우고 나머지 15분 동안 속으로 되뇌곤 했다. 아울러 감정 없이 말하는 점도 괜찮았다. 감정이 문제였지, 대사 자체는 문제가 아니었다. 애당초 대사에 억지로 감정을 입히는 것도 불편했지만, 사람들이 볼 수 있도록 그 감정을 표출하는 것은 그야말로 역겨웠다. 무기력하고 발가벗겨진 기분이었다. 나는 사람들 앞에서 그런 모습을 내보이고 싶지 않았다.

대사 암기가 끝나면 장면 연습이 이어졌다. 직접 연기를 해야 하는 시간이라, 연기 수업에서 내가 가장 꺼리는 부분이었다. 매주 장면 연습을 준비하면서, 우리는 각자 외우고 분석해야 하는 장면을 배정 받았다. 장면 분석은 각자의 캐릭터와 장면, 대사의 숨은 의도에 대해 질문하는 과정이었다. 내 캐릭터는 실제로 무엇을 원하는가? 내가 소통하는 상대 캐릭터는 실제로 무엇을 원하는가? 이 둘이 어떻게 대립하는가? 내 캐릭터는 상대 캐릭터에 대해 어떻게 느끼는가? 장면을 분석한 뒤엔 예행연습을 충분히 하고 나서 토요반 수강생들 앞에서 직접 연기해야 했다.

우리는 한 사람씩 일어나 자기 장면을 연기한 다음, 라스키 양과 분석 내용을 검토했다. 나는 이 부분을 안 해도 되기를 간절히 바랐다. 조그마한 스튜디오 무대에서 다들 지켜보는 가운데 장면을 연기하는 게 싫었다. 관찰하는 건 좋았지만 관찰당하는 건 정말 싫었다.

라스키 양은 첫 시간에 어떤 부모도 장면 연습 시간에 참석할 수 없다고 못 박았다. 그런데도 엄마는 고집을 부렸다.

"나는 전이성 유관 상피내암, 그러니까 유방암 4기에 걸려서 항암 치료를 받은 탓에 뼈가 약해졌어요. 차에 너무 오래 앉아 있으면 온몸이 쑤신다니까요. 뜨거운 햇볕을 받으며 오래 걸어도 안 되고요."

"그렇다면 바로 길 건너편에 커피숍이 있어요." 라스키 양이 부자연스럽게 웃으며 말했다.

"커피 한 잔에 2달러 50센트나 쓰고 싶진 않아요." 엄마가 더 부자연스럽게 웃으며 말했다.

그것으로 일단락되었다. 연기 수업이 시작된 이래로 엄마는 장면 분석 시간에 참석하는 유일한 보호자가 되었다. 나는 엄마가 내연기를 지켜보겠다는 소기의 목적을 이루어서 기뻤다. 하지만 그때문에 스트레스가 더 높아졌다. 곁눈으로 보이는 엄마의 평가와 반응이 자꾸만 신경 쓰였다. 내가 대사를 읊을 때면 엄마도 입 모양으로 그 대사를 말하면서 내가 흉내 내었으면 싶은 표정을 과장되게 표현했다. 엄마의 측면 코치를 곁눈질로 살피면서 연기하려니 더 힘들었다.

수업이 끝나면 안도감이 확 밀려왔다. 그때부터 휴식 시간이었다. 다음 날까진 내 장면을 살펴볼 필요가 없었다. 적어도 그날 밤엔 자유였다.

10

"그 말은 하고 싶지 않아요."

나는 곧 있을 〈매드 TV〉(Mad TV, 1995년부터 2009년까지 FOX에서
방영했던 코미디 프로그램—옮긴이 주) 오디션에 대비해 내 대사를 훑
어보다가 엄마에게 말했다. 이 촌극은 캐시 리 기퍼드와 그녀의 두
자녀를 패러디하는 내용이었다. 나는 딸의 패러디 버전이 되려고
애쓰는 중이었다.

"게이(gay)라는 말에는 여러 가지 의미가 있단다. 때로는 그냥 행
복하다는 뜻이야. 크리스마스 캐럴에도 나오잖아. 다들 큰 소리로
부르는데, 뭐." 엄마는 캐럴에 나오는 부분을 직접 들려주었다. "'이
제 게이 옷을 차려입고.'"(Don we now our gay apparel, 〈Deck The Hall〉
이라는 캐럴에 나오는 가사. gay는 '동성애자'를 뜻하기도 하지만 '즐거운,
화려한'을 뜻하기도 함—옮긴이 주)

엄마도 나를 어느 정도 동정하는 게 분명했다. 그렇지 않으면 이
렇게 시시콜콜 설명할 리가 없었다.

"그 말을 꼭 해야 해요?"

"그렇다니까, 넷. 대사 있는 역할의 오디션 기회가 어디 쉽게 오
니? 네가 뭐든 잘 해낸다는 사실을 바버라에게 알리려면 찬밥 더운
밥 가릴 수 없다니까. 게다가 이번에 출연 계약을 따내야 바버라가
너를 다른 오디션에도 계속 보내줄 거야."

나는 앞에 놓인 대본을 몇 장 넘겼다.

"얘, 이번 일을 잘 해내면 끝나고 아이스크림을 먹으러 갈 수 있어. 알겠니? 존슨 자매님이 나눠준 쿠폰이 있잖아. 그걸로 먹으면 돼."

"알았어요."

***

다음 날, 나는 내 오디션 차례를 기다리고 있었다. 대기실은 비좁았다. 흰 벽엔 아무 장식도 없었다. 동료 오디션 참가자들과 엄마들은 접이식 의자에 앉거나 벽에 등을 대고 서 있었다. 여자아이들은 죄다 금발이었고, 엄마들은 죄다 초조해 보였다.

캐스팅 담당자가 나를 데리러 왔다. 오디션 전엔 늘 그렇듯이, 나는 입이 바싹 말랐다. 그리고 벌써 네 번이나 오줌을 쌌는데도 또 마려웠다. 엄마가 마시라고 준 무설탕 레드불 때문인 것 같았다. 나한테는 코미디에 걸맞은 활기가 부족하다면서 코미디 오디션 전에 매번 마시게 했다.

"제닛 맥커디." 캐스팅 담당자가 나를 호명했다. 나는 침을 꿀꺽 삼켰다.

"네!" 나는 엄마가 시킨 대로 힘차게 대답했다.

"이쪽으로 오너라." 캐스팅 담당자가 손짓했다.

엄마가 응원차 내 엉덩이를 툭 쳤다.

"넌 할 수 있어, 넷. 여기 있는 어떤 여자애보다 뛰어나니까!"

나는 한 여자애가 슬픈 얼굴로 고개를 숙이는 모습을 봤다. 그

아이 엄마가 옆에서 등을 토닥였다. 나는 캐스팅 담당자를 따라 캐스팅 실로 들어갔다. 남자 둘이 앉아 있었다.

"준비되면 시작해." 그들 중 한 명이 말했다.

캐스팅 감독이 먼저 자기 대사를 읊었다. 나는 상대역의 두 대사 중 첫 번째를 말했다.

"당신은 늙었어요."

남자들이 웃음을 터뜨렸다. 내가 괜찮게 했나 보았다. 입은 여전히 말랐다. 대사를 읊는 것도 여전히 두려웠다. 드디어 다음 대사를, 그 단어가 들어간 대사를 할 차례였다.

"겔먼, 당신은 정말 게이 같아요."(Gelman, you are so gay.)

두 남자가 더 크게 웃었다. 이제 끝났다. 나는 엄마를 만나러 대기실로 향했다.

"그 사람들이 뭐라던?" 엄마가 배스킨라빈스에서 줄 서 있는 동안 물었다.

"나더러 웃긴다고 했어요."

"그래, 넌 참 웃기지. 때로는 진지하기도 하고. 아무튼 다 갖췄다니까. 너 티 코코넛 먹을 거지?"

"어, 아뇨. 쿠키 앤 크림으로 할게요."

엄마가 놀란 눈으로 나를 돌아봤다.

"너 티 코코넛을 원하지 않는다고?"

앗! 이럴 땐 뭐라고 해야 하지? 엄마는 내가 티 코코넛을 고르지 않아서 당황한 듯했다. 나는 잠시 기다리면서 엄마가 어떻게 나오나 살폈다. 우리는 아이스크림 카운터에 서서 아이스크림 대신 서로를 바라봤다. 다음 순간, 엄마의 자세가 누그러지더니 눈에 눈

65

물이 고였다.

"지난 8개월 동안 너티 코코넛을 제일 좋아하더니, 그새 변했구나. 자꾸 이렇게 크는구나."

나는 엄마의 손을 꼭 잡았다.

"아니, 됐어요. 너티 코코넛으로 먹을게요."

"정말이니?"

"물론이죠." 내가 고개를 끄덕였다.

엄마는 어린이 사이즈를 하나 주문하며 10대 점원에게 쿠폰을 내밀었다. 눈가를 시커멓게 칠해서 꼭 너구리처럼 보이는 점원이었다. 우리는 작은 부스에 앉아 함께 아이스크림을 즐겼다. 나는 사실 코코넛 맛에 물렸지만, 엄마 앞에선 여전히 좋아하는 척하려고 몇 번이나 '으음' 소리를 냈다. 몇 입 떠먹고 있는데 엄마의 회색 호출기가 윙윙거리기 시작했다. 엄마는 크리스마스 선물로 이 호출기를 골랐다. 바버라가 연락을 취하고 싶어 하면 바로 알아야 한다면서. 바로 지금처럼.

"바버라야! 바버라한테 호출이 왔어!"

엄마는 벌떡 일어나 아이스크림 카운터로 뛰어갔다. 나는 아이스크림 숟가락을 내려놨다. 엄마가 지켜보지 않으니 억지로 먹을 필요가 없었다.

"그쪽에 혹시 전화기 있니?" 엄마가 직원에게 물었다.

"네, 하지만 직원 전용이에요." 너구리 눈 점원이 퉁명스럽게 말했다.

"내 딸이 배우인데, 〈매드 TV〉라는 쇼에서 처음으로 대사가 있는 역할을 맡을 것 같아. 〈매드 TV〉라고 들어봤지? 아주 재미있을 거야. 좀 더 실험적인 SNL(SNL, Saturday Night Live, NBC에서 1975년부터 방송해온 장수 코미디 프로그램―옮긴이 주)이니까. 아무튼 그 직원용 전화기를 내가 잠깐 써도……"

"아, 예. 그럼 쓰세요." 직원이 지루해 하며 엄마 말을 잘랐다.

엄마는 카운터 안쪽으로 손을 뻗고 전화번호를 눌렀다. 바버라의 번호는 이미 외우고 있었다. 엄마가 내 쪽을 힐끔 보더니, 손가락을 교차하며 행운을 빌었다. 나는 아이스크림을 한 입 떠먹었다.

"아아아아!!" 엄마의 갑작스러운 외침에 직원이 귀를 막았다. "넷, 네가 계약을 따냈어. 〈매드 TV〉 계약을 따냈어!"

엄마는 바버라와 통화를 마치고 내게로 달려왔다. 그리고 나를 와락 끌어안았다. 나는 '윙스 향수'가 섞인 엄마의 따스한 살냄새를 좋아했다. 엄마가 행복해 하니까 나도 무척 행복했다.

"이게 꿈이니 생시니, 넷? 처음으로 대사가 있는 역할을 맡았어! 이건 정말 대박이야, 대박!"

엄마는 신이 나서 내 이마에 뽀뽀한 다음 숟가락으로 아이스크림을 푹 떴다. 그리고 너티 코코넛을 바닥까지 싹싹 긁어 먹었다. 내가 그러지 않아도 돼서 다행이었다.

11

"엄마 참 예뻐 보이네."

내가 엄마의 머리를 빗겨주면서 말했다. 엄마는 화장실 거울 앞에서 화장하는 동안 내가 머리를 빗겨주는 걸 무척 좋아했다. 마음이 진정되고 편해진다나.

"고맙다, 내 귀염둥이 천사. 하지만 카렌한테 비하면 초라하단다. 걘 미인대회에 나가도 될 만큼 멋지거든."

엄마는 립스틱 뚜껑을 닫고 위아래 입술을 비벼가며 자두색 립스틱을 고르게 폈다. 내가 보기엔 엄마의 본래 입술 색이 더 예뻤다.

"엄마도 미인대회에 나가도 될 만큼 예뻐요." 내가 말했다. 진짜로 그렇다고 생각한 점도 없잖아 있지만, 주로 엄마를 안심시킬 목적이었다. 엄마는 또래 친구가 별로 없었고, 그나마 자주 만나지도 못했다. 그런데 그중 한 명을 오늘 점심에 만나기로 했다. 그러니 보통 일이 아니었다.

카렌은 엄마의 고등학교 시절 절친이었고, 졸업 후에도 미용 학교에 같이 다녔다. 그런데 두 사람의 관계는 다소 복잡해 보였다. 엄마는 카렌이 정말 멋지고 다정한 사람이라고 말하다가도 바로 다음 순간 그녀가 실은 'B.I.T.C.H.'(나쁜 년)라고 욕설을 내뱉었다.

"우린 그런 말을 쓰면 안 되잖아요."

"그냥 철자만 댔을 뿐인데, 뭐. 하나님도 카렌을 제대로 알면 이해해주실 거다. 참, 걔가 내 아기 이름을 어떻게 훔쳐 갔는지 말했 었나?" 엄마가 향수를 칙칙 뿌리며 말했다.

"어허." 내가 머리를 계속 빗으며 대답했다.

엄마가 눈을 내리깔았다. 내 말에 기분이 상한 것이다. 이 이야기를 전에도 여러 번 들려줬지만, 지금 또 하고 싶다는 뜻이었다.

그게 뭐 어렵겠는가? 그냥 가만히 들어주면 되는데.

"하지만 또 들어도 괜찮아요."

"아무튼 그래서 나는 간신히 이름을 골라놨어." 엄마가 바로 이야기를 시작했다. "제이슨. 아주 멋진 이름 같았어. 야무지잖아. 너무 흔하지도 않고, 그렇다고 라군이니 뭐니 하는 요새 애들 이름처럼 이상하지도 않고. 그런데 아기 이름을 정하면 아무한테도 말하면 안 된단다. 재수가 없대."

"어허⋯⋯."

"내 얘기 듣고 있니, 넷? 좀 멍한 것 같다."

"듣고 있어요."

"그러니까 아무한테도 말하면 안 되는데, 난 해버렸단다. 카렌한테 말이야. 내 절친이라고 생각한 데다 걔가 알고 싶어 했으니까. 게다가 우린 동시에 임신해서 그 모든 일을 함께 겪었거든. 아, 그런데 그 계집애가 먼저 애를 낳더니 이름을 뭐라고 지은 줄 아니? 제이슨이야, 제이슨. 내 이름을 훔쳐 간 거야."

"난 어쨌든 마커스라는 이름이 더 좋아요." 내가 말했다. "더 독특하잖아요."

"아, 그건 그래. 하지만 원칙이라는 게 있는 거야."

"그건 그래요." 내가 동의했다.

엄마는 숨을 크게 쉬고 나서 속눈썹에 마스카라를 발랐다. 벌써 세 번째 코팅이었다.

"어쨌든 난 걔를 절대로 신뢰하지 않지만, 여전히 좋은 친구로 지내고 있단다."

나는 그 논리가 이해되지 않았다. 그래서 그냥 "어허"라고 말했다.

"그래도 내 절친은 아니야." 엄마가 계속했다. "내 절친은 바로 너야, 넷. 네가 엄마의 절친이야."

나는 활짝 웃었다. 내가 엄마의 절친이라는 사실에 무척 행복했다. 엄마와 세상에서 가장 가까운 사람이 되는 것. 그게 내 목적이었다. 마음이 뿌듯했다.

"빗질을 왜 멈췄니?"

나는 얼른 하던 일로 돌아갔다.

12

"하, 오늘 아침엔 정말 되는 게 하나도 없네!"

엄마가 접시를 싱크대에 던지듯 내려놓으며 소리쳤다. 나는 그 소리에 움찔하면서 얼른 부엌으로 향했다. 누군가가 엄마를 도와줘야 하는데 대부분 아직 자고 있었다.

"누가 이놈의 설거지라도 한번 해주면 좀 좋아!"

엄마가 또다시 소리치며 머그잔을 탁 내려놓는 바람에 손잡이가 부러졌다. 엄마는 이 기억을 또 간직하려고 머그잔 조각을 지퍼락에 쑤셔 넣었다.

"내가 할게요, 엄마."

엄마의 화를 돋우지 않으려고 내가 조심스럽게 말했다.

"아, 넌 됐어." 엄마가 내 머리를 쓰다듬으려고 세제가 잔뜩 묻은 손을 뻗으며 말했다. "네 손이 거칠어지면 안 되잖니. 말린 자두처럼 거친 손을 한 여자애를 누가 캐스팅하고 싶겠니?"

"알았어요."

"마크! 당신이 오늘 제넷을 댄스 수업에 데려다줄 수 있어?! 난 설거지를 마저 해야 해서 시간이 지체될 것 같아!"

거실에 있던 아빠가 부엌 쪽으로 몸을 돌리더니, 코스트코 매트에서 자고 있던 더스틴과 스콧을 넘어왔다.

"뭐라고?" 아빠가 부엌에 와서 물었다.

"제넷의 댄스 수업 말이야. 당신이 좀 데려다줄 수 있냐고?"

"그러지 뭐." 아빠가 담담히 말했다.

"꼭 그렇게 무뚝뚝하게 대답해야 해?" 엄마가 말했다.

"미안해."

"매사에 사과하지도 말고. 그냥 서두르기나 해. 20분 뒤엔 출발해야 제시간에 도착할 테니까."

내가 폴라 압둘 댄스 특집 오디션에서 죽 쑨 뒤로 엄마는 댄스 수업 일정을 아주 빡빡하게 잡아줬다. 오디션에 참가한 다른 여자애들은 다리도 잘 찢고 연속해서 서너 번 빙글빙글 돌았지만, 나는 어떤 것도 할 줄 몰랐다. 다 같이 안무를 잠깐 배우긴 했는데 나는 하나도 기억하지 못했다. 대사는 척척 외웠지만, 댄스 동작을 암기하는 건 완전히 다른 문제였다. 엄마는 내게 두 번 다시 그런 굴욕을 겪게 하고 싶지 않다고 했다. 그래서 일주일에 열네 차례 댄스 수업을 받게 했다. 재즈, 발레, 서정적 댄스, 뮤지컬 댄스, 힙합을 각각 두 번씩 하고, 스트레칭을 한 번 하고, 탭 댄스를 세 번 하는 일정이었다. 한 달에 두 건씩 보조 출연 일감을 따내면 비용을 충당할 수 있다고 했다.

실제로 해보니까 춤추는 게 싫지는 않았다. 솔직히 말하면, 좋았다. 몸을 움직이다 보니 복잡한 생각에서 벗어날 수 있었다. 그리고 같이 춤추는 여자애들도 대부분 괜찮았다. 다들 나를 친절하게 맞아주었다. 엄마에게 벗어날 수 있다는 점도 은근히 좋았다. 엄마는 내가 연기할 때처럼 지켜보지 않았다. 엄마 본인이 크면서 댄서가 되고 싶지는 않았기 때문일까? 본인이 되고 싶었던 일을 내가 이뤄낼 때만 지켜보고 싶었던 것일까? 잘 모르겠다. 아무튼 엄마한텐 절대로 털어놓지 않겠지만, 엄마가 주변에서 얼쩡거리지 않아서 좋았다. 끊임없는 감시의 눈초리에서 잠시나마 벗어나니 안도감이 들었다고나 할까.

전에도 몇 번 아빠가 댄스 수업에 데려다주었다. 나는 한시름 놨다. 엄마가 데려다줄 때면 누군가에게 소리를 치거나 댄스 스튜디오 주인에게 발레에서 내 역할이 작다는 식으로 불평을 쏟아낼까 봐 조마조마했다. 하지만 아빠는 전혀 그러지 않았다. 그런 건 의식하지도 못하는 것 같았다. 아빠는 그냥…… 숨만 쉬는 것 같았다.

"댄스 교실에 자전거 타고 갈래?" 아빠가 내게 물었다.

"네!"

내가 신나게 대답했다. 엄마에게 물어볼까 하다가 안 된다고 할 게 뻔해서 그만뒀다. 아빠는 홈 디포와 할리우드 비디오 두 군데서 일하는 바람에 나랑 함께할 시간이 많지 않았다. 대개 밤늦게 집에 돌아와 곧장 뒷방으로 가서 몇 시간 눈을 붙였다. 뒷방도 물건이 가득했지만, 침대에 한 사람 간신히 누울 공간이 있었다. 그래서 아빠는 뒷방 신세가 됐다. 물론 엄마가 정떨어진 사람과 같은 침대에서, 심지어 같은 공간에서 잘 수 없다고 한 탓도 있었다. 엄마가 거실 소파에 눕거나 우리와 함께 코스트코 매트에 누웠기 때문에 아빠가 가능한 한 멀찍이 떨어진 곳으로 가는 게 당연했다.

게다가 나도 연기 경력을 쌓고 학과 공부를 하느라 바빴다. (엄마한테 홈스쿨링을 받았지만, 우리가 제대로 배우는지 입증하기 위해 한 달에 한 번씩 당국에 과제 샘플을 보내야 했다.) 그 와중에 지금은 댄스 수업까지 받았다.

아빠랑 함께 보낸 적은 몇 번 없어서 그 몇 번이 유난히 기억에 남았다. 아빠는 바쁜 일정 때문에 몇 년 동안 내 생일 파티에 참석하지 못했다. 그런데 공영 수영장에서 내 여덟 번째 생일 파티를 열었는데, 아빠가 용케 시간을 냈다. 그때 처음으로 생일 축하 카드도 주었다. 그런데 겉봉에 내 이름의 철자를 틀리게 적었다. 사람들은 노상 내 이름을 잘못 적었다. 매번 그러려니 하고 넘어갔는데 아빠마저 그러니까 왠지 서글펐다. 나는 아빠가 뭐라고 적었는지 보려고 카드를 펼쳤다. 중요한 건 내용이니까.

"사랑한다, 아빠가."

카드에 적힌 시구절 밑에 딱 그렇게만 적혀 있었다. 나는 더더욱 서글펐다. 하지만 중요한 건 마음이니까. 아빠가 나를 생각했다는 사실이 나한테는 중요했다. 집으로 돌아올 때 엄마가 하는 말을 듣기 전까진.

"내가 말한 대로 생일 축하 카드 써줬지? 당신도 여느 아빠들처럼 딸하고 유대를 좀 맺어야 한다니까."

결국 그마저도 엄마의 생각이었다.

아빠와 함께 보냈던 다른 기억은 좀 더 일상적인 일이었다. 가령 아빠가 조금 일찍 퇴근한 날엔 우리와 함께 〈맥가이버〉나 〈길리건스 아일랜드〉의 재방송을 보기도 했고, 일요일엔 예배를 마치고 돌아와서 스튜를 만들어주기도 했다. 만들 때마다 재료는 분명히 소고기, 콘 차우더, 칠리, 완두콩 등 달랐지만, 단언컨대 매번 렌즈콩 맛이었다. 아빠와 보냈던 이런 시간은 괜찮긴 했지만 특별하진 않았다. 나는 엄마와 연결되었다고 느끼는 것처럼 아빠하고도 끈끈하게 연결되었으면 싶었다. 물론 엄마랑 있으면 피곤하긴 하지만, 적어도 엄마를 행복하게 하려면 뭘 해야 하는지 알았다. 그런데 아빠

랑 있을 때는 뭐가 뭔지 모르겠다. 하는 일도 적었지만 그만큼 보람
도 적었다.

그런데 오늘은 아빠가 자전거를 타고 가자고 제안해서 뭔가 특별
한 유대를 맺을 수 있을 것 같았다. 아빠는 자전거 타는 걸 무척 좋아
했다. 친할아버지가 돌아가시면서 아빠에게 물려준 자전거였다.

"자전거는 집이 아니잖아." 그때도 엄마는 불만을 쏟아냈었다.
"아무래도 페이 할머니가 돌아가실 때까지 더 기다려야 하나 보다.
그날이 조만간 올 것 같진 않구나. 여든두 살 노인네 건강이 나날이
좋아지고 있으니."

엄마는 그렇게 말하면서 짜증스럽게 혀를 끌끌 찼었다.

나도 자전거 타는 걸 좋아했다. 내 일곱 살 생일에 린다 이모가
보내준 자전거이지만 몸을 좀 구부리면 지금도 탈 수 있었다. 어쩌
면 오늘 아빠랑 좋은 추억을 쌓을 수 있을 것이다. 둘이서 즐겁게
보낼 수 있을 것이다.

그리하여 우리는 자전거를 타고 로스알라미토스에 있는 '댄스
팩토리'(Dance Factory)로 향했다. 바로 옆 동네라 그리 멀진 않았다.
가는 길에 오렌지우드에 있는 공원에 들러 구름사다리를 한 바퀴
돌았다. 아빠는 즐거운 표정으로 웃고 있었다. 나도 확실히 즐거웠
다. 진짜 좋았다.

댄스 팩토리에 도착하니, 수업 시간에 10분 정도 늦었다. 15분
이상 늦으면 수업에 들어갈 수 없었다. 나는 선생님의 고약한 시선
을 받으며 안으로 들어갔다. 그 정도는 얼마든지 감수할 수 있었다.

수업은 금세 끝났다. 우리는 부모님이 기다리는 대기실로 우르
르 몰려갔다. 아빠는 엄마가 싫어하는 방식으로 벤치에 다리를 꼬

고 앉아서 클리프바(Clif Bar)를 먹고 있었다.

"그거 어디서 났어요?" 내 짐작이 맞을까 봐 걱정스레 물었다.

"스튜디오 앞에 스낵바가 있더구나."

"엄마는 스낵바가 너무 비싸다고 절대로 사 먹지 말랬어요."

"1달러밖에 안 한다."

"그러니까요."

"어제가 월급날이었어." 아빠는 손사래를 치면서 말한 후 앞장서서 자전거로 향했다.

우리는 자전거에 올라타고 집으로 출발했다. 텅 빈 로스알라미토스 고등학교와 폴리즈 파이 가게를 지났다. 그런데 아빠가 방향을 오른쪽으로 꺾더니 쇼핑센터의 스무디 가게 쪽으로 페달을 밟았다.

"어디 가는 거예요?"

"스무디 먹고 가자."

"스무디는 비싸-"

"월급날이었다니까." 아빠가 내 말을 잘랐다.

아빠랑 나눠 먹을 바나나 딸기 스무디가 절반쯤 섞였을 무렵, 나는 가슴이 철렁했다. 아빠와 유대를 맺는다는 흥분 속에서 그만 연기 수업을 잊고 있었다. 자전거로는 절대로 제시간에 도착하지 못하리라는 사실을 까맣게 잊고 있었다.

그런데 지금 기억났다. 스무디 기계가 여러 과일을 요란하게 뒤섞는 이 와중에 그 사실이 기억났다. 나는 아빠를 쳐다봤다.

"괜찮으면 레몬을 좀 더 넣어주세요." 아빠가 카운터 너머로 스무디 만드는 사람의 손에 들린 레몬을 주시하며 말했다.

나는 아빠도 내가 늦었다는 걸 아는지 궁금했다. 혹시 일부러 자전거를 타자고 하고, 일부러 스무디 가게에 들르자고 한 것일까? 내가 연기 수업을 싫어한다는 걸 알고? 어쩌면 아빠가 나를 돕고 싶거나 나를 구해주고 싶었는지 모르겠다.

"쪼금만 더 넣어주세요." 아빠가 재차 말했다.

나는 그럴 리 없다고 결론 내렸다. 괜한 기대였다. 아빠는 내 행복보단 자신의 스무디에 들어갈 레몬의 양에 더 집중하고 있었다.

나는 아빠한테 연기 수업을 상기해주고 서둘러 가야 할지 고민했다. 하긴 지금부터 서두른다고 해도 늦을 것이다. 결국 아무 말 않기로 했다. 왜 굳이 말하겠는가? 끈끈한 관계는 아니더라도 아빠랑 즐겁게 지내고 있는데, 왜 굳이 망치겠는가? 나는 마음을 느긋하게 먹고 그 시간을 즐겼다.

우리는 스무디를 다 먹고 천천히 페달을 밟았다. 공원에 또 들러서 그네도 탔다. 집에 도착하니 11시 5분이었다. 엄마가 앞마당에서 서성거리며 열쇠를 쨍그랑거리고 있었다. 그 소리가 전투력을 높이는 나팔 소리 같았다.

"도대체 어디 있다 오는 거야?!" 엄마가 소리쳤다.

참견하기 좋아하는 옆집 아저씨 버드가 울타리 너머로 고개를 내밀었다. 나는 아저씨가 또 사회복지사한테 전화하겠다고 위협할지 궁금했다. 엄마가 지난번에 앞마당에서 고래고래 소리칠 때도 그랬다. 이번엔 그러지 않도록 엄마가 목소리를 낮추길 기도했다.

"잠깐 스무디 가게에 들렀어." 아빠가 어깨를 으쓱하며 말했다. 이게 대체 무슨 일인가 싶은 눈치였다.

"잠깐 스무디 가게에 들렀다고??" 엄마의 목소리가 더 격해졌다.

나는 버드 아저씨한테 손을 흔들었다. 그가 엿본다는 사실을 적어도 누군가는 보고 있음을 알렸다. 아저씨가 고개를 쑥 내렸다.

"그렇다니까……." 아빠는 엄마가 왜 이렇게 화났는지 알아내려 애쓰며 말했다.

엄마는 집으로 뛰어 들어가면서 문을 쾅 닫았다. 아빠는 엄마를 뒤따라 들어갔고, 나는 아빠를 뒤따라 들어갔다.

"뎁, 제발……."

엄마는 지금쯤 부엌에서 가전제품의 문을 이것저것 여닫고 있을 것이다. 처음엔 냉장고, 다음엔 오븐, 그다음엔 전자레인지……. 엄마가 도대체 왜 이러는지, 무엇을 찾는지 도무지 알 수 없었다. 그게 뭐든 엄마의 사나운 몸짓이 나를 두렵게 했다.

"제넷이 연기 수업을 받는다고 전에 말했잖아. 하지만 오늘은 그 수업을 놓치고 말았어. 이번 주엔 〈아이 엠 샘〉(I Am Sam)의 한 장면을 연습할 거였는데. 〈아이 엠 샘〉 말이야! 제넷이 끝내주게 잘했을 텐데!"

엄마가 찬장 문을 걷어찼다. 그런데 목재 문이 뚫리면서 발이 끼고 말았다. 엄마가 비명을 지르며 발을 확 빼냈다. 나무가 갈라지면서 문에 삐죽삐죽한 구멍이 생겼다.

"미안해." 아빠가 말했다.

"제넷은 그 장면을 연기할 필요도 없을 거야. 실생활이 그러니까. 실제로 덜떨어진 아빠를 둔 영리한 계집애니까."

13

할리우드에선 한 방 크게 터트릴 기회가 온다고들 하는데, 나는 아직 그 기회를 누리지 못했다. 자잘한 기회는 여러 번 잡았지만 그런 대박 기회는 나한테 오지 않았고, 올 것 같지도 않았다. 엄마는 할리우드가 나쁜 남자친구 같다고 했다.

"정식으로 언질은 안 해주면서 계속 데리고 놀려고만 하잖아."

그 말이 정확히 무슨 뜻인지는 몰라도 아무튼 맞는 말처럼 들렸다.

〈매드 TV〉 이후로 내가 잡은 자잘한 기회는 다음과 같다.

- 덴탈 랜드(Dental Land)라는 치과 병원 광고. 우리가 광고를 찍었던 치과 병원이 웨스트필드 쇼핑몰에 있었다. 그래서 점심 휴식 시간에 우리는 쇼핑몰을 둘러보며 시간을 보냈다. 엄마는 내가 "그룹에서 제일 멋진 배우"라고 추켜세우며 산리오 서프라이즈 (Sanrio Surprises)라는 선물 가게에서 귀여운 가방을 사주었다. 광고를 찍을 때 다른 애들이랑 그냥 가만히 앉아만 있었는데, 엄마는 왜 내가 제일 멋진 배우라고 하는지 알 수 없었다. 그래도 산리오 가방이 생긴다면야 그런 칭찬을 기꺼이 받아들이겠다.
- 〈섀도 퓨리〉(Shadow Fury)라는 제목의 저예산 독립영화. 엄마는 내가 주연 급여를 못 받았다고 불평했다. "가짜 피를 흘리며 죽어가는 남자를 내 아기가 품에 안고서 핼러윈을 보낼 때는 마땅

한 보상을 받을 자격이 있다니까." 나의 가짜 아빠가 총에 맞았을 때, 나는 위층에서 그 총소리를 듣고 뛰어 내려와 죽어가는 아빠의 머리를 부여안았다. 설탕으로 된 가짜 피가 찐득찐득하고 불쾌했지만, 그나마 피는 견딜 만했다. 제일 괴로웠던 부분은 마이크 팩이었다. 예산이 너무 적어서 마이크 팩을 내 몸에 맞게 조절할 허리띠가 없었다. 그래서 그들은 덕트 테이프로 마이크 팩을 내 몸에 붙였다. 그날 밤늦게 그들이 덕트 테이프를 벗겨내는데 비명이 절로 나왔다. 훌쩍이면서 집에 돌아오니, 코난 오브라이언의 새벽 2시 30분 재방송이 상영될 시간이었다. 〈코난 쇼〉를 보면서 엄마가 알로에베라 젤을 발라줬다. 그래서 다 나쁘진 않았다.

- 〈말콤네 좀 말려줘〉(Malcolm in the Middle)의 한 에피소드에 게스트 출연. 공동 출연이 아니라 처음 해본 게스트 출연이었기 때문에 특히 흥미로웠다. 공동 출연자 역할은 흔히 대사가 열다섯 줄 이하였고 에피소드 마지막에 이름이 올라갔지만, 게스트 출연자 역할은 더 중요해서 도입부에 이름이 올라갔다. 그 에피소드는 아들 대신 딸을 낳고 싶었던 엄마 캐릭터에 관한 내용이었는데, 나는 그녀의 아들인 듀이의 딸 버전인 데이지를 연기했다. 그들은 듀이의 트레이드마크인 크고 돌출된 귀에 비해 내 귀가 너무 작다면서 내 귀 뒤쪽에 단단한 밀랍을 붙였다. 밀랍 덩어리가 커서 귀 뒤쪽이 내내 아팠지만, 에피소드를 촬영한 스튜디오는 마음에 들었다. 게다가 프로듀서가 나한테 무척 친절했다. 나는 말콤 역을 맡은 프랭키 무니즈가 꽤 잘생겼다고 생각했고, 복도에서 마주쳤을 때 프랭키가 나한테 인사를 건네서 좋았다. 그런 감

정을 드러내지 않았다고 생각했지만, 엄마는 용케 알아차렸다. "생각도 하지 마라. 걘 너보다 나이가 너무 많아. 더구나 모르몬 교도가 아니야."

- 미국의 4대 이동통신 사업자인 스프린트 PCS(Sprint PCS) 광고. 내 첫 번째 전국 방송 광고였다. 그 말인즉슨, 재방송 출연료가 나온다는 뜻이다! 떡갈나무 2층 침대를 사도 될 만큼 많은 재방송료가 들어왔다. 엄마는 약속한 대로 할머니와 할아버지 방을 정리해서 내 침대 공간을 마련했다. 하지만 위쪽 칸에 서류 더미와 낡은 장난감, 책 따위를 잔뜩 올려서 쓸 수 없게 했다. 나는 위층에서 자고 싶었기 때문에 약간 실망했다. 엄마는 너무 위험하다면서 위쪽 칸엔 올라가지도 말라고 했다. "노츠 베리 팜(Knott's Berry Farm) 테마파크에 놀러 갔다가 더스틴이 유모차에서 떨어졌잖니. 혹시라도 그때처럼 네가 떨어져서 머리라도 다치면 어떡하니? 그런 위험은 절대로 감수할 수 없다! 그때 일로 나 자신을 절대로 용서하지 못했는데, 이 일에 대해서도 절대로 용서할 수 없을 거야. 하긴 그 덕에 다들 보이젠베리 펀치를 공짜로 마시긴 했지."

이런 소박한 성공 기회 외에도 내 이름을 조금씩 알릴 기회는 많았다. 오디션을 보면 75퍼센트 정도 콜백(캐스팅 감독이 1차 오디션에서 가능성을 보인 배우들에게 대본 읽기를 시키려고 다시 불러들이는 행위—옮긴이 주)을 받았다. 바버라는 내가 계약을 따내지 못하더라도 그 정도면 썩 좋은 편이라고 말했다. 엄마와 통화할 때도 이렇게 말했다. (요즘엔 로라 대신에 바버라가 직접 엄마를 상대했다. 내가 점점 뜨고 있다는 신호 아니겠는가!)

"제넷이 확실히 제대로 하고 있나 봐요."

"그래도 아직은 부족해요." 엄마는 늘 이 말을 덧붙였다.

"제넷은 꼭 해낼 거예요. 내가 장담해요. 꼭 해낼 거라고요." 바버라가 힘주어 말했다. "조금만 참고 기다려봐요."

엄마가 짜증스럽게 전화를 끊었다.

"하늘에 계신 아버지, 저에게 인내심을 허락해주소서. 그리고 제발 좀 서두르소서."

14

"좋아, 제닛. 감독하고 잠깐 이야기한 후에 널 데리러 올게."

캐스팅 감독의 말에 나는 고개를 끄덕였다. 다리가 후들후들 떨리기 시작했다. 멈추려 했지만 나도 어쩔 수 없었다. 〈프린세스 파라다이스 파크〉(Princess Paradise Park)의 네 번째 콜백에 응하려고 대기실에 앉아 있었다. 요즘 뜨거운 반응을 얻고 있는 가족 드라마라 7살에서 10살 사이의 여배우라면 누구나 오디션을 받고 싶어 했다. 실제로 수천 명이 오디션을 봤고 결국 나와 다른 여자애로 좁혀졌다. 이렇게 큰 프로젝트에 이렇게 가까이 다가가긴 처음이었다.

나는 열일곱 페이지에 달하는 대사를 완전히 숙지했다. 엄마 덕분이었다. 집안일을 하다가도 엄마가 불쑥 "시작해!"라고 말하면 나는 바로 알아듣고 대사를 읊었다. 한 달 넘게 진행된 〈프린세스 파라다이스 파크〉 오디션 와중에 다른 오디션도 몇 군데 봤지만, 이게 가장 힘들었고 또 가장 가까이 다가간 작품이었다. 엄마가 가장 신경 쓴 작품이기도 했다.

"바버라 말로는 이게 스튜디오 영화라서 역할을 맡기만 하면 넌 일약 스타가 될 거래." 엄마는 콜백을 받을 때마다 내게 말했다. "그때부턴 오디션을 볼 필요도 없이 온갖 제안이 쏟아질 거야."

오디션을 볼 필요가 없다는 말은 나한테도 솔깃했다. 떨리는 다리를 부여잡고 앉아서 나는 상상의 나래를 펼쳤다. 초조해서 미칠 것 같은 일에서 벗어날 수 있다면, 선택받아야 한다는 압박감과 선택받지 못했을 때 오는 슬픔을 느끼지 않아도 된다면 얼마나 좋겠는가! 이런 환상에 한창 빠져 있는데, 문득 마음속에서 크고 또렷한 음성이 들렸다.

"제넷, 성령의 영(靈)이 명하노니, 서명란에서 네 이름을 지우고 화장실로 가서 속옷 밴드를 다섯 번 연속 만진 후 한 발로 서서 빙글 돌고 화장실 문을 열었다 잠갔다 다섯 번 한 다음 다시 서명란에 서명하거라."

가슴이 벅차올랐다. 성령이 드디어 오셨다. 고요하고 작은 목소리(Still Small Voice)라고 불리는 성령이 드디어 내게 말문을 여신 것이다. 세례를 받은 여덟 번째 생일날부터 나는 성령의 음성을 기다렸다.

성령의 은혜는 단연코 내가 가장 고대한 선물이었다. 교회 친구 하나가 끈적끈적한 슬라임을 줬는데, 그건 근소하게 두 번째로 고대한 선물이었다.

성령은 하늘에 계신 하나님과 예수님을 돕는 훌륭한 분이시다. 정신이나 태도 면에선 그분들과 비슷하지만 다른 부분도 있다. 성령은 우리 모르몬교도 한 사람 한 사람 안에 존재하신다. 그리고 우리가 원할 때면 언제나 성령에게 말할 수 있고, 성령도 우리에게 말씀하시고 우리가 옳은 일을 하도록 이끄실 수 있다. 성령이 우리에게 하신 말씀은 언제나 옳다. 우리는 정말 운이 좋았다.

성령의 은혜를 받은 처음 몇 주는 별로 신나지 않았다. 솔직히 좀 실망스러웠지만, 교회에서 누구한테도 말하지 않았다. 누가 나더러 고요하고 작은 목소리, 즉 내 안의 성령과 소통했는지 물을 때마다 나는 그렇다고, 우리가 온갖 종류의 멋진 대화를 나누었다고 말하곤 했다. 그들이 어떤 대화를 나누었고 무엇을 배웠냐고 물으면, 나는 사적인 내용이라 말할 수 없다고 대답하곤 했다.

하지만 다 사실이 아니었다. 내가 성령과 대화를 나눴다면, 어떤 식으로든 소통이 이뤄졌다면, 나는 그 내용을 신나게 떠벌렸을 것이다. 하지만 그런 건 없었다. 왜 없는지 이유도 몰랐다. 나는 날마다 아침에도, 점심에도, 저녁에도 몰래 무릎을 꿇고서 성령의 음성을 듣게 해달라고 기도했다. 모르몬교도는 여덟 살 때까지 자기 죄를 책임지지 않는다. 그래서 내가 잘못을 저지를 시간이 많지 않았다는 점을 알면서도, 혹시라도 큰 잘못을 저질렀나 궁금했다.

'저는 왜 성령의 음성을 듣지 못하는 걸까요?' 나는 기도드릴 때마다 따져 물었다. '들을 자격이 없을 정도로 무슨 잘못을 저질렀나요? 프랭키 무니즈에게 불순한 생각을 품었기 때문인가요? 부디 저를 용서하시고 저에게도 성령의 은혜를 베풀어주세요. 바쁘신 건 알지만 저도 정말 절박해요. 성령의 음성이 어떤 건지, 저에게 무엇을 하라고 하실지 간절히 듣고 싶다고요. 감사합니다.'

내 기도는 몇 달이 지나도록 아무 효과도 없었다. 그런데 바로 오늘, 〈프린세스 파라다이스 파크〉의 최종 콜백에서 효과가 나타났다.

'좋아요, 성령님. 그런데 저한테 왜 이런 일을 하라시는 건가요?' 내가 마음속으로 물었다.

"네가 〈프린세스 파라다이스 파크〉 콜백에서 잘하라고 이러는 것이다. 내가 시키는 대로 하면, 너는 결국 그 역할을 맡게 될 것이다. 그렇게 되면 네 어머니도 행복해 할 테고 너희 가족의 문제도 다 해결될 것이다."

와우! 나는 성령의 직설적인 답변이 마음에 들었다. 그래서 시키는 대로 하려고 자리에서 벌떡 일어났다.

"어디 가려고?" 엄마가 물었다.

"오줌 마려워요."

나는 서명란에서 내 이름을 지우고 화장실로 갔다. 엄마가 개별 칸막이 안에까지 따라 들어왔다. 나는 속옷 밴드를 다섯 번 만졌다.

"뭐 하는 거야, 넷?" 엄마가 걱정스러운 표정으로 물었다.

"성령이 나한테 말씀하셨어요!"

내가 흥분해서 말했다. 그 말이 엄마의 걱정을 덜어줄 거라고 확신했다. 나는 왼발만 딛고 빙글 돌았다.

"어허." 엄마가 말했다.

"성령이 나한테 말씀하셨다고요!"

내가 다시 말했다. 엄마는 내 말을 제대로 못 들은 듯했다. 제대로 들었다면 나만큼이나 흥분했을 것이다. 나는 엄마가 지켜보는 와중에 화장실 문을 다섯 번 열었다 잠갔다 했다.

"왜 그런 눈으로 쳐다보는 거예요?" 내가 물었다.

엄마는 말없이 나를 쳐다봤다. 왠지 좀 슬퍼 보였다. "아무것도 아니다."

우리는 다시 대기실로 왔고 나는 서명란에 내 이름을 다시 적었다. '감사합니다, 성령님. 감사합니다.'

15

"네 속눈썹이 잘 안 보이잖니, 알지? 다코타 패닝은 이렇게 안 하는 줄 아니?"

엄마는 한 달에 한 번 라이트 에이드에서 구입한 갈색 속눈썹 염색약으로 내 속눈썹을 염색했다. 속눈썹 염색약과 함께 로레알 금발 하이라이트와 3달러짜리 투명 마스카라, 크레스트 화이트스트립스 치아 미백제의 보급형 상품도 같이 구입했다. 그러면서 나의 '자연스러운 아름다움'을 높이는 데 쓰는 비용이라며 '관리비'라고 불렀다.

엄마가 말하는 '자연스러운 아름다움'에는 늘 단점이 덧붙었다. 내 속눈썹은 길긴 하지만 너무 연해서 아예 없는 것 같았다. 내 머리카락은 황금빛으로 빛나긴 하지만 대개 끝으로 갈수록 빛나서 얼굴 주변을 더 밝게 해줘야 했다. 내 머리카락은 아주 굵어서 좋긴 하지만 제멋대로 뻗쳐서 살짝 다듬어줘야 했다. 내 미소는 예쁘긴 하지만 치아가 썩 하얗지 않았다. '자연스러운 아름다움'의 좋은 점마다 단점이 수반되므로, 상점에서 구입한 미용 제품으로 살짝 손볼 필요가 있다는 것이다. 그런데 '자연스럽게 아름다운' 것마다 상점에서 구입한 미용 제품으로 보완해야 한다면, 내가 정말로 '자연스럽게 아름다운지' 의문이 들었다. 엄마가 말하는 '자연스럽게 아름답다'는 용어는 남들이 말하는 '못생겼다'는 용어와 같은 뜻이 아닐까 싶었다.

"아야!"

"뭔데?"

나한테서 '아야!' 소리를 유발할 요인이 다양했기 때문에 엄마가 물었다. 일단 작은 종이가 아래쪽 속눈썹 바로 밑에 붙어 있어서 언제든 눈알을 찌를 수 있었다. 당연히 '아야!' 소리도 유발할 수 있었다. (엄마는 갈색 속눈썹 염색제가 내 피부에 묻지 않도록 바셀린을 바른 후 종이를 속눈썹 라인에 아주 바싹 붙였다.)

다음으로, 내 머리카락엔 은박지가 한 1,000장 정도 켜켜이 쌓여 있는 것 같았다. 은박지에 감싸인 머리카락이 거의 수평으로 뻗어 있었다. 여기엔 '아야!'를 유발할 요인이 두 가지나 있었다. 은박지가 머리 뿌리를 당겨서 통증을 일으키거나 표백제 연기가 눈을 따갑게 할 수 있었다.

그게 아니라면 내 치아에 붙은 크레스트 화이트스트립스의 싸구려 복제품 때문일 수도 있었다. 보통 15분 정도 붙이면 되는데 엄마는 45분째 내버려두고 있었다.

내가 주기적으로 역겨운 미백액을 뱉어내긴 했지만, 때로는 그게 밑으로 흘러서 잇몸까지 하얗게 물들였을 뿐만 아니라 따갑게 자극하기도 했다. 이것도 '아야!'를 유발할 수 있었다.

"여새야이 누네 드러가써"

치아에 붙은 미백제 때문에 발음이 제대로 안 나왔다.

"뱉고 나서 다시 말해봐." 엄마가 재촉했다.

나는 엄마가 시킨 대로 하고 다시 말했다.

"염색약이 눈에 들어갔다고!"

"이런 젠장. 젠장. 젠장. 왜 진작 말하지 않았니?! 잘못하면 눈이 멀 수도 있단 말이야. 고개 젖혀!"

나는 고개를 뒤로 젖혔다. 그러다 변기 등받이에 쿵 하고 부딪치는 바람에 또다시 '아야!'를 외쳤다. 엄마가 내 눈에 안약을 넣기 시작했다. 눈물과 안약이 뒤섞여서 뺨을 타고 흘러내렸다. 나는 고개를 똑바로 들려고 했지만, 머리카락이 변기 핸들에 걸려 움직일 수 없었다. 엄마가 엉킨 부분을 풀기 시작했다. 그야말로 덫에 걸린 기분이었다.

엄마는 늘 내 외모를 몹시 중요하게 생각했다. 내가 연기를 시작하기 전에도 그랬다.

아주 어렸을 때 페이스트리 반죽처럼 잔뜩 부풀린 원피스를 입은 적이 있었다. 겹겹이 접힌 주름이 살갗을 자꾸 자극하는 데다 그 옷을 입은 내 모습이 바보 같아 보였다. 엄마는 늘 내가 아주 예뻐 보인다고 했지만, 그럴 때마다 나는 예쁜 게 아니라 '잘생겼다(hampsome)'라고 소리치곤 했다. 너무 어려서 '잘생겼다(handsome)'는 말을 제대로 발음하진 못했지만, 여자애들한테 할당된 웬지 덜떨어진 용어보단 오빠들이 불리는 식으로 불리고 싶었기 때문이다.

배우 활동은 내 외모에 대한 엄마의 집착을 더 악화시켰다. 특히 〈내 친구 윈딕시〉(Because of Winn-Dixie)라는 영화의 주연 배우 오디션을 놓친 후부턴 더욱 그랬다.

"메러디스 파인 바꿔! 당장 메러디스 파인 바꾸라니까!" 엄마가 '코스트 투 코스트 탤런트 그룹'(Coast to Coast Talent Group)의 겁먹은 접수원에게 소리쳤다. 우리는 몇 달 전에 에이전트를 메러디스로 바꿨다. 엄마는 바버라 캐머런이 한물갔으며, 새로운 에이전시

인 코스트 투 코스트가 젊고 유망한 인재들을 대리한다고 말했다. 메러디스는 그 에이전시의 인재 담당 책임자였다.

"메러디스, 데브라 맥커디예요. 어째서 〈내 친구 윈딕시〉의 오디션에 제넷을 추천하지 않았죠? 어째서?! 제넷이 그 역할에 딱 맞는데 말이죠. 우리 애를 제대로 대우해주지 않을 거라면 도대체 왜 맡은 거죠?"

"데브라, 데……"

"보나 마나 테일러 둘리를 추천했겠죠!"

"데브라, 진정하고 나한테 엉뚱한 비난을 그만 퍼부어요. 나는 그 역할에 제넷을 추천했지만, 그들은 제넷이 평범하다면서 만나고 싶어 하지 않았어요. 우아한 아름다움을 지닌 배우를 찾고 있대요."

엄마는 망연자실한 표정으로 전화를 끊더니, 누가 죽기라도 한 듯 흐느끼기 시작했다. 그때 처음으로 내가 더 예쁘게 생겼으면 하는 생각이 들었다. 그 뒤로 '잘생겼다'에 대한 미련을 버렸다.

16

"이걸 꼭 입어야 해요?"

내가 낡은 소파에 펼쳐져 있는 의상을 내려다보며 말했다. 〈윈덕 시〉 사태 이후로 나는 오디션마다 이 옷을 입었다. 중앙에 모조 다 이아몬드로 하트가 새겨진 분홍색 셔츠에 검은색의 짧은 인조 가 죽 치마바지, 광택 나는 검은색 롱부츠였다.

"그렇다니까."

"하지만 이걸 입으면 꼭 거리의 여인이 된 기분이에요." 내가 고 개를 흔들며 말하자 머리를 말고 있던 핫 컬러(hot curler, 전기로 가 열하여 머리카락을 구불거리게 하는 원통 모양의 미용 기구―옮긴이 주)가 덜렁거렸다. 핫 컬러도 〈윈덕시〉 이후에 추가된 미용 제품이었다.

엄마가 웃음을 터뜨렸다.

"그게 뭔 뜻인지는 알고 말하는 거니?"

"엄마가 전에 〈택시 드라이버〉(Taxi Driver)를 보라고 했잖아요."

"아, 그렇지." 엄마가 그 영화를 기억해냈다. "조디 포스터는―"

"독보적인 아역 배우죠." 내가 엄마의 말을 가로챘다. 조디 포스 터라는 이름이 거론될 때마다 엄마가 똑같은 말을 했기 때문이다.

"맞아, 독보적이지. 하지만 너한테는 밀린단다."

나는 고개를 끄덕이고 다시 의상을 내려다봤다. 이걸 또 입으려 니 끔찍했다. 이걸 걸친 내 모습은 전혀 나답게 느껴지지 않았다.

"정말 이걸 또 입어야 한다고요?"

"그렇다니까. 그걸 입으면 아주 예뻐 보인다니까. '거리의 여인처럼' 예뻐 보이는 게 아니라 '아주' 예뻐 보인다고."

"하지만 예쁜 게 –"

"팔." 엄마가 내 말을 뚝 끊었다. 나는 팔을 들어 올렸다. 엄마는 내 셔츠를 벗기고 오디션 의상으로 갈아입히기 시작했다.

나는 예쁜 게 목적이어야 하느냐고 물어볼 참이었다. 〈그레이 아나토미〉(Grey's Anatomy)에서 자웅동체 역에 지원했는데, 엄마에게 물어보기 전까진 그게 무슨 뜻인지도 몰랐다. 엄마는 그게 여자이면서 동시에 남자인 사람을 칭하는 말이라고 했다. 내가 반은 남자여야 한다면, 반짝이 하트로 장식된 셔츠가 맞는 선택인지 의심스러웠다.

의상이야 어떻든, 나는 그날 바로 콜백을 받았다. 잠시 후 캐스팅 감독이 나와서 엄마에게 얘기를 좀 하자고 했다.

"우린 제넷을 최종 콜백에 데려가고 싶습니다. 제넷과 다른 여자애 한 명을."

엄마가 격하게 흥분하며 고개를 끄덕였다.

"그런데 의상을 좀 바꿔 입힐 수 있습니까? 뭐랄까 좀 더…… 중성적 느낌을 주는 의상으로?"

"글쎄요, 우리가 좀 먼 데서 왔거든요. 가든 그로브라고. 그게 어디 있는지 아세요? 다들 모르더라고요. 여기서 상당히 멀어요. 101번 도로를 타고 가다 110번 도로로 나가서 다시 405번 도로를 타야 해요. 물론 5번 고속도로를 타면 한 번에 가는데, 그쪽은 워낙 차가 많아서 시간이 더 –"

"그렉?" 캐스팅 감독이 엄마 말을 자르고 자신의 조수를 소리쳐 불렀다. 그렉이 서둘러 뛰어왔다. "지금 입고 있는 그 플란넬 셔츠를 제넷에게 빌려줄 수 있나?"

그렉은 평범한 티셔츠 위에 걸쳐 입은 플란넬 셔츠를 벗었다. 캐스팅 감독이 그걸 받아다가 엄마에게 건넸다.

"여기 있습니다. 이젠 문제가 해결됐군요."

"아, 정말 고마워요. 5번 고속도로를 타지 않아도 돼서 정말 다행이에요."

엄마는 내 손을 잡고 화장실로 이끌었다. 그리고 플란넬 셔츠로 갈아입혔다. 그런데 아래는 여전히 짧은 치마바지와 무릎까지 오는 검정 부츠 차림이었다. 전혀 조화롭지 않았지만, 반은 여자고 반은 남자인 역할에 딱 맞는 복장 같기도 했다.

최종 콜백은 순조롭게 진행되었다. 대사를 그보다 더 잘할 수 없었을 거라는 생각이 들었다. 하지만 밴을 타고 집으로 가는 길에 메러디스한테 전화가 왔는데, 내가 그 역할을 따내지 못했다고 했다.

"뭐라고요?! 아니 왜?!" 엄마가 놀라서 방향을 확 틀었다.

"제넷이 너무 예쁘다고 하더라고요."

엄마는 전화를 끊었다. 그런데 이번엔 욕설을 내뱉지도 않았고, 비명을 지르거나 눈물을 흘리지도 않았다. 오히려 즐거워하는 눈치였다. 나는 충격을 받았다. 내가 역할을 맡지 못했는데 엄마가 행복해 하는 모습을 본 적도 없었지만, 내가 너무 예뻐서 역할을 맡지 못했던 적도 없었기 때문이다. 그런데 이번엔 그랬다. 나는 너무 예뻐서 열 살 먹은 중성적 자웅동체 역을 할 수 없었다.

17

"뎁, 제넷이 OCD(Obsessive Compulsive Disorder, 강박장애)를 앓는 것 같구나."

할아버지가 〈제이 레노 쇼〉를 보다 말고 엄마에게 무거운 목소리로 말했다. 할아버지는 내가 듣고 있는 줄 몰랐다. 코스트코 매트에 누워 잠든 줄 알았다. 하지만 나는 아직 잠들지 않았다. 제이 레노를 별로 좋아하지 않아서 〈코난 쇼〉가 시작할 때까지 눈을 쉬게 하고 있었을 뿐이다.

"아 제발!"

엄마의 말투로 봐선, 쓸데없는 소리 말라는 듯 손사래도 쳤을 것이다.

"의사한테 가보는 게 좋겠구나." 할아버지가 말했다.

"그럴 필요 없어요. 제넷은 틱장애 따윈 없다고요."

"난 잘 모르겠다만, 걔가 자꾸 무슨 의식 같은 걸 치르더구나. 그럴 때마다 정신이 좀 나간 것처럼 보여. 그게 영 찜찜하구나."

"아버지, 제발! 제넷은 멀쩡해요. 괜한 걱정하지 말고 방송이나 보자고요. 케빈 유뱅스는 정말 매력적이네요. 웃는 모습 좀 보세요."

할아버지는 방송을 보는지 말이 없었다. 관객이 크게 웃는 소리가 두 번 정도 들렸다. 할아버지가 다시 입을 열었다.

"그래도 의사한테 데려가서 한번 확인해보는 게 좋겠다. 전문적인 도움이 필요할지도 모르니까."

"도움 따윈 필요 없다니까요." 엄마가 단호하게 말했다. "제넷은 멀쩡해요. 아주 멀쩡하다고요!"

그 뒤로 두 분은 말없이 〈제이 레노 쇼〉를 봤다. 나는 눈을 감은 채 엄마의 말을, 내가 아주 멀쩡하다는 말을 곰곰 생각해봤다. 왜 그런지 모르겠지만, 엄마는 내가 멀쩡하다고 믿는 게 중요했다. 나는 어떤 문제도 생기면 안 되었다.

다음으로 할아버지의 말을, 내가 의식을 치르는 걸로 봐서 OCD를 앓는 것 같다고 한 말을 곰곰 생각해봤다. 솔직히, 할아버지가 내 의식에 관해 물어봤으면 좋았을 것이다. 그랬다면 그게 OCD가 아니라 성령의 명이라고 설명할 수 있었을 것이다. 그랬다면 할아버지가 내 말을 믿었을까? 그건 그렇고 나는 나 자신을 믿었을까?

내 의식은 정말 성령에게서 나왔을까? 그게 정말로 성령에게서 나왔다면, 2년 전 처음 그 음성을 들려줄 때 말씀하신 대로 내가 〈프린세스 파라다이스 파크〉의 계약을 따냈어야 하는 게 아닐까? 그 영화는 결국 투자를 못 받아서 엎어지고 말았다. 성령은 일부러 그 영화가 투자를 못 받게 했을까? 내 안에서 들린 목소리는 사실 성령이 아니라 OCD였을까? 엄마는 그걸 감당할 수 있을까? 내가 완벽하지 않더라도 괜찮을까?

중간 광고가 흘러나왔다. 할아버지는 아이스크림을 가져오려고 일어났고 엄마는 소변을 보려고 일어났다.

'성령님?' 내가 속으로 물었다. '당신은 정말 성령인가요, 아니면 OCD인가요?'

"당연히 나는 성령이다." 내 안의 고요하고 작은 목소리가 대답했다.

그리하여 문제가 다 해결되었다. 나는 성령에게 대놓고 물었고 성령은 바로 대답했다. 이것으로 끝이었다. 내 마음속의 목소리는 결국 성령이었다.

"자, 눈을 다섯 번 가늘게 떴다 감았다 한 다음 혀를 접고서 엉덩이를 55초 동안 꽉 조이거라."

내 안의 고요하고 작은 목소리가 말했다. 나는 그대로 했다.

좋은 뜻인 줄 알지만, 때로는 내 안의 고요하고 작은 목소리가 조금 커지기도 한다. 이렇게 말하긴 싫지만, 때로는 그 목소리가 그냥 입을 다물었으면 좋겠다.

18

나는 고래고래 소리쳤다. 히스테리에 가까웠다. 내 인형들이 나를 죽일 거라고, 나는 그걸 다 안다고 마구 소리쳤다. 바닥을 뒹굴고 소파 다리와 옷장 모서리에 부딪히면서 옆구리에 멍이 들도록 마구 몸부림쳤다. 목이 터질 듯 소리치고 또 소리쳤다. 엄마가 "컷!"을 외칠 때까지.

"컷!" 엄마가 열정적인 목소리로 말했다. 캐스팅 감독이 오디션을 위해 지정해준 장면의 연습이 끝날 때마다 엄마가 감탄을 쏟아냈다.

"와우, 넷!" 엄마는 겁날 정도로 매서운 눈빛으로 나를 쳐다보며 말했다. "그런 연기는 어디서 배웠니?"

"모르겠어요."

내가 알면서도 모르는 척 대답했다. 나는 그런 연기를 어디서 배웠는지 정확히 알았다. 하지만 엄마의 변덕스럽고 폭력적인 행동에서 영감을 받았다고 말하지 않는 게 좋다는 사실도 알았다. 말했다간 더 변덕스럽고 폭력적인 행동을 촉발할 테니까. 나는 엄마가 차분하게 행동하길 바랐다. 엄마가 안정되길 바랐다. 행복하길 바랐다.

"글쎄다, TV 쇼든 영화든, 어디서 배웠든 아무튼 제대로 배웠구나. 아주 일생일대의 연기였어." 엄마는 믿기지 않는다는 듯 고개를 흔들었다. "네 기운을 다 빼고 싶지 않구나. 그 마법 같은 연기를 잘 간직해둬라. 이 부분은 그만 연습해야겠다."

나는 고개를 끄덕였다. 그리고 마법 같은 연기를 잘 간직해두었다. 내일은 〈스트롱 메디신〉(Strong Medicine, 2000년부터 2006년까지 방영된 의학 드라마―옮긴이 주)의 한 에피소드에서 조울증을 앓는 소녀 역에 오디션을 볼 예정이었다.

엄마가 동쪽 주차장으로 차를 몰았다. 벽에 붙은 지시대로라면 서쪽으로 가야 한다고 내가 조심스럽게 세 번이나 말했지만, 소용이 없었다.

"이봐요, 우린 금방 나갈 거예요." 엄마가 동쪽 주차장의 무뚝뚝한 경비원에게 말했다. "우리 애가 2시 반에 오디션을 보는데 늦을 것 같아서 그래요. 처음부터 나쁜 인상을 주면 안 되잖아요."

"동쪽 주차장은 시리즈의 고정 출연자와 프로듀서 등 매일 오시는 분들을 위한 공간입니다."

"예외를 좀 두면 안 되겠어요? 난 4기 암을 앓았던 사람이에요. 가끔은 뼈가―"

"그럽시다." 경비원이 엄마 말을 잘랐다. 잘 알지도 못하고, 관심도 없는 것 같은 사람들에게 엄마가 암 이야기를 떠벌릴 때마다 당혹스러웠지만, 그게 꽤 잘 먹힌다는 점은 부인할 수 없었다.

우리는 차를 세우고 오디션 장소로 뛰어갔다. 엄마가 내 이름에 서명하는 동안 나는 복도에서 초조하게 왔다 갔다 했다.

"걱정하지 마." 엄마가 내 쪽으로 걸어오며 말했다. "넌 잘 해낼 거니까."

나는 엄마를 믿었다. 언제나 믿었다. 내 몸짓이 순식간에 바뀌었다. 마법은 정작 엄마가 부리는 것 같았다. 엄마는 내 몸을 긴장시키고 두려움이나 불안으로 바싹 얼게 할 수 있을 뿐만 아니라 차분하게 진정시킬 수도 있었다. 엄마에겐 그런 힘이 있었다. 엄마가 나를 진정시키는 마법을 더 자주 사용했으면 좋겠다.

오디션은 순조롭게 진행되었고, 나는 그날 늦게 콜백을 받았다. 엄마와 나는 동네 쇼핑몰에서 시간을 보내고 오후 6시쯤 다시 오디션 장소로 돌아갔다. 그 역할을 위해 그곳에 있는 사람은 나뿐이었다. 다른 사람들은 죄다 어른이었고, 해당 에피소드의 게스트 역할이나 공동 출연자 역할을 맡으려 애쓰고 있었다.

내 이름이 금세 불려서 캐스팅 실로 가서 대사를 연기했다. 고래고래 소리치고 발로 차고 데굴데굴 굴렀다. 나는 그 연기에 빠져들었다. 그렇게 하는 과정에서 왠지 기분이 좋아지는 것 같았다. 그렇게 하려고 오랫동안 기다렸던 것 같았다. 꾹꾹 눌러놓았다가 마침내 여기서 터뜨린 것 같았다. 소리치다 보니 정말로 속이 후련했다.

감독은 나를 빤히 쳐다보면서 무슨 말을 해야 할지 모르겠다고 했다. 나는 뿌듯했다. 내가 아주 제대로 소리치고 몸부림친 듯했다.

나는 캐스팅 실에서 나왔다. 복도 양쪽에 줄지어 앉아 있던 어른들이 일제히 손뼉을 쳤다. 무슨 일인가 싶었는데, 다들 벽 너머로 내 목소리를 들었나 보았다. 열띤 박수와 환호가 쏟아졌다. 엄마는 복도 끝에 앉아 있었다. 눈물까지 흘리며 무척이나 행복해 하고 있었다. 그 순간, 나도 무척이나 행복했다. 엄마를 기분 좋게 했다는 점도 좋았지만 뭔가를 잘 해냈다는 느낌도 참 좋았다. 그 일이 때로는 나를 몹시 불편하게 하더라도. 크나큰 부담과 스트레스를 안기더라도. 때로는 뭔가를 잘 해냈다는 그 느낌이 참 좋았다.

19

"저 클립을 사용해요. 바로 저 부분. 쟤 눈에서 불꽃이 튀잖아요."

엄마가 편집자 앞에 있는 커다란 모니터를 가리키며 말했다.

우리는 푹신한 방음 패드가 붙은 작고 어두운 방에 서 있었다. 그 방엔 엄마와 나, 그리고 내 데모 릴을 함께 편집하는 덥수룩한 수염의 편집자뿐이었다. 데모 릴(demo reel)은 배우가 자신의 연기를 보여주려고 짧게 제작한 영상을 말한다. 흔히 멋지게 연기한 순간이나 거물급 배우와 함께 촬영한 장면 등이 담기고, 다양한 용도로 활용되었다. 캐스팅 감독에게 보내서 좋은 오디션 기회를 잡기도 하고, 프로듀서나 감독에게 보내서 오디션 없이 역할 제안을 받기도 했다. 내 경우엔 매니저에게 보내서 배우를 대리하도록 설득하기도 했다.

엄마는 내게 매니저를 얻어주고 싶어 했다. 그래야 내 경력을 한 단계 더 끌어올릴 수 있다고 했다.

"우린 대박 기회에 거의 다 왔어. 약간의 지원만 받으면 될 거야." 엄마는 걸핏하면 이렇게 말했다. "수전 커티스를 껌뻑 넘어가게 할 데모 릴이 필요해."

수전 커티스는 엄마가 나를 맡기기로 정한 배우 매니저였다. 젊은 배우를 관리하는 데 최고라는 소리를 어디선가 들었나 보았다.

그래서 우리는 오늘 데모 릴을 제작하는 곳에서 〈스트롱 메디신〉을 포함한 내 연기 클럽을 분류하고 있었다. (나는 그 역할을 따냈다. 엄마는 내가 실제 촬영 때 콜백에서 했던 것만큼 잘하지 못했다고 했다.)

데모 릴은 며칠 만에 완성되어 수전에게 보내졌다. 이틀쯤 후 수전에게서 나를 대리하고 싶다는 연락이 왔다.

"됐다, 됐어!" 엄마가 잔뜩 흥분해서 소리쳤다. "실력 발휘를 제대로 못 했는데도 수전이 너한테 껌뻑 넘어갔나 보다. 네가 콜백 때 연기하던 모습을 봤다면 어땠을지 상상해보렴!"

그래서 엄마가 시키는 대로 상상해봤다. 기분이 안 좋았다. 실제 촬영 때보다 콜백에서 연기를 더 잘했다면, 결국 실전에서 제대로 못 했다는 뜻이다. 나는 엄마가 이 얘기를 그만 거론했으면 싶었다. 물론 좋은 뜻으로 하는 말인 줄 알고 있었다. 엄마는 단지 내가 실수하지 말고 능력을 충분히 발휘하길 바랐을 뿐이다. 내가 가능한 한 멋진 인상을 남기길 바랐을 뿐이다. 그저 좋은 엄마가 되려고 애썼을 뿐이다.

20

"게토레이를 꿀꺽 들이켜, 꿀꺽!"

엄마가 마치 권투 코치처럼 내게 소리쳤다. 나는 꿀꺽 들이켰다. 불그스레한 게토레이 음료가 입술 양 끝으로 흘러내렸다.

"셔츠엔 흘리지 말고!"

나는 셔츠에 흘리지 않으려고 얼른 얼굴을 앞으로 숙였다.

"계속 들이켜!"

나는 계속 들이켰다.

"됐다, 이제 괜찮아질 거야."

나는 음료를 컵걸이에 내려놓고 숨을 몇 번 깊이 들이쉬었다. 게토레이를 몇 번 들이켰을 뿐인데 벌써 진이 다 빠졌다.

"그게 열을 확실히 떨어뜨릴 거야. 잘했어, 넷. 잘했어."

수전과 계약한 지 일주일이 지났다. 나는 감기로 열이 39.4도까지 올라갔고, 말할 때 코맹맹이 소리가 났다. 그런데도 엄마는 계약하고 처음 소개받은 오디션을 취소하면 소극적으로 보일 수 있다면서 기어이 나를 끌고 왔다.

그나마 오디션 장소는 내가 가장 좋아하는 유니버설 스튜디오였다. 오디션이 열릴 건물로 걸어가서 스티븐 스필버그의 세트장을 지나거나 유니버설 스튜디오의 노면전차를 보면 무척 낭만적이었다. 멋진 기회가 생길 것 같은 기분이 들었다.

나는 〈캐런 시스코〉(Karen Sisco)라는 네트워크 범죄 프로그램에서 조시 보일이라는 11살짜리 노숙자 역할로 오디션을 볼 예정이었다. 엄마는 내 뺨에 묻은 흙먼지를 닦을지 말지 숙고하다가 '너무 지나친 설정'이라면서 결국 닦아내기로 했다. 나는 엄마의 결정에 안도했다.

오디션 대기실은 여자애들로 너무 붐벼서 문도 닫히지 않았다. 대기실 앞 계단에까지 늘어선 아이들은 쪼그리고 앉아 대사를 외우고 있었다. 〈캐런 시스코〉의 캐스팅 감독은 정말 제대로 된 노숙자 아이를 선택하고 싶은 듯했다.

내 이름이 불리길 기다리는 한 시간여 동안 엄마는 내게 자꾸 리콜라 기침약을 먹이고, 수시로 화장실로 데려가 대사를 읊게 하거나 게토레이와 함께 타이레놀을 먹였다. 나는 눈이 절로 감기고 몸이 천근만근 무거웠다. 그냥 공처럼 몸을 웅크리고 싶었다. 하지만 그럴 수 없었다. 할 일이 있었으니까.

마침내 내 이름이 불려서 오디션을 보러 번잡한 캐스팅 사무실로 들어갔다. 내가 읊을 대사 중에 코를 쿵쿵거려야 하는 부분이 있었는데, 나는 부비강 안쪽까지 콧물이 쌓인 탓에 참으로 길고 역겹게 쿵쿵거리는 소리를 낼 수 있었다. 캐스팅 감독은 그 점을 미처 눈치채지 못했는지 내게 굉장히 잘했다고 말했다.

콜백을 받고 다음 날에도 여전히 아픈 상태로 오디션을 보러 갔다. 어제와 달리, 방음 스튜디오 근처에 있는 멋진 건물의 널찍한 사무실이었다. 그런데 이번에도 캐스팅 감독뿐이었고, 오디션 장면을 녹화하지도 않았다. 또 다른 콜백이 있을 거라는 뜻이었다. 아주 작은 역할이 아니라면 캐스팅 감독이 배우를 결정하는 일은 거의 없었다. 그들은 흔히 범위를 좁히기만 할 뿐, 제작자와 감독이 배역에 맞는 사람을 최종적으로 결정했다.

나는 이틀 후인 금요일에 두 번째 콜백을 받았다. 다행히 그땐 열이 거의 다 내려서 37.5도였다. 야구 모자에 버튼다운 셔츠를 입은 영국인 감독이 나를 지켜봤다. 콧물이 별로 안 나와서 코를 쿵쿵거릴 때 소리가 찰지게 나지 않았지만, 나머지 대사는 괜찮게 읊었다. 감독은 내게 잘했다고 한 후, 대사 몇 군데를 지정해서 지침을 주고 다시 해보라고 했다. 내가 다시 하자 감독은 지침을 잘 따른다고 말했다. 다 끝난 후 나는 엄마에게 가서 시시콜콜 보고했다.

세 번째 콜백이자 네 번째 오디션은 그다음 주 화요일에 진행되었다. TV 쇼의 한 에피소드 역할에 그렇게 여러 번 오디션을 본 건 처음이었다. 그만큼 이 역은 캐스팅하기 까다로웠고, 또 그냥 게스트가 아니라 주연급 게스트라 카를라 구기노와 로버트 포스터의 상대역에 걸맞은 인물이어야 했다. 엄마는 수전에게 이러한 정보를 듣고 나서 그녀와 계약하길 정말 잘했다고 몇 번이나 말했다.

"수전은 정보가 빠삭하다니까. 별걸 다 알고 있잖아."

나는 네 번째 오디션에서 바싹 긴장했다. 차라리 계속 아팠으면 싶을 정도였다. 아플 땐 긴장하고 말고 할 여유가 없었다. 마지막 오디션은 이제 나와 다른 두 여자애로 좁혀졌다. 둘 다 나보다 경력이 화려했다. 엄마가 그 점을 30초마다 한 번씩 상기해주었다.

"안드레아 보웬은 〈위기의 주부들〉(Desperate Housewives)에 출연했잖아. 이유는 모르겠다만 그 프로그램은 아주 잘나가고 있지. 내가 보기엔 너무 진부한데 말이야."

내 이름은 맨 마지막에 불렸다. 나는 감독을 다시 봤고, 이번엔 오디션 사무실에 카메라가 있었다. 제작자들에게 보여주려고 오디션 장면을 녹화할 거라는 감독의 말에 나는 고개를 끄덕였다.

"넌 말이 별로 없구나, 응?" 감독이 물었다.

나는 아무런 대답도 할 수 없었다. 그냥 얼어붙었다.

"그런가 보네." 감독은 상냥하게 웃으며 말했다. "걱정하지 말고 그냥 즐기도록 해라."

나는 감독의 지시에 살짝 어리둥절했다. 내 캐릭터가 연기할 장면은 크게 세 부분이었다. 첫째, 자신을 돌봐준 노숙자 남자가 총에 맞는 장면을 목격한다. 둘째, 로버트 포스터 옆에 앉아서 아기 때 자기를 버린 아버지와 아무 상관도 없다고 말한다. 셋째, 아버지 옆에 앉아서 아기 때 자신을 버렸으니 앞으로도 그와 전혀 엮이고 싶지 않다고 말한다.

여기서 즐길 게 뭐가 있단 말인가?

6분간 진행된 오디션은 순식간에 끝났다. 감독은 잘했다고 하더니, 내가 이 업계에서 성공하겠다고 말했다. 그날 밤 우리는 내가 그 역할을 따냈다는 연락을 받았다. 엄마는 펄쩍펄쩍 뛰면서 좋아했다. 나도 마찬가지였다.

"제넷이 노숙자가 됐어! 제넷이 불쌍한 노숙자가 됐어!"

21

"거긴 굵은 글자로 해."

엄마가 행주로 접시를 닦으면서 내 어깨 너머로 말했다. 나는 두 단어 위로 마우스를 끌어 놓고 페이지 상단의 볼드체 도구를 클릭하여 글자를 굵게 한 다음 고개를 획 돌리고 엄마의 반응을 살폈다.

"그래, 됐다." 엄마가 자신의 결정에 흡족한 듯 고개를 끄덕였다. "난 가서 스콧에게 스파게티오즈(SpaghettiOs)를 만들어줘야겠다. 완성하면 출력해서 보여다오."

엄마는 부엌으로 향했고, 나는 다시 몸을 돌려 앞에 놓인 컴퓨터 스크린의 마이크로소프트 워드 문서에 주의를 기울였다. 컴퓨터 스크린과 마이크로소프트 워드 둘 다 맥커디 가문에선 상당히 신문물이었다. 마커스가 고등학교의 컴퓨터 조립 수업을 들으면서 컴퓨터를 조립했고, 내가 〈CSI〉에서 살인자의 여동생 역을 맡아 받은 출연료로 주변 기기를 구입했다. 그 역할은 감정적으로 무척 고됐지만 수고한 가치가 있었다. 엄마가 내 출연료 중 일부로 마이크로소프트 워드와 더 심즈(The Sims, 시뮬레이션 게임 중 하나—옮긴이 주)를 사줬기 때문이다.

나는 이력서를 작성해나갔다. 왠지 뿌듯했다. 열한 살짜리 가운데 내세울 이력이 있는 아이들이 얼마나 있겠는가? 나는 그들보다 한참 앞서간다고 느꼈다.

하지만 엄마가 굵게 표시하라고 한 두 단어를 보니, 격한 두려움이 밀려왔다. 나는 그 두 단어를 한참 동안 노려보았다.

그 두 단어는 내 이력서의 특기 부분에서 제일 상단을 차지했다. 스카이콩콩 타기, 훌라후프 돌리기, (긴 줄 두 개로 뛰는 더블 더치를 포함한) 줄넘기, 피아노 연주, (재즈, 탭, 서정적, 힙합) 댄스, 유연성, 12학년 수준의 읽기 능력보다 더 앞에 나왔다. 엄마는 이러한 특기가 있으면 나한테 기회가 절로 생기게 될 것이고, 없으면 코앞에 다가온 기회도 놓치게 될 거라고 했다. 실제로 나는 스카이콩콩을 탈 줄 몰라서 셰프 보야르디(Chef Boyardee) 사(社)의 광고를 놓쳤다. 그 직후에 엄마는 픽앤세이브(Pic 'N' Save)에서 스카이콩콩을 사 와서 2주 동안 매일 한 시간씩 연습하게 했다. 나는 스카이콩콩에서 떨어지지 않고 점프를 1,000회 이상 할 수 있게 되었다. 그렇다, 나는 이제 스카이콩콩의 달인이 되었다.

하지만 어떠한 특기도 이 두 단어짜리 특기보다는 중요하지 않았다. 엄마가 최상단에 굵은 글자로 표시하라고 한 특기보다는······.

눈물 연기.

눈물 연기는 아역 배우에게 가장 중요한 기술이었다. 다른 특기랑은 비교가 안 되었다. 큐 신호에 맞춰 눈물을 떨굴 수 있어야 진정한 배우였다. 어떤 경쟁에서도 이길 수 있었다. 나는 운이 좋은 날엔 바로 눈물을 흘릴 수 있었다.

"넌 여자 헤일리 조엘 오스먼트 같아." 엄마는 걸핏하면 이렇게 말했다. "요즘에 눈물을 흘릴 줄 아는 아역은 너랑 헤일리뿐이라니까. 음, 다코타 패닝도 꽤 괜찮게 하지만, 그녀는 눈물을 글썽일 뿐

제대로 떨구진 못하거든. 사람들은 눈물이 빰을 타고 주르륵 흘러 내리길 원하거든."

내가 큐 신호에 맞춰 처음으로 눈물을 흘렸던 건 연기 수업 때였다. 라스키 양은 우리에게 집에서 어떤 물건을 고른 다음 그 물건과 어울리는 슬픈 이야기를 생각해보라고 했다. 그리고 다음 주에 그 물건을 가져와 무대에서 이야기를 들려달라고 했다.

나는 스테이플러를 가져갔다. 더스틴과 스콧은 그림을 많이 그렸고, 그 그림을 종류별로 구분해서 스테이플러로 묶었다. 그래서 나는 집에 불이 나서 오빠들이 다 죽고 그들의 스테이플러만 남았다는 이야기를 지어냈다. 진짜로 눈물 짜는 이야기를 하고 싶었다면 엄마가 죽는다고 생각했겠지만, 엄마가 죽는다는 건 상상으로라도 금기 사항이었다. 엄마는 병세가 몇 년째 진정된 상태이긴 했지만, 여전히 너무 약했다. 엄마의 목숨이 나의 연례 생일 소원에 달려 있었기에 괜히 불길한 생각을 하고 싶지 않았다. 생일 소원은 내가 막중하게 여기는 책임이었다. 그러니 눈물 짜는 독백을 위해 함부로 훼손할 수 없었다. 반면에 오빠들의 목숨은 예술적 성장을 위해 이용하는 데 아무런 문제도 없었다.

연기 교실의 작은 무대에 서서 이야기를 들려주는데 눈물이 핑 돌고 눈앞이 흐릿해졌다. 그래도 눈물이 흘러내리진 않았다. 독백 대사를 읊으며 슬픔을 느끼긴 했지만, 그 슬픔은 눈물이 떨어지지 않는 데서 오는 일종의 좌절감이었다. 라스키 양이 쿵쿵 소리를 내며 무대로 오더니, 코가 맞닿을 정도로 얼굴을 바싹 들이댔다. 나는 겁이 났다. 다음에 무슨 일이 벌어질지 전혀 몰랐다. 다음 순간, 라스키 양은 손을 번쩍 들고 내 눈앞에서 손가락을 탁 튕겼다. 갑작스러운 몸짓에 나는 움찔했다. 그 바람에 눈물이 주르륵 흘러내렸다. 라스키 양이 환하게 웃었다. 나도 웃었다. 눈에선 눈물이 흐르는데 입가에선 미소가 번졌다.

그때부터 오디션에 눈물 연기가 포함되어 있으면, 그 역은 내 차지라고 거의 확신했다. 그게 금세 소문이 났다. 하루는 수전이 엄마에게 전화해서 자랑스럽게 말했다.

"'눈물 짜는 연기가 죽여준다는 아이가 있다면서요?'라고 말하는 캐스팅 감독의 연락을 또 받았다니까요."

물론 눈물 연기가 즐겁지는 않았다. 실은 내 인생에서 참으로 비참한 경험 중 하나였다. 서늘한 캐스팅 사무실에 앉아서 사랑하는 가족에게 해를 끼치는 비극적 사건을 상상하는 게 어디 쉽겠는가! 어떤 사건으로든 네 번에서 여섯 번 정도 눈물을 흘렸지만, 결국 그 사건에 면역이 되었다. 엄마는 "그 일에 울 만큼 다 울었기 때문"이라고 했다. 그래서 우리는 때맞춰 새로운 사건으로 바꿔야 했다. 스테이플러 이야기는 더스틴이 수막염으로 죽는 이야기로 바뀌었다. 실제로 더스틴은 몇 년 전에 수막염을 심하게 앓았다. 그래서 엄마는 "요추천자(척수에서 뇌척수액을 뽑거나 약을 투여하는 수막염 검사법이자 처치법—옮긴이 주)가 잘못되었다고 상상해보렴!"이라고 말하곤 했다. 더스틴이 수막염으로 죽어가는 이야기는 곧 스콧이 맹장염으로 죽어가는 이야기로 바뀌었다가 또다시 스콧이 폐렴으로 죽는 이야기로 바뀌었다. 얼마 뒤엔 할아버지가 노환으로 돌아가시는 이야기로 또 바뀌었다. ("할아버지가 병원 침대에 누워서 네가 여섯 살 때 만들었던 양말 인형을 꼭 쥐고 있다고 상상해보렴!")

내가 눈물을 가장 많이 흘렸던 건 해리슨 포드와 조시 하트넷 주연의 장편 영화 〈호미사이드〉(Hollywood Homicide) 오디션 때였다. 가족과 함께 차를 타고 할리우드 대로를 구경하던 중에 조시 하트넷에게 차를 강탈당해서 히스테리에 빠지는 어린 여자애 역할이었다.

그날 무슨 일이 있었는지 모르겠지만 아무튼 내 눈물샘이 터져버렸다. 나는 그저 캐스팅 사무실에 주저앉아서 할아버지가 양말 인형을 꼭 쥐고 있는 모습을 상상했을 뿐인데 눈물이 펑펑 쏟아졌다. 눈물만 흘린 게 아니라 흐느껴 울었다. 어깨를 들썩이며 꺼이꺼이 울었다.

"와우!" 내 연기가 끝나자 캐스팅 감독이 감탄을 터뜨렸다. 그녀는 불그스름한 곱슬머리에 버터처럼 부드러운 목소리를 지녔고, 아주 친절했다. 그런데 캐스팅 감독 옆에 앉은, 갈색 가죽 재킷을 입은 백발 남자가 내 눈물 연기를 또다시 요청했다.

"그 역은 네가 적임자로구나. 하지만 나는 네가 그렇게 하는 모습을 또 보고 싶단다."

그래서 나는 눈물 연기를 다시 했다. 나는 요청만 하면 흐느껴 우는, 태양의 서커스 공연자가 되었다. 사람들은 내가 마치 비단 천을 밟고 올라가거나 공중 후프에서 몸을 비트는 것처럼 눈물 짜는 모습을 보고 싶어 했다. 큐 신호에 맞춰 우는 연기는 정말로 내 특기였다.

22

에밀리의 아버지가 막 살해당했는데 엄마가 용의자로 지목됐다. 나는 또 다른 네트워크 경찰 드라마 〈위드아웃 어 트레이스〉(Without a Trace)를 위한 눈물 연기 오디션을 곧 봐야 했다. 이번엔 에밀리가 심문을 받으러 불려가서 당황해 하다가 눈물을 떨구는 장면이었다.

대기실에 앉아 슬픈 감정을 끌어모으고 있는데 내 안에서 뭔가가 바뀌었다. 느낌이 이상했다. 어떻게 설명해야 할지 모르겠지만, 직감적으로 눈물이 나올 것 같지 않았다. 뭔가 단절되고 동떨어진 느낌이 들더니 곧 짜증이 났다.

나는 엄마의 팔을 잡아당겼다. 엄마는 《우먼스 월드》 최신 호에서 다이어트 기사를 읽다가 내 기척에 한쪽 모서리를 접었다. 이유는 모르겠지만 아무튼 엄마는 다이어트 기사를 제일 좋아했다. 150센티미터밖에 안 되는 작은 키에 불면 날아갈 듯 가냘팠지만, 자기 체중을 아는 게 뭐 대단한 일인 양 '41.7킬로그램!'을 자랑스럽게 떠벌렸다. 엄마는 잡지를 무릎에 내려놓고, 내가 귀에 대고 속삭일 수 있도록 몸을 기울였다.

"엄마, 나 오늘은 울지 못할 것 같아."

엄마는 처음엔 어리둥절한 표정으로 나를 보더니 이내 당혹스러운 표정으로 바뀌었다. 그러다 또 금세 격려 모드로 바뀌었다. 엄마가 필요 이상으로 자주 채택하는 모드였다. 일단 눈썹을 찡그리고 입술을 꾹 다물었다. 엄마가 이런 표정을 지을 때면 왠지 어른 흉내를 내는 어린아이 같았다.

"넌 당연히 울게 될 거야. 넌 에밀리니까. 너는 에밀리니까."

엄마는 나를 캐릭터에 몰입하게 할 때마다 이렇게 말했다. "너는 에밀리니까." 그리하여 나는 켈리도 되고 새디도 되고, 그날 내가 하기로 한 누구든 되었다.

하지만 지금, 이 순간엔 에밀리가 되고 싶지 않았다. 나는 에밀리이고 싶지 않았다. 이런 기분이 처음이라 겁이 났다. 내 안의 어떤 부분이 이런 감정적 트라우마를 강요하는 내 마음에 저항하고 있었다.

'싫어, 이건 너무 고통스러워. 난 이걸 안 할 거야.'

내 안의 그 부분은 참으로 어리석었다. 이게 내 특기인 줄 모르나 보았다. 이게 나와 내 가족과 엄마에게 좋은 일인 줄 정말 모르나 보았다. 내가 눈물 연기를 하면 할수록 더 많은 계약을 따낼 수 있었다. 그리고 계약을 많이 따내면 따낼수록 엄마는 더 행복해질 것이다. 나는 숨을 깊이 들이마신 후 엄마를 보고 활짝 웃었다.

"맞아요, 난 에밀리예요."

절반은 엄마를 설득하려고, 절반은 나 자신을 설득하려고 그렇게 말했다. 하지만 울고 싶지 않다고 했던 내 안의 그 부분은 설득되지 않았다. 그래서 여전히 내게 '나는 에밀리가 아니라 제넷이야! 그러니까 제넷의 말에 귀를 기울여 달라니까!'라고 소리쳤다. 내가 원하는 것과 내가 필요한 것에 귀를 기울여 달라고 목 놓아 소리쳤다.

엄마는 잡지의 접힌 부분을 찾았지만, 바로 펼치지 않고 내 쪽으로 몸을 다시 기울였다.

"넌 이 역할을 따낼 거야, 에밀리."

하지만 아니었다. 오디션은 잘 풀리지 않았다. 나는 진심을 기울이지 않았다. 그냥 건성으로 대사를 읊었다. 게다가 눈물을 흘리지도 않았다. 그냥 다 망쳐버렸다.

101번 도로를 타고 집으로 돌아가는 길은 교통 체증이 심했다. 나는 체구가 작아서 아직 어린이용 보조 의자에 앉아야 했다. 집에 가면서 역사 숙제를 하려고 했지만, 오디션 때문에 나 자신에게 너무 화가 나서 집중할 수가 없었다.

내 안의 겁나는 부분이 목소리를 내려고 했다. 그 부분은 이 일을 하고 싶어 하지 않았다.

"더 이상 연기하고 싶지 않아요."

나도 모르게 이 말이 튀어나왔다. 엄마가 백미러로 나를 힐끔 쳐다봤다. 충격과 실망이 뒤섞인 눈빛이었다. 그 표정을 보니, 방금 한 말을 도로 주워 담고 싶었다.

"바보처럼 굴지 마. 넌 연기하는 걸 아주 좋아해. 네가 세상에서 제일 좋아하는 일이야."

엄마의 말은 마치 협박처럼 들렸다. 나는 창밖을 내다봤다. 내 안에서 엄마를 기쁘게 하고 싶어 하는 부분은 어쩌면 엄마 말이 옳을 거라고 했다. 연기야말로 내가 가장 좋아하는 일인데, 내가 그걸 잘 모른다고, 내가 아직 미처 깨닫지 못했다고 했다. 하지만 내 안에서 울고 싶어 하지 않는 쪽은 내게 목소리를 내라고 했다. 내 안에서 연기하고 싶어 하지 않는 쪽, 엄마를 신경 쓰지 않고 나 자신을 기쁘게 하고 싶어 하는 쪽은 얼른 목소리를 내라고 소리쳤다. 얼굴이 점점 화끈거렸다. 무슨 말이든 해야 했다.

"아뇨. 난 정말 연기하고 싶지 않아요. 연기하기 싫어요. 마음이 편치 않다고요."

엄마의 얼굴이 레몬이라도 씹은 듯 일그러졌다. 나를 겁먹게 할 만큼 잔뜩 일그러졌다. 앞으로 무슨 일이 벌어질지 훤히 보였다.

"넌 그만둘 수 없어!" 엄마가 흐느껴 울면서 말했다. "이건 우리의 기회였어! 우리의 기회였단 말이야!"

엄마는 운전대를 쾅쾅 두드리다 실수로 경적을 울렸다. 시커먼 마스카라가 뺨을 타고 흘러내렸다. 엄마는 내가 전에 〈호미사이드〉 오디션에서 그랬던 것처럼 어깨를 들썩이며 꺼이꺼이 울었다. 히스테리를 부리는 엄마를 보니 두려웠다. 어떻게든 진정시켜야 했다.

"그만해요."

나는 엄마가 흐느끼는 와중에도 들을 수 있도록 큰 소리로 말했다. 엄마의 흐느낌이 멈췄다. 마지막 훌쩍임을 끝으로 완전히 조용해졌다. 나만 큐 신호에 맞춰 눈물을 짜낼 수 있는 게 아니었다.

"그만해요." 내가 다시 말했다. "내가 방금 한 말은 없었던 걸로 해요. 죄송해요."

나는 엄마가 당시 제일 좋아하던 필 콜린스의 《...But Seriously》(말머리에 '객소리 집어치우고, 농담은 그만두고'라는 뜻으로 하는 말—옮긴이 주) 앨범을 듣자고 제안했다. 엄마는 내 제안에 미소를 지으며 바로 CD를 꽂아 넣고 〈어나더 데이 인 파라다이스〉(Another Day in Paradise)를 틀었다. 스피커에서 노래가 쩌렁쩌렁 울려 퍼졌다. 엄마가 노래를 따라 불렀다. 그리고 백미러로 나를 힐금 보면서 말했다.

"얼른 따라 부르지 않고 뭐하니, 넷?!" 벌써 기분이 바뀌었는지,

쾌활한 목소리였다.

그래서 나도 노래를 따라 불렀다. 그 노래에 맞춰 내가 할 수 있는 최상의 연기로 웃어 보였다. 〈위드아웃 어 트레이스〉 오디션에서 눈물을 흘릴 순 없었지만, 집으로 가는 길에 엄마에게 억지로 웃어줄 순 있었다. 어느 쪽이든 연기는 연기였다.

23

"어린 여자애가 가족 전체를 걱정할 필요는 없단다."

어느 날 오후 할아버지가 내게 말했다. 할아버지는 내가 스트레스를 받고 있다는 걸 알아챘다. 나는 앞마당을 이리저리 서성이면서 〈내 딸의 눈물〉(My Daughter's Tears)이라는 저예산 영화의 오디션을 위해 대사를 외우려 애쓰고 있었다. 내 특기에 이보다 더 딱 맞는 영화 제목이 있을 수 있을까? 엄마는 '성인용 콘텐츠'가 너무 많다는 이유로 전체 대본을 못 읽게 했다. 그나마 다행이었다. 내일까지 열네 페이지 분량의 대사를 외우느라 안 그래도 힘들었다. 게다가 러시아식 억양도 한몫 거들었다. 내가 지원하는 캐릭터, 즉 제목의 바탕이 된 눈물 흘리는 딸은 러시아인이었다. 엄마가 내게 억양을 지도해줄 개인 교사까지 붙여줬지만, 'r' 발음이 여전히 속을 썩였다.

나는 혼자 밖에 나갈 수 없었다. 우리 집에서 불과 5분 거리에 살던 서맨사 러니언처럼 납치당해서 학대받다가 살해당할 수 있다는 이유였다. 그녀는 여섯 번째 생일을 3주 앞두고 그런 변을 당했다. 그래서 내가 집 밖으로 나갈 때마다 곁에 누군가가 붙어 있어야 했다. 오늘은 할아버지였다. 할아버지는 내가 대사를 외우는 동안 잔디에 물을 주었다.

"네?" 내가 반문했다. 할아버지 말을 못 들은 게 아니라 혼란스러왔기 때문이다. 어린 여자애는 당연히 가족 전체를 걱정해야 했다. 그게 바로 어린 여자애가 하는 일이었다.

"내 말은……." 할아버지가 내게 가까이 다가왔다. "내 말은, 그러니까 너는 어린애답게 살아도 된다는 말이다."

내 눈에서 눈물이 핑 돌았다. 억지로 눈물을 짜낸 게 아니었다. 그냥 저절로 고였다. 저절로 눈물이 났던 게 언제였는지 기억도 나지 않았다. 나는 방심하고 있다가 졸지에 허를 찔렸다. 당황해서 땅바닥만 툭툭 찼다.

"이리 와서 할아버지를 꼭 안아다오."

나는 몇 걸음 걸어가서 두 팔로 할아버지의 커다란 배를 꼭 껴안았다. 할아버지는 자유로운 손으로 내 등을 토닥여주었다.

"사랑해요, 할아버지."

"나도 사랑한다."

할아버지는 호스를 쥐고 있다는 사실을 잊고 제대로 안아주려다 내게 물 폭탄을 안겼다.

"어이쿠!"

할아버지는 호스를 내려놓고 물이 풀밭으로 흘러들게 한 다음 나를 제대로 안아주었다. 육포 냄새가 좀 나긴 해도 할아버지 품은 참으로 포근하고 아늑했다.

"네가 대사를 다 외우면 작은 선물을 주려고 했다만, 그냥 지금 줘야겠다."

"좋아요!" 내가 신나게 소리쳤다. 선물 싫어하는 사람이 어디 있겠는가?

할아버지는 뒷주머니에 손을 넣고 이리저리 더듬었다. 구겨진 영수증 몇 장이 풀밭으로 떨어졌다. 마침내 할아버지는 자동차 안테나에 씌우는 조그마한 장식 인형을 꺼냈다. 〈몬스터 주식회사〉의 주인공 마이크 와조스키(Mike Wazowski) 인형이었다. 이런 공짜 기념품은 할아버지가 디즈니랜드 직원으로서 받는 특전 중 하나였다. 나는 마이크 인형을 손바닥에 올려놓고 살폈다. 폭신폭신한 스티로폼 재질이었다.

"난 이 녀석의 웃긴 생김새가 좋단다." 할아버지가 말했다. "진짜 웃기게 생기지 않았니?"

"네."

"그냥 보고만 있어도 절로 웃음이 나온단다. 그 녀석이 너도 웃게 해줬으면 싶구나."

"고마워요, 할아버지."

"됐다." 할아버지가 고개를 끄덕이며 말했다. "난 그저 네가 재미있게 살았으면 싶단다. 아이한테는 인생이 재미있어야 해."

할아버지는 몸을 숙이고 호스를 집어서 다시 잔디에 물을 뿌렸다. 나는 마이크 인형을 엄지손가락으로 만지작거리며 할아버지의 말을 곰곰 생각했다.

나는 인생의 재미에 익숙하지 않았다. 인생은 그저 심각한 일의 연속이었다. 열심히 준비하고 노력해서 잘 해내는 것이 재미있게 사는 것보다 훨씬 더 중요했다.

나는 마이크 인형을 주머니에 넣고 다시 러시아 억양을 연습했다.

24

나는 앞에 놓인 문서를 내려다보았다. 쿠리어 뉴(Courier New) 서체에 12포인트 크기로 갓 출력한 110장짜리 문서였다. 나의 첫 번째 각본인 〈헨리 로드〉(Henry Road)였다.

엄마에게 한시라도 빨리 보여주고 싶은 마음에 일부러 출력했다. 엄마는 지금 병원에 입원 중인데, 이걸 보면서 기운을 차릴 수 있을 것이다. 엄마에게 이렇게 1년에 몇 번씩이나 입원하는 일이 쉽지 않을 것이다. 이번처럼 게실염(diverticulitis)인지 게실증(diverticulosis)인지 확실히는 모르겠지만 아무튼 암과 관련 없는 이유로 입원하는 경우도 있었지만, 두려움은 항상 존재했다. 나는 엄마가 검사를 받거나 어떤 수술을 받을 때마다 암이 재발했다는 소식을 듣게 될까 봐 항상 두려웠다.

할아버지는 부시와 체니의 범퍼 스티커가 붙은, 낡아 빠진 진청색 뷰익을 몰고서 나를 병원으로 데려다주었다. 나는 뒷자리에 앉아서 각본을 만지작거렸다.

"종이에 베지 않도록 조심해라." 할아버지는 막 빨간불로 바뀐 신호등을 무시하고 달리며 말했다.

병원에 도착해보니, 엄마가 평소에 다양한 증세로 입원하던 여러 병원과 분위기가 사뭇 달랐다. 이곳은 작은 부티크 같았다. 덜 위압적이고 덜 복잡해서 우리는 엄마의 병실을 금세 찾았다. 엄마는 쉬고 있다가 내 발소리를 듣고 눈을 번쩍 뜨고서는 환히 웃었다.

"어서 와, 넷!"

엄마의 미소는 나를 미소 짓게 했다.

"안녕, 엄마!"

나는 침대 옆 의자에 앉아서 엄마의 손을 잡았다. 엄마의 손목이 내 손목만큼이나 가늘었다.

"뭘 가져왔니?" 엄마가 내 겨드랑이에 끼어 있는 문서를 가리키며 물었다.

나는 흥분을 감출 수 없었다. 엄마의 침대에는 바퀴 달린 식탁이 놓여 있었는데, 우리가 집에서 펼치고 먹는 흰색 접이식 매트보다 고급스러워 보였다. 테이블에 놓인 음식 쟁반에는 칠면조, 강낭콩, 으깬 감자, 닭고기 수프, 크래커가 담겨 있었다. 나는 음식을 조금 밀어서 공간을 만든 다음 내 문서를 자랑스럽게 내려놓았다.

"내가 쓴 각본이에요. 〈헨리 로드〉."

"네가 각본을 썼다고?" 엄마가 물었다. 엄마는 살짝 놀라는 듯했지만 이내 걱정스러운 표정으로 바뀌었다.

"비타민 D를 얻도록 매일 20분씩 밖으로 나갔니?"

"물론이죠." 내가 엄마를 안심시키며 말했다.

"댄스 수업도 빠지지 않았고?"

"옙!"

엄마는 엄지손가락으로 표지를 만지작거리긴 했지만, 내가 만질 때처럼 자랑스러운 얼굴은 아니었다. 오히려 살짝 서글픈 표정이었다.

"왜요?" 내가 물었다.

"그냥……."

엄마는 고개를 숙이며 애처롭게 웃었다. 엄마가 가장 많이 연습해서 짓는 표정 가운데 하나였다. 엄마가 이 표정을 지을 때마다 진심이 담겼다고 느꼈던 적은 한 번도 없었다. 늘 억지스러워 보였다.

"그냥 뭔데요?" 내가 물었다.

"그냥……. 난 네가 연기보다 글쓰기를 더 좋아하지 않았으면 해. 넌 연기를 정말 잘하니까. 정말정말 잘하니까."

그제야 엄마한테 각본을 괜히 보여줬다는 생각이 들었다. 민망하고 부끄러웠다. 엄마는 이걸 절대로 지지하지 않을 텐데, 나는 어쩌면 이렇게 멍청하단 말인가?

"물론이죠. 난 연기보다 글쓰기를 더 좋아하지 않아요. 절대로."

할머니 때문에 억지로 봐야 했던 〈비버는 해결사〉(Leave It to Beaver)의 악동 캐릭터처럼 시치미를 뚝 떼고 말했지만, 내 입에서 나오는 소리는 그야말로 거짓되게 들렸다.

하지만 엄마는 알아차리지 못했다. 나한테는 뼛속까지 거짓말로 들렸지만, 엄마는 눈치채지 못했다. 나는 물론 연기보다 글쓰기가 더 좋았다. 글을 쓰면서 힘을 느꼈다. 그런 느낌은 처음이었다. 다른 사람의 말을 읊조릴 필요가 없었다. 내가 하고픈 말을 쓸 수 있었다. 그 순간만은 나 자신이 될 수 있었다. 그리고 나 혼자 있는 상태가 좋았다. 아무도 보지 않았고, 아무도 판단하거나 저울질하지 않았다. 캐스팅 감독도 없고, 에이전트나 매니저도 없었다. 엄마도 없었다. 그냥 나와 화면뿐이었다. 나한테 글쓰기는 연기와 정반대였다. 연기는 애당초 가짜처럼 느껴졌다. 글쓰기는 본질적으로 진짜 같았다.

"그래야지." 엄마는 내 답변을 믿어도 될지 가늠이라도 하듯 나를 응시했다. "작가는 옷차림도 촌스럽고 뚱뚱하단다. 너도 알지? 너의 여배우다운 복숭아 엉덩이가 작가의 거대한 수박 엉덩이로 바뀌는 꼴을 내가 어떻게 보겠니?"

나는 엄마의 말을 알아들었다. 내가 글을 쓰면 엄마가 괴로워하고, 내가 연기를 하면 엄마가 행복해 한다는 사실을. 나는 얼른 문서를 집어서 다시 겨드랑이에 끼었다.

엄마는 뒤늦게 궁금하기라도 한 듯 무슨 내용이냐고 물었다.

"열 살 난 소년과 그의 절친이 혼자 사는 자기네 부모님을 맺어주려고 애쓰는 이야기예요."

"흠." 엄마가 창밖을 한참 내다보다 말했다. "그건 〈페어런트 트랩〉(The Parent Trap)에서 이미 다뤘단다."

25

아침 8시에 코스트코 매트에서 눈을 떴다. 내 2층 침대가 짐으로 가득 차서 나는 다시 매트로 돌아왔다. 2002년도 레브론 런/워크 (Revlon Run/Walk) 기념 티셔츠를 입고 있었는데, 디자인이 마음에 들었다. 내가 지금 빠져 있는 보라색이 많았다.

내가 보라색에 빠졌다는 사실을 엄마에겐 알릴 수 없었다. 엄마는 분홍색을 좋아했다. 그래서 내가 좋아하는 색을 바꿨다고 말하면 엄마는 크게 상심할 것이다. 내 나름대로 좋아하는 색이 있다는 사실에 충격받을 정도로 엄마가 나를 아낀다는 점은 정말 영광이었다. 진정한 사랑이라고나 할까.

작년도 레브론 런/워크 티셔츠는 주로 은색이었고, 재작년도는 주로 파란색이었다. 나는 지난 7년 동안 레브론 런/워크 티셔츠 색상을 다 알았다. 우리 가족이 그 7년 동안 런/워크 연례행사에 꼬박꼬박 참여했기 때문이다. 엄마가 전이성 상피내암 4기를 이겨낸 뒤부터 참석하기 시작했다. 내가 이 병명에 익숙해진 이유는 일요일마다 비디오 영상을 보기도 했지만, 엄마의 지시로 기회가 있을 때마다 그 사실을 캐스팅 감독 앞에서 떠벌려야 했기 때문이다.

"누구나 역경을 이겨낸 사람의 이야기를 좋아한단다. 내 전이성 상피내암을 언급하면 넌 동정표를 얻을 거야."

엄마의 암은 〈잭과 코디, 우리 집은 호텔 스위트 룸〉(Suite Life of

Zack & Cody)이나 〈킹 오브 퀸즈〉(King of Queens) 같은 시트콤의 오디션에선 자연스럽게 거론하기 어려웠다. 하지만 〈ER〉 같은 드라마에선, 특히 그 에피소드에 암 환자가 있을 땐 좀 더 자연스럽게 끼워 넣을 수 있었다.

"엄마가 상피내암 4기를 앓았거든요. 그래서 저는 그 소재에 정말 공감해요."

엄마는 유방암에 걸린 여성들을 지원하기 위해 우리가 늘 레브론 런/워크 행사에 참여한다고 말했다. 참으로 숭고한 마음이었다. 그런데 더스틴은 엄마가 그 대의보단 공짜 물품에 더 눈독을 들이는 것 같다고 투덜거렸다. 하지만 더스틴은 '말썽꾸러기'인 데다 엄마가 가장 덜 아끼는 자식이었다. 엄마가 그렇게 대놓고 말하기도 했다. 그러니 더스틴은 엄마나 엄마의 의도를 전혀 모른다고 봐도 무방했다.

나는 헐렁한 암 캠페인 티셔츠를 입고서 이번 주말에 엄마를 위해 어떤 시를 쓸지 궁리했다. 각본 쓰는 건 엄마가 싫어해서 무기한 중단했다. 그래도 엄마를 향한 사랑의 시를 쓰는 건 엄마도 지지해주었다. 그래서 지금은 이런 식의 짤막한 시로 글쓰기를 이어갔다.

'엄마'라는 단어와 운율을 맞추려고 애쓰는데 갑자기 가슴이 쿡쿡 쑤셨다. 좀 더 구체적으로 말하자면, 내 오른쪽 가슴의 유두 부위가 아팠다. 오른손을 들어서 아픈 곳을 살살 눌렀는데, 덩어리가 만져졌다. 나는 즉시 공포감에 휩싸였다. 이럴 수가? 엄마에 이어서 나까지? 방이 빙글빙글 돌기 시작했다. 내 선택지를 따져봤다. 당장 엄마를 깨우고 이 사실을 전할까? 그건 좀 부담스러울 듯했다. 그냥 평소처럼 아침 차를 준비해서 11시에 깨울까?

"내가 돈 문제로 고민하며 늦게까지 잠 못 이루지 않는다면 더 일찍 일어날 수 있을 텐데." 엄마는 늘 이렇게 말했다. "내가 어린 자식한테 기대지 않도록 네 아빠가 변변한 직장에 다닌다면 얼마나 좋겠니."

나는 어느 쪽을 골라야 할지 몰랐다. 그래서 암에 걸린 현명한 10대가 엄마한테 언제 말할지 흔히 결정하는 방식대로 '이니 미니 마니 모'(eeny meeny miny moe, 어느 것을 고를까요, 알아맞혀 보세요!─옮긴이 주)를 했다.

"오, 귀염둥이." 엄마가 반쯤 웃으면서 말했다. 그리고 손가락으로 내 오른쪽의 부풀고 뭉친 유두를 이리저리 만진 후 왼쪽의 납작한 유두와 비교했다.

"이건 암이 아니야."

"그럼 뭔데요?"

"그냥 가슴이 커지는 거야."

아, 안 돼! 암 진단보다 더 나쁜 게 한 가지 있었으니, 바로 성장 진단이었다. 나는 성장하는 게 끔찍이 싫었다. 그나마 나이에 비해 작긴 했다. 연예계에선 유리한 점이었다. 그 덕에 나보다 어린 캐릭터 역할을 따낼 수 있었다. 촬영장에서 더 오래 일할 수 있고 법적으로 휴식 시간도 덜 쓸 수 있었다. 그런 점을 제쳐두고라도, 나는 철부지 일곱 살짜리보다 더 협조적이고 지침도 잘 따를 수 있었다.

엄마는 내가 나이에 비해 어려 보이는 게 얼마나 좋은지 수시로 상기해주었다.

"넌 계약을 더 많이 따낼 거야, 아가. 더 많이 따낼 거라고."

내가 성장하기 시작하면 엄마는 나를 지금처럼 많이 사랑하지 않을 것이다. 가끔은 울면서 나를 꼭 끌어안고 내가 이대로 머물렀으면 좋겠다고 했다. 그럴 때마다 마음이 아팠다. 시간을 멈출 수 있다면 얼마나 좋을까? 어린아이로 계속 머물 수 있다면 얼마나 좋을까? 그럴 수 없다는 사실에 죄책감을 느꼈다. 나는 1센티씩 자랄 때마다 죄책감을 느꼈다. 오랜만에 만난 숙모나 삼촌이 나한테 "훌쩍 컸구나"라고 할 때마다 죄책감을 느꼈다. 그런 말이 나올 때마다 엄마의 눈썹이 씰룩거렸다. 나는 그게 엄마를 얼마나 괴롭히는지 알아차렸다.

그래서 나는 성장하지 않기로 마음먹었다. 그런 일이 벌어지지 않도록 무슨 짓이든 할 생각이었다.

"가슴이 커지지 않도록 내가 할 수 있는 일이 있어요?" 내가 걱정스럽게 물었다.

엄마가 웃음을 터뜨렸다. 눈가에 주름이 많이 잡히는 웃음이었다. 나는 엄마의 다른 표정과 마찬가지로 이 표정도 잘 알았다. 언제든 엄마의 기분에 맞춰 행동할 수 있도록 엄마의 표정을 속속들이 연구했다.

우리 집에서 엄마의 기분을 제대로 이해하는 사람은 나 말곤 없는 것 같았다. 다들 어떤 엄마를 마주하게 될지 전혀 모른 채 돌아다녔다. 하지만 나는 항상 알았다. 내 평생 엄마를 살피고 연구했으니까. 엄마의 행복을 위해서라면 내가 할 수 있는 일을 뭐든 하고 싶었으니까. 나는 엄마가 짜증 났을 때와 화났을 때의 차이를 알았다. 엄마가 아빠한테 화났을 때와 할머니한테 화났을 때의 차이도 알았다. 이를 악물면 아빠를 뜻하고 눈썹을 찡그리면 할머니를 뜻했다. 엄마가 약간 행복할 때(내 이마에 뽀뽀해준다.)와 무척 행복할 때(필 콜린스 노래를 부른다.)의 차이도 알았다. 그리고 지금, 눈가에 잔주름을 많이 잡고 생글생글 웃는 이 순간, 나는 엄마가 무척 행복할 뿐만 아니라 굉장히 특별하게 행복하다는 사실도 알았다.

엄마는 고마워하면서 행복한 상태였다.

나는 이런 상태의 엄마를 볼 때가 가장 좋았다. 그 출처가 바로 나였기 때문이다. 내가 어떤 역할을 따냈을 때, 혹은 엄마가 집안의 누군가와 다투는 상황에서 내가 엄마 편을 들어줬을 때 엄마는 고마워하면서 행복한 표정을 지었다. 인정받고 존중받고 보살핌받는다고 느낄 때도 그런 표정을 지었다.

"가슴이 커지지 않게 하려면 내가 어떻게 해야 돼요?"

내가 다시 물었다. 이 질문이 엄마를 몹시 흡족하게 한다는 사실을 알았기에 더 당차게 물었다.

엄마가 눈을 내리깔았다. 비밀 이야기를 들려줄 때면 늘 그랬다. 가령 할머니가 틀니를 했다거나 아빠가 참 재미없는 남자라고 말해줄 때처럼 뭔가 은밀한 이야기가 나올 것 같았다. 우리 둘만 알고 있을 아주 특별한 이야기. 우리의 멋지고 놀라운 우정을 더 견고히 다질 만한 이야기.

"그러니까 말이야, 체구를 작게 유지하는 법을 정말로 알고 싶다면, 네가 은밀히 할 수 있는 게 있긴 있어. 그걸 바로 칼로리 제한이라고 하는 거야."

***

나는 바로 칼로리 제한에 돌입했고 금세 적응했다. 엄마를 기쁘게 하고픈 마음이 그만큼 컸다. 엄마는 무지하게 오랫동안 칼로리 제한을 해왔기 때문에 엄마 말만 따르면 된다고 했다.

"어렸을 때 잠이 들락 말락 하는데, 네 할머니와 할아버지가 다른 방에서 하는 이야기가 들리더구나. 내 남동생은 뭐를 먹든 금방 소화를 시키는데, 나는 뭐를 먹든 살로 간다는 거야. 그 말이 내 마음에 콕 박혔단다. 정말이야, 넷. 난 그 이후로 줄곧 칼로리 섭취를 제한했단다."

그제야 나는 엄마가 칼로리 제한에 그토록 진심인 이유를 이해했다. 엄마는 아침 식사로 따뜻한 차만 한잔 마셨다. 아무것도 가미하지 않았다. 그리고 저녁으로는 데친 채소 한 접시가 끝이었다. 역시나 아무것도 뿌리지 않았다. 엄마가 점심 먹는 모습을 거의 못 봤지만, 어쩌다 먹더라도 드레싱을 뿌리지 않은 샐러드나 초코칩 그래놀라 바 반 개가 고작이었다. 그러니 나는 칼로리 제한 전문가에게 코치를 받는 셈이었다.

엄마와 뭉쳐서 밤마다 칼로리를 계산하고 다음 날 식사를 계획하면서 주 단위로 살이 쭉쭉 빠졌다. 계획상 1,000칼로리 식단을 유지하기로 했지만, 나는 현명하게도 음식을 절반만 먹으면 칼로리도 절반만 섭취하게 된다는 생각이 들었다. 살이 두 배로 빨리 빠진다는 뜻이었다. 내가 끼니마다 반만 먹은 접시를 자랑스럽게 보여주면 엄마는 활짝 웃었다. 엄마는 일요일마다 내 체중을 점검하고 줄자로 허벅지 둘레를 쟀다. 이러한 일과를 몇 주간 진행한 뒤엔 내게 다이어트 책을 한 아름 안겼다. 나는 그 책들을 금세 섭렵했고, 히카마(멕시코 감자라고 불리는 구근류의 채소—옮긴이 주)와 수박처럼 수분이 많은 채소와 과일을 먹는 게 얼마나 좋은지 배웠다. 카옌과 칠리 같은 매운 고추가 신진대사를 높이는 데 얼마나 유용한지도 배웠다. 커피가 식욕 억제제라는 사실을 알고 나선 엄마와 함께 디카페인 블랙커피를 마셨다. 엄밀히 따지면, 어떤 형태의 커피든 교회 규칙에 어긋났다.

"흠, 이건 디카페인이니까 하나님도 예외로 해주실 거야."

내가 아는 하나님은 예외를 두지 않는다고 확신하면서도, 나는 엄마의 말에 동의한다는 듯 고개를 끄덕였다.

나는 살이 빠질수록 섭취하는 음식에 더 엄격해졌다. 무엇을 먹든 내 몸에서 더 붙잡고 있으려 하는 것 같았기 때문이다.

보아하니, 대부분 음식은 먹고 나면 체중이 180그램 정도 늘어났다. 하루에 다섯 번씩 체중계에 올라갔기 때문에 바로 알 수 있었다. 나한테는 5가 행운의 숫자였다. 그래서 매일 5회 정도 체중을 재는 게 적당할 것 같았다. 나는 또 내 몸에서 일어나는 사소한 변화도 속속들이 알고 싶었다. 그래야 엄마와 함께 재는 주간 체중 측정에 맞춰 적절히 조정할 수 있을 테니까.

내가 제일 좋아하는 음식은 무설탕 아이스캔디와 사과 소스, 무가당 아이스티였다. 먹어도 체중 증가를 유발하지 않았기 때문이다. 아이스캔디와 사과 소스는 체중을 늘리지 않았고, 아이스티는 바로 소변으로 배출되었다. 그래서 이것들은 스트레스를 주지 않았다. 안전한 음식이자, 위안을 주는 음식이었다. 맥앤치즈와 프라이드치킨이 위안을 주는 음식이라고 한 사람은 제정신이 아니다. 이런 게 진정으로 위안을 주는 음식이었다.

엄마와 함께 미션을 수행하는 과정은 정말 신났다. 〈페어런트 트랩〉에 나오는 쌍둥이를 실제로 재현하는 기분이었다. (내 〈헨리 로드)가 아류작이라는 엄마의 평을 들은 후에 그 영화를 봤다.) 엄마와 나는 에스키모처럼 코를 비볐고, 주간 체중 측정과 일간 칼로리 계산 후에 우스꽝스러운 손동작을 곁들인 춤을 추었다. 안 그래도 가까웠지만, 칼로리 제한 덕분에 엄마와 나는 전보다 더 가까워졌다. 칼로리 제한은 정말 멋진 일이었다!

칼로리 제한을 시작한 지 6개월쯤 지나자 변화가 확연히 드러났다. 나는 세 사이즈나 줄어서 이젠 아동복 사이즈 7 슬림(slim, 마른 체구용)을 입었다. 성령은 내게 상표에 붙은 '슬림'이라는 단어를 날마다 다섯 번씩 만지라고 했다. 그 의식이 칼로리 제한과 함께 나를 계속 작게 유지해줄 거라고 했다. 감사합니다, 성령님!

전반적으로, 매사가 순조롭게 흘러갔다. 하지만 오늘은 예외였다.

오늘은 마음이 불안했다. 진료 대기실에서 내 이름이 불리길 기다리고 있었기 때문이다. 이름이 불리길 기다린다는 말은 체중 측정을 기다린다는 뜻이었다. 나는 다른 체중계에 올라서는 게 몹시 두려웠다. 숫자가 다르면 어떡하지? 병원 체중계에서 더 무겁게 나오면 어떡하지?

엄마는 내가 불안해 한다는 걸 알아챘는지, 기다리는 동안 내 손을 꼭 잡아주었다. 그렇게 한참을 기다렸더니 의사의 조수가 내 이름을 불렀다.

"제넷 맥커디!"

심장이 어찌나 세차게 뛰는지, 그곳에 있는 사람들이 죄다 들을 수 있을 것 같았다. 얼굴까지 화끈거렸다. 대기실 문을 지나 복도를 걸어가는 동안 정신이 아득해졌다. 엄마가 내 코듀로이 재킷을 벗겼다. 재킷을 입고 재면 무게가 더 나갈 텐데, 엄마는 내 마음을 이렇게 잘 알았다. 간호사가 신발을 신고 재도 된다고 했지만, 엄마가 벗으라고 했다. 매사에 조심해야 하는 법! 나는 얼른 신발을 벗고 체중계에 올라섰다. 그리고 엄마와 눈을 마주쳤다.

"27.6킬로그램." 간호사가 진료 기록지에 숫자를 적으며 말했다.

간호사의 입에서 흘러나온 숫자가 내 안에서 왜곡되고 뒤틀리는 것 같았다. 가슴에 돌덩어리가 떨어진 듯 무거웠다. 집에서 쟀을 땐 분명히 26.7킬로그램이었다. 얼른 엄마의 표정을 살폈다. 차분했다. 실망했다는 뜻이다. 이번엔 더 큰 바윗덩어리가 떨어진 것 같았다. 우리는 5번 진료실로 안내받았다. 내 행운의 숫자도 이번엔 행운을 가져올 것 같지 않았다. 나는 작은 스툴을 밟고서 환자용 테이블에 붙은 곰 인형 종이에 앉았다. 바닥이 딱딱하고 비좁았다. 조수가 몇 가지 질문을 하고 나서 나갔다. 내가 무슨 말을 하려고 하자 엄마가 막았다.

"나중에 얘기하자."

몇 분 뒤, 여의사인 닥터 트랜이 들어왔다. 닥터 펠먼이 아니라 살짝 실망스러웠다. 엄마가 닥터 펠먼을 보면 기분이 한결 좋아 보였기 때문이다. (교의에 어긋나지 않는다면 엄마가 닥터 펠먼에게 반했다고 생각했을 것이다. 하지만 정욕은 죄악이었다. 엄마가 그런 죄를 저지를 사람이 아닌 줄 알기에 그렇게 생각하지 않았다.) 닥터 트랜은 진료 기록지를 한참이나 들여다봤다.

"데비, 잠깐 따로 얘기 좀 할 수 있을까요?"

엄마는 닥터 트랜을 따라 나갔다. 그런데 문이 너무 얇은 데다 엄마의 목소리가 너무 커서 나한테까지 다 들렸다.

"그러니까…… 제넷의 체중 문제로 이야기하고 싶어요." 닥터 트랜이 먼저 입을 열었다. "나이에 비해서 상당히 적거든요."

"네?" 엄마가 살짝 불안한 목소리로 말했다. "제넷은 평소대로 먹고 있어요. 난 아무런 변화도 감지하지 못했어요."

그건 사실이 아니었다. 엄마는 그 변화를 누구보다 정확하게 감지했다. 애초에 그런 변화를 원했던 사람이니까.

"글쎄요······." 닥터 트랜이 숨을 크게 들이쉬었다. "간혹 어린 여자애들은 거식증에 걸리면 자신의 식습관을 아주 은밀하게 숨기거든요."

나는 '거식증'이라는 말을 그때 처음 들었다. 왠지 공룡처럼 거대하다는 뜻일 것 같았다.

"제넷의 식습관을 유심히 지켜보도록 하세요." 닥터 트랜이 힘주어 말했다.

"아, 그럴게요, 닥터 트랜. 확실히 지켜볼게요."

나는 혼란스러웠다. 엄마는 이미 내 식습관을 유심히 지켜보고 있었다. 나보다 더한지는 모르겠지만, 나만큼이나 내 식습관에 관여하고 있었다. 엄마는 내가 무엇을 어떻게 먹는지 시시콜콜 알았을 뿐만 아니라 그렇게 먹도록 권유하고 지원하고 있었다. 대체 무슨 일까? 이게 대체 무슨 뜻일까?

몇 달 뒤, 댄스 수업이 끝나고 주차장에서 '거식증'이라는 말이 내 귀에 또 들려왔다. 주차장 벤치에 앉아 엄마가 오길 기다리면서 발 킬머의 딸 역할을 위한 오디션을 준비하고 있었다.

엄마는 늘 20분에서 45분 정도 늦게 왔다. 외상 수금원들에게 연락해 날짜를 미루거나 웨스트민스터 쇼핑몰에 들러서 지난 6개월 동안 내가 만났던 캐스팅 감독들에게 줄 감사 카드를 사느라 늘 바빴기 때문이다. ("그들이 오디션 때 네 모습은 잊더라도 손글씨로 예쁘게 쓴 감사 카드는 기억할 거란다!")

그런데 안젤리카 구티에레즈의 엄마가 자신의 미니밴 주변에서 서성거리는 모습이 눈에 들어왔다. 안젤리카의 마지막 수업은 나와 같았는데 구티에레즈 부부가 항상 제시간에 도착해서 바로 출발 했기 때문에 웬일인가 싶었다. 때마침 엄마의 구릿빛 포드 윈드스 타 미니밴이 스튜디오 쪽으로 좌회전해서 주차장으로 들어오는 모 습이 보였다. 나는 댄스 가방을 집어서 엄마의 차 쪽으로 걸어갔다. 하지만 구티에레즈 부인이 나보다 빨랐다. 그녀는 엄마의 조수석으 로 다가가 창문을 내려달라고 손짓했다.

"안녕하세요, 뎁. 제넷에 대해 잠깐 얘기할 게 있어서요. 요즘 보 니까 살이 너무 빠졌더라고요. 거식증을 앓는 것 같아요. 혹시 제넷 에게 도움이 될 만한 정보를 원하는지 궁금해서요. 댄스 교실의 다 른 여자애가 거식증으로 고생하고 있는데, 그 애 엄마가 전문가의 이름을 알려—"

"그 문제라면 다음에 얘기하죠." 엄마가 구티에레즈 부인의 말을 잘랐다. 내 귀에는 엄마가 말한 "다음"이 절대 올 것 같지 않게 들렸 다. 나는 차 문을 열고 홀쩍 올라탔다. 그러자 엄마가 바로 출발했다.

"엄마?" 적색 신호등에 멈춰 섰을 때 내가 물었다.

"응?"

"거식증이 뭐예요?"

"아, 걱정할 것 없단다, 천사 아가씨. 괜한 일에 호들갑 떠는 사람 들이 있단다."

신호등이 녹색으로 바뀌었다. 엄마가 액셀러레이터를 밟았다.

"네."

"좋아, 좋아. 이번 오디션은 아주 잘될 것 같아, 넷. 느낌이 왔어. 밥 킬머도 금발이고 너도 금발이잖니. 네가 계약을 따낼 거야."

"어허."

"확실히 따낼 거야."

나는 창밖을 내다보다 다시 대사를 암기했다. 집에 가서 무설탕 아이스캔디를 먹을 생각에 마음이 들떴다.

26

오늘은 열두 살에서 열세 살 여자애들을 위한 교회 프로그램인 비하이브(Beehives)에 들어가는 날이었다. 이 프로그램에 들어가면 '역할'을 배정받는데, 나는 비서도 아니고 비서의 조수를 맡았다. 애초에 있지도 않은 역할이었다.

"하지만 메디슨이 이미 비서를 맡았잖아요." 내가 지도교사인 스미스 자매님에게 말했다. "나는 무슨 일을 하는 건데요?"

"음, 넌 메디슨을 도와주면 돼."

나는 실망감을 감추려고 손톱을 내려다봤다. 마카일라 린지가 내게 속삭이려고 몸을 기울였다.

"좋은 역할은 항상 활발하게 활동할 것 같은 애들한테 돌아가는 법이야."

나는 마카일라가 싫었다. 마카일라가 입양아인 데다 여러모로 가엾게 여겨야 한다는 걸 알면서도, 그럴 수 없었다. 그냥 꼴 보기 싫었다.

"그들이 너한테 그런 역할을 맡긴 건, 네가 결국 비활동적으로 될 거라고 생각하기 때문이야."

'비활동'은 모르몬 교회에서 욕설이나 마찬가지였다. 활동적 교인은 예배에 정기적으로 참석하는 사람을 가리켰고, 비활동적 교인은 '떨어져 나간' 사람이나 교적엔 남아 있어도 예배엔 참석하지 않는 사람을 가리켰다. 대화 중에 비활동적 교인이 언급될 때면, 부끄럽고 한심한 사람인 양 다들 코를 찡긋거리며 속삭이는 어조로 말하곤 했다.

"우린 비활동적으로 되지 않을 거야."

"어디 두고 보자." 마카일라가 어깨를 으쓱했다.

꼴 보기 싫은 마카일라가 틀렸기를 간절히 바라면서도, 한편으론 옳을지도 모른다는 두려움이 밀려왔다. 벌써 몇 가지 조짐이 보였기 때문이다.

내가 기억하는 한, 우리 가족은 한 번도 '일급 모르몬교도'에 속했던 적이 없었다. 말일성도 지방 분회마다 교리 모임에 백 퍼센트 출석하고 제3니파이(모르몬교 경전 열다섯 권 중 하나—옮긴이 주) 구절을 줄줄 외우는 교인들이 있었다. 그들은 각자 음식을 가져오는 포틀럭 파티에 치킨 파이를 가져오리라 여겨지는 사람들이었다. 그만한 책임을 질 능력이 있는 사람들이었다. 일급 모르몬교도라 할 수 있었다.

다음으로, 십일조 납부에 인색하고 예배 시간에 매번 20분 늦게 나타나는 교인들이 있었다. 그들은 '그냥 샐러드나 가져오겠지' 정도로 여겨지는 사람들이었다. 시든 양상추에 퀴퀴한 쿠르통을 미리 버무려오는 것 이상의 책임을 맡기기 어려운 사람들이었다. 이급 모르몬교도라 할 수 있었다.

우리 맥커디 가문은 이급 모르몬교도였다. 그 사실을 안 지는 꽤 됐다. 일급 모르몬교도가 이급 모르몬교도를 바라보는 눈길엔 약간의 경멸이 담겨 있었다. 나는 일급 모르몬교도인 허프마이어 자매님과 믹스 자매님의 곁눈질에서 그런 느낌을 받았다.

이급은 일급보다 비활동적으로 될 가능성이 훨씬 크다고들 했지만, 나는 우리의 운명이 어떤 식으로든 정해져 있다고 생각하지 않았다. 가령 마커스가 선교사로 봉사하거나 우리가 예배를 절대 빼먹지 않는 등 획기적 변화를 통해 이급 상태에서 벗어날 수 있으리라고 확신했다. 얼마 전까진.

그런데 지금 마카일라의 이야기를 듣고 곰곰 생각해보니, 그런 획기적 변화는 결국 일어나지 않을 것 같았다. 마커스는 이미 몇 년 전에 선교 봉사를 떠날 나이가 됐는데 아직도 떠나지 않았다. 연령 제한이 없긴 하지만, 나이가 찬 첫해에 떠나지 않은 남자들은 나중에 떠날 가능성이 70퍼센트나 낮다고 했다. 모르몬교 잡지인《앤사인》(Ensign)에서 그런 기사를 읽었다.《앤사인》은 엄마가《우먼스 월드》와 함께 유일하게 읽는 잡지였다. 엄마는 그게 마커스의 여자친구인 엘리자베스에게 마귀가 씌었기 때문이라고 했다. 하지만 나는 잘 모르겠다. 내 눈엔 엘리자베스가 괜찮아 보였다.

우리는 몇 주씩 예배를 거르기도 했다. 주로 내가 게스트로 출연한 프로의 에피소드가 방영될 무렵에 빠졌는데, 그 시작은〈로 앤 오더: 성범죄 전담반〉(Law and Order: Special Victims Unit)이었다. 내가 아홉 살짜리 강간 피해자를 연기하는 게 '복음에 부합한다'고 생각하는지 살라자르 자매님이 엄마에게 따져 물었기 때문이다. 엄마는 살라자르 자매님의 은근한 공격을 다음과 같은 말로 멋지게 받아쳤다.

"모르몬교도인 TV 스타의 가치는 그 스타가 연기한 역할보다 더 중요하다고 생각해요."

그 뒤로 살라자르 자매님은 한동안 별말이 없었다. 그런데 내가 한 에피소드에서 다른 아이를 죽이는 역할로 나오자 또다시 입을 뗐다. 그 뒤로 우리는 엄마의 표현대로 '주제넘은 비판'을 피하고자 내가 출연한 프로의 에피소드가 방영될 때마다 한두 주씩 예배에 빠졌다. 예배에 자꾸 빠지면, 일급 모르몬교도가 되기 위한 획기적 변화에 반하는 일이었다.

"엄마?" 나는 집에 돌아와 엄마와 빨래를 개면서 물었다.

"웅, 귀염둥이?"

"우리는 비활동적 모르몬교도가 되는 건가요?"

"물론 아니지, 넷. 그런 건 왜 묻니?"

"마카일라가 그러는데, 우리가 비활동적으로 될 거라서 자매님이 나한테 비서의 조수 역할을 맡긴 거래요."

"맙소사! 입양아 주제에 마카일라 린지가 뭘 알겠니?"

27

"넷! 샤워하자!" 엄마가 다른 방에서 소리쳤다.

나는 온몸이 얼어붙었다. 아, 안 돼! 샤워는 절대 안 돼!

5, 6년쯤 전부터 샤워하는 게 두려웠다. 그때부터 엄마가 나를 씻겨주는 게 불편하게 느껴졌다.

엄마는 물론 나를 불편하게 할 의도가 없을 것이다. 내가 샴푸와 컨디셔너를 제대로 사용할 줄 모르니까 머리를 감겨주면서 몸까지 씻겨준다고 했다. 내 머리가 길지 않거나 특별한 질감이 아니라면 굳이 감겨줄 필요가 없겠지만, 실상은 머리도 길고 질감도 특별한 데다 자신이 전문 미용사라 직접 감겨주는 게 합리적이라고 했다.

엄마는 가끔 스콧과 나를 함께 씻겼다. 스콧은 이미 열여섯 살이었다. 엄마가 우리를 함께 씻길 때마다 둘 다 정말 곤혹스러워 했다. 스콧은 시선을 돌리고 딴청을 피우거나 김 서린 유리에 포켓몬을 그렸다. 특히 리자몽 캐릭터를 잘 그렸다. 엄마는 우리를 함께 씻길 때면 할 일이 너무 많기 때문이라고 둘러댔다. 스콧이 한번은 자기가 직접 씻어도 되겠냐고 물었다. 그러자 엄마는 품 안의 자식이라면서 흐느껴 울었다. 그 뒤로 스콧은 그냥 엄마에게 몸을 맡겼다.

스콧이 있든 없든, 엄마는 나를 씻길 때마다 가슴과 '은밀한 부분'을 검사했다. 암일 수도 있는 이상한 덩어리나 혹이 생기지 않았는지 살펴보기 위해서라고 했다. 나는 암에 걸리고 싶지 않았기에 그러라고 했다. 엄마는 경험자니까, 나한테 혹시라도 암 덩어리가 생기면 알아차리겠지 싶었다.

엄마가 검사하는 동안 나는 보통 디즈니랜드를 떠올리려 애썼다. 할아버지가 다음에 언제 우리를 들여보내줄지 생각했다. 흥겨운 행진과 화려한 불꽃놀이, 온갖 캐릭터와 함께 행복한 시간을 보내는 모습을 생각했다.

검사가 끝날 때쯤이면 안도감이 온몸을 휘감고 돌면서 내 몸속으로 다시 돌아온 기분이 들었다. 하지만 검사가 시작될 때면 기분이 묘했다. 내가 마치 몸 밖에 있는 것 같았다. 껍데기인 몸에서 분리되어 생각 속에 존재하는 것 같았다. 그럴 때면 나는 두꺼비 자동차인 '미스터 토드의 와일드 라이드'(Mr. Toad's Wild Ride)에 올라타고 판타지랜드를 신나게 돌았다. (실제론 미스터 토드의 와일드 라이드를 썩 좋아하지는 않았다. 나한테는 좀 시시한 것 같았다.)

"넷?!" 엄마가 다시 나를 불렀다.

나는 여전히 얼어붙은 상태였다. 침을 꿀꺽 삼키고 억지로 대답했다.

"준비됐어요!"

오늘 밤엔 나 혼자였다. 내일 〈하우스〉(House)의 오디션이 있기 때문이었다. 내가 간파한 바로는, 오디션이 있을 때마다 엄마는 나를 혼자 씻겼다. 캐스팅 감독이 반할 만큼 내 머리카락이 완벽하게 빛나도록 샴푸와 컨디셔닝에 더 신경 쓰려는 의도일 것이다. 엄마는 이 업계가 워낙 피상적이라 빛나는 머릿결이 콜백을 받을지 말지 결정할 수 있다고 했다.

숙제를 내려놓고 소파에서 일어나는 데 호흡이 가빠졌다. 손도 축축했다. 나는 검사가 끝났을 때 밀려드는 안도감에 집중하려고 애썼다. 그때쯤이면 샤워도 끝날 테니까. 나는 또 샤워가 끝난 뒤의 홀가분함에 집중하려고 애썼다. 그 뒤론 밤새 자유로워질 테니까. 나는 애쓰고 또 애썼다.

주먹을 불끈 쥐고 화장실에 들어갔다. 엄마는 내게 물도 못 틀게 했다. 수도꼭지 손잡이를 비틀어 적당한 온도를 맞추는 게 까다롭다는 이유였다. 그래서 나는 엄마가 들어올 때까지 기다렸다. 기다리면서 바지를 벗었다. 속옷과 셔츠도 벗었다. 샤워기 밑에 서자 샤워 꼭지에서 물이 한 방울씩 똑똑 떨어졌다. 나는 꼭지에 붙은 곰팡이를 살폈다. 푸르딩딩하고 딱딱했다. 화장실로 들어오는 엄마의 발소리가 들렸다. 나는 즉시 판타지랜드로 출발했다.

28

나는 포드 윈드스타의 뒷좌석에 앉아 있었다. 더스틴의 근무 시간에 맞춰 미술용품 전문점인 '아트 서플라이 웨어하우스'(Art Supply Warehouse)로 가는 길이었다. 더스틴이 우리를 전혀 반기는 것 같지 않았지만, 엄마는 개의치 않았다. 내가 볼 때, 엄마는 아는 사람이 일하는 곳에 찾아가는 걸 즐기는 듯했다. VIP라도 된 기분인가 보았다. 마커스를 방문하러 '베스트 바이'(Best Buy)에 들어갈 때나 할아버지를 방문하러 디즈니랜드 매표소에 갈 때면 엄마의 태도와 기운은 백팔십도 달라졌다. 마치 그곳을 소유한 사람 같은 분위기를 풍겼다. 나는 자신감 넘치는 엄마를 보는 게 좋았다.

가는 길에 엄마는 외상 수금원에게 전화해서 납부 연장을 요청했다. 그런데 통화 중에 흥분해서 내 쪽으로 몸을 돌렸다.

"수전이 전화했어!"

나는 수전이 왜 전화했는지 알았다. 어제 〈아이칼리〉(iCarly)라는 쇼를 위해 스크린 테스트를 받았다. 웹 영상을 찍는 10대 친구들에 관한 니켈로디언의 신작 시트콤이다. 그리고 다음 주엔 〈캘리포니케이션〉(Californication)이라는 쇼의 스크린 테스트를 받을 예정이었다. 이것은 여자를 개무시하는 중년 남자에 관한 쇼타임의 신작 드라마였다. TV 프로의 스크린 테스트를 할 때쯤이면, 제작진은 보통 이미 계약서를 작성해놓았다. 더구나 동시에 여러 프로의 스크린 테스트를 받는다면 확실히 좋은 일이었다. 매니저가 그걸 '레버리지'로 활용해 최상의 거래를 얻어낼 수 있기 때문이다. (엄마는 수전과 통화할 때 '레버리지'라는 말을 즐겨 사용했다. 그 말을 쓰면 '내부 사정에 정통한' 사람처럼 들린다나.) 그런데 여기엔 기이한 규칙이 있는데, 테스트를 먼저 시행한 곳에서 당신을 뽑을지 말지에 대한 선택권을 가져갔다. 그들이 지정된 시간 동안 당신을 정말로 원하는지 판단하고 원하지 않는다고 결정하면, 선택권이 다른 방송국으로 넘어갔다.

〈아이칼리〉에 대한 스크린 테스트를 어제 했기 때문에, 니켈로디언이 나를 쓸지 말지 먼저 선택할 수 있었다. 수전이 지금 전화했다는 건 그들이 마음을 정했다는 뜻이다.

엄마는 수전과 얘기할 생각에 잔뜩 흥분했지만, 늘 그렇듯이 수금원과의 통화를 끝까지 이어갔다.

"한 시간씩이나 대기하다 연결됐는데 중간에 끊을 수 없잖니."

엄마는 채무 상환을 연기해달라고 눈물로 호소했다. 그런데 승인을 받고 나선 언제 울었냐는 듯 눈물이 말랐다. 엄마는 수전에게 전화하면서 한 손을 내 쪽으로 내밀었다. 나는 열네 살인데도 여전히 어린이용 보조 의자에 앉았다. 몸을 쭉 내밀고 엄마의 손을 잡으려 했지만, 좌석벨트가 보조 의자까지 감싸고 있어서 여유가 없었다. 내가 엄마 손을 잡으려고 몸을 내민 순간 벨트가 딸깍 소리를 내며 잠겼다. 어떻게든 잡아보려 했지만, 딸깍 소리만 자꾸 날 뿐 도저히 잡을 수 없었다.

"여보세요, 수전과 통화할 수 있을까요? 데비 맥커디예요."

딸깍, 딸깍.

엄마의 손이 내 손을 찾으려고 이리저리 흔들렸다. 스칠 듯 가까웠지만 내 손에 잡히진 않았다.

"그게 좋겠어요. 스피커폰으로 연결하는 방법을 찾아볼게요."

엄마가 휴대폰 화면을 이것저것 누르다 용케 스피커폰으로 연결했는지, 수전의 목소리가 차 안에 쩌렁쩌렁 울렸다.

"제넷이 〈아이칼리〉 계약을 따냈어요! 〈아이칼리〉 계약을 따냈다고요!"

"야호!" 소리와 함께 엄마의 손이 멀어지더니, 불끈 쥔 주먹이 허공을 갈랐다. 하지만 다음 순간 다시 내게로 뻗쳐와 내 손에 닿았다. 내가 드디어 시리즈의 고정 배역을 따냈다는 소식과 함께.

엄마가 아트 서플라이 웨어하우스의 주차장에 차를 세우는 동안에도 우리의 환호성은 멈추지 않았다. 엄마는 장애인 전용 공간에 차를 세웠다. 게실염 진단 이후로 장애인 카드를 받았기 때문이다. 나는 좌석벨트를 풀고 엄마 품으로 뛰어들었다.

엄마가 나를 꼭 안아주었다. 무척 행복했다. 이젠 모든 게 달라질 것이다. 모든 게 더 좋아질 것이다. 마침내 꿈을 이루었으니 엄마는 이제 행복할 것이다.

29

"와, 과일 바구니네!"

엄마가 끈을 돌려 풀고 셀로판 포장지를 벗기기 시작했다.

"파인애플은 당분 함량이 높지만, 캔털루프와 허니듀 같은 멜론은 좀 먹어도 돼."

"오케이!"

엄마가 바구니에서 캔털루프 두 꼬치를 꺼냈다. 그리고 나한테 하나를 건네려다 돌연 생각이 바뀐 듯 다시 내려놨다.

"하나로 나눠 먹자."

우리는 꽃 모양으로 잘린 멜론 한 꼬치를 나눠 먹으면서 내 분장실 테이블에 놓인 다른 바구니들도 살펴봤다. 코스트 투 코스트에서 보낸 차 바구니, 수전이 보낸 가정용 스파 바구니, 니켈로디언에서 보낸 고기와 치즈 바구니 등이었다.

"할아버지와 오빠들 주게 집에 가져가면 되겠다." 엄마가 말했다.

나는 이런저런 바구니를 많이 받았다. 시리즈의 고정 출연자가 되면서 달라진 위상을 처음으로 실감한 부분이었다. 게스트 출연자로 활동하던 지난 몇 년간 바구니는 구경도 못 했다. (〈캐런 시스코〉에 게스트로 출연했을 때, 로버트 포스터가 선물을 주긴 했다. 나에겐 내 이름이 새겨진 은색 펜을 주었고 엄마에겐 은색 구둣주걱을 주었다. 참 멋진 분이었다!)

오늘은 첫 번째 시즌 출범이 공식적으로 결정되고 출근하는 첫 날이었다. TV 프로의 파일럿 촬영이 끝나면, 방송국 임원들은 파일럿 프로를 전부 시청한 다음 3분의 1 정도를 골라서 시리즈로 제작했다. 우리는 운 좋게 그 안에 뽑혔다. 게다가 뽑힌 프로들 가운데 에피소드 회차를 가장 많이 배정받았다. 대부분 열 개에서 열세 개 정도 받았는데, 우리는 스무 개나 받았다. 엄마는 이게 다 샘 퍼켓(Sam Puckett) 역을 맡은 나의 출중한 연기 덕분이라고 했다. 재치 있는 입담에 행동은 거칠어도 마음은 따뜻한 말괄량이 역할이었다. 그런데 내 현실과 달리 먹는 걸 엄청나게 밝히는 아이였다.

"대사 읊을 준비됐니, 천사 아가씨?" 엄마가 물었다.

"물론이죠." 아직 준비가 안 됐지만 나는 그렇게 대답했다. 엄마와 대사를 연습할 때면 여전히 긴장되었다. 내가 시리즈에 고정 출연하면 엄마가 마음을 조금 놓을 줄 알았는데, 전혀 아니었다. 엄마는 여전히 너무나 엄격했다. 정말 피곤했다.

숨을 깊이 들이마신 후 첫 대사를 읊으려고 하는데 분장실 밖에서 노크 소리가 들렸다.

"확인해봐." 엄마가 자기 허벅지를 탁! 치면서 말했다. 연습을 시작하기 직전에 방해받아 짜증 난 듯했다.

보라색 문을 열자 바로 앞에 바구니가 또 놓여 있었다. 허쉬 밀크덧과 트위즐러, 팝콘 몇 봉지 등 영화 볼 때 먹는 간식이 잔뜩 들어 있었다. 그리고 한가운데에는 아크라이트(ArcLight) 극장에서 쓸 수 있는 100달러짜리 기프트 카드가 놓여 있었다. 우리가 쇼를 촬영하는 니켈로디언 스튜디오 바로 건너편에 있는 아크라이트는 내가 가본 극장 중에서 가장 멋졌다. 엄마와 나는 파일럿 촬영을 마치고 아크라이트에서 영화를 볼까 했지만, 엄마가 표 한 장에 13.75달러나 주고 볼 순 없다고 해서 포기했었다.

"음향이 아무리 좋다고 해도 이건 너무 비싸구나."

이 기프트 카드는 내가 지금까지 본 선불카드 가운데 가장 높은 금액이었다. 믿기지 않을 정도였다.

"미란다가 보낸 거예요." 내가 깜짝 놀라서 말했다. "아크라이트에서 사용할 100달러짜리 기프트 카드가 들어 있어요!"

미란다는 나와 함께 〈아이칼리〉에 출연하는 배우였다. 칼리 세이(Carly Shay)라는 주요 역할을 맡았는데, 절친인 샘이랑 프레디와 함께 웹 시리즈를 시작하는 다정하고 여성스러운 10대 소녀였다. 엄마는 제작진이 미란다의 성격을 잘 살리지 못했다고 했다.

"가엾게도 앞부분의 지루한 설명을 도맡아 하잖니. 얼굴은 예쁜데 캐릭터에 개성이 없어서 안타깝구나."

나는 바구니를 다시 내려다봤다. 같이 출연하는 아역 배우가 나한테 이런 호의를 베풀다니, 무척 놀라웠다. 보통은 경쟁의식이 앞설 텐데, 이건 전혀 상반된 태도였다. 나는 감격해서 바구니에 손을 뻗었다.

"그 밀크덧엔 손도 대지 못하겠지만, 아무튼 그 애가 고맙긴 하구나. 자, 얼른 대사 연습이나 하자."

30

"이건 어떠니?"

엄마가 플러시 천으로 된 티와이(TY)의 판다 인형을 집으며 물었다. 우리는 웨스트민스터 쇼핑몰의 홀마크 그리팅 카드 매장에 있었다. 미란다가 시즌 출범을 축하한다고 선물을 줬으니, 우리도 그녀에게 줄 선물을 골라야 했다. 엄마가 판다 인형을 들고 흔들었다.

"작고 귀여운 판다로구나. 게다가 미란다의 이름과 운율도 맞잖아. 미란다. 판다. 귀엽지 않니?"

"네, 정말 귀엽네요. 그래도 더 적당한 선물이 있는지 조금만 더 둘러보면 어떨까 싶어요."

"글쎄다, 그냥 이 인형에다 털로 된 표지의 일기장이면 괜찮지 않겠니?" 엄마가 물었다.

"네, 그럼요."

나는 침을 꿀꺽 삼켰다. 그걸로는 전혀 괜찮지 않았다. 미란다는 내게 화려한 극장에서 사용할 값비싼 기프트 카드를 주었다. 정말 멋진 선물이었다. 하지만 플러시 천으로 된 봉제 인형과 보풀보풀한 일기장은 멋진 선물이 아니었다. 전혀.

물론 몇 달 전까진 나도 이런 것들을 멋진 선물이라고 생각했다. 칠드런스 플레이스(Children's Place)에서 산 무지갯빛 나팔바지와 리미티드 투(Limited Too)에서 산 퀴즈 책이 멋져 보였으니까. 그런데 미란다를 만난 이후로 '멋진 기준'이 바뀌었다.

〈아이칼리〉의 스크린 테스트에서 미란다를 처음 만났다. 그녀는 벽에 기대선 채 콜라를 병째로 마시며 사이드킥(Sidekick) 휴대폰으로 문자를 보내고 있었다. 우와. 콜라에 사이드킥까지. 쟨 뭘 좀 아는구나!

우리는 스크린 테스트 날에 인사만 몇 마디 나눴다. 길게 늘어선 임원진 앞에서 촬영하느라 정신이 없었다.

파일럿 촬영 날에도 이야기를 많이 나누지는 못했다. 나도 수줍어했고, 미란다도 나처럼 수줍어하는 것 같았다. 우리는 대사를 열심히 읊었고 촬영이 끝나면 "안녕! 내일 봐!"라고 활기차게 소리쳤다. 하지만 그사이에 별다른 대화가 오가진 않았다.

나는 그저 멀찍이서 그녀를 살폈다. 미란다는 나와 달리 독립적인 것 같았다. 매번 혼자 근처 레스토랑에 가서 음식을 골랐다. 혼자 알아서 골라 먹다니, 어떤 기분일까? 식사를 마친 다음, 미란다는 사이드킥으로 그웬 스테파니나 에이브릴 라빈의 음악을 들으며 스튜디오로 돌아왔다. 나도 이러한 아티스트를 알고 있었지만 그들의 음악을 제대로 들어보진 못했다. 그들의 음악이 '못된 짓을 저지르고 싶게 한다'는 이유로 엄마가 못 듣게 했기 때문이다.

촬영장에서 미란다는 "젠장"이니 "우라질"이니 하는 욕설을 내뱉고, 신의 이름을 하루에 오십 번도 넘게 헛되이 불렀다. 엄마는 미란다가 신을 믿지 않는다면서 너무 친해지지 말라고 경고했다. (네이선은 신을 믿으니까 가깝게 지내도 괜찮다고 했다. "남침례교도는 모르몬교도가 아니지만 둘 다 예수님을 받들거든.")

엄마가 내게 미란다와 친해지지 말라고 했지만 나는 정말 친해지고 싶었다. 그녀의 쿨한 태도가 나한테도 스며들기를 바랐다. 게다가 미란다는 착해 보이기도 했다. 쿨하면서 착하기까지 하기는 어려운 일이었다. 둘 다 먼저 나서는 편은 아니었지만, 어떻게든 우리 사이에 우정이 싹트길 바랐다.

안타깝게도, 그럴 일은 없어 보였다. 전화번호도 교환하지 않고 하루하루 지날 때마다 나는 우리가 친구로 발전할 가능성에서 점점 멀어진다고 느꼈다. 파일럿 촬영 마지막 날까진 그랬다. 그런데 미란다가 촬영장을 나서려다 말고 돌아와서 내게 말했다.

"제넷, 너 AIM(에임) 하니?"

"아니, 딱히." 나는 과녁 맞히기를 하느냐고 묻는 줄 알고 그렇게 대답했다. 실제로 나는 과녁을 잘 맞히지 못했다.

"AOL 인스턴트 메신저를 안 한다고?" 미란다는 충격을 받은 것 같았다.

"아, 그 AIM!" 나는 그게 뭔가 싶었지만 잘 아는 사람처럼 들리길 바라면서 말했다. "그야 물론 하지."

"쿨, 그럼 나를 추가해줘."

"쿨." 실제로 나는 쿨하다고 느꼈다.

그날 집에 오자마자 마커스에게 계정을 하나 개설해달라고 했다. 그 뒤로 우리의 우정은 AIM을 통해서 꽃을 피웠다. 미란다와 나는 메신저로 몇 시간씩 수다를 떨었다. 엄마가 내 곁을 지나면서 뭐 하냐고 물으면 가끔은 미란다와 얘기한다고 말했지만, 대개는 AIM 대화창을 화들짝 내려놓고 그냥 숙제한다고 말했다. 엄마는 의심하지 않고 지나갔다. 엄마가 눈에서 멀어지면 나는 대화창을 다시 띄우고 깔깔 웃었다.

미란다는 실제론 수줍고 조용해 보였지만, 글에선 당차고 유쾌한 성격을 드러냈다. 다양한 이야기로 나를 웃게 했다. 세상 사람들과 관습과 인간 본성을 관찰하는 방식이 색달랐다. 나는 미란다가 마음에 쏙 들었고, 우리가 친해져서 무척 기뻤다.

그런데 지금 엄마의 무성의한 선물 때문에 다 망치게 생겼다.

촬영 스튜디오로 돌아와서 나는 미란다의 분장실 앞에 선물 가방을 내려놓고 문을 세 번 두드린 다음 도망치듯 내 분장실로 돌아왔다. 미란다가 봉제 인형과 보풀보풀한 일기장을 펼쳤을 때의 반응을 보고 싶지 않았다. 너무 창피했다.

미란다는 그날 촬영하는 내내 선물에 대해서 언급하지 않았다. 나는 우리의 우정이 이렇게 끝날까 봐 두려웠다.

그런데 촬영을 마치고 엄마들과 함께 주차장으로 걸어갈 때, 미란다가 내게 돌아서더니 살짝 어색하게 웃으며 말했다.

"봉제 인형 고마워. 정말 귀엽더라."

"천만에."

"그리고 일기장도. 다시 일기 쓸 생각을 하니까 신나."

"다행이야."

미란다가 내게 웃어 보였다. 나는 미란다가 그저 착하게 군다는 걸 알 수 있었다. 그래도 그런 착한 마음이 고마웠다.

"이따가 AIM에서 보자." 미란다가 손을 흔들며 말했다.

"좋아."

내가 들뜬 목소리로, 필요 이상 들뜬 목소리로 말했다. 판다와 보풀 일기장이 마음에 들지 않았더라도, 그냥 착하게 굴기 위해 고맙다고 했더라도, 미란다는 여전히 나와 친구로 지내고 싶어 했다. 나는 우리가 AIM으로 소통할 수 있어서 정말 기뻤다.

31

나는 촬영 스튜디오의 커튼 뒤쪽에 서 있었다. 두 팔로 몸을 감싼 채 한쪽 발로 바닥을 계속 두드렸다. 커튼 뒤에서 나가고 싶지 않았다.

"어서 나오렴, 넷. 사진 한 장만 찍으면 보내줄 거래."

"알았어요."

나는 마지못해 나갔다. 부끄러워서 뺨이 붉어졌다. 이런 느낌이 싫었다. 몸의 많은 부분을 노출했을 때의 느낌이 정말 싫었다. 나한테는 너무 야한 것 같았다. 그저 창피할 따름이었다.

"정말 멋지네."

스튜디오 한쪽에서 항상 재봉틀을 돌리는 의상 보조원이 고개도 들지 않고서 말했다. 나는 '멋지네'가 '야하네'를 뜻하지 않을까 심히 걱정스러웠다. 노출 부위를 가리려고 두 팔로 몸을 더 감싸 안고 어깨를 잔뜩 움츠렸다. 나는 야하게 보이고 싶지 않았다. 그냥 아이처럼 보이고 싶었다.

"나는 물론 원피스 수영복을 주장할 거야. 그래도 나를 봐서 비키니를 착용해주니 고맙구나."

의상 담당자가 자신의 머리를 틀어 올려 젓가락으로 고정하면서 말했다.

"아, 네." 나는 그녀의 얼굴을 쳐다볼 수 없었다. 반대쪽 계단에 앉아 있는 엄마도 쳐다볼 수 없었다.

"팔 좀 내리려무나, 천사 아가씨. 좀 더 편하게 보이도록 해봐."
엄마가 말했다.

나는 팔을 내렸다. 하지만 더 이상 불편할 수 없을 정도로 불편
했다.

"어깨도 좀 펴고." 엄마가 직접 행동을 취해 보였다.

나는 엄마가 보여준 대로 어깨를 뒤로 젖혔다. 하지만 이런 식으
로 가슴을 내미는 게 정말 싫었다. 내 가슴과 살짝 부풀어 오른 젖
꼭지가 자랑스럽지 않았다. 으쓱 자랑하고 싶어야 가슴을 내밀 텐
데, 나는 전혀 그렇지 않았다. 이놈의 의상 피팅이 얼른 끝났으면
싶었다. 나는 원피스 수영복에 보드용 반바지를 걸치고 싶었다. 그
렇게 입어야 마음이 편했다. 전혀 야하게 느껴지지 않았다. 하지만
의상 디자이너는 크리에이터(The Creator)가 비키니를 요구했다고
말했다. 그가 선택할 수 있도록 비키니 한두 벌을 나한테 반드시 입
혀야 한다고 했다.

"오케이, 사진 찍을 수 있게 앞으로 몇 걸음 나올래."

의상 디자이너가 폴라로이드 카메라를 눈에 갖다 대면서 말했다.
내가 앞으로 몇 걸음 나가자 그녀는 사진을 찍었다.

"마지막 비키니도 입어보지 않을래?"

그녀는 내 의사를 존중해줄듯이 물었다. 발언 내용의 불쾌함을
보상하려고 사람들이 빙빙 돌려서 말하면 나는 헷갈렸다.

"그냥…… 음…… 그건 안 입어봐도 될까요?" 내가 물었다. "그냥
방금 입었던 것으로 끝내면 안 될까요?"

"글쎄, 그분이 선택지를 원해서 말이야. 너도 알잖니." 의상 디자

이너는 전혀 공감을 일으키지 못하는 과장된 어조로 덧붙였다. "그분이 어떤지."

나는 그분이 어떤지 전혀 몰랐다. 물론 몇 번 만나긴 했다. 내가 보기엔 굉장히 활기차고 호탕한 분인 것 같았다. 하지만 엄마는 그가 '굉장히 난폭해서 괜히 성미를 건드리지 않는 게 좋다'는 말이 스태프들 사이에서 돈다고 했다.

나는 손톱을 물어뜯었다.

"어서 한다고 해, 넷. 한 벌만 더 입으면 된다잖아." 엄마가 재촉했다.

"알았어요." 내가 말했다.

나는 마지막 비키니를 입었다. 파란색 바탕에 테두리가 녹색으로 된 디자인이었다. 밑에 끈이 달려서 다리를 자꾸 간질였다. 속이 메스꺼웠다. 분장실 거울에 비친 내 모습을 바라봤다.

왜소했다. 내가 왜소한 줄 나도 알았다. 하지만 내 몸이 그 왜소함에 반항하려 해서 걱정스러웠다. 자꾸 성장하려고 했다. 자꾸 크려고 했다. 나는 아이다운 몸과 그에 따른 순수함을 간신히 붙잡고 있는 것 같았다. 나는 성적인 존재로 비치는 게 두려웠다. 역겨웠다. 나는 그런 사람이 아니었다. 나는 이런 사람이었다. 지금 이 모습처럼 어린아이였다.

내가 분장실에서 나가자 의상 디자이너가 사진을 찍었다.

"정말 멋지네."

재봉틀만 붙잡고 있던 의상 보조원이 역시나 고개도 들지 않고 말했다.

32

입술이 닿았다. 그의 입이 살짝 움직였다. 하지만 나는 움직일 수 없었다. 그대로 얼어붙었다. 그의 눈은 감겨 있었지만 내 눈은 그렇지 않았다. 동그랗게 뜬 채 그를 응시했다. 얼굴이 맞닿은 상태에서 상대를 응시하니까 너무 이상했다. 마음에 들지 않았다. 그의 헤어 젤 냄새가 났다.

"고개를 좀 더 움직여, 제넷!" 크리에이터가 카메라 밖에서 소리쳤다.

간혹 카메라가 돌아가는 상황에서도 프로듀서나 감독은 카메라 밖에서 소리를 치기도 했다. 배우의 대사와 겹치지 않으면 편집자가 후반 작업에서 그 소리를 지울 수 있었다.

나는 크리에이터가 시키는 대로 하려고 노력했다. 정말 노력했는데도 몸이 말을 듣지 않았다. 그냥 돌처럼 굳어버렸다. 몸과 머리가 따로 노는 것 같았다. 머리에선 이게 너의 첫 키스이고 또 그 첫 키스가 카메라에 담긴다고 누가 신경 쓰겠느냐고 했다. 그냥 얼른 끝내라고, 시키는 대로 하라고 속삭였다. 하지만 몸에선 싫다고, 그러고 싶지 않다고 반발했다. 내 첫 키스가 이런 식으로 이뤄지는 게 싫다고, 내 첫 키스가 TV 쇼를 위한 키스 말고 진짜 첫 키스이기를 간절히 바란다고 말이다.

나는 내 안의 로맨틱한 부분을 경멸했다. 그 부분이 몹시 거북했다. 엄마가 자고로 남자애들은 시간만 낭비하게 하고 나를 실망하게 할 뿐이라면서 경력 쌓는 데만 전념하라고 했다. 그래서 나는 남자애들을 억지로 밀어내려 애썼다. 하지만 애쓰면 애쓸수록 내 안의 로맨틱한 부분이 고개를 내밀었다. 그리고 이렇게 나를 들볶았다.

가끔은 남자애들에 대해서 궁금했다. 누군가를 사랑하게 된다면 어떤 기분일까? 그 사람도 나를 사랑하게 될까? 손을 잡고 디즈니랜드 불꽃놀이를 함께 보고, 그의 가슴에 머리를 기대고 함께 웃는 모습을 상상했다. 키스에 대해서도 궁금했다. 어떻게 하는 걸까? 하지만 궁금하다고 미리 연습해볼 수는 없는 노릇이었다. 그냥 어느 시점에 저절로 벌어지는 일일 테니까. 그냥 흐름에 맡기면 될까? 어려울까? 입술은 어떤 맛일까? 지금 이 순간, 나는 이 모든 질문에 답을 얻었다.

그냥 흐름에 맡기면 되겠냐고? 당신이 나의 상대역인 네이선이라면, 그럴 수 있을 것 같다. 하지만 당신이 나라면, 그럴 수 없다. 눈앞에서 벌어지는 온갖 자잘한 일을 생각할 테니까. 당신의 마음은 이리저리 날뛰면서 어서 끝나기만을 고대할 테니까. 어렵냐고? 그렇다, 어렵다. 입술이 어떤 맛이냐고? 블리스텍스 챕스틱(Blistex chapstick) 맛이 난다.

상대를 사랑한다면 모든 게 달라질까? 어쩌면 그게 비법 재료일지도 모르겠다. 사랑하는 사람과 키스한다면 불안하긴커녕 믿을 수 없을 만큼 황홀할지도 모르겠다.

"컷!" 크리에이터가 입안에 뭔가를 가득 채운 채 카메라 밖에서 소리쳤다. 다음 순간, 그가 씩씩거리며 우리에게 다가오는 소리가 들렸다. 손에 들린 종이 접시에는 얇게 썰린 치즈 조각과 미니 초코

바가 담겨 있었다. 스태프들이 홍해 갈라지듯 길을 터주었다.

크리에이터는 내 눈을 똑바로 바라보면서 4, 5초간 아무 말도 안 했다. 나는 그가 평소처럼 짓궂은 장난을 치나 싶어서 깔깔 웃을 뻔했다. 하지만 그에게서 끓어오르는 분노가 엿보였다. 지금은 웃을 때가 아니었다. 마침내 그가 입을 열었다.

"제넷. 고개. 더. 움직여."

그 말을 뒤로 하고 그는 돌아서서 성큼성큼 걸어갔다.

"빨리 찍지 않고 뭐해!" 그가 버럭 소리쳤다.

카메라가 돌아갔다. 우리는 그 장면을 다시 찍었다. 내 입에서 무슨 말이 나오는지도 몰랐지만 아무도 나를 제지하지 않는 것으로 봐선 대본에 적힌 말인가 보았다. 키스로 이어지는 장면을 찍을 땐 유체이탈을 경험했다. 가슴이 쿵쾅거렸다. 손이 축축했다. 그냥 해, 그냥 해, 그냥 하라니까!

몸을 기울였다. 입술이 닿았다. 역겨웠다. 작은 살덩어리끼리 밀고 당기는 느낌이었다. 사람으로 산다는 게 정말로 싫었다.

이런! 고개를 움직여야지. 나는 고개를 살짝 움직였다. 앞으로 뒤로. 앞으로 뒤로. 왼쪽으로 오른쪽으로. 사방으로 움직였다. 전혀 자연스럽게 느껴지지 않았다. 당연히 자연스럽게 보이지도 않을 터였다. 프레디 역을 맡은 네이선이 마침내 나한테서 떨어져 나갔다.

"컷!" 크리에이터가 소리쳤다. 말투로 봐선 전혀 흡족하지 않은 듯했다. 그는 조감독을 쳐다보며 말했다.

"한 번 더 할 시간 있나?!"

"별로 없습니다. 제 시간에 마치려면 다음 장면으로 넘어가야 합니다."

"됐어." 크리에이터가 성난 목소리로 말했다. "썩 마음에 들진 않지만 됐어. 다음으로 넘어가도록 해. 나는 간식 테이블에 있을 테니까!"

크리에이터는 간식 테이블 쪽으로 씩씩거리며 걸어갔다. 거기서 칩과 베이글을 욱여넣거나 미네스트로네(채소와 파스타를 넣은 이탈리아식 수프—옮긴이 주)를 들이켤 것이다. 나는 그가 가는 모습을 지켜봤다. 그를 기쁘게 하지 못해서 속상했다.

"다 끝났어." 네이선이 상냥하게 말했다. 그는 내가 카메라 앞에서 자기와 첫 키스를 하느라 얼마나 긴장했는지 알고 있었다.

"그래." 내가 어색하게 웃으며 말했다. "다 끝났어."

그렇게 해서 나의 첫 키스는 끝났다. 그리고 두 번째 키스도, 세 번째 키스도 끝났다. 엄밀히 따지면, 네 번째, 다섯 번째, 여섯 번째, 일곱 번째 키스도 끝났다. 일곱 번을 찍었으니까.

33

"많이 웃어야 한다. 이를 활짝 드러내고서. 이가 드러나지 않게 웃으면 쓸쓸해 보이거든."

엄마가 405번 도로에서 차선을 바꾸며 말했다. 크리에이터와 한 점심 약속에 가는 길이었다. 엄마가 자꾸 많은 게 걸려 있다고 해서 불안했다.

"아무래도 너한테 스핀오프를 제안하려나 보다."

크리에이터는 현재 쇼에 등장하는 캐릭터를 가져와 새롭게 스핀오프 쇼를 제작하곤 했다. 설사 그렇더라도 괜히 기대했다가 실망할 수 있다고 엄마에게 말하려다 마음을 접었다. 내 인생의 앞날은 나보다 엄마가 더 잘 내다봤다.

"그가 뭐라고 하든 진짜 관심 있는 척 행동하는 것도 잊지 말고. 적극적으로 보이란 뜻이야." 엄마가 말했다. "눈을 좀 더 크게 뜨면 그렇게 보일 거야."

나는 고개를 끄덕였다.

"그를 우리 편으로 확실히 만들려면 내 암 얘기를 꺼내는 게 좋겠다. 그 얘긴 내가 할까 싶은데……."

"그러세요."

"좋아, 좋아, 아주 좋아." 엄마가 흥겹게 말했다.

우리는 약속 시간에 맞춰 도착했다. 크리에이터는 먼저 와 있었다. 선글라스를 끼고 있었는데, 우리를 보자 선글라스를 머리에 올려 썼다. 그리고 자리에서 일어나 엄마를 먼저 껴안은 다음, 나를 꽉 안아서 번쩍 들어 올렸다.

"맥커디 커즈," 그는 한참 만에 나를 내려놓고 선글라스를 다시 끼었다. "내가 제일 귀여워하는 꼬마 여배우로구나."

엄마의 얼굴이 환해졌다.

"알다시피, 내가 어린 여배우들과 일을 많이 하잖니. 예쁜 애들도 많고 재미있는 애들도 더러 있지만, 너만큼 재능 있는 애는 하나도 없단다."

엄마는 입이 찢어질 듯 웃었다. 나 역시 엄마가 알려준 대로 이를 활짝 드러내고 웃었다.

"고맙습니다."

"진심이란다." 크리에이터는 미리 주문한 참치 타르타르를 숟가락으로 듬뿍 뜨면서 말했다. "그들보다 단연 뛰어나다니까. 너는 언젠가 오스카를 거머쥘 거야."

"고맙습니다."

크리에이터는 늘 대화를 이런 식으로 시작했다. 함께 일하는 다른 배우들을 깎아내리면서 폭풍 같은 칭찬을 쏟아냈다. 나는 그의 칭찬에 감사했다. 그의 인정은 나한테 큰 의미가 있었다. 내가 TV 프로에 고정 출연하게 된 것도, 우리 가족이 더 이상 돈 걱정을 안하게 된 것도 그 덕분이었다. 하지만 한편으론, 그가 나와 다른 배우들을 경쟁시킬 속셈으로 이러는지 궁금했다. 다른 배우들한테도 이런 말을 떠벌리면서 큰 호의라도 베푸는 양 생색을 내는지 궁금했다.

내가 이렇게 의심하는 이유는, 한 시즌 내내 작업하면서 그의 작업 방식과 됨됨이를 충분히 파악했기 때문이다.

나는 크리에이터에게 두 가지 측면이 있다고 판단했다. 일단, 너그럽고 듣기 좋은 말을 굉장히 잘했다. 그는 누구라도 세상에서 가장 중요한 사람으로 느끼게 할 수 있었다. 가령 프로덕션 디자이너가 이틀 만에 교도소 세트를 멋지게 완성하자 스태프 전원을 집합시키고 5분 동안 기립 박수를 보냈다. 또 스턴트 코디네이터에게 고맙다면서 일장 연설을 했다. 코디네이터가 감동해서 눈물까지 흘렸다. 크리에이터는 누구라도 중요한 사람처럼 느끼게 하는 법을 알고 있었다.

다음으로, 비열하고 강압적이며 굉장히 무서웠다. 그는 누구라도 갈기갈기 찢어서 무너뜨릴 수 있었다. 가령 여섯 살 난 아이가 리허설 때 대사 몇 줄을 잘못 읊었다는 이유로 즉석에서 쫓아냈다. 또 마이크 담당자가 실수로 이동식 마이크를 떨어뜨렸을 때, 크리에이터는 그에게 달려가 코앞에서 고래고래 소리쳤다. 멋진 장면을 당신 때문에 망쳤으니, 남은 평생 이번 일로 후회하게 되길 바란다고 악담을 쏟아냈다. 그는 또 온갖 욕설과 모욕적인 발언으로 다 큰 어른들을 눈물짓게 했다. 남자고 여자고 가릴 것 없이 바보, 천치, 머저리라고 부르고, 하나같이 게으르고 부주의하고 덜떨어지고 무기력하다고 비난했다. 크리에이터는 누구라도 쓸모없는 사람처럼 느끼게 하는 법도 훤히 꿰고 있었다.

그래서 나는 그런 칭찬이 내게 의미 있기를 바라면서도 액면 그대로 받아들일 수 없었다. 그는 오늘 이 자리에서 칭찬으로 내 마음을 붕 띄워준 만큼, 내일 촬영장에서 엄청난 비난으로 내 마음을 짓

밟을 수도 있었다. 그의 주변에선 늘 경계할 필요가 있다고 느꼈다. 늘 그의 기분을 살펴야 했다. 엄마 주변에 있을 때와 크리에이터 주변에 있을 때 느낌이 비슷했다. 늘 초조하고, 어떻게든 기분을 맞춰야 하며, 혹시라도 거슬리는 행동을 할까 봐 두려웠다. 그런데 지금 두 사람을 한꺼번에 상대하려니 숨이 막혔다.

크리에이터는 우리와 함께 먹을 메인 코스로 바닷가재와 고기 파스타, 납작한 호밀빵 등을 주문했다. 엄마는 내가 이런 음식을 먹으면 화를 내겠지만, 크리에이터는 내가 안 먹으면 기분이 상할 것이다. 내가 자기를 믿지 않는다는 둥 자기 입맛을 무시한다는 둥 투덜댈 것이다. 그래서 두 사람 다 속아 넘어가게 먹으려고 최대한 노력했다. 크리에이터가 보기엔 아주 맛있게 음식을 먹는 척했고, 엄마가 보기엔 거의 먹지 않는 척했다.

"그러니까 내가 두 사람을 점심 식사에 초대한 이유는⋯⋯."

크리에이터가 드디어 본론으로 들어갔다. 하지만 바로 언급하지 않고 음료를 길게 한 모금 들이켰다. 엄마는 자신이 원하는 방식으로 문장이 끝나기를 간절히 바라면서 그 모습을 지켜봤다.

"그전에 먼저," 크리에이터는 긴장감을 최대한 끌어내리려는 듯 일부러 말을 끊었다. "한 가지 물어보자. 너는 사람들한테 인정받는 것, 유명해지는 것을 어떻게 생각하니?"

"당연히 좋아하죠." 엄마가 대신 대답했다. "굉장히 좋아해요. 그리고 팬들도 얘를 엄청나게 좋아하고요. 거의 다 우리 제넷을 제일 좋아하는 캐릭터라고 한다니까요."

나는 파스타를 쿡쿡 찔렀다.

"그럼 됐군." 크리에이터가 말했다. "너는 앞으로 훨씬 더 유명해질 거야."

기대감으로 엄마의 호흡이 가빠졌다.

"흠……. 제넷에게 단독 쇼를 맡길 생각이거든요."

엄마가 놀라서 떨어뜨린 포크가 접시에 부딪혀 쨍그랑 소리를 냈다.

"제목도 미리 지어놨습니다. 〈저스트 퍼켓〉(Just Puckett). 일단 제목부터 웃기지 않습니까?" 크리에이터가 능글맞게 웃으며 물었다.

"네, 그렇네요! 제목부터 웃기네요." 엄마가 맞장구를 쳤다.

"물론 당장 시작하긴 어렵습니다. 〈아이칼리〉가 워낙 잘되고 있어서."

크리에이터가 엄마의 흥분을 누그러뜨리며 말했다. 엄마가 고개를 끄덕였다.

"한 2년 정도는 기다려야 할 거야." 크리에이터가 나를 보며 거듭 말했다. "하지만 내가 시킨 대로 잘 따라오기만 하면, 네 쇼를 하나 만들어주마. 지금처럼 맡은 일을 잘하고 내 말에 귀를 기울이며 내 충고를 전적으로 따르면, 네 앞길은 내가 확실히 이끌어주마."

"오, 감사해요." 엄마가 눈물을 글썽이며 말했다. "내 아기는 그럴 자격이 있어요. 내 아기는 정말로 그럴 자격이 있다고요."

엄마가 나를 쳐다보며 고개를 끄덕였다. 이를 활짝 드러내고 웃으라는 신호인 듯했다. 그래서 그렇게 했다. 하지만 속으론 걱정이 앞섰다. 크리에이터는 자신의 제안에 확실한 단서를 달았다. 그가 시킨 대로 잘 따라가고 그의 말에 귀를 기울이며 그의 충고를 전적으로 따라야 한다고 했다. 한편으론 크리에이터가 고마우면서 또 한편으론 두려웠다. 그가 시키는 대로 다 해야 한다는 생각에 몹시 두려웠다.

　"네 쇼를 하게 된다는데 왜 그렇게 시큰둥한 표정이니? 넌 행복하지 않니?" 엄마가 집으로 돌아오는 길에 말했다.

　"행복해요." 나는 거짓말을 했다. "아주 행복해요."

　"그래." 엄마가 백미러로 나를 힐끔 쳐다보며 말했다. "당연히 행복해야지. 다들 너처럼 되고 싶어 안달하는데."

34

거의 3년째 〈아이칼리〉에 출연하다 보니, 일이 한결 쉬워졌다. 미란다와의 우정은 동지애를 넘어 정서적 지지의 원천이었다. 다른 출연자들과도 친하게 지냈지만, 미란다와의 관계는 정말로 특별했다. 주말엔 스카이프로 통화했고, 주중엔 촬영을 마치고 아크라이트에서 영화를 봤다. 일주일에 두 번 정도는 그곳에 갔는데, 전처럼 살 떨리지 않아서 좋았다. 엄마도 늘 동행했다. 가끔 영화를 보다가 내게 몸을 기울이며, "사운드가 진짜 죽여준다"라고 속삭이곤 했다.

미란다와의 우정보다 더 중요한 게 있었으니, 엄마가 평소 가장 스트레스를 받던 두 가지 문제, 즉 청구서와 내 몸매에 예전만큼 스트레스를 받지 않는다는 점이었다.

물론 꾸준히 들어오는 내 급여 덕분에 재정적으로 상당히 안정되었는데도, 엄마는 그 급여의 규모가 기대에 미치지 못한다고 대놓고 토로했다.

"방송국 놈들은 어쩜 이렇게 인색하니? 네가 얼마나 많이 벌어주는데, 너한테 이렇게 콩알만큼밖에 안 준다니?" 엄마는 날마다 분장실에서 내 옷을 갈아입히며 불만을 쏟아냈다. "니켈로디언(Nickelodeon)에선 재방송료가 한 푼도 안 들어온다니까. 니클-앤-다임-알로디언(Nickel-and-Dime-Alodeon, nickle and dime은 인색하다는 뜻—옮긴이 주)이라고 불러야 하나?"

내가 보기에, 엄마는 불평을 쏟아내면서도 내심 고마워하고 있었다. 예전에 비하면 크게 나아졌으니까. 집세를 제때 낼 수 있었고, 외상 수금원들에게 기간을 연장해달라고 사정할 필요도 없었다.

엄마는 여전히 내 점심 식사를 감시했지만, 내가 가끔 세트장에 준비된 음식을 먹어도 뭐라 하지 않았다. 저녁 식사론 여전히 드레싱을 살짝 뿌린 양상추에 저칼로리 볼로냐소시지 몇 조각이었지만, 디저트로 '스마트 원즈'(Smart Ones) 쿠키를 두 개씩 허락했다. 그리고 내 아침 식사는 완전히 달라졌다. 게다가 엄마가 직접 준비해주었다. 이런 일이 일어나리라곤 상상도 못 했다. 엄마는 허니콤 시리얼에 2퍼센트 유지방 우유를 부어주었다. 무지방 우유가 아니라 2퍼센트 유지방 우유였다! 물론 허니콤 시리얼은 엄마 말대로, "아침 식사용 시리얼 가운데 그램당 칼로리가 가장 낮았다."(1회 제공량인 40그램당 160칼로리였다.) 그래도 이건 정말 파격적이었다. 엄마가 이렇게 음식을 준비해준 적은 없었다.

엄마가 내 식사를 전보다 더 지원하는 이유가 궁금했다. 우리의 공동 교실에서 미란다와 네이선은 아침과 점심을 먹는데 나만 안 먹거나 그들보다 훨씬 적게 먹으면 이상해 보일까 봐 그러나? 이유가 궁금해도 굳이 물어보진 않았다. 그냥 그렇게 흘러가도록 내버려두었다.

내 몸은 조금씩 변해갔다. 살짝 나왔던 젖꼭지가 작은 젖가슴으로 부풀어서, 속옷 상의를 팬티까지 내려 당겨도 납작해 보이게 하기가 갈수록 어려워졌다. 얼굴에도 자꾸 뭐가 났다. 새롭기도 하고 이상하기도 하고 창피하기도 했다. 작년부터 촬영장에서 메이크업을 받기 시작했는데, 이젠 쉬는 날에도 화장을 했다. 전엔 화장이 싫었지만 이젠 하고 싶었다. 내 생얼을 어떻게든 가리고 싶었다.

얼마 전부터 다리를 면도하기 시작했다. 뭐, 내가 직접 하는 건 아니고 엄마가 해줬다. 엄마는 내가 열여섯 살인데도 여전히 몸을 씻겨줬다. 나는 다리 면도라는 게 있는 줄도 몰랐는데, 어느 날 한 배우의 엄마가 나의 '덥수룩한 다리'를 놀리면서 깔깔 웃어댔다. 그 뒤로 엄마가 내 다리를 면도할 때마다 그 아줌마의 웃음소리가 귓가에 맴돌았다.

아무튼 엄마는 이제 청구서나 내 몸매에 예전만큼 스트레스를 받지 않았다. 내 다리는 매끄러워졌고 젖가슴은 봉긋 솟아올랐으며 얼굴 여기저기엔 뾰루지가 났다. 나한테는 이 모든 게 어색하기만 했다.

쇼는 점점 더 인기를 얻었다. 수전은 "문화적 현상"이니 "글로벌 센세이션"이니 하는 말을 떠벌리고 다녔다. 쇼가 인기를 끌수록 내 명성도 나날이 높아졌다. 나는 화려한 행사와 시상식과 영화 시사회에 수없이 초대받아 레드카펫을 밟았다. 〈굿모닝 아메리카〉와 〈투데이 쇼〉 같은 토크쇼에 출연했고, 크레이그 퍼거슨과 보니 헌트의 새로운 토크쇼에도 출연했다.

나는 어디를 가든 사람들의 이목에서 벗어날 수 없었다. 그래서 제일 좋아하는 디즈니랜드에도 더 이상 가지 않았다. 저번에 갔을 때 나한테 몰려드는 사람들 때문에 크리스마스 판타지 퍼레이드마저 중간에 멈춰야 했다. 구피가 열 받은 것 같았다.

명성과 함께 상상도 못 했던 스트레스가 따라왔다. 다들 그런 명성을 원하고 나더러 운이 정말 좋다고 말했지만, 나는 그런 명성이 싫었다. 집밖에 나설 때마다 신경이 곤두섰다. 낯선 사람들이 불쑥

다가올까 봐 조마조마했다. 잘 모르는 사람들과 소통할 때면 마음이 불안해졌다.

그들은 내게 "샘! 네 프라이드치킨은 어디 있니?!"라거나 "네 버터양말로 나를 좀 때려줄래?!"라고 소리쳤다. 버터양말은 내 캐릭터가 자주 사용하는 소품인데, 이름 그대로 버터를 넣은 양말이다. 내 캐릭터는 프라이드치킨에 중독되었고 '누군가를 패기 위해' 항상 버터양말을 들고 다녔다.

누군가가 내게 치킨이나 양말을 소리칠 때마다 속으론 듣기 싫어도 겉으론 반갑게 웃어주었다. 그런 소리를 하루에도 골백번씩 들어야 했다. 한 번만 들어도 싫은데 골백번씩 들으니 그야말로 미칠 것 같았다. 어쩌면 다들 그렇게 똑같은 말만 하는지 놀라울 따름이었다.

나는 사람들에게 별로 감동하지 않았다. 오히려 사람들이 짜증스러웠다. 때로는 혐오스럽기도 했다. 정확히 언제부터 그랬는지 모르겠지만, 딱히 오래되진 않았다. 아마 이것도 명성과 관련된 듯했다. 나는 사람들이 나를 소유한 듯, 내가 그들에게 빚이라도 진 듯 함부로 대하는 데 지쳤다. 이러한 삶을 내가 선택하진 않았다. 엄마가 선택했다.

그런데도 불안감 때문에 나는 사람들의 비위를 맞추려 애썼다. 사람들과 사진을 찍고 사인을 해주고 나를 알아봐줘서 고맙다고 했다. 내 불안감의 밑바닥엔 차마 마주하기 두려운 감정이 복합적으로 깔려 있었다. 나는 씁쓸해질까 봐 두려웠다. 씁쓸함을 느끼기엔 너무 어렸으니까. 더구나 사람들이 부러워하는 삶의 결과였으니까. 그리고 나는 엄마를 원망하게 될까 봐 두려웠다. 내 삶의 주된 목적인 사람. 내 우상. 내 롤 모델. 내가 유일하게 진정으로 사랑하는 사람. 그 사람을 원망하게 될까 봐 두려웠다.

낯선 사람과 사진을 찍으면서 엄마의 눈짓에 마지못해 미소를 지을 때마다 이런 복합적인 감정이 고개를 내밀었다.

내가 이 모든 걸 얼마나 싫어하는지 알면서도 엄마가 사진 찍는 사람에게, "한 장 더! 혹시 모르니까 한 장 더!"라고 말할 때도 그런 감정이 들었다.

엄마가 내게 사인을 연습하라면서, "자꾸 엉성해지잖니. 맥커디(MacCurdy). 소문자 c와 대문자 C를 명확하게 구분해야지. 사람들이 한 글자 한 글자 알아볼 수 있게 적어야 해"라고 말할 때도 그런 감정이 들었다.

내 사인과 함께 어떤 문구를 적을지 불러줄 때도 그런 감정이 들었다. 요즘 엄마가 들이미는 문구는 "영화에서 만나요!"였다. 그 이유는 하늘만이 알 것이다. 나는 영화에 출연하지도 않았다. 그냥 TV에만 출연했다. 그것도 어린이 TV에만. 그 말은 곧 내가 어떠한 영화에도 출연하지 못하리라는 사실을 거의 보장했다. 연예계에서 아역 스타가 잘나가는 성인 배우로 성장하기란 하늘의 별 따기만큼 힘들었다. 처음부터 믿을 만한 감독을 만나 믿을 만한 영화에서 경력을 쌓기 시작한 어린 배우라 해도 마찬가지였다. 그러니 어린이 TV로 시작한 아역 배우에게 경력 단절은 예정된 수순이었다. 대중에게 지나치게 화려하고 피상적으로 인식된 이미지에는 극복하기 어려운 장벽이 수반되었다. 아역 스타가 성장하면서 자기 이미지에서 벗어나려 애쓰는 순간, 그들은 미디어의 미끼가 된다. 그저 성장하려고 애쓸 뿐인데 반항적이라느니 문제를 일으킨다느니 학대를 받았다느니 온갖 소문에 시달리게 된다. 성장 과정은, 특히 10대의 성장 과정은 불안정하고 실수투성이다. 그런 실수를 대중에게 널리 알리고 싶은 사람은 없다. 평생 꼬리표처럼 따라다닐 테니까. 하지만 아역 스타가 되면 그런 일이 일어난다. 아역 스타라는 자리는 빠져나갈 수 없는 덫이다. 막다른 골목이다. 내 눈엔 그게 훤히 보였지만 엄마 눈엔 보이지 않는가 보았다.

명성은 엄마와 나를 갈라놨다. 우리 사이엔 내가 생각지도 못했던 장벽이 생겼다. 엄마는 명성을 원했다. 그리고 나는 엄마가 그 명성을 누리길 바랐다. 엄마가 행복하길 바랐다. 하지만 내가 그 명성을 누리게 되자, 엄마는 행복한데 나는 행복하지 않았다. 엄마의 행복은 내 행복을 희생한 대가였다. 나는 강탈당하고 착취당하는 기분이었다.

가끔 엄마를 보면 미운 감정이 들었다. 그러다 그런 감정을 느끼는 나 자신이 싫어졌다. 감사할 줄 모른다고 나 자신을 나무랐다. 엄마가 없으면 나는 아무 쓸모도 없었다. 엄마는 나의 전부였다. 나는 애초에 느끼지 말았어야 할 감정을 꾹 삼키며, "엄마, 정말정말 사랑해요"라고 말한 후, 아무 일도 없었던 듯 행동했다. 아주 오랫동안 내 일을 위해, 또 엄마를 위해 나 아닌 다른 사람으로 살아왔다. 이젠 나 자신을 위해서도 다른 사람으로 살아야 한다는 생각이 들었다.

35

일요일 아침, 식구들은 아무도 잠에서 깨지 않았다. 나는 엄마가 제일 좋아하는 라즈베리 로열 티를 다시 데웠다. 한 시간 전에 엄마를 깨우려고 타두었던 것이다.

"엄마," 내가 조심스럽게 말했다. "차 가져왔어요."

"아으." 엄마는 잠결에 앓는 듯한 소리를 내며 반대편으로 돌아누웠다.

나는 초조한 눈으로 시계를 보면서 엄마를 계속 깨울지 말지 고민했다. 벌써 세 번째 시도인데, 예배 시간에 늦지 않으려면 지금이 마지막 기회였다.

"엄마," 나는 조금 더 긴박한 목소리로 말했다. "20분 후엔 출발해야 해요. 안 그러면 예배 시간에 맞추지 못할 거예요."

"아으으으." 엄마가 더 심하게 앓는 소리를 냈다.

"가고 싶지 않아요?"

"아으, 피곤해 죽겠……." 엄마는 말끝을 흐리다 잠시 뜸을 들인 후, 조금 더 명확하게 말했다. "내가 요즘 너무 열심히 일했잖니. 정말 피곤해 죽겠다."

엄마는 얼굴을 베개에 더 깊이 파묻고 숨을 거칠게 몰아쉬었다. 나는 그런 엄마를 쳐다봤다.

나도 피곤했다. 나도 요즘 열심히 일했다. 실은 엄마보다 훨씬 더 열심히 일했다고 생각했다. 그러다 다음 순간, 이렇게 생각한 것에 죄책감을 느꼈다.

'엄마는 나를 출퇴근시키느라 피곤할 만도 해.' 내 안의 한 부분이 생각했다.

'그렇긴 하지만 나는 오가는 길에 숙제를 하고 노상 대사를 외우고, 촬영장에서 열 시간 동안 밝은 조명과 엄청난 압박감 속에서 리허설도 하고 연기도 하는걸. 그사이에 엄마는 내 분장실에 앉아서 《우먼스 월드》를 뒤적이거나 내 동료 배우들의 엄마들과 수다만 떨잖아.' 내 안의 다른 부분이 생각했다.

나는 내 안에서 이렇게 상충하는 부분을 애써 눌렀다. 당장 해결해야 할 문제, 즉 교회에 갈지 말지와 아무 상관도 없고 도움도 안 되었기 때문이다.

교회에 안 간 지도 벌써 6개월이나 되었다. 이렇게 오래 빠진 적은 처음이었다. 그게 마음에 걸려서 엄마의 심기를 건드리지 않도록 최대한 조심하며 몇 번 언급했지만, 엄마의 반응은 매번 똑같았다.

"언젠가 다시 돌아갈 거야. 상황이 조금 진정되면 말이야."

그런데 내가 급격히 인기를 얻고 엄마가 건강해진 이후로 교회에 발길을 끊었다. 그 점이 참 이상했다. 하루는 일을 마치고 집으로 돌아오는 길에 내가 그 이야기를 조심스럽게 꺼내려 하자 엄마는 운전대를 통제할 수 없다느니, 나 때문에 스트레스를 받아서 둘 다 위험에 빠졌다느니 하면서 버럭버럭 소리쳤다. 그 뒤로 다시는 그 이야기를 꺼내지 않기로 다짐했다.

하지만 지금 이 순간, 곤히 자는 엄마를 보면서 나는 우리의 신앙생활이 끝났다는 사실을 처음으로 받아들이게 되었다. 아무래도 마카일라의 말이 옳았던가 보다.

얼마 전까진 비활동적으로 되면 큰일 나는 줄 알았고, 마땅히 부끄러워해야 할 죄라고 생각했다. 어쩌면 그렇지 않은지도 모르겠다. 그냥 일이 잘되고 있다는 신호인지도 모르겠다.

사람들이 교회에 가는 이유는, 어쩌면 하나님에게 뭔가를 바라기 때문인지도 모르겠다. 뭔가를 갈망하고 고대하는 동안에는 계속 나가다가 다 얻고 나면 더 이상 나갈 필요가 없다고 판단하는지도 모르겠다. 유방조영상 결과가 깨끗하고 니켈로디언에 고정 출연자가 됐으니 굳이 하나님이 필요하겠는가?

나는 엄마를 그냥 자게 두고 월요일에 연기할 대사를 외웠다.

36

"배가 아파요."

아크라이트 카페에서 매니저인 수전과 가볍게 점심을 먹고 나오는 길에 내가 엄마에게 말했다.

"샐러드에 들어간 치킨이 안 좋았나 보다."

엄마는 점심으로 콥 샐러드를 시켜줬다. 블루치즈, 달걀, 크루통, 드레싱, 베이컨은 다 빼고 구운 닭고기와 상추만 들어간 샐러드를 둘이서 나눠 먹었다.

"아마도."

우리는 촬영 시간에 맞춰 돌아가려고 선셋 대로를 뛰듯이 걸었다. 30분은 점심시간으로 충분하지 않았다. 더구나 세트장 밖에서 점심을 먹을 땐 상당히 부족한 시간이었다.

"파파라치를 만날지 모르니까 미소를 잊지 마." 엄마가 명령했다.

그들이 아직 눈에 보이지도 않았지만, 내 얼굴에선 미소가 절로 떠올랐다. 꼭두각시 인형처럼 눈은 공허하고 영혼은 어디서도 찾을 수 없었지만, 입가엔 미소가 번졌다. 그게 가장 중요하니까.

번쩍, 번쩍, 번쩍. 연신 터지는 플래시에 눈이 부셨다.

"안녕하세요, 글렌!"

엄마가 반가운 이웃이라도 만난 듯 파파라치에게 인사했다.

"안녕하세요, 뎁!"

글렌이 뒷걸음치면서 사진을 몇 장 더 찍으며 말했다. 엄마는 이러한 소통이 얼마나 이상한지 전혀 모르는 것 같았다.

우리는 니켈로디언 스튜디오로 다가가 주차장으로 들어갔다. 내 얼굴에서 미소가 즉시 사라졌다. 우리는 다음 장면에 필요한 의상으로 갈아입으려고 분장실로 뛰어갔다. 도중에 나는 오줌을 누려고 화장실에 들렀다. 그리고 그걸 봤다.

속옷에 묻은 피. 순간 현기증이 났다. 긴가민가하면서도 이게 바로 생리인가 싶었다.

생리에 대해 처음 들었던 건 6년 전이었다. 나는 열 살이었고, 이웃에 사는 테레사는 열 살 11개월이었다. 테레사는 말로든 행동으로든 내가 그 11개월 차이를 결코 잊지 못하게 굴었다.

"너 피리어드(period, 생리라는 뜻—옮긴이 주)가 뭔지 아니? 아마 넌 모를 거야. 나보다 어려서 아는 게 별로 없을 테니까."

"물론 알지." 나는 문장 끝에 찍는 마침표(period)를 뜻한다고 생각하며 말했다.

"아니, 그 피리어드 말고. 다른 피리어드 말이야."

"안다니까." 나는 그녀가 어떤 시기(period)를 뜻한다고 생각하며 다시 말했다.

"이번에도 그 피리어드 말고, 다른 피리어드 말이야."

나는 머리를 쥐어짜면서 테레사가 대체 무슨 뜻으로 말하는지 궁리했다. 아, 그거!

"진짜 안다니까." 나는 '이런, 수업 시간(class period)을 말하는 거구나'라고 생각하며 다시 말했다.

"진짜 안다고?" 테레사는 여전히 미심쩍은 표정이었다.

"그렇다니까."

"아무튼 난 막 시작했어. 처음엔 피를 보고 무서웠지만, 엄마가 패드와 도구 사용법을 알려줬어. 그런 다음 집안의 여자들을 다 대동하고 '홈타운 뷔페'에 가서 기념했단다."

"뭘 기념했는데?" 나는 테레사가 어떤 피리어드를 말하는지 문맥에서 단서를 찾아내려 애쓰며 천연덕스럽게 물었다. 수업 시간은 분명히 아니었다. 그걸 기념하는 사람은 없을 테니까.

"그야 여자가 된 걸 기념한 거지."

테레사는 평생 원했던 것인 양 말했다. 뭔가 낭만적이고 믿기 힘들 정도로 매혹적인 것인 양 말했다. 여자가 된 걸 기념한다고? 나는 혼란스러웠다. 내가 테레사를 부러워하는 게 몇 가지 있었는데, 핀볼 기계와 다양한 바비 인형 같은 거였다. (특히 짧은 머리의 바비 인형이 부러웠다. 엄마는 혹시라도 내가 머리를 자르고 싶어 할까 봐 절대로 허락하지 않을 것이다.) 그리고 홈타운 뷔페 나들이도. 거긴 우리 식구들이 몰려가기엔 너무 비싼 레스토랑이었다. 하지만 여자가 된 건 부럽지 않았다. 오히려 내가 절대로 바라지 않는 게 그거였다.

그런데 피 묻은 속옷을 무릎까지 내리고 변기에 앉아 있는 지금, 나는 이게 바로 그거라고 확신했다. 이게 바로 테레사가 말하던 피리어드였다.

"어, 엄마." 나는 얼른 엄마를 불렀다.

엄마가 무슨 일이냐고 묻자, 나는 차오르는 당혹감을 꾹 누르고 다음 말을 내뱉었다.

"피가 나-"

내 말이 끝나기도 전에 엄마는 문을 벌컥 열고서 나를 꼭 안아주었다. 변기에 앉아 있는 나를.

"오, 얘야." 아끼는 반려동물을 잃은 친구를 위로하는 사람처럼 엄마가 엄숙한 목소리로 말했다. "오, 얘야, 이를 어쩌니."

엄마는 두루마리 화장지를 손에 둘둘 말아 내게 주며 속옷에 깔라고 했다. 그런 다음 내 지도교사인 패티를 부르러 갔다.

지옥 불 속에서 서서히 타죽는 듯한 10분을 보내고 나서야 엄마가 패티와 함께 돌아왔다. 패티는 뒷주머니에서 흰 테이프가 길게 붙은 연분홍 패드를 꺼내더니, 100달러짜리 지폐처럼 내 앞에서 흔들었다. 그녀가 활짝 웃으며 나를 꼭 안아주는 사이, 엄마는 내가 왜 늦는지 알리려고 조감독에게 뛰어갔다.

"축하해, 제넷." 패티가 내 귀에 대고 부드럽게 말했다. "여자가 된 걸 진심으로 축하해."

나는 다음 촬영이 진행될 복도 세트장으로 터벅터벅 걸어갔다. 스태프가 나를 대하는 태도를 보니, 다들 소식을 들은 듯했다. 나는 너무 창피해서 고개를 들 수 없었다. 내가 어쩌다 이런 일이 벌어지도록 놔뒀을까? 어쩌다 여자가 되었을까? 그 답은 몰랐지만, 해결책은 알았다. 나는 이 문제를 해결하기 위해 무엇을 해야 할지 알았다.

내일부턴 2퍼센트 유지방 우유나 허니콤 시리얼이나 스마트 원즈 쿠키는 없을 것이다. 그동안 안이하게 행동했지만 이젠 정신을 바짝 차릴 것이다. 다시 거식증으로 돌아갈 것이다. 다시 어린아이로 돌아갈 것이다.

37

엄마 약속할게, 난 괜찮을 거야
매일 밤 전화해서 사랑한다고 말할게
난 그저 내 인생 스토리를 써나가려는 거야

나는 테네시 주 내슈빌 시내에 있는 '햄프턴 인 & 스위트'의 한 방에서 엄마와 함께 앉아 있었다. 컨트리 음악 가수가 되겠다고 3개월째 이곳에 묵고 있었다. 우리는 저녁으로 뉴트리시스템 (Nutrisystem)의 냉동 라자냐를 나눠 먹었다. (엄마 말대로, 내슈빌은 "LA보다 돼지기름을 훨씬 더 많이 사용하기 때문에" 다이어트를 제대로 하기 위해 뉴트리시스템의 한 달짜리 식단을 주문했다.) 저녁을 먹으면서 내 첫 번째 싱글인 〈그리 멀리 있지 않아〉(Not That Far Away)의 마지막 녹음본을 들었다. (작곡가 두어 명을 몇 시간 동안 옆에 앉히고) '내' 관점에서 엄마에게 쓴 노래였다. 현실에선 열여덟 살이 되도록 엄마와 몇 시간 이상 떨어져 지낸 적이 없지만, 홀로 길을 떠나면서 엄마를 얼마나 그리워하는지 노래한 곡이었다.

음악을 잘 모르는데도 이 노래를 듣고 있으면, 리듬이 흐트러지고 멜로디가 단조로우며 제작도 전체적으로 진부하다는 느낌이 들었다. 하지만 엄마가 얼마나 좋아하는지 알기에 이런 생각을 드러내진 않았다. 눈물이 엄마의 뺨을 타고 흘러내렸다. 나는 그게 단순히 기쁨의 눈물이라고 생각하지 않았다. 그 눈물엔 어떤 중요한 의미가 담겨 있었고, 나는 그 이유를 알 것 같았다. 예술이 인생을 모방하는 게 아니라 인생이 예술을 모방한다고들 한다. 이 노래도 그렇다고 할 수 있을까?

내가 음악을 시작한 이유는, 2007년에 일어난 작가들의 파업 때문이었다. 상황이 해결될 때까지 〈아이칼리〉의 제작이 무기한 중단되었다. 수전은 나더러 공백 기간에 작곡가들과 함께 곡을 몇 개 써서 음반 계약을 위한 데모 테이프를 만들라고 제안했다. 요즘 10대 배우는 다 그런다면서. 실제로 수전이 대리하고 있는 힐러리 더프만 해도 백만 장 이상 팔린 앨범을 여러 장 발표했다.

"그런데 걔가 노래를 다 부른 것도 아니라더라. 걔 언니가 절반 넘게 불렀다더라." 엄마가 흥겹게 맞장구를 쳤다. "굳이 맞는지 틀리는지 확인해줄 필요 없어요, 수전. 우리 네티는 죄다 자기가 부를 거니까."

엄마는 내게 커버 곡(cover song, 다른 사람의 노래를 자신만의 음색으로 편곡해서 부른 노래—옮긴이 주)을 몇 개 유튜브에 올리라고 했다. 음반사들이 그 영상을 보았고, 빅 머신 레코드(Big Machine Records)와 캐피털 레코드 내슈빌(Capitol Records Nashville)이 계약하고 싶다며 연락했다. 엄마가 캐피털 레코드로 결정했다.

"빅 머신의 스캇 보체타는 그 테일러 계집애(테일러 스위프트를 말함—옮긴이 주)한테 정신이 팔려서 너한테 신경 쓸 시간이 없을 거야."

그리하여 나는 캐피털 레코드와 계약하고 작년 여름 내슈빌에 머물며 3개월 동안 곡 작업을 했다. 그러다 〈아이칼리〉가 다시 시작하면서 월요일부터 금요일까지 쇼를 촬영하고, 금요일 밤에 벌게진 눈으로 내슈빌로 날아와 곡 작업을 하고 데모 음반을 만들고 회의를 열고 앨범 표지와 다양한 보도 자료를 위한 사진 촬영을 했다. 그런 다음, 일요일 밤에 캘리포니아로 날아가 월요일에 있을 쇼 리허설을 준비했다. 지금은 시즌 휴식기라 엄마와 나는 몇 달째 여기 머물며 첫 번째 투어를 준비해왔다.

이번 투어에선 처음으로 엄마와 떨어져 지내야 할 것 같았다. 엄마가 그렇게 대놓고 말하진 않았다. 다만 우리가 이메일 계정을 공유하는데, 엄마가 마커스에게 보낸 메일에 그런 내용이 적혀 있었다. 내가 평생 두려워하던 내용이.

"엄마, 왜 자꾸 울어요?"

엄마의 눈에서 쉼 없이 쏟아지는 눈물을 보면서 내가 물었다. 엄마는 포크로 라자냐를 조금 집어 들다가 다시 내려놨다. 지금의 감정 상태로는 라자냐 한 입 삼키는 것도 부담스러운 듯했다.

"네 목소리가 정말 아름답게 들리는구나."

거짓말. 엄마는 지금 거짓말로 어물쩍 넘어가려 하고 있었다. 엄마는 내가 잘했다고 생각할 때 결코 울먹이는 식으로 기쁨을 표출하지 않았다. 잔뜩 들뜨고 흥분하는 식으로 표출했다. 지금 내가 목격하는 반응에는 뭔가 더 깊은 의미가 담겨 있었다. 나는 엄마가 그걸 말해줬으면 싶었다. 내가 이미 아는 그 사실을 속 시원히 털어놨으면 싶었다.

"엄마……." 나는 지레 겁을 먹고 말끝을 흐렸다. 무슨 일이 벌어지는지 이미 알면서도 그게 사실일 리 없다고 믿고 싶었다. 엄마에게 직접 들어야 했다. 직접 확인해야 했다.

"목소리에 힘이 넘치잖아. 후렴구는 정말…… 끝내준다니까."

엄마는 크리넥스로 눈가를 톡톡 두드렸다.

"엄마,"

내가 좀 더 큰 소리로 말했다. 알게 되는 것도 두려웠지만, 그냥 모르는 채로 있는 것은 더 두려웠다.

"…… 그리고 다시 본 구절로 돌아가 낮은 음역으로 들어가잖아. 낮은 음역에서 네 음색이 정말 좋단다." 엄마가 눈물을 흘리며 말했다. "뭐랄까 관능적인 느낌이 든다고 할까."

"엄마, 암이 재발한 거예요?"

말을 내뱉은 순간, 내 얼굴에서 핏기가 싹 가시는 것 같았다. 이 말이 내 입에서 나왔다는 사실에 충격을 받았다. 나는 그대로 얼어붙었다. 엄마도 나만큼이나 충격을 받은 듯했다. 눈물이 뚝 그쳤다.

"뭐? 아니." 엄마는 웃어넘기려 애썼다. "어쩌다 그런 생각을 한 거니?"

나는 숨을 깊이 들이마셨다. 엄마가 내 앞에서 거짓말한다는 사실을, 나를 덜 두렵게 하려고 일부러 그런다는 사실을 알았지만, 그게 나를 더 두렵게 했다. 이렇게 중대한 일을 나한테 왜 속인단 말인가?

"엄마가 마커스한테 보낸 이메일을 봤어요. 암이 재발했다고 적혀 있었어요."

엄마가 고개를 숙였다. 눈물이 다시 흘렀다. 조금 전까지 흘리던 눈물과 다르지 않았다. 엄마의 가녀린 몸이 슬픔으로 흔들리는 모습을 보니 가슴이 철렁 내려앉았다. 나는 책상 앞 의자에서 일어나 엄마 옆으로 가서 앉았다. 그리고 엄마를 꼭 껴안았다. 내 품에 안

긴 엄마가 너무 작게 느껴졌다.

"네 투어를 놓치고 싶지 않구나."

엄마가 흐느끼며 말했다. 진심인 것 같았다. 나는 이해할 수 없었다. 이런 상황에서 그따위 투어가 무슨 상관이란 말인가?

"투어를 취소할 거예요."

나는 이미 결정된 사안인 양 단호하게 말했다. 엄마는 내 품에서 벗어나 고개를 들었다. 슬픔이 분노로 바뀌어 있었다.

"넷, 그런 미친 소리 집어치워. 넌 이 투어를 꼭 해야 해, 알았니? 그런 겁쟁이 같은 소리는 집어치우란 말이야. 무슨 일이 있어도 넌 이 투어를 끝까지 마쳐야 해. 알았어? 넌 컨트리 음악 스타가 될 거니까."

"알았어요."

엄마는 다시 울음을 터뜨렸다. 나는 다시 엄마를 껴안았다.

38

    내 새로운 싱글인 〈제너레이션 러브〉(Generation Love)를 라디오에서 홍보할 목적으로 '제너레이션 러브 투어'가 기획되었다. 캐피털 레코드의 대표는 '색다른 라디오 투어'를 고안하여 내가 전국의 여러 라디오 방송국에서 공연하도록 주선해주었다. 대다수 아티스트는 라디오 방송국의 방음 스튜디오 안에서 라디오 투어를 했다. 방송국의 일부 임원에게 깊은 인상을 남겨서 자신의 노래를 자주 틀어달라는 취지였다. 하지만 내 음반사는 〈아이칼리〉의 팬덤을 활용하여 내 '진가'를 임원들에게 보여주자고 제안했다. 그리하여 방음 스튜디오에서 두세 명의 임원을 앞에 두고 공연하는 대신에, 나는 지역 라디오 방송국 근처에 있는 쇼핑몰에서 환호성을 터트리는 수천 명의 10대를 앞에 두고 공연하게 되었다.

    첫 번째 목적지는 코네티컷 주 하트퍼드였다. 아니, 펜실베이니아 주의 필라델피아였던가. 아무튼 처음엔 일정을 제대로 맞추기가 힘들었지만, 점차 익숙해져갔다.

    나는 혼미한 상태로 아침 8시에 일어났다. 몇 시간 뒤에 공연을 시작하는데, 버스 기사인 스튜이가 때맞춰 모텔 앞에 차를 댔다. 우리는 음반사에서 반나절 동안 대여한 모텔에 들어가 샤워를 했다. 시간이 빠듯했다. 내가 제일 먼저 씻고, 폴이 두 번째로 씻었다. 기타리스트인 폴은 다정하고 콧소리를 심하게 냈다. 나는 그에게 은근히 끌렸다. 다음으로 역시나 기타를 치는 조시가 씻으러 들어갔다. 조시는 코난 오브라이언을 닮았는데, 좀 더 작고 뚱뚱했다. 조시다음엔 투어 영상을 촬영하는 데이브가 들어갔다. 귀걸이를 한 데이브가 씻고 나오면, 음반사의 해당 지역 대표와 언론 담당자가 차례로 들어갔다.

다른 사람들이 씻는 동안 나는 버스에서 언론 인터뷰를 하곤 했다. 우리는 적당한 장소를 찾아 점심을 먹고 나서 음향기기를 점검했다. 그리고 두어 시간 지난 후 공연에 들어갔다. 공연이 끝나면세 시간 동안 사인을 하고 다시 버스에 올랐다. 스튜이가 다음 목적지로 우리를 데려다주었다.

쇼핑몰에서 수천 명의 10대를 상대로 공연하는 게 쉬운 일은 아니었다. 나는 너무 긴장해서 공연 전에 스무 번이고 서른 번이고 연습했다. 때로는 무대에 오르기도 전에 목이 쉬기도 했다. 공연 뒤엔 언론 인터뷰와 사인회로 진이 빠졌다. 가끔 보람 있게 느껴지는 대화가 오가기도 했다. 그럴 때면 아이들과 그 가족에게 뜻깊은 경험으로 기억될 것 같았다. 하지만 나머지는 하나같이 덜떨어진 사람들처럼 느껴졌다.

"어이, 사만다 퍼켓! 소년원에서 어떻게 나온 거야?!"

"하하, 좋아요."

"네 프라이드치킨은 어디 있니?!"

"하하, 좋아요."

"실제로도 사람을 그렇게 패고 다니니?!"

"하하, 좋아요."

내가 영혼 없는 미소를 지으며 카메라를 쳐다보는 사이, 그들의 엄마들은 카메라 작동법을 몰라서 미안하다는 소리를 쉼 없이 내뱉었다.

하지만 이러한 일과 외에, 이번 투어에서 주목할 점이 두 가지 있었다.

내가 제일 먼저 주목한 점은, 내 안의 한 부분이 이 상황을 즐기고 있다는 사실이었다. 엄마가 암의 재발로 화학요법과 방사선 치료를 견뎌야 하는 안타까운 상황에서 내 안의 한 부분은 죄책감을 느끼지 않고 이 상황을 즐겼다. 그야말로 신선하고 새롭고 짜릿하게 느꼈다. 나 혼자 씻을 수 있다는 사실에 한껏 자유를 만끽했다.

나는 그제야 타고난 내 성향과 반응, 생각, 행동을 엄마가 가장 좋아할 만한 버전으로 끊임없이 조율하는 게 얼마나 고단한 일인지 절감했다. 지금은 엄마가 곁에 없으니 그럴 필요가 없었다. 엄마가 몹시 그립고 또 엄마가 처한 상황에 마음도 아팠다. 내가 요즘 느끼는 편안함에 죄책감도 많이 느꼈다. 하지만 그 편안함을 부인할 순 없었다. 엄마가 내 모든 행동을 감시하고 간섭하지 않으니, 내 삶이 한결 수월하게 느껴졌다.

다음으로 주목한 점은, 내가 식사를 제대로 한다는 사실이었다. 아침엔 시나몬 팝 타르트를 먹었고, 점심과 저녁엔 밴드 맴버들과 함께 나가서 먹었다. 매번 성인 메뉴를 주문했다. 샐러드나 고기 대용품은 거의 시키지 않았다. 햄버거와 감자튀김도 즐겨 먹었다.

엄마의 감시가 없는데도 나는 한 입 먹을 때마다 반항한다는 기분이 들었다. 식사 자리에서 엄마의 목소리가 귓전을 맴돌았다.

"드레싱은 따로 담아달라고 해. 양껏 먹지 마. 그건 불량식품이야. 설마 그 수박을 먹으려는 건 아니지? 정신력이 중요한 거야."

하지만 엄마의 목소리는 내 먹성을 막지 못했다. 내심 걱정하면서도, 식탐에 빠졌는지 자꾸만 음식에 손이 갔다.

양껏 먹고 나서 드는 포만감이 좋았다. 나한테는 참 새로운 기분이었다. 하지만 곧바로 죄책감에 사로잡혔다. 이건 엄마가 원하는 게 아니라는 생각에서 드는 죄책감. 엄마가 나한테 실망할 거라는 생각에서 드는 죄책감. 그런데 죄책감이 들면 들수록 더 많이 먹었다. 가게에서 산 치즈잇 크래커나 쿠키, 사탕, 젤리, 버스에 실린 각종 과자 등을 닥치는 대로 먹어서 때로는 배가 터질 것 같았다. 배가 너무 불러서 잠을 설칠 때도 있었다. 호텔 방에 있는 체중계에 올라서면 숫자가 계속, 계속, 계속 올라갔다. 1킬로그램씩 늘 때마다 몸서리를 치면서도 멈출 수가 없었다. 지난 몇 년 동안 굶주렸더니 배 속에 거지가 들어앉은 것 같았다.

음식에 대한 이런 새로운 관계로 몹시 혼란스러웠다. 지난 몇 년 동안 나는 식단과 몸매와 나 자신을 엄격하게 통제했다. 빼빼 마른 몸매로 어린애처럼 보이는 데서 힘과 위안의 완벽한 조합을 발견했다. 하지만 지금은 통제력을 상실한 것 같았다. 무모한 행동 뒤엔 절망감이 뒤따랐다. 힘과 위안의 조합은 수치심과 혼돈의 조합으로 대체되었다. 나한테 무슨 일이 벌어지는지 이해할 수 없었다. 엄마가 이런 나를 보면 무슨 일이 벌어질지 두려웠다.

39

햄프턴 인 & 스위트에서 진짜 첫 키스를 하게 되리라고 기대하지 않았지만 결국 그렇게 됐다. 223호실. 간이 주방 앞에서 내 입술이 루카스의 입술과 닿았다. 루카스는 내 턱을 부드럽게 잡고 있었다. 그 점이 좋았는지는 잘 모르겠지만 키스는 확실히 좋았다. 마음에 드는 사람과 하니까 카메라 앞에서 할 때보다 한결 자연스러웠다.

루카스가 몸을 뗐다.

"네가 정말 좋다. 잘 자라." 그가 말했다. 아니, 그렇게 말한 것 같았다. 실제로 뭐라고 했는지는 모르겠다. 아무렴 어떤가. 열여덟 살에 드디어 첫 키스를 했다는 사실을 생각하느라 머릿속이 분주했다.

나는 그가 복도를 따라 걸어가는 모습을 지켜봤다. 그의 찢어진 청바지나 치렁치렁한 머리는 마음에 들지 않았지만, 밴드 퀸의 얼굴이 새겨진 셔츠와 운동화 디자인은 마음에 들었다. 음악에 대한 그의 수다는 싫었지만 나를 좋아하는 그의 마음은 좋았다. 그의 어색함은 싫었지만 상냥함은 좋았다. 떠나는 그를 뒤로하고 문을 닫았다. 아랫부분이 왠지 뻐근했으나 나중에 생각해보기로 했다.

나는 소파로 가서 앉았다. 영화에서 남자가 떠난 후에 여자들이 왜 항상 문에 기대서는지 잘 모르겠다. 소파에 앉는 게 훨씬 더 자연스러웠다.

나는 소파에 앉아서 속으로 하나하나 따져봤다. 몇 달 전 내슈빌에서 공연할 때 루카스를 처음 만났다. 그는 밴드 리더로 고용되었고, 무대에서 일렉트릭 기타를 연주하기로 했다. 밴드의 다른 맴버들은 그가 정말 잘한다고 했다. 이 동네서 단연 최고라고 했다.

리허설을 하는 첫 주에 우리는 많은 시간을 함께 보냈다. 그가 내게 무척 친절하긴 했지만, 처음엔 대수롭지 않게 생각했다. 그는 스물일곱 살이었고 나는 열여덟 살이었으니까. 그런데 그가 나를 자꾸 쳐다보는 바람에 혹시 나를 좋아하나 싶은 생각이 들었다.

리허설 3일째 되던 날, 그가 내게 숙소까지 데려다주겠다고 했다. 그에게 호감이 생기던 터라 그러자고 했다. 그런데 그의 곁에 있으면 속이 살짝 울렁거렸다. 거북하지만 기분이 나쁘진 않았다. 리허설 마지막 날, 그가 내게 자기 집에 가서 함께 퀸의 앨범을 듣자고 초대했다. 나는 무척 들떴다.

우리는 나무로 된 바닥에 앉아서 〈뉴스 오브 더 월드〉(News of the World)를 앞뒤로 다 들었다. 그는 내 옆으로 슬금슬금 다가오면서 자신의 긴 머리를 자꾸만 귀 뒤로 쓸어 넘겼다. 남자가 그러니까 살짝 거부감이 들었다. 머릿속이 복잡했다. 거부감이 드는 와중에도 그가 내게 키스해주기를 간절히 바랐기 때문이다. 어쩌면 그가 키스해주길 바란 게 아니라 그냥 현실에서 누군가에게 키스 받고 싶었는지도 모르겠다. 뭐가 됐든 그는 내게 키스하지 않았다. 그냥 햄프턴 인으로 데려다주고 돌아갔다. 다음 날 나는 라디오 투어를 떠났다.

투어 중엔 그를 별로 만나지 못했다. 그는 우리와 함께 떠나지 않고 일부 공연에만 가끔 합류했기 때문이다. 쇼핑몰에서 열리는 소규모 공연 말고 대규모 축제 공연이 열릴 때면 비행기를 타고 와서 함께 공연했다. 자주 만나진 못했어도 매일 문자로 소식을 주고받았고, 내가 혼자 있게 되면 통화도 가끔 했다. 어쩌다 통화할 때면 그는, "네가 너무 보고 싶다"라거나 "너를 정말 정말 정말 좋아한다"라고 말하곤 했다. 그런 말을 들으면 왠지 불편했다. 한편으론 그가 그렇게 말해줘서 좋았지만, 다른 한편으론 그 말에 딱히 대응할 말이 없었다. 똑같이 보고 싶다거나 좋아한다는 말이 도무지 안나왔다.

그와 이야기할 기회가 생기면 흥이 났지만, 막상 이야기를 시작하면 그 흥이 금세 사라졌다. 그는 줄곧 음악에 대해서, 그리고 내가 잘 모르는 온갖 노래에 대해서 떠들었다. 다른 주제에 대해선 한마디도 안 했다. 그저 음악 이야기 아니면 "태양이 네 눈 속에서 뜨고 진다"라거나 "그동안 만났던 사람 중에 네가 제일 좋아"라는 식의 진부한 찬사를 쏟아냈다.

축제 공연에 합류했던 몇 번은 괜찮긴 했지만, 밴드의 다른 맴버들이 곁에 있어서 조금 어색했다. 사적인 대화를 나눌 공간이 없었는데, 그 점도 괜찮았다. 루카스가 짬짬이 나를 한쪽으로 당겨서 무슨 말을 하려 할 때마다 나는 온갖 핑계를 둘러댔다. 피곤하다, 언론 인터뷰를 준비해야 한다, 노래 연습을 해야 한다, 매니저들이나 엄마나 미란다가 보낸 이메일에 답장해야 한다……. 나는 그에 대한 확신이 전혀 없었다.

하지만 이젠 투어가 끝났다. 나는 새로운 곡을 녹음하려고 내슈빌에서 일주일간 머물게 되었다. 햄프턴 인 223호실. 그리고 지금은 223호실 소파에 앉아 그와 했던 첫 키스를 되새기고 있었다. 첫 키스를 끝냈다는 사실에 안도하는 이상으로, 그에 대한 내 마음을 확실히 알았다는 사실에 더욱 안도했다. 나는 이 관계를 끝내야 한다는 확신이 들었다. 그게 어떤 관계였든 간에.

　문자를 보내려고 휴대폰을 꺼냈다. 그런데 메시지를 막 적으려고 하는데 아랫부분에서 뭐가 왈칵 쏟아지는 느낌이 들었다. 팬티에 손을 넣어 보니 축축했다. 욕지기가 올라왔다. 샤워를 먼저 하고 그에게 문자를 보내기로 했다.

40

비행기에서 내리며 셔츠를 팽팽하게 잡아당겨 바지에 집어넣었다. 배가 납작하게 보이도록 힘을 잔뜩 주었다.

"어쩌면 엄마가 눈치채지 못할지도 몰라. 셔츠를 바짝 당겨 내리면 엄마도 눈치채지 못할 거야. 10초 동안 숨을 참으면 배가 납작해 보일지도 몰라. 그럼 엄마도 감쪽같이 속을 거야."

내 안의 고요하고 작은 목소리가 속살거렸다. 성령의 음성으로 알고 있던 OCD 목소리였다. 지금은 그게 정신질환에서 비롯된 강박적 목소리라는 사실을 받아들였다. 그 목소리는 예전보다 산발적으로, 그리고 거의 언제나 음식과 몸매에 국한되어 나타나긴 했지만, 여전히 내 안의 어딘가에 도사리고 있었다.

나는 숨을 크게 들이마신 후 수하물 찾는 곳으로 가는 에스컬레이터에 올라탔다. 한 젊은 아빠가 어색하게 웃으며 자기 딸들과 사진을 찍어줄 수 있냐고 물었다.

"그럼요. 에스컬레이터에서 내리면-"

내가 말을 끝내기도 전에 그는 딸들을 내 앞에 세우기 시작했다. 그리고 사진을 찍으려다 에스컬레이터에서 거의 넘어질 뻔했다. 그가 또다시 어색하게 웃었다.

나는 에스컬레이터에서 내린 후 줄지어 기다리는 사람들을 쳐다봤다. 그 틈에 엄마가 있었다. 엄마의 모습은 충격적이었다. 그 순간, 나는 내 외양보다 엄마의 외양에 더 집중했다.

엄마는 5킬로그램 정도 빠졌는데, 애당초 작은 체구인지라 그 여파가 확연히 드러났다. 수척한 얼굴엔 병색이 완연했고, 몸은 뼈만 앙상했다. 눈썹도, 속눈썹도 다 빠지고 없었다. 크리스마스에 내가 선물해준 청록색 어그 모자로 민머리를 가리고 있었다. 나는 엄마의 충격적인 모습에 할 말을 잃었다.

아빠가 엄마 옆에 서 있었지만, 내 눈엔 엄마만 들어왔다. 날마다 다섯 번씩 통화하면서 엄마가 내게 아무런 귀뜸도 안 해줬다는 사실이 믿기지 않았다.

반갑게 포옹하고 사랑한다는 인사를 주고받고 나서야 충격이 조금 가셨다. 그제야 엄마의 반응을 살필 여유가 생겼다. 나를 향한 엄마의 반응은 내 반응과 똑같았다. 공허한 미소 뒤에 충격과 공포가 서로 뒤질세라 경쟁하고 있었다.

나는 마음을 졸이며 엄마의 입에서 쏟아질 말을 기다렸다. 엄마는 내가 얼마나 못생겼는지, 얼마나 뚱뚱해졌는지, 얼마나 끔찍한 실수를 저질렀는지 주지시킬 것이다. 그리고 내 인생을 스스로 감당하지 못한다고, 스스로 통제하지 못한다고 일장 연설을 쏟아낼 것이다. 나는 마음을 단단히 먹고 차에 올랐다. (낡은 포드 윈드스타에서 기아 소렌토로 바뀌었다.)

"넷, 어떻게 된 거니?" 엄마는 나를 쳐다보지도 않았다. 그저 5번 도로에서 꼬리를 물고 지나는 차들만 쳐다봤다. "잘하면 굴러다니겠다."

"알아요. 죄송해요."

"당장 다이어트에 들어가야겠다. 도저히 못 봐주겠어."

"알아요."

그런데 밀려드는 후회와 자책 속에서 한 줄기 희망이 깃들었다. 이게 바로 내가 아는 엄마였기 때문이다. 아까 수하물 찾는 곳에서 본 사람은 내 엄마가 아니었다. 내가 아는 엄마는 암의 공격에 힘없이 무너질 허약한 사람이 아니었다. 내가 아는 엄마는 지금 내 앞에 앉아 있는 사람이었다. 강인하고 단호하며 때로는 잔인하기까지 한 사람이었다. 이게 바로 내 엄마였다.

41

"자, 한 모금만 마셔봐."

"됐어요."

"어서."

"저는 술을 마셔본 적이 없어요. 그리고 이제 겨우 열여덟 살이고요. 술을 마시면 안 되지 않나요?"

"보는 사람도 없는데 뭘. 괜찮아, 제넷."

"저는 잘 모르겠어요."

"〈빅토리어스〉(Victorious) 녀석들은 자기들끼리 술도 마시고 하던데, 〈아이칼리〉 녀석들은 너무 범생이란 말이야. 너희도 경쟁력을 좀 더 갖춰야 해."

크리에이터는 항상 〈아이칼리〉 출연진을 자신의 다른 히트 프로인 〈빅토리어스〉 출연진과 비교했다. 그러면 우리가 더 열심히 하리라고 생각하나 보았다.

"술 마시는 게 경쟁력을 갖추는 거랑 무슨 상관인지 모르겠어요."

나는 크리에이터의 술잔을 쳐다봤다. 그는 술잔을 들어서 휘휘 돌렸다. 위스키에 커피와 크림을 섞은 것이었다. 커피는 괜찮았다.

"한 모금만."

"알았어요."

크리에이터가 건넨 술잔을 받아서 한 모금 마셨다. 맛이 없었다.

"좋네요."

"거짓말하지 마라. 네가 거짓말하는 건 싫다."

"맛이 하나도 없어요."

"그렇지, 제넷. 난 솔직한 게 좋아."

크리에이터가 껄껄 웃었다. 이 상황을 잘 넘긴 듯했다. 그의 기분을 잘 맞춰준 듯했다. 임무 완수! 그와 저녁을 먹을 때마다 완수해야 할 임무였다. 그가 약속했던 스핀오프 계약이 최근에 성사되면서 저녁 식사 자리가 잦아졌다. 크리에이터가 자기 쇼에서 새롭게 떠오른 스타에게 한다고 동료 배우들한테 들었던 짓을 지금 나한테도 하고 있었다. 가르치고 보호한다는 핑계로. 지금은 내가 그의 보호 대상이었다. 지금은. 나는 그의 보호 대상이 되는 게 좋았다. 내가 일을 제대로 하고 있다는 뜻이니까.

"네 쇼가 생기니까 신나니?" 크리에이터가 물었다.

"그럼요."

"그럼요? 그게 다야?"

"아뇨. 신나요, 굉장히 신나요."

"그래야지. 나는 새로운 쇼를 아무한테나 줄 수 있거든. 아무나 선택할 수 있지만 너를 선택했어."

"고맙습니다."

"고마워할 필요까진 없다. 너한테 그만한 재능이 있어서 선택한 거니까."

나는 혼란스러웠다. 그는 방금 아무나 선택할 수 있다는 말로 내 기를 죽이더니, 이젠 재능이 있어서 선택했다는 말로 다시 내 기를 살려줬다. 그는 늘 이런 식이었다. 나는 물을 한 모금 마시면서 다음에 무슨 말을 할지 궁리했다. 다행히, 그가 먼저 입을 열었다.

"스테이크 맛은 어땠니?"

"좋았어요."

실은 형편없었다. 아니, 좋으면서도 형편없었다. 맛만 따지면 썩 좋았지만 밤새 시달릴 걸 생각하면 형편없었다고 할 수 있다. 나는 너무 많이 먹었다. 구운 감자도 너무 많이 먹었고, 양배추와 빵과 설탕에 절인 당근도 너무 많이 먹었다. 도무지 억제할 수 없었다. 배가 너무 불렀다. 그런 내가 역겨웠다.

엄마는 우리가 내슈빌에 있을 때처럼 나한테 뉴트리시스템 다이어트를 하게 했다. 함께 있을 때는 엄마도 나와 똑같이 먹었다. 그런데 우리가 요즘 함께 있는 시간이 별로 없다는 게 문제였다. 엄마는 암 치료에 정신이 없었고, 나는 새로운 쇼에 정신이 없었다. 엄마가 옆에서 매서운 눈초리로 코치하지 않으니, 단백질 바 같은 밍밍한 빵에는 도무지 손이 안 갔다. 샐러드에도 드레싱을 듬뿍 뿌렸다. 혼자선 다이어트를 유지할 수 없었다. 엄마가 없으면 나는 실패자나 다름없었다.

"괜찮니?" 크리에이터가 물었다.

"물론이죠."

"그럼, 그럼. 당연히 괜찮아야지." 그가 다정하게 말했다. "이제 곧 네 쇼를 시작해서 스타가 될 거니까. 다들 그런 기회를 잡으려고 얼마나 혈안인지 아니? 물불 안 가리고 덤빈다니까."

나는 고개를 끄덕였다. 그가 손을 뻗어서 내 무릎에 올렸다. 소름이 돋았다.

"추운가 보구나." 그가 걱정스레 말했다.

그 이유로 소름이 돋은 건 아니었지만 나는 다시 고개를 끄덕였다. 크리에이터 앞에선 뭐든 동의하는 게 최선이었다.

"자, 내 재킷을 걸치거라."

그가 코트를 벗어서 내 어깨에 둘러줬다. 그러더니 어깨를 톡톡 두드리다가 마사지하듯이 주물렀다.

"어이구, 어깨가 단단히 뭉쳤구나!"

"아, 네……."

"그나저나 내가 무슨 말을 하다 말았지?" 그가 내 어깨를 계속 주무르면서 물었다.

내 어깨가 아무리 뭉쳤다 한들 크리에이터에게 맡기고 싶진 않았다. 그만하라고, 당장 멈추라고 말하고 싶었지만, 그의 기분을 상하게 할까 봐 두려웠다.

"아, 그렇지." 그는 내 도움 없이 기억을 되살린 듯했다. "그런 기회를 붙잡으려고 다들 물불 안 가리고 덤빈다고 했지. 제넷, 너는 운이 아주 좋은 거야."

"저도 알아요." 내가 말하는 동안에도 그는 나를 계속 주물렀다.

맞다, 나는 운이 아주 좋았다.

42

"아기 같기만 하던 내 딸이 나간다니, 믿기지 않는구나." 엄마는 할머니가 그 말을 했을 때와 사뭇 다른 방식으로 말했다. 할머니는 엉엉 울면서 이웃 사람들도 다 듣도록 큰 소리로 말했다. 하지만 엄마는 눈도 제대로 맞추지 못한 채 나직하게 말했다. 외상 수금원에게 연장을 요청할 때와 사뭇 달랐다. 이건 쇼가 아니었다. 나는 엄마가 할머니와 달라서 고마웠다.

"주중에만 떨어져 지내고 주말엔 집으로 올 거예요. 내슈빌에 안 가도 된다면요."

엄마가 한숨을 쉬었다.

"그게 네 마음대로 되니? 이젠 내 아기를 거의 못 보겠구나. 네 식단은 누가 관리하고, 네 머리는 누가 감겨주겠니?"

"투어 중에도 내가 알아서 감았잖아요."

"그렇지만 사진에서 보니까 기름기가 많더라." 엄마가 훌쩍이며 말했다.

"어쩔 수 없잖아요. 나는 운전을 못 하고 엄마는 더 이상 할 수 없고."

그게 사실이었지만 엄마가 고개를 푹 숙였다. 내 말에 기분이 상한 듯했다.

"언젠가는 다시 운전할 수 있겠지." 엄마가 소심하게 말했다. 어른에게 확신의 말을 듣고 싶은 아이처럼.

"그럼요, 언젠가는 다시 운전할 수 있을 거예요." 내가 확신에 찬 목소리로 말했다. 아이를 달래는 어른처럼.

우리 둘 다 휠체어를 쳐다봤다. 어쩌다 '필요할 때' 쓰라고 얼마 전에 받았는데, 활용도가 점점 더 높아졌다. 의사가 엄마에게 휠체어를 사용해도 될 것 같다고 말했을 때, 우리 둘 다 그러면 재미있겠다고 생각하는 척했다. 내가 밀어주면 디즈니랜드에 놀러 갈 수도 있겠다는 엄마의 말에 나는 "앗싸!"라고 했다. 그러고는 병원 화장실로 가서 흐느껴 울었다. 내가 들어간 칸에 화장지가 떨어져서 눈물이 다 마르도록 변기에 앉아 있었다. 그런 다음 엄마에게 돌아가 다시 "앗싸!"라고 말했다.

이 거지 같은 휠체어는 빌어먹을 '앗싸!'와 동떨어진 물건이었다. 오히려 사형 선고나 다름없었다. 우리 둘 다 그 사실을 인정할 수 없었지만 그게 엄연한 현실이었다. 암 환자가 휠체어에 앉기 시작하면, 다시는 거기서 벗어날 수 없다. 결국 휠체어 탄 암 환자로 죽게 될 것이다. 제기랄.

"다 됐다. 미안하다." 할아버지가 늦게야 진입로로 다가오며 말했다. "이젠 갈 준비됐다. 멀쩡하지?"

할아버지는 이렇게 말하면서 바지를 가리켰다. 조금 전 커피를 왈칵 쏟는 바람에 바지를 갈아입고 나온 것이다. 나는 뒷자리에 앉았다. 뒷자리에도 이삿짐 상자가 가득했다. 할아버지는 엄마를 들어서 조수석에 앉힌 후, 휠체어를 접어서 기아 소렌토의 트렁크에 실었다. 그런 다음 우리는 내 아파트로 출발했다. 독립해서 처음으로 혼자 살게 될 아파트로.

우리는 한 시간쯤 지나서 버뱅크 단지에 도착했다. 단지는 괜찮았다. 내 첫 번째 선택지는 아니었지만, 이만하면 적당하다 싶었다. (《아이칼리》 시즌 3 촬영 중에 교체한) 새 매니저들이 니켈로디언에 내 숙박비와 출퇴근용 차량과 기사를 요구해서 받아냈다. (엄마는 내가 운전하는 것을 허락하지 않았다. 나한테 너무 어렵기도 하고, 차에서 '대사를 암기하거나 트위터에 올릴 거리를 계획하는 등' 다른 일에 내 에너지를 쓰는 게 더 낫다고 말했다.)

나는 엄마와 떨어져 지내게 되어 무척 속상하면서도, 한편으론 신났다. 물론 엄마한테는 속상하다고만 말했다. 엄마의 허약한 건강을 생각하면 신나는 기분에 대해 죄책감을 느꼈지만, 기분 자체를 부인할 순 없었다. 드디어 혼자가 되었다. 나만의 공간이 생겼다. 내 삶을 내가 꾸릴 수 있게 된 것이다.

할아버지가 엄마를 안아서 아파트로 들어오는 동안 나는 짐을 몇 개 챙겨서 들어왔다. 가구는 따로 사들일 필요가 없었다. 니켈로디언에서 돈을 다 냈기 때문에 엄마는 가구가 비치된 곳을 고집했다.

"넷, 선물이 있단다." 엄마는 할아버지가 소파에 내려놓자마자 겨드랑이에서 포장된 물건을 꺼냈다.

"이럴 필요 없는데……."

"리본 끝을 멋스럽게 말았단다."

엄마가 DVD 크기의 선물을 내밀며 말했다. 지난 몇 달간 엄마는 나한테 점점 더 매달렸다. 엄마가 절박하게 매달릴수록 나는 점점 더 화가 났다. 내 분노가 엄마의 절박함에 대한 직접적 결과인지는 모르겠지만, 그런 엄마를 감당하는 게 갈수록 벅찼다. 엄마는 병이 깊어질수록 나한테 더 매달렸고 더 어리광을 부렸다. 마치 자기 곁을 떠나지 말라고 애원하는 듯했다. 그런 엄마를 볼 때마다 나는 '떠나려는 사람은 엄마잖아!'라고 소리치고 싶었다. 내가 미친 듯이 소리치고 싶어 한다는 걸 엄마도 분명히 알았을 것이다. 엄마의 어리광이 두 배로 늘어났기 때문에 나도 두 배로 소리치고 싶었다. 하지만 소리치지 않았다. 속으로 꾹 삼켰다. 그러다 엄마가 지금 퀭한 눈으로 나를 쳐다보는 순간, 나는 알았다. 엄마가 나한테 매달리거나 어리광을 부리는 게 아니라는 사실을. 오히려 이걸 즐긴다는 사실을. 엄마는 고통을 즐기는 듯했다. 내가 엄마를 얼마나 아끼고 신경 쓰는지 확인할 기회로 삼는 듯했다.

"안 열어보니?" 엄마가 물었다.

"아, 맞다."

나는 선물 포장을 벗겼다. 영화 〈스팅〉(The Sting)의 DVD였다. 엄마는 로버트 레드포드를 무척 좋아했다. 나도 그를 좋아하긴 했지만, 엄마만큼은 아니었다.

"짐을 좀 풀고 나서 밤에 같이 보면 좋겠다 싶었어."

"아, 그래요. 그럼 좋겠네요."

"그래, 그래." 엄마는 모자를 벗고 민머리를 긁적이며 말했다. "그런 다음엔, 음, 생각해보니까…… 내일은 화학요법 치료가 없더구나. 그럼 밤에 여기서 자도 되는데. 물론 네가 괜찮다면."

엄마는 초조하게 손을 비비면서 암사슴처럼 천진한 눈으로 나를 쳐다봤다. 그제야 나는 이게 무슨 의도인지 알아차렸다. 엄마는 그냥 하룻밤 자려는 게 아니었다. 한동안, 아니, 기약도 없이 여기서 자겠다는 것이었다. 이 집에 아예 눌러앉겠다는 심사였다. 나는 엄마가 여기서 밤새 머무는 걸 원하지 않았다.

"그럼요, 여기서 자고 가도 되죠." 내가 말했다.

그 뒤로 3개월 동안 나는 날마다 이 말을 계속했다. 결국 엄마는 여기서 자도 되냐는 말을 더 이상 묻지 않았다. 그냥 당연히 그래도 된다고 여겼다. 이 집은 내가 독립해서 처음으로 혼자 살게 된 아파트가 아니었다. 우리가 독립해서 사는 아파트였다. 우리는 룸메이트였다.

43

나는 식스 플래그스(Six Flags)라는 놀이공원에서 통나무 놀이기구에 올라탔다. 내 뒤로 〈아이칼리〉의 스태프가 다섯 명이나 줄줄이 앉았다. 동료인 조가 바로 뒤에 앉았는데, 자꾸 나를 만졌다. 처음엔 우연히 건드렸나 싶었다. 그는 이미 30대였고 여자친구도 있었으니까. 그런데 그의 손길이 자꾸 느껴지면서 일부러 그런다는 사실을 알았다. 나는 아무 말도 안 했다. 그 느낌이 좋았다. 실은 조가 계속 이렇게 만져주길 바랐다.

몇 달 전, 대본 리딩 자리에 우리 둘이 제일 먼저 도착했다. 우리의 우정은 바로 그날부터 싹트기 시작했다. 이런저런 이야기를 나누던 중에 조가 〈멍하고 혼돈스러운〉(Dazed and Confused)이라는 영화를 제일 좋아한다고 했다. 나는 조와 이야기할 거리를 찾으려고 그날 밤에 바로 그 영화를 봤다. 조가 나보다 나이도 많고 현명했기 때문에 어떻게든 깊은 인상을 주고 싶었다. 우리는 모바일 단어 게임인 '워즈 위드 프렌즈'(Words with Friends)의 사용자 이름을 교환했다. 촬영이 끝나면 조는 나를 집까지 태워다주곤 했다. 가는 길에 '다프트 펑크'(Daft Punk)의 앨범을 앞뒤로 들려주며 그들의 음악이 왜 그렇게 천재적인지 설명했다. 전자 사운드는 썩 좋지 않았지만, 조가 내게 하나하나 가르쳐주고 싶어 하는 점은 좋았다.

그런데 지금은 조가 나를 만졌다. 자꾸 어루만졌다. 이것은 다른 차원이었다. 아니, 다른 차원인 것 같았다. 전에 이런 식으로 나를 만졌던 사람이 없어서 정확히는 모르겠다. 물론 햄프턴 인에서 루카스와 키스한 적은 있었다. 하지만 그 뒤로 내 인생에서 로맨스는 존재하지 않았다. 그래도 이게 단순히 친근한 손길을 넘어선다는 정도는 알았다. 그의 손길이 내 등에 닿을 때마다 전기가 통한 듯 온몸이 찌릿찌릿했다. 짜릿한 그 느낌이 두려우면서도 거부하기 힘들었다. 그 순간, 나는 우리가 어떤 식으로든 함께할 거라는 사실을 알았다.

44

"미란다와 하룻밤 같이 보내려고요."

나는 엄마와 함께 '저녁'으로 먹을 찜 채소를 준비하면서 거짓말을 했다. 촬영장에서 저녁을 이미 먹어서 속으로 무척 찔렸지만, 엄마한테는 차마 말할 수 없었다.

"너 없이 나 혼자서 뭘 할 수 있겠니?" 엄마가 눈물을 참으며 물었다. "네가 몹시 그리울 거야, 넷. 너를 너무나 사랑하니까."

"나도 엄마가 그리울 거예요. 하지만 이건 미란다하고 전부터 계획했던 일이에요."

나는 이 말로 거짓말을 두 가지나 했다. 첫 번째 거짓말은 엄마가 그리울 거라는 점이다. 나는 엄마가 그립지 않을 것이다. 엄마에게서 멀어져 오히려 행복할 것이다. 내가 이 아파트로 독립 아닌 독립을 한 뒤로 엄마는 매일 밤 내 침대에서 잤다. 나는 엄마가 자꾸 뒤척이며 들러붙는 바람에 잠을 이루기가 어려웠다.

두 번째 거짓말은 미란다와 자기로 했다는 점이다. 우리는 두어 주에 한 번씩 같이 밤을 보냈지만, 오늘 밤은 아니었다. 오늘 밤엔 조와 함께 보내기로 했다. 하지만 엄마가 절대로 허락하지 않을 터라 조에 대해서 입도 뻥긋할 수 없었다. 엄마는 내게 두 부류의 남자하고만 어울리게 했다. 모르몬교도와 게이. 더 나아가, 모여서 노는 곳도 지시하려 들었다. 제3니파이를 줄줄 외우는 남자라도 다

믿을 만하진 않다면서.

엄마 앞에 데친 채소 접시를 내려놓자 엄마는 포크로 호박 한 조각을 쿡 찔러서 입에 넣었다.

"그렇더라도 난 지금 네가 필요해, 넷." 엄마가 고개를 숙이며 말했다.

"내일 돌아오잖아요."

내가 살살 달래듯 말했다. 이제 이 문제는 더 이상 거론하지 않기를 간절히 바라며 엄마의 반응을 살폈다. 엄마는 한동안 말이 없다가 나를 외면했다. 딴사람이라도 된 듯 눈빛이 번뜩였다. 겁이 덜컥 났다. 무슨 일이냐고 물어보려는데, 엄마가 내 쪽으로 고개를 홱 돌리더니 커피 테이블에 놓여 있던 TV 리모컨을 집어서 내 머리를 향해 던졌다. 나는 피하려고 얼른 몸을 숙였다.

"넌 지금 거짓말을 하고 있어. 거짓말을 하고 있다고!" 엄마가 얼굴을 잔뜩 일그러뜨리며 소리쳤다. "네가 뒤에서 무슨 수작을 벌이는지 다 알아낼 거야. 내 말 명심해, 이 더러운 거짓말쟁이 창녀야!"

엄마가 전에도 나를 가혹하게 대하긴 했지만 이렇게 심한 말을 하긴 처음이었다.

"두고 봐, 네가 내일 돌아올 때쯤이면 그 거짓말이 뭔지 다 알아낼 거니까." 엄마가 또다시 고개를 홱 돌렸다. "알았죠, 마크?"

아빠는 평소처럼 말 한마디 없이 우리를 지켜보다 엄마의 호령에 고개를 끄덕였다. 엄마의 노여움 앞에서 아빠는 한없이 쪼그라들었다. 나는 진저리가 나서 배낭을 집어 들고 밖으로 향했다. 배우는 애초에 내가 아니라 엄마가 했어야 마땅하다.

"네가 무슨 수작을 벌이는지 다 알아낼 거라고, 이 거짓말쟁이야!" 엄마가 내 뒤통수에 대고 소리쳤다.

나는 신경이 곤두섰지만 애써 무시하고 현관문을 열었다. 그리고 밖으로 나와서 뒤로 문을 쾅 닫았다.

***

조가 선셋 대로와 바인 로가 만나는 모퉁이에서 나를 태웠다. 그의 포드 토러스는 1년 전에 일어난 사고로 조수석 문이 열리지 않았다. 그래서 나는 운전석 쪽으로 해서 그의 몸을 타고 넘어가 조수석에 앉았다. 엄마와 한바탕했더니 아직도 몸이 떨렸다. 숨을 좀 돌리고 나서 조를 쳐다봤다.

조는 눈이 좀 멍해 보였다. 그리고 시큼달큼한 냄새도 풍겼다. 실망스러웠다. 오늘 밤은 우리가 공식 커플로서 보낼 첫날이 될 터라, 낭만적이고 황홀하고 소중하게 보내길 바랐다. 그런데 조는 서글픈 얼굴로 잔뜩 취해 있었고, 나는 환멸감에 빠지지 않으려 무진 애쓰고 있었다.

"말했어요?"

"그래, 그녀와 헤어졌어. 그렇지 않으면 지금 여기 있지도 않겠지."

조가 살짝 혀 꼬부라진 소리로 말했다.

"하긴…… 기분이 어때요?"

조가 코웃음을 쳤다. "허, 내 기분이 어떨 것 같니?"

조가 눈을 내리깔았다. 화가 나는 걸 애써 참는 듯했다. 술에 취하면 조는 이렇게 평소와 다른 모습을 드러냈다. 조가 쉐라톤 유니

208

버설로 차를 몰기 시작했다. 내가 방을 예약해둔 곳이었다. 조가 술에 취한 상태로 운전하는 게 걱정됐지만, 그 말을 꺼내면 화만 돋울 터라 그냥 넘어갔다.

호텔에 도착하니 벌써 자정이 넘었다. 조는 열쇠 구멍에 열쇠를 끼워 넣으려 했지만, 손이 떨려선지 번번이 실패했다. 내가 열쇠를 받아 구멍에 밀어 넣었다.

"내가 할 수 있었는데." 조가 말했다.

조는 비틀거리며 내 뒤를 따라오더니 그대로 침대에 쓰러졌다. 처음엔 너무 피곤해서 그런 줄 알았다. 다음 순간 조가 몸을 돌려서 똑바로 누웠는데, 그의 뺨을 타고 눈물이 흘러내렸다. 가슴이 들썩거리는가 싶더니, 딸꾹질 같은 소리를 내면서 흐느껴 울기 시작했다.

"무슨 일이에요? 무슨 일이냐고요?"

"내가 무슨 짓을 한 거지? 대체 무슨 짓을 한 거냐고!" 조가 흐느끼며 말했다. "우린 5년이나 사귀었어. 5년이나. 얼마 전부턴 함께 지내기 시작했고 결혼도 할 예정이었어."

나는 옆에 누워서 그를 안아주었다. 온갖 후회와 자책의 말을 쏟아내는 그를 꼭 안아주었다. 내가 더 괜찮은 사람이라면 조가 이런 기분을 느끼지 않을 텐데. 이렇게 슬퍼하지 않을 텐데.

"나는 당신이 이렇게 되길 바란다고 생각했어요." 내가 동의를 구하듯 말했다.

"넌 나랑 섹스도 안 할 거잖아!" 그가 울부짖었다.

맞다. 나는 그와 섹스하지 않을 것이다. 우리 가족이 교회에 발길을 끊긴 했지만 내가 절대로 깨뜨릴 수 없는 종교적 규칙이 몇 가지 있었으니, 혼전 성관계도 그중 하나였다.

우리는 지난 3개월 동안 몰래 사귀었다. 주변 사람들에게 들키지 않으려고 늘 긴장해야 했다. 일이 끝나면 몇 시간씩 붙어 지냈다. 그의 여자친구가 없을 땐 그의 집에서, 있을 땐 그의 친구 집에서. 몸을 찰싹 붙이고 서로 어루만지긴 했지만, 섹스는 안 했다. 나는 그의 성기를 만져본 적도 없었다.

"미안해요, 난 아직 준비가 안 됐어요." 내가 은근한 자부심 속에서 단호하게 말했다.

"그럼 적어도 입으로는 해줄 수 있지 않니?" 조가 고개를 살짝 들고서 애정에 굶주린 강아지처럼 쳐다봤다.

"음, 그런 건 하고 싶지 않아요."

조가 다시 베개에 고개를 떨구었다. 눈물이 날카로운 분노로 바뀌었다.

"이건 말도 안 돼. 내 욕구는 어떻게 채우란 말이야?!"

"애무는 할 수 있잖아요." 내가 제안했다.

"애무만으론 안 돼. 난 서른두 살 어른이라고."

그렇게 제안한 내가 어리석다고 생각하면서 조의 욕구를 채워줄 만큼 성숙하지 못하다는 사실에 당혹스러웠다. 열여덟 살인데도 여전히 어린아이인 것 같았다.

"넌 나한테 너무 어려. 이대로는 영영 안 될 거야." 조가 몸을 일으키기 시작했다.

"알았어요, 알았어요. 할게요." 말은 그렇게 하면서도 나 자신에게 바로 실망했다.

조는 고민할 것도 없이 바로 시작하려는 듯 뒤로 벌렁 누웠다. 그리고 바지 지퍼를 내리고 성기를 꺼냈다. 나는 한동안 그걸 바라봤다.

"뭘 어떻게 해야 하는 거죠? 난 한 번도 해본 적이 없다고요."

"아, 그런 헛소리로는 흥분되지 않아."

조가 간혹 무뚝뚝하게 구는 모습을 보긴 했지만, 이번엔 느낌이 달랐다. 평소보다 더 취했으니 그럴 수 있겠지 싶었다. (크리에이터가 권해서 억지로 마셨던 커피 술 외엔) 술을 마신 적이 없어서 가늠하기 어려웠지만, 비틀거리는 걸음걸이와 혀 꼬부라진 말소리로 취한 정도를 판단했다. 게다가 여자친구와 막 헤어져 울적한 상태인 점도 그의 행동을 옹호할 만했다. 솔직히 말하면, 그의 행동을 어떤 식으로든 옹호할 필요도 없었다. 그가 어떤 상태든 함께 있고 싶었기 때문이다. 그는 나보다 나이도 훨씬 많고 나보다 더 쿨한 사람이었다. 지금껏 누구한테도 이런 감정을 느껴본 적이 없었다. 우리는 뭔가 특별히 통하는 점이 있었다.

나는 몸을 앞으로 숙였다. 그리고 시작했다. 그것을 핥고 빨면서 이렇게 하면 되는 것이길 바랐다. 이렇게 하면 그의 욕구가 채워지는 것이길 바랐다. 하지만 이게 맞는 방법인지는 알 수 없었다. 나는 그동안 10년 넘게 배우로 활동했다. 지시가 없으면 아무것도 할 수 없었다.

"곧 나올 것 같아." 조가 숨을 헐떡이며 말했다. 좋다는 소리처럼 들리긴 했지만, 뭐가 나온다는 것인지 몰랐다. "조금만 더 빨리해 줘."

"고마워요." 내가 말했다. 지시가 떨어졌다!

그런데 갑자기 내 입속으로 비릿한 액체가 왈칵 쏟아졌다. 나는 침대보에 얼른 뱉었다.

"뭐가 나왔어요! 맙소사! 방금 뭐가 나왔다고요!"

"그래, 정액이라는 거야." 조가 그것도 모르냐는 듯한 얼굴로 나를 쳐다봤다.

"정액이 뭔데요?"

조는 옆으로 돌아누워 내게 등을 돌린 후 베개를 가슴에 꽉 움켜쥐었다. 그리고 한숨을 푹 내쉬었다.

"내가 대체 무슨 짓을 한 거지?"

45

"알로하."

포시즌스 리조트 마우이의 예쁘장한 직원이 인사를 건네더니, 내 목엔 꽃목걸이를 걸어주고 조의 목엔 견과류 목걸이를 걸어주었다. 조의 눈이 여직원에게 0.2초나 머물자 나는 당장 그녀가 꼴도 보기 싫어졌다. 질투심이 일 때마다 나는 언젠가 이 문제를 다뤄야겠다고 속으로 다짐하곤 했다.

호텔에 체크인할 때 조의 이름이 아니라 내 이름으로 예약했다는 사실을 몇 번이나 말해야 했다. 조와 나의 나이 차 때문인지, 아니면 단순히 성차별 때문인지, 포시즌스 여행을 내가 주도했다는 사실을 아무도 믿지 않는 것 같았다.

엄밀히 말하면 내가 주도한 건 아니었다. 니켈로디언이 주도했다. 그들은 다섯 번째 시즌을 마무리하면서 출연자들에게 와이엘라 비치가 내려다보이는 포시즌스 리조트 마우이의 4박 5일 숙박권을 선물했다. 출연자가 초대한 손님 한 명도 함께 머물 수 있었다.

내 초대 손님은 당연히 조였다. 우리는 1년째 사귀고 있었고 관계도 꽤 좋은 편이었다. 물론 같이 지내는 시간 중에서 절반은 떠들썩하고 혼란스러웠다. 조는 술주정을 부렸고 나는 히스테리를 부렸다. 조는 내가 소유욕이 너무 강하다면서 화를 냈고, 나는 조가 돈을 너무 헤프게 쓴다면서 화를 냈다. 실제로 내가 그의 빚을 갚아준지 3주 만에 그는 또다시 빚을 졌다. 하지만 나머지 절반의 시간은 아주 즐겁게 지냈다.

우리는 〈서바이버〉(Survivor)의 재방송을 보면서 우리끼리만 아는 농담을 주고받으며 깔깔 웃었다. 몸을 섞는 섹스는 여전히 안 했지만, 입으로 그를 흥분시키는 솜씨는 갈수록 좋아지고 있었다.

노상 소리치고 싸우기만 할 뿐, 즐거움이라곤 일절 없는 부모님의 관계를 생각하면, 우리의 관계는 엄청난 진전으로 느껴졌다. 다만 엄마가 아직 우리 관계를 모른다는 게 유일한 문제였다.

엄마는 몇 달 전 내 아파트에서 나갔다. 오렌지 카운티에 있는 종양 전문의에게 거의 매일 진료를 받았기 때문에 그쪽으로 옮겼다. 한집에서 같이 살지 않으니 엄마는 하루에도 열 번씩 전화해서 내 일상을 챙겼다. 어느 쇼의 어떤 에피소드에서 내 캐릭터가 얼마나 중요한 역할인지, 최근에 오디션 본 게 있는지, 내가 왜 컨트리 음악을 다시 시작해야 하는지 (엄마의 암이 악화되자 나는 녹음 계약을 그만뒀다.)등 시시콜콜 챙겼다. 상황이 이런지라 엄마에게 들키지 않고 포시즌스에서 조와 4박 5일을 어떻게 보낼지 걱정이 앞섰다.

우리는 결국 내가 콜튼과 함께 지낸다고 엄마에게 말하기로 입을 맞췄다. 엄마는 콜튼이 게이라서 그의 성기가 내 입에 들어갈 일은 없을 거라 믿었다. 콜튼은 엄마가 속아 넘어가도록 삼자 통화에 기꺼이 참여하겠다고 했다.

나는 엄마를 속여서 마음이 아팠다. 나와 조의 관계를 지키려고 엄마에게 거짓말할 때마다 죄책감이 들었다. 전화를 끊고 나서 매번 조의 품에 안겨 울었다. 엄마에게 그를 당당히 소개할 수 있다면 얼마나 좋을까. 엄마가 그를 호의적으로 생각하면 얼마나 좋을까.

내가 엄마를 두려워하지 않으면 얼마나 좋을까. 그럴 때마다 조는 내 머리를 쓸어주며 따뜻하게 안아주었다.

엄마와 나 사이에 생긴 장벽이 갈수록 높아지는 것 같았다. 거짓말을 한 가지 할 때마다 엄마에게서 점점 더 멀어지는 것 같았다. 체중이 늘고 폭식을 할 때마다 엄마와 점점 더 단절되는 것 같았다.

나는 이 장벽 때문에 너무나 혼란스럽고 괴로웠다. 엄마와 가까워지고 싶은 마음이 간절했지만, 엄마 기준이 아니라 내 기준으로 가까워지고 싶었다. 지금의 내 모습을 엄마가 인정해주길 바랐다. 내가 성장하도록 엄마가 허락해주길 바랐다. 내가 되고 싶은 나로 살아가도록 엄마가 응원해주길 바랐다.

하지만 현재로선 실현 불가능한 환상이었다. 적어도 지금은. 그래서 어쩔 수 없이 거짓말을 했다.

휴가 사흘째, 계획은 순조롭게 흘러갔다. 콜튼과 나는 날마다 엄마와 삼자 통화를 하면서 스노클링 모험과 오프로드 드라이브, 백사장 산책에 대해서 떠벌렸다. 콜튼은 자신이 지금 버뱅크 타깃 매장에서 싸돌아다니는 게 아니라 하와이 해변에서 나와 신나게 놀고 있다는 이야기를 잘도 읊어댔다. 엄마는 콜튼의 이야기를 들으며 흐뭇하게 웃었다.

그런데 오후 늦게, 호텔 앞 해안에서 패들보드를 타고 노는데 조가 갑자기 뭔가를 포착하고 내게 몸을 숙이라고 말했다. 나는 조가 뭘 보고 그러나 싶어 시선을 돌렸다. 멀리 노란색 간이 탈의실 근처에서 작달막한 파파라치가 잔뜩 웅크린 채 나와 조의 사진을 찍고 있었다.

젠장, 젠장, 젠장. 재앙이 덮쳤다. 우리는 해변까지 수영해 가서 패들보드를 버리고 화려한 수건으로 몸을 두른 후 호텔 뒷문으로 서둘러 들어갔다. 파파라치는 그 과정을 모두 사진에 담았다.

방에 도착했을 때 나는 이미 공황 상태에 빠졌다. 내 입에선 엄마가 나를 처벌하거나 의절하거나 위협할 방법이 줄줄 흘러나왔다. 조가 어떻게든 나를 진정시키려 했지만 소용없었다.

나는 녹초가 될 정도로 히스테리를 부리다 오후 6시쯤 잠이 들었다. 다음 날 아침, 내 눈에 비친 장면은 창밖의 아름다운 야자수나 반짝이는 청록색 바다가 아니었다. 멀찍이 떨어진 해먹에서 뜨겁게 애무하는 신혼부부의 모습도 아니었다. 간담을 서늘하게 하는 아이폰 화면이었다.

부재중 전화 37통, 음성메시지 16통, 이메일 4통. 죄다 엄마에게서 온 것들이었다. 이젠 더 이상 엄마와 계정을 공유하지 않았다. 조의 권유로 얼마 전에 내 계정을 새로 만들었다. 나는 맨 위에 있는 이메일을 열었다.

넷에게,

너한테 무척 실망했다. 너는 나의 귀엽고 완벽한 천사였는데, 이젠 난잡하게 놀아나는 창녀가 됐구나. 완전히 망가졌어. 괴물 같은 남자 때문에 다 망가졌어. TMZ라는 웹사이트에 올라온 네 사진, 죄다 봤다. 그 남자랑 하와이에 있더구나. 그의 역겨운 털북숭이 배를 문지르면서. 그래놓고 콜튼이랑 뭐 어쩌고 어째? 이젠 멀쩡한 사람까지 끌어들여서 나를 속이려들어? 이 사악한 거짓말쟁이야! 살은 또 얼마나 쪘는지, 죄책감을 먹고 사는가 보지?

그 자식 물건이 네 안에 들어갔다고 생각하면 구역질이 난다. 웩. 내가 너를 이렇게 키웠니? 내 착한 딸에게 도대체 무슨 일이 벌어진 거니? 내 딸은 어디로 간 거니? 내 딸을 대체한 이 괴물은 도대체 누구니? 너는 지금 못생긴 괴물로 변했어. 네 오빠들한테 말하니까 다들 너랑 의절한다고 하더라. 우리는 너랑 연을 끊고 싶다.

이만 줄인다.
엄마가 (아니, 이젠 네 엄마가 아니니까 '뎁'이라고 적어야 하나?)

추신. 냉장고가 고장 났다. 새로 장만하게 돈을 보내라.

나는 몸을 굽히고 두 손으로 얼굴을 감싸 쥔 채 흐느껴 울었다. 조는 내 등을 쓰다듬으며 내 엄마가 온전치 않다고 했다. 나는 그 반대라고, 내가 온전치 않다고 말했다. 어쩌면 엄마 말이 맞을지도 몰랐다. 어쩌면 내가 길을 잃고 사악한 괴물로 변했는지도 몰랐다.

"어머니가 너를 이런 식으로 대하도록 그냥 두면 안 돼." 조가 말했다.

나는 휴대폰을 집어 들고 검색창에 TMZ를 입력했다. 조가 내게 사진을 보지 않기로 한 사실을 상기해주었다. 그는 내 신체상(body image, 자기 신체에 대해 갖는 주관적 이미지—옮긴이 주)이 좋지 않다는 사실을 알고 있었다. 하지만 나는 개의치 않았다. 내 눈으로 봐야 했다. 엄마 말이 맞는지 직접 확인해야 했다.

맞았다. 엉망이었다. 몸매고 얼굴이고 다 엉망이었다. 진짜로 뚱뚱해 보였다. 이젠 원피스 수영복을 고집하진 않지만, 여전히 엉덩이를 가리려고 보드용 반바지를 입었다. 나는 여자다운 곡선미를 드러내고 싶지 않았다. 그런 게 너무 싫었다. 조는 비키니를 걸친 내 젖가슴이 끝내준다고 했지만 내 눈엔 전혀 그렇게 보이지 않았다. 불룩한 가슴이 너무 창피했다. 그냥 평평한 가슴과 납작한 엉덩이를 갖고 싶었다. 내 몸매에서 성적인 느낌이 전혀 풍기지 않았으면 싶었다.

하염없이 흐르던 눈물은 곧 지독한 자기혐오로 바뀌었다. 변화를 감지한 조가 내 손에서 휴대폰을 채가더니 호텔 금고에 넣어두겠다고 했다. 나는 반대하지 않았다.

그 후 이틀 동안 내 휴대폰은 금고에 들어 있었고 수영복은 내가 마지막으로 걸쳐둔 화장실 문손잡이에 그대로 걸쳐 있었다. 조와 나는 하와이에서 남은 시간을 최대한 즐기려고 노력했다. 하이킹이나 드라이브 등, 공공장소에서 옷을 다 입고 할 수 있는 활동을 두루 즐겼다. 지치도록 돌아다니고 휴대폰에도 접근할 수 없으니, 여행 마지막 날 아침엔 파파라치 사건과 엄마의 악의적 이메일을 거의 잊을 수 있었다.

그런데 비행기 시간에 맞춰 짐을 싸고 있는데, 조가 금고의 암호를 조심스레 입력하는 게 보였다. 그는 내 휴대폰을 꺼내서 얼른 자기 주머니에 넣었다. 나는 그걸 보여달라고 부탁했다. 조가 안 보는 게 상책이라며 나를 말렸지만, 나는 기어이 보겠다고 고집을 부렸다. 보고 싶기도 했고 볼 필요도 있었다.

휴대폰을 손에 넣자마자 아차 싶었지만, 이젠 너무 늦었다. 엄마에게서 부재중 전화가 45통이나 와 있었다. 읽지 않은 이메일도 22개나 되었다. 나는 미친 듯이 메시지를 읽어 내려갔다. 메시지 내용은 뒤로 갈수록 더 공격적으로 변했다. 엄마는 나를 얼간이, 패배자, 쓰레기, 악마 새끼라고 불렀다. 조가 비행기 시간에 늦겠다고 재촉했지만 나는 신경 쓰지 않았다.

이메일도 읽었다. '네 팬들한테 보낸 편지'라는 제목의 이메일을 클릭하자 아주 통렬한 내용의 쪽지가 첨부되어 있었다. 내 팬들을 나한테서 도망치게 하려고 엄마가 직접 제넷 맥커디 팬클럽에 글을 올렸다는 내용이었다. 엄마는 나보다 자기가 더 자격이 있다면서 내 팬을 모두 훔쳐 가겠다고 했다. 자기가 바인(Vine, 2013년 1월 트위터가 출시한 짧은 SNS 영상. 2017년 1월 서비스가 종료됨―옮긴이 주)에 가입하면, 맹세컨대 사람들이 자신의 코믹 영상에 열광할 거라고 했다.

엄마가 그냥 엄포를 놓는 건지 궁금해서 해당 팬클럽을 확인했다. 엄포가 아니었다. 팬클럽 첫 페이지에 엄마의 메시지가 적혀 있었다. 믿을 수가 없었다.

다시 이메일로 돌아가자 엄마에게서 온 새로운 메시지가 떴다. 얼른 클릭했다.

너 때문에 암이 재발했어. 이 사실을 알고서 행복하길 바란다.
너는 이 사실을 평생 안고 살아야 해. 네가 나한테 암을 유발했어.

나는 엄마에게 보낼 답장 초안을 작성했다. 차분히 앉아서 얼굴을 맞대고 이 문제를 이야기하자는 내용이었다. 엄마가 나를 만나준다면, 엄마의 허락을 받을 만큼 충분히 설명할 수 있다고 확신했다. 그래서 간곡하게 애원했다.

사랑하는 엄마에게,

그냥 직접 만나서 이 문제를 얘기하면 안 될까요? 제발. 엄마랑 나랑 단둘이 만나서 얘기해요. 뭐든 다 대답할게요. 엄마, 제발. 엄마를 실망시키는 건 나도 싫어요. 엄마가 실망하지 않도록 뭐든 할게요. 상황을 다 알고 나면 엄마가 나에 대한 나쁜 생각을 접을 거라고 확신해요. 엄마를 무척 사랑해요. 엄마랑 다시 가까워지고 싶어요. 보고 싶어요.

이만 줄일게요.
네티

나는 휴대폰 전원을 끈 다음 조의 주머니에 넣었다. 엄마가 뭐라고 했느냐는 조의 질문에 나는 아무 말도 안 했다. 아니, 못 했다. 긴장증으로 머리가 멍했다. 비행기를 타고 돌아오는 내내 입이 떨어지지 않았다.

지난 몇 년 동안 엄마와 나는 점점 더 멀어졌다. 그래도 이렇게 되리라고는 생각지도 못했다. 화려한 명성과 남몰래 사귀는 조를 둘러싸고서 엄마와 나 사이의 긴장감은 거의 견딜 수 없는 지경에 이르렀다. 게다가 엄마는 암 환자였다. 어쩌면 이 모든 게 실은 엄마의 암과 관련됐는지도 모르겠다.

엄마는 왜 자신이 죽어간다는 사실을 인정하지 못할까? 나는 왜 엄마가 죽어간다는 사실을 인정하지 못할까? 나는 엄마가 명성을 너무 신경 쓴다고 싫어했고, 엄마는 내가 조를 너무 아낀다고 싫어

했다. 지금은 서로를 향한 사랑보다 증오가 더 많은 것 같았다. 어쩌면 우리 둘 다 그저 두려워하는 것일 수도 있었다. 우리 사이를 가로막는 장벽이 어차피 통제할 수 없을 만큼 높아질 걸 알기에 그냥 손 놓고 있는 것일 수도 있었다.

비행기가 착륙해서 활주로를 도는 동안 나는 엄마에게 보낼 이메일 초안을 열었다. 그리고 보내기 버튼을 눌렀다. 잠시 후, 휴대폰에서 엄마의 답신을 알리는 소리음이 울렸다.

그래, 만나자꾸나.
추신. 냉장고 살 돈 보내라니까. 요구르트가 상했다.

46

"제닛? 내 장례식에서 〈내 날개 밑에서 부는 바람아〉(Wind Beneath My Wings)를 불러줄래?"

엄마의 생일날, 우리는 카후엔가 대로에 있는 판다 익스프레스 (Panda Express)에서 저녁을 먹었다. 엄마는 브로콜리 찜을 먹었고 나는 양배추 찜을 먹었다. 우리 둘 다 살얼음판을 걷듯이 위태롭게 관계를 이어가고 있었다.

하와이 여행 후 처음 만난 순간부터 이러한 관계가 시작되었다. 그날은 아빠가 엄마를 자동차에 태워서 우리 집까지 데려다주었다. 아빠는 엄마를 휠체어에서 소파로 옮겨주고 자리를 피했다. 차가 우러나길 기다리는 동안 나는 엄마가 조의 문제를 꺼낼 거라고 기대했다. 애초에 우리가 만난 이유가 바로 그 문제를 논의하는 것이었으니까. 하지만 엄마는 그 이야기를 꺼내지 않았다. 그냥 내 일에 대해 자잘한 질문을 던졌다. 나도 엄마에게 〈NCIS〉의 마지막 에피소드에 대해 자잘한 질문을 던졌다. 엄마는 〈NCIS〉의 주연 배우인 마크 하몬에게 푹 빠져 있었다.

'도대체 그 이야기는 언제 꺼내려는 거지?'

두 시간 내내 마음 졸이며 기다렸는데, 어느새 아빠가 돌아와서 엄마를 데리고 갔다.

그때부터 판다 익스프레스에서 저녁을 먹는 이 순간까지 우리의 소통은 늘 이런 식이었다. 우리는 밑바닥에 고통과 분노를 감추고 의례적인 한담을 나누었다. 몇 달째 그러다 보니 이젠 새삼스럽지도 않았다. 그래서 장례식 날 〈내 날개 밑에서 부는 바람아〉를 불러달라는 엄마의 말에 깜짝 놀랐다.

엄마의 암은 대놓고 이야기하기 불편한 주제라 그냥 존재하지 않는 척하는 범주에 속했다. 엄마의 이 요구는 우리의 암묵적 규칙을 위반하는 것이었다. 나는 이 요구에 어떻게 반응해야 할지, 또 어떻게 처리해야 할지 몰랐다.

"음……."

"감정을 실어서 불러야 해. 가사를 가슴 깊이 새기면서. 건성으로 부르면 느낌이 안 살 거야."

내가 아직 노래를 부르겠다고 동의하지도 않았는데, 엄마는 벌써 공연 지침을 알려줬다.

"어……."

"일단 한번 들어보자."

"엄마, 우린 지금 판다 익스프레스에 있어요. 난 아직……"

"그냥 불러봐."

"내 그림자 속 그곳은 차가웠을 거야아아아……"

무심결에 내 입에서 노래가 흘러나오기 시작했다. 내 몸은 엄마의 요구를 따르도록 프로그래밍되어 있었다. 근처에서 대걸레로 바닥을 닦던 여직원이 곁눈질로 나를 쳐다봤다.

"당신 얼굴엔 결코……"

"감정을 더 실어야지. 더 슬프게. 진심으로 느끼면서."

"당신 얼굴엔 결코 햇살이 비치지 않으니까아아아……"

엄마가 음을 가늘게 떠는 기법을 좋아해서 비브라토를 살짝 강하게 넣었다.

"좋아, 그만해. 너를 지치게 하고 싶진 않다. 넌 금세 목이 쉬니까. 아무튼 부를 거지?"

나는 의무감을 느꼈다. 엄마의 마지막 소원이니까. 문제는 내가 이 노래를 부를 만한 역량이 안 될 것 같다는 점이었다. 낮은 음역을 사용할 수 있는 구절은 괜찮았다. 하지만 강하게 치솟는 후렴구는 내 음역대를 한참 벗어났다.

식사를 마치고 집에 돌아왔을 때 엄마는 내게 유튜브로 노래를 띄우고 따라 불러보라고 했다. 연습도 하고 최종 공연의 분위기도 맛보게 해달라고 했다.

"나를 지치게 하고 싶지 않다면서요."

"괜찮을 거야. 아직 한참 남았을 테니까, 아무쪼록."

'아무쪼록?'

나는 빈정대는 듯한 엄마의 단어 선택에 충격을 받았다. 그런 엄마에게 화가 났지만, 다음 순간 화를 낸 것에 죄책감을 느꼈다. 서서히 죽어가는 엄마에게 분노를 느끼다니, 나는 정말 형편없는 인간인가 보았다.

나는 죄책감으로 허비할 에너지를 차라리 엄마의 소원을 들어주는 쪽으로 돌렸다. 그러면 마음이 조금 편해질지도 모르니까. 유튜브에서 노래를 찾아놓고 다른 탭으로 가사를 띄웠다. 그런 다음 노래를 시작했다. 예상대로 후렴구 전까지는 괜찮았다. 하지만 "당신은 알았나요" 부분에 이르자 역시나 내 음역대를 벗어났다.

"목을 전혀 안 풀고 시작해서 그런 거야." 엄마가 나를 다독였다.

"목을 좀 풀고 나서 다시 해보렴."

나는 10분 정도 '마메미모무'로 목을 풀고 나서 다시 시도했다. 하지만 이번에도 똑같았다. 혹시나 해서 한 번 더 시도했지만 역시나 소리가 나오지 않았다.

"내 음역을 벗어났어요." 내가 단정적으로 말했다.

"그렇게 말하지 마." 엄마가 톡 쏘아붙였다.

"죄송해요."

"넌 거기까지 올라갈 수 있어. 난 알아. 넌 거기까지 올라갈 수 있다고. 연습할 시간도 충분하잖아. 아무쪼록."

나는 죽어가는 엄마가 장례식에서 불러달라고 지시한 노래를 연습하고 싶지 않았다. 엄마의 장례식에 대해 생각하고 싶지도 않았다. 대놓고 말하기 불편한 주제를 그냥 무시하고 살던 때로 돌아가고 싶었다. 고통과 분노를 숨기고 그냥 가식적으로 대하는 게 차라리 나았다.

"오늘 밤에 몇 번 더 연습해보는 게 어떠니?"

엄마는 나를 다독이면서 어그 모자를 벗고 머리를 긁적였다. 겉보기엔 서글픈 몸짓 같았지만, 단언컨대 엄마는 나를 교묘하게 조종하려고 이 행동을 취했다.

나는 노래의 시작 부분을 다시 클릭했다. 1980년대풍의 경쾌한 전주가 흘러나왔다. 나는 결국 다시 시도했다.

47

"반대쪽이에요."

나는 창밖을 내려다보면서 스피커폰으로 할아버지에게 말했다.

"이런."

할아버지는 엄마의 휠체어를 180도 돌려서 반대 방향으로 밀기 시작했다. 나는 거실 창문으로 그 모습을 지켜봤다. 조망이 좋아서, 아니 실은 그 반대라서 얼마 전에 이 아파트로 옮겨왔다. 이 단지에선 선셋 대로 방향으로 북적이는 도시를 조망하는 동들이 가장 선호되었다. 하지만 내가 그런 동을 선택할 일은 절대 없었다. 그런 동은 니켈로디언 스튜디오를 마주하고 있었고, 니켈로디언 스튜디오 측면엔 〈아이칼리〉의 보라색과 노란색 광고판이 떡하니 걸려 있었다. 아침에 눈을 뜰 때마다 내 가짜 미소와 에어브러시로 수정한 머리를 마주할 수는 없었다.

몇 차례 방향을 틀고 나서 엘리베이터를 타고 할아버지와 엄마가 내 집으로 올라왔다. 우리는 음료를 마시며 잠깐 수다를 떤 후, 점심을 먹으러 할아버지가 차를 주차해둔 건물로 내려갔다.

"어디로 가고 싶어요?" 내가 물었다.

'제발 거기는 말고, 제발 거기는 말고, 제발……'

"웬디스?" 엄마가 천진스럽게 말했다.

"그래요, 그럼."

내가 억지로 웃으며 말했다. 기본적으로 웬디스는 아무 문제도 없다. 실은 거기 가야 할 이유도 몇 가지 있다. 웬디스의 프로스티(Frosty)는 진짜 끝내주니까.

내가 억지로 웃었던 이유는 웬디스 때문이 아니라 웬디스를 가자고 하는 엄마의 심리 때문이었다. 엄마는 내가 돈도 있고 어디든 가자는 데로 모실 수 있다는 사실도 잘 알았다. 그런데도 웬디스를 선택했다. 그곳이 좋아서가 아니라 친구들이나 교회 사람들에게 자신이 얼마나 검소하고 얼마나 현실적인지 알리고 싶기 때문이었다. 자신의 생일처럼 특별한 날에도 패스트푸드 식당에서 샐러드를 먹었다고 떠벌리고 싶기 때문이었다.

나는 엄마의 이런 심리 때문에 정말 돌아버릴 것 같았다. 왜 이렇게 시도 때도 없이 불쌍한 사람으로 취급받고 싶어 할까? 암 4기라서 안 그래도 다들 불쌍하게 생각하는데, 굳이 웬디스를 추가한단 말인가! 할아버지가 주차 건물에서 나와 첫 번째 신호등에서 멈추었다. 〈아이칼리〉의 초대형 포스터 바로 앞에 있는 신호등이었다. 나는 마음이 불안해서 뒷좌석 주머니를 정리하기 시작했다. 서류와 구겨진 영수증, 사용한 냅킨, 숀 해너티의 《보수적 승리》(Conservative Victory) 등이 뒤죽박죽 섞여 있었다. 할아버지가 어깨너머로 내 행동을 살피더니 말했다.

"그거 빌려 가서 읽어볼 테냐? 난 다 읽었다. 훌륭한 책이야. 아주 훌륭해."

할아버지는 강조라도 하듯이 대시보드를 톡톡 두드렸다.

"봐서요."(아뇨!)

"저기 있다!"

엄마가 일회용 코닥 카메라로 거대한 포스터를 찰칵 찍으며 말했다. 엄마는 저 광고판을 벌써 백 번도 넘게 찍었다.

그런데 다음 순간 카메라가 바닥으로 떨어졌다. 내가 얼른 몸을 숙이고 카메라를 집었다. 바로 몸을 들었는데 옆에서 엄마가 경련을 일으키고 있었다. 두 손은 공처럼 꽉 움켜쥐고 있었고, 얼굴은 한쪽 눈이 감기고 입이 비뚤어질 정도로 잔뜩 일그러져 있었다. 엄마의 경련은 정신병원에 갇힌 사람처럼 격렬했다. 너무 무서웠다.

나는 할아버지에게 뭔가 잘못됐다고 말했다. 할아버지는 하나님의 이름을 헛되이 불렀다. 엄마는 아무 말도 안 했다. 아니, 할 수 없었다. 할아버지는 도로 양쪽을 살핀 뒤 차선을 가로지르고 빨강 신호등을 획 지나쳐서 니켈로디언 스튜디오의 주차장으로 들어갔다. 친절한 경비원인 칼이 할아버지를 알아봤다. 할아버지는 칼에게 얼른 119에 전화하라고 소리쳤다.

엄마는 이제 입가에 거품까지 물고 있었다. 금방이라도 죽을 것 같았다. 할아버지가 얼른 엄마를 눕히라고 했다. 나는 엄마의 좌석 벨트를 풀고 내 무릎에 길게 눕혔다. 살면서 이렇게 겁나는 순간은 처음이었다.

구급차가 놀라울 정도로 빨리 달려왔다. 그들은 순식간에 엄마를 들것에 싣고 버클로 묶었다. 그리고 재빨리 구급차에 태웠다. 엄마는 여전히 경련을 일으키고 있었다. 구급대원 중 한 명이 나를 알아보고 함께 태워주었다. 나를 알아봐준 데 고마움을 느낀 몇 안 되는 순간이었다.

나는 엄마의 손을 꽉 잡고서 괜찮을 거라고 말했다. 속으론 그 반대로 생각하면서도 엄마한테는 계속 괜찮을 거라고 말했다. 구급

차에서 사이렌이 울리기 시작했다. 구급차 안에서 그 소리를 들으니 더 요란했다. 운전자가 주차장에서 나가자마자 오른쪽으로 차를 꺾었다. 입에 거품을 물고 죽어가는 엄마의 손을 꼭 쥐고서 우리는 다시 그 광고판을 지나갔다. 생기 없는 눈웃음과 한물간 헤어스타일을 한 내 모습이 보였다. 내 인생이 나를 조롱하고 있었다.

48

크리스마스이브 전날이었다. 엄마는 일주일째 중환자실에 누워 있었다. 뇌종양으로 발작을 일으켰는데, 의사는 '상당히 자주 발생하는 일'이라고 했다. 그렇게 말하면 상황의 심각성이 줄어들기라도 하는 양.

할머니와 할아버지가 중환자실에서 엄마를 면회하는 동안 세 오빠와 나는 대기실에서 나란히 앉아 기다렸다. 다들 말 한마디 없었다.

마침내 내가 버거킹에 가서 햄버거를 사 오겠다고 제안했다. 그렇게라도 주의를 딴 데로 돌리고 싶었다. 기분 전환에는 뭐니 뭐니 해도 음식이 최고였다. 하지만 오빠들은 아무것도 원하지 않았다. 다들 "지금은 아무것도 먹을 수 없다"라고 했다. 나는 그들이 부러웠다. 슬픔과 스트레스로 입맛이 떨어진다는 게 부러웠다.

나는 길 건너편의 버거킹으로 갔다. 와퍼와 감자튀김, 아이스 콜라를 주문하고 타코와 치킨스틱도 곁들여 주문했다. 음식이 나오자 나는 허겁지겁 먹었다. 다 먹고 나니 속이 더부룩했다.

그냥 토해버릴까 하는 생각이 들었다. 이런 이야기를 듣긴 했지만 실제로 시도해본 적은 없었다. 한번 시도해보기엔 지금이 딱 좋은 때인 것 같았다. 나는 버거킹 봉지를 쓰레기통에 쑤셔 넣고 병원으로 향했다. 새로운 계획에 들떠서 출입문을 서둘러 통과하고 로

비를 지나 엘리베이터를 타고 중환자실 층에서 내렸다. 대기실에 가니 오빠들이 보이지 않았다. 다들 엄마를 면회하러 들어간 듯했다. 나는 변기가 두 개뿐인 화장실로 가서 아무도 없는지 거듭 확인했다. 그런 다음, 차갑고 딱딱한 화장실 바닥에 무릎을 꿇고서 손가락을 목구멍에 밀어 넣었다. 아야! 손가락을 더 깊이 넣었다. 아프기만 할 뿐 아무것도 나오지 않았다. 다시 시도했다. 이번에도 나오는 게 없었다. 한 번 더 해봤다. 역시나 아무것도 나오지 않았다.

빌어먹을! 결국 포기하고 손을 씻었다. 다 실패했다. 먹는 걸 참지도 못했고 먹은 걸 제거하지도 못했다.

나는 서둘러 복도로 나와서 엄마의 중환자실로 이어지는 육중한 문을 밀었다. 마커스와 더스틴과 스콧이 엄마 주위에 서 있었다. 병원 이불에 덮인 엄마의 몸은 형체가 거의 드러나지 않았다.

"엄마가 깨어났어." 더스틴이 내게 말했다.

나는 침대로 달려가 엄마의 손을 잡았다. 감촉이 참 좋았다. 엄마는 손이 작고 손가락도 짧았다. 살갗에 온기가 돌았다.

"넷," 엄마가 힘없이 고개를 돌리고 나를 쳐다봤다. 내 눈에선 금세 눈물이 고였다. 이제야 마음이 조금 놓였다. 어쩌면 엄마는 이대로 괜찮아질지도 몰랐다. 정말 다행이었다.

"네 오빠들 말로는 버거킹에 갔다더구나. 그런 건 먹지 말라니까. 와퍼는 지방 함량이 높단 말이야."

나는 활짝 웃었다. 눈물이 뺨을 타고 흘러내렸다. 엄마가 살아났다. 당분간은 나와 함께 살아 숨 쉴 것이다.

"나도 알아요, 엄마. 안다고요. 그래서 마요네즈는 빼달랬어요."

엄마가 한숨을 쉬었다. "그래도……."

49

미란다가 울었다. 나도 울었다. 둘 다 펑펑 울었다. 눈물이 멈추지 않았다. 내 경우엔 〈아이칼리〉가 끝나서 우는 건 아니었다. 오늘이 〈아이칼리〉 녹화의 마지막 날이라서 우는 것도 아니었다. 끝나도 괜찮았다. 심지어 끝나서 흥분되기도 했다. 그 문제엔 확실히 준비되어 있었다. 스핀오프를 새로 시작하는 게 살짝 걱정되긴 했지만, 눈뜨면 매일 같은 날이 반복되는 〈사랑의 블랙홀〉(Groundhog Day)처럼 매번 같은 일을 반복하던 이 프로젝트에 작별을 고하게 되어 기쁘기까지 했다.

내가 울었던 이유는 미란다와의 우정이 앞으로 어떻게 될지 모르기 때문이었다. 우리는 정말 가까웠다. 마치 친자매 같았다. 우리 사이엔 은근한 공격이나 묘한 긴장감 따위는 없었다. 여자들의 우정엔 흔히 심술궂고 옹졸하고 뒤통수치는 일이 많다지만 미란다에게선 그런 낌새조차 비치지 않았다.

미란다와 함께라면 뭐든 다 쉬웠다. 우리의 우정은 참으로 순수했다.

조감독이 나와 미란다에게 휴지를 건넸다. 우리는 코를 팽 풀고 나서 마지막 장면을 촬영하려고 각자 위치로 돌아갔다. 하지만 슬픔에 복받쳐 서로를 붙잡고 엉엉 울었다.

이런 식의 슬픔과 이별은 촬영장에서 흔한 일이었다. 촬영하는 동안 가족보다 더 가까이 지내다 보면 주변 사람들과 굉장히 친해졌다. 하지만 촬영이 끝나면 그렇게 친하다고 생각했던 사람들과 점점 소원해졌다. 만남과 소통이 점점 줄어들다가 결국 끊어졌다. 애초에 그들과 정말로 친했던 사이였는지, 아니면 겉으로만 친한 척했는지 궁금해졌다. 임시로 지었다가 허무는 세트장처럼 그들과의 관계도 일시적으로 맺어졌다가 결국 끊어지는 게 아닌지 궁금했다.

나는 사람들을 어떤 맥락으로 알게 되는 것을 좋아하지 않았다.

"아, 저분은 나랑 같이 운동하는 사람이야."

"저분은 나랑 같은 북클럽에 속한 사람이야."

"저분은 무슨 무슨 쇼를 같이 찍었던 사람이야."

이런 상황이 종료되면 우정도 종료되기 때문이었다. 나는 내가 사랑하는 사람들을 특정한 맥락에 한정하지 않고 더 깊이, 더 친밀하게 알고 싶었다. 그들도 나를 그런 식으로 알고 싶어 했으면 좋겠다. 내가 미란다를 깊이, 그리고 친밀하게 안다고 생각하지만, 〈아이칼리〉의 맥락에서 그녀를 알게 된 것이 마음에 걸렸다. 〈아이칼리〉가 종료되더라도 우리의 우정은 계속 이어졌으면 좋겠다.

50

"진심이야?"

"그렇다니까요."

"지금은 우리 관계를 끝낼 때가 아니야. 지금이야말로 내가 네 곁에 있어야 한다고."

"난 그렇게 생각하지 않아요. 이 상태로 몇 달 더 지낸다면 당신한테 너무 애착을 느끼게 될 것 같아요."

"나한테 애착을 느끼면 왜 안 되는데? 누군가에게 애착을 느끼는 건 좋은 일 아닌가? 사랑한다는 거잖아?"

"엄마가 저렇게 누워 있는데 내가 어떻게……."

나는 차마 말을 맺지 못했다. 그게 현실적으로 다가올수록 점점 더 입 밖에 낼 수 없었다. 의사들은 계속해서 엄마의 건강이 급격히 나빠진다고 말했다. 그들이 말하는 '급격히'의 의미에 의문이 들 정도였지만, 어쨌든 진짜로 나빠지고 있었다. 엄마는 그 어느 때보다 약했고, 휠체어 없이는 움직일 수도 없었다. 암이 사방으로 퍼져서 끝이 점점 다가오고 있었다. 나는 손톱을 물어뜯었다.

"그러니까 나는 다른 누구보다 엄마에게 더 애착을 느끼는데, 엄마를 향한 애착이 순식간에 다른 사람에게로 전가될까 봐 두려워요."

"그게 뭐 어떻다고? 난 괜찮아. 나한테 다 전가해."

이건 내가 바라던 반응이 아니었다. 나는 방금 한 말을 물렀다.

"아무래도 내가 말을 잘못했나 봐요. 내가 집중해야 할 대상에게서 자꾸 주의가 흐트러질까 봐 두려워요."

"나 때문에 주의가 흐트러진다고?"

"아뇨. 네. 아, 나도 잘 모르겠어요."

나는 머리를 긁적였다. 이 상황에서 벗어나고 싶었다. 조가 버뱅크에서 가장 좋아하는 비건 레스토랑인 '토니스 다츠 어웨이'(Tony's Darts Away)에서 얼른 벗어나고 싶었다.

"그러니까 나를 더 이상 사랑하지 않는다면 그냥 그렇게 말해도 돼. 내가 다 받아들일게." 말은 그렇게 하면서도 마지막 부분에선 그의 목소리가 갈라졌다.

바로 그때 그의 비건 소시지와 맥주가 나왔다. 레스토랑에서 음식이 나오는 타이밍은 남들에게 가장 듣기고 싶지 않은 말을 할 때와 완벽하게 일치한다. 웨이터들이 그런 재주를 타고나는지, 아니면 애써 노력하는지는 모르겠다. 아무튼 매번 그런다는 게 신기할 따름이다.

"당신을 사랑해요."

"그런데 왜 나랑 헤어지겠다는 거야?" 조가 소시지를 한입 크게 베어 물었다. 역겨울 정도로 크게. 비건 마요네즈가 입술 전체에서 번들거렸다. 정나미가 떨어졌다.

어쩌면 이것 때문인지도 몰랐다. 엄마 문제는 다 핑계인지도 몰랐다. 이젠 정말 다 끝났는지도 몰랐다. 그의 먹는 모습은 늘 신경에 거슬렸다. 혀 짧은 소리도 한두 번이야 귀엽지, 이젠 지겨웠다. 그의 농담도 이젠 전혀 웃기지 않았다. 조는 야망도 없고 술도 너무 많이 마셨다. 화도 많이 냈다. 우리의 나이 차도 더 이상 쿨하게 느껴지지 않았다. 오히려 난처하게 느껴질 때가 많았다.

문득 조가 나에게서 느끼는 결점은 얼마나 많을지 궁금했다. 조는 과연 뭐라고 말할까? 이기적이다, 소유욕이 강하다, 사교성이 부족하다, 자기 친구들을 좋아하지 않는다, 너무 비판적이다, 자기에게 충분히 관심을 기울이지 않는다고 하지 않을까?

조는 아까 베어 문 소시지를 아직도 씹고 있었다. 내가 오만 생각으로 머릿속이 터질 것 같은 이 와중에도 계속 쩝쩝거렸다. 조금씩 먹으면 될 텐데 왜 저리 무식하게 먹는단 말인가?

"내 말 들었어?" 조가 물었다. "나를 여전히 사랑한다면서 왜 헤어지겠다는 거냐고?"

비건 마요네즈로 번들거리는 그를 마주한 이 순간, 내 안에서 뭔가가 바뀌었다. 인내심이 한계에 달했다. 이 싸구려 비건 식당에서 내가 좋아하지도 않는 맥주 냄새를 맡고 싶지 않았다. 벽마다 걸린 커다란 TV에서 요란하게 흘러나오는 야구 경기와 축구 경기를 보고 싶지도 않았다. 더 이상 사랑하지 않는 남자 앞에서 다리가 짝짝이인 스툴에 앉아 있고 싶지도 않았다. 이젠 다 끝났다.

"그냥 그렇다고요."

51

나는 미란다가 운전하는 포르셰 카이엔의 조수석에 앉아 있었다. 요즘 우리는 많은 시간을 함께 보냈고, 그 시간의 절반 정도는 이 차를 타고 돌아다녔다. 맥락 따위는 걱정할 필요가 없었다. 우리의 우정은 〈아이칼리〉가 끝난 뒤로 더 돈독해졌다.

우리는 일주일에 서너 번 만났다. 그중에 하루는 어제처럼 밤새도록 같이 있었다. 보통은 미란다의 집에서 잤지만, 어젯밤엔 세인트 레지스 라구나 비치(St. Regis Laguna Beach)에서 잤다. 시리즈 마무리 선물이 그 호텔의 1박 숙식권이었기 때문이다.

특별히 다른 일을 안 했기 때문에 호텔에서 자지 않고 그냥 미란다의 집에서 자는 게 나았을지도 모르겠다. 우리는 호텔 방에 앉아서 포르노 산업에 관한 영화를 봤다. 내용 자체는 평범했지만, 주연으로 나온 어맨다 사이프리드는 정말 천사처럼 예뻤다. 그땐 그녀의 성인 'Seyfried'를 어떻게 발음해야 하는지도 몰랐다. 우리는 슬프고 비참하다고 말했다가 감사할 게 얼마나 많은지 깨닫고서 그런 감정을 느꼈다는 사실에 죄책감을 느끼기도 했다. 그리고 〈댄스맘〉(Dance Mom)을 보면서 에비 리 밀러 원장의 학대에 가까운 지도 방법과 부모들의 맹목적 헌신을 주제로 논의하다 늦게야 잠이 들었다.

그러다 조금 전 호텔을 나섰다. 미란다는 가장 가까운 고속도로 진입로로 향했다. 케이티 페리의 〈로어〉(Roar)가 배경음악으로 흘러나오는 동안 우리는 믹 재거가 한때 케이티 페리에게 꽂혔었다는 소문을 거론하면서 깔깔 웃었다. (전에 롤링 스톤스의 공연을 함께 봤는데, 21살 여성인 우리에게는 믹 재거보다 케이티 페리의 말이 더 신빙성 있게 들렸다.) 그때 내 휴대폰이 울렸다. 엄마였다.

"여보세요?"

"넷, 넷, 나 좀 도와다오!"

"워워, 일단 진정하세요. 무슨 일인데요?"

"도와줘! 나 무섭다."

"대체 뭐가 무섭다는 거예요?"

"그들이 나를 수술실로 데려가려고 해."

엄마는 얼마 전부터 이 수술을 받기로 되어 있었다. 유방절제술을 받은 뒤에 삽입한 보형물에 구멍이 생겼는지 자꾸 샜기 때문이다. 그래서 누출물을 깨끗이 없애고 보형물도 수리해야 했다. 의사들 말로는 어렵지 않은 수술이라고 했다.

"간단한 수술이라니까 괜찮을 거예요."

"뭔가 잘못됐어, 넷. 뭔가 잘못됐다고."

수화기를 통해 간호사의 목소리가 들렸다.

"환자분, 이곳에선 휴대전화를 사용할 수 없습니다."

"넷, 제발! 어떻게 좀 해다오!"

"내가 뭘 어떻게 하면 되는데요?"

"나도 몰라! 그냥 네가 필요해!"

엄마는 공황 상태에 빠진 듯했다. 엄마가 이렇게 떨리는 목소리로 나를 찾은 적은 한 번도 없었다. 겁이 덜컥 났다. 때마침 아빠가 엄마 전화기를 가져갔다.

"제넷이니?"

"네."

"네 엄마가 지금 너무 예민해져서 그렇단다. 이제 병실에서 수술실로 막 옮기려고 한단다. 내가 같이 있으니까 너무 염려 마라. 별일 없을 거야."

"내가 지금 갈까요?"

엄마가 소리쳤다. "그래!" 아빠가 만류했다. "아니, 그럴 필요 없다."

내가 재차 물었다. "진짜 안 가도 돼요?"

"그래, 괜찮다니까." 아빠가 말했다. "네가 여기 도착할 때쯤엔 다 끝났을 거야. 얼마 안 걸린다고 했어. 위험한 것도 없고. 최고의 의사들 아니냐. 이따 끝나고 내가 전화하마."

그 말에 나는 마음을 놓고 〈로어〉의 볼륨을 높였다.

"무슨 일인데?" 미란다가 운전하면서 물었다.

"응, 아무것도 아니야."

미란다는 꼬치꼬치 캐묻지 않았다. 우리는 몇 분 동안 말없이 가다가 다시 이런저런 이야기를 나누었다. 그런데 왠지 모르게 찜찜했다. 우리는 잠시 주유소에 들렀다가 다시 달렸다. 내 휴대폰이 또 울렸다. 이번엔 아빠였다.

"어떻게 됐어요?"

"그게 말이다, 네 엄마 상태가 좀 안 좋구나."

"네?"

"아무래도 네 엄마 몸으로는 수술을 견딜 수 없었나 보다."

"아니, 잠깐만요? 위험한 게 없다고 - "

"혼수상태에 빠졌다."

"하지만 최고의 의사들이 - "

"네 엄마 상태가 안 좋다. 당장 병원으로 와야겠다."

나는 전화를 끊고 미란다에게 자초지종을 말했다. 미란다가 병원까지 태워다주겠다고 했다. 나는 그렇게 해달라고 한 후 창밖을 내다봤다. 미란다가 적색 신호등에 멈추었다.

"사이-프레드(Sigh-Fred)라고 발음한대." 미란다가 담담한 목소리로 말했다. "내가 찾아봤어."

52

"엄마, 내 말 들었어? 드디어 40킬로그램을 찍었다니까. 이젠 진짜 삐쩍 곯았다고요."

나는 꼬았던 다리를 풀고 몸을 앞으로 숙였다.

"40킬로그램이라고!"

엄마가 혼수상태에 빠진 이후, 고맙게도 나는 폭식을 멈추었다. 실은 거의 아무것도 안 먹었다. 그 덕에 체중이 급격히 줄어들었다.

뚜. 뚜. 뚜.

기계음 말고는 아무 소리도 들리지 않자 나는 이렇게 큰 뉴스로도 엄마를 깨울 수 없다는 사실에 조금씩 적응해갔다. 흐르는 눈물을 닦는데 구내식당에 갔던 오빠들이 돌아왔다. 우리는 서로 아무 말도 하지 않았다. 할 필요가 없었다. 그저 병상 주변에 둘러앉아 엄마만 응시했다.

시계를 힐끔 보니 2시 30분이었다. 엄마에게 48시간도 안 남았다는 말을 들은 지 2시간이 흘렀다. 나는 엄마에게 정확히 얼마의 시간이 남았는지 궁금했다. 엄마의 생명은 이 48시간의 어느 지점에 있을까? 앞으로 44시간 남았을까? 10시간? 2시간? 매 순간이 너무나 느리고 무겁게 느껴졌다. 이 순간을 어떻게든 붙잡고 싶었지만, 시간은 그저 째깍째깍 흘러갈 뿐이었다. 이보다 더 무기력하게 느꼈던 적은 없었다.

"캐 마다 다아아이이"

우리는 일제히 엄마의 입을 쳐다봤다. 세상에! 엄마가 말했다. 너무 약해서 알아들을 수 없었지만 어쨌든 뭐라고 말했다.

"캐 마아아다 다아아아이이이" 엄마가 다시 말했다.

마커스가 몸을 앞으로 숙였다. "아뇨, 엄마. 그런 말 말아요. 엄마는 죽지(die) 않을 거예요."

"캐 마다 다아이." 엄마가 살짝 화난 목소리로 말했다. 역시나 우리 엄마였다.

더스틴이 손가락을 튕겼다. "캐나다 드라이!"

긍정의 뜻으로 엄마가 눈을 번쩍 떴다. 우리는 엄마를 둘러싸고 웃음이 빵 터졌다. 엄마가 다 나았다는 소식을 들었더라도 이보다 더 호탕하게 웃진 못했을 것이다. 삶과 죽음의 경계에서 이렇게 하찮은 것을 찾는 모습에 우리는 마음이 살짝 가벼워졌다. 그렇지 않았더라면 너무 괴로웠을 것이다.

마커스가 자판기에서 캐나다 드라이를 뽑으려고 복도로 달려 나갔다. 그리고 금방 돌아와서 뚜껑을 열고 엄마 입에 살짝 기울였다. 우리는 그 모습을 흐뭇하게 바라봤다. 이건 좋은 신호 아닌가? 엄마는 알아듣기 힘든 말이지만 의사 표시를 했고 또 캐나다 드라이도 꼴깍꼴깍 넘겼다. 그렇다면 이제 괜찮을 거라는 뜻이었다. 병마를 기어이 이겨낼 거라는 뜻이었다. 그렇지 않은가?

내가 절박하게 매달린다는 사실을 나도 알았다. 하지만 나는 매달릴 것이다. 무슨 짓을 해서라도. 엄마를 이대로 보낼 수는 없었다.

***

엄마는 열흘 전 중환자실에서 나온 뒤로 줄곧 일반 병실에서 지냈다. 48시간이라고? 이래도! 엄마의 주치의인 닥터 와이즈먼에게 따지고 싶었다. 하지만 그는 우리의 희망을 여지없이 무너뜨렸다. 엄마가 기적적으로 회복될 거라는 생각을 접으라고 나와 오빠들에게 몇 번이나 당부했다. 그에게 따지고 싶은 마음이 간절할수록 그럴 수 없다는 사실에 더 절감했다. 내 눈으로도 훤히 보였기 때문이다. 엄마는 배변 주머니를 차고 기계에 의지해서 숨을 쉬었다. 이젠 돌이킬 수 없었다.

엄마가 입원한 첫 주 동안 오빠들과 나는 병원 근처 호텔에 머물며 엄마의 마지막 순간을 기다렸다. 하지만 그 순간은 오지 않았다. 그래서 일주일 후엔 호텔에서 나와 일상으로, 아니 최대한 일상에 가까운 상태로 돌아갔다. 더스틴은 병가를 그만 내고 일터로 돌아갔다. 마커스는 비행기를 타고 뉴저지로 돌아갔다. 할아버지와 아빠는 밤에 엄마 병상을 지키기 위해 교대 근무를 했고, 스콧은 낮에 주로 엄마 곁을 지켰다. 나는 이제 막 시작된 스핀오프 촬영이 끝나면 바로 엄마를 방문했다. 화려한 조명의 〈샘 앤 캣〉(Sam & Cat) 스튜디오에서 버터양말을 휘두르며 저급한 대사를 읊다가, 소독약 냄새와 죽음의 기운이 가득한 병실에서 낡아빠진 의자에 멍하니 앉아 있는 삶을 오락가락했다.

오늘도 다르지 않았다. 불량한 무리와 마주친 상황에서 한 녀석에게 햄 샌드위치를 던지는 장면을 찍고 바로 엄마에게 달려왔다. 그런데 간호사가 엄마의 배변 주머니를 갈면서 자꾸 내 쪽을 힐끔거렸다. 무슨 일이 벌어질지 뻔히 보였다. 정말 죽을 맛이었다.

"저, 혹시……?" 간호사가 물었다.

이 병원에서만 이런 일이 벌써 스물다섯 번이나 일어나지 않았다면, 죽어가는 엄마 옆에 앉아 있는 나한테 누군가가 혹시 샘 퍼킷 아니냐고 물어본다면 충격받았을 것이다.

나는 대답하지 않았다. 그저 눈을 가늘게 뜨고 묵묵히 앉아 있었다. 이런 상황에서 이런 질문을 던지는 게 얼마나 부적절한지 간호사가 스스로 알아차리기를 바랐다. 하지만 헛된 바람이었다.

"당신은 사만다 퍼킷을 닮았네요. 혹시 샘 맞나요?"

간호사가 엄마의 배설물을 처리하는 동안 나는 인간의 무기력한 상태에 대해 절망감을 느꼈다.

"아니에요." 내가 무뚝뚝하게 대답했다.

"그녀랑 똑같아 보여요. 아주 쏙 빼닮았어요. 조카에게 보여주게 사진 한 장만 찍을 수 있을까요? 얼마나 닮았는지 말해줘도 믿지 않을 것 같아서요."

나는 의자에 등을 기댔다. 삐걱거리는 소리가 났다.

"아뇨. 찍지 않겠어요."

나는 엄마를 바라봤다. 암 때문에 엄마의 모습은 정말 형편없이 바뀌었다. 150센티미터의 단신이었지만 그래도 예전엔 곡선미가 있었다. 허벅지도 있었고 엉덩이에도 제법 살집이 있었으며, 젖가슴도 봉긋했다. (물론 한쪽은 유방절제술을 받고 나서 보형물을 삽입한 것이었지만.) 엄마는 허리가 가늘고 어깨가 좁았다. 전체적으로 균형 잡힌 몸매였다. 그런데 지금은 정말 사람 형상이 아니었다. 복부는 팽창했고 젖가슴은 잔뜩 오그라들었으며 다리는 마른 나뭇가지 같았다. 두 팔은 원숭이 팔처럼 옆구리에 길게 매달려 있었다.

"사라해!"

엄마는 심연 속으로 빠져들면서도 자꾸 이 말을 내뱉었다. 뇌에 종양이 너무 많고 크기도 커서 거의 뇌사 상태였지만 "사랑해" 같은 몇 마디 말은 여전히 기억했다. 가슴이 미어졌다.

"사라해!" 엄마가 또다시 말했다. 이번엔 고개까지 좌우로 까딱거렸지만, 눈꺼풀 밑에선 아무런 움직임도 드러나지 않았다. 나는 입술을 피가 날 정도로 깨물었다.

병원에 있는 동안에는 엄마를 느끼고 기억하기 위해 어떻게든 엄마를 바라보려고 노력했다. 하지만 한편으론 엄마를 이런 모습으로 기억하고 싶지 않았다. 그래서 엄마에게 눈길을 줬다가도 금세 고개를 돌렸다. 어쩌다 엄마의 손을 잡고 사랑한다고, 엄마 곁엔 내가 있다고 말할 때도 있었지만, 그런 용기를 자주 내지는 못했다. 그 대신, 구석 쪽 의자에 앉아 이따금 엄마를 쳐다볼 뿐이었다. 나머지 시간엔 눈물을 참으려고 창밖을 내다봤다.

휴대폰에서 문자 수신을 알리는 소리가 났다. 콜튼이 보냈다. 며칠 동안 자동차로 샌프란시스코를 돌아다니며 머리를 식히고 싶은지 묻는 내용이었다. 콜튼은 내가 힘들어 한다는 사실을 알고서 잠시 바람을 쐬면 도움이 될 거라고 생각한 듯했다. 나는 할아버지에게 연락해 엄마의 상태가 적어도 며칠 동안 '안정적'인지 물어봤다. 할아버지가 그럴 거라고 했다.

엄마는 여전히 알아듣기 힘든 말을 중얼거렸다. 나는 잠시라도 이 상황에서 벗어나고 싶었다. 그래서 벌떡 일어나 엄마의 이마에 입을 맞춘 다음 그 자리를 떠났다.

53

　나는 콜튼이 운전하는 닷지 차저의 조수석에 앉아 있었다. 우리는 10년쯤 전에 유타 주에서 영화를 촬영하다 처음 만났던 때를 회상했다. 샌프란시스코까지 15마일 정도 남았을 즈음, 콜튼이 호텔로 들어가기 전에 술을 좀 사 가자고 제안했다. 나는 술을 마셔본 적이 없었다. 모르몬교 교리를 여태 고수했다기보다는 조가 술로 고생하던 모습을 보고 두려웠다고 하는 편이 맞을 것이다.

　하지만 내가 누군가와 술을 마신다면 콜튼이야말로 적임자였다. 콜튼은 자상하면서도 활기가 넘쳤고, 누구든 따뜻하게 품어줄 줄 알았다. 게다가 게이라서 성적으로 긴장할 필요도 없었다.

　우리는 호텔 방에 도착하자마자 병을 딴 후, 화장실에 비치된 플라스틱 컵에 한 잔씩 따랐다. 그리고 마신 후에 빨아 먹을 사워 패치 키즈(Sour Patch Kids) 젤리도 미리 개봉해두었다.

　"준비됐어?" 콜튼이 들뜬 목소리로 물었다. 내가 고개를 끄덕이자 콜튼이 숫자를 셌다.

　"하나, 둘, 셋."

　우리는 코를 막고 술을 꿀꺽 들이켠 다음, 바로 사워 패치 키즈를 빨았다.

　"난 아무 느낌도 없는데." 내가 당황해서 말했다.

　콜튼도 그렇다고 해서 우리는 한 잔씩 더 마셨다.

"뭐, 큰 차이는 없지만, 살짝 어지러운 것 같아."

콜튼도 마찬가지여서 우리는 한 잔씩 더 마셨다.

"아, 이제야 느낌이 오는 것 같아."

콜튼도 역시나 그렇다고 했다. 혹시나 해서 우리는 한 잔씩 더 마셨다.

네 번째 잔이 어떤 느낌인지 결정하기도 전에 우리는 침대로 올라가 팔짝팔짝 뛰었다. 그리고 호텔 복도를 뛰어다니며 숨바꼭질을 하고 문이 닫힌 수영장에 몰래 들어가기도 했다. 우리는 같이 수갑을 찬 채로 일주일 동안 사는 모습을 단편 영화처럼 찍자는 계획까지 세웠다. 수갑을 찾으러 사방을 돌아다녔지만, 다행히 찾지 못했다.

다음 날 아침, 나는 어제 입었던 옷차림새 그대로 눈을 떴다. 시커멓게 번진 마스카라로 너구리 눈이 됐지만, 기분은 무척 좋았다.

"내 인생 최고의 밤 중 하나였어." 내가 선언했다.

콜튼도 흔쾌히 그렇다고 했다. 우리는 한 잔 더 마실까 논의하다 결국 저녁때까지 진득하게 기다리기로 했다.

맙소사! 그 시간이 정말 기다려졌다. 내가 이렇게 술에 취하고 싶어질 줄은 미처 몰랐다. 믿기 어려울 정도로 독특한 느낌이었다. 술에 취하니까 근심이 싹 사라졌다. 내 몸매에 대한 불만도, 식습관에 대한 수치심도 다 사라졌다. 죽어가는 엄마에 대한 두려움도, 굴욕적인 쇼에 출연한다는 부담감도 다 사라졌다. 술에 취하니까 걱정도 한결 줄어들었다. 엄마가 나한테 뭘 바라는지, 또 나를 어떻게 생각할지 별로 신경 쓰이지 않았다. 아니, 나를 이러쿵저러쿵 판단하는 엄마의 목소리가 하나도 들리지 않았다. 나는 오늘 밤이 너무나 기다려졌다.

54

똑. 똑. 똑.

이 소리에 깜짝 놀라 눈을 떴다. 아우. 머리가 지끈거렸다. 관자놀이를 꾹 눌렀다. 말로만 듣던 숙취가 뭔지 이제야 알 것 같았다. 샌프란시스코에서 콜튼과 테네시 허니 잭(Tennessee Honey Jack)을 처음 들이켠 뒤로 지난 3주 동안 밤마다 거의 매일 술에 취했지만, 실제로 숙취를 느껴본 적은 처음이었다. 지금까지는 무엇을 얼마나 마셨든 다음 날 아침에 멀쩡하게 일어날 수 있었다. 하지만 웬일인지 오늘은 달랐다. 테킬라 때문인가? 위스키? 럼? 와인? 이 네 가지를 섞어 마셔서? 알게 뭐람.

똑. 똑. 똑.

젠장. 지금 몇 시지? 휴대폰을 확인했다. 8시 5분. 제기랄. 알람 설정을 깜빡했다. 비행기를 타러 5분 전에 집을 나갔어야 했다. 니켈로디언에서 보낸 운전기사가 틀림없었다.

"나가요!"

내가 소리쳤다. 방금 일어난 티를 내지 않으려 했지만 허사였다.

현관문을 홱 잡아당겼다. 정장 차림의 운전기사는 어디에도 없었다. 그 대신, 목캔디를 빨고 있는 유쾌한 성격의 수리업자 빌리와 세 인부가 서 있었다.

"안녕하슈!"

빌리는 들어오라는 말을 기다리지도 않고 집 안으로 씩씩하게 들어왔다. 그의 인부들이 뒤를 따랐다.

오늘 빌리가 공사하러 온다는 사실을 까맣게 잊고 있었다. 그가 거의 매일 오는 상황에서 어떻게 잊을 수 있었단 말인가!

3개월 전에 이 집을 구입했다. 다들 좋은 투자가 될 거라고 부추기기도 했고, 내 첫 집을 갖게 된다는 사실에 솔깃하기도 했다. 곰팡이와 광고판에서 벗어날 기회였고, 그간의 노력에 대한 보상이기도 했다.

그리하여 언덕 위에 아름다운 3층짜리 저택은 내 집이 되었다. 당장 입주할 수 있는 턴키 계약이라 리모델링을 걱정할 필요가 없었다. 전시된 가구까지 일괄 매입한 거라 집을 꾸민다고 신경 쓸 일도 없었다. 나는 아무것도 신경 쓰지 않았다. 그저 몸만 들어가서 남들이 신경 써준 결과물을 누리기만 하면 됐다.

그런데 들어온 지 몇 주 만에 내 기대는 여지없이 무너졌다. 몸만 들어오면 된다던 말과 달리, 전체 인프라를 다 파헤치고 교체해야 한다는 사실을 알게 되었다. 수도관이 깨져서 거실 전체에 물이 새는 바람에 가구가 전부 망가졌다. 부엌 싱크대와 변기 하나가 막혔다. 발코니 목재가 갈라지고 계단도 삐걱거렸다. 몸만 들어오면 되는 집이 결코 아니었다. 겉보기에만 멀쩡했지, 손볼 데가 한두 곳이 아니었다.

빌리와 인부들이 계단을 올라가는 동안, 나는 발코니로 나가서 운전기사가 아래 있는지 목을 빼고 내다봤다. 물론 그는 있었다. 당연히 나를 기다리고 있었다. 차에 시동을 걸어놓고 트렁크 문도 활짝 열어놓은 채, '왜 여태 안 내려오나 하는 표정으로' 기다리고 있었다. 운전기사들의 철저한 준비와 시간 개념은 항상 나를 짜증 나게 했다.

"금방 내려갈게요!" 나는 아래쪽을 향해 소리쳤다.

"알겠습니다! 하지만 조금만 더 지체하면-"

나는 더 듣지 않고 문을 쾅 닫았다. 요즘 들어 참을성이 없어져서 누구한테나 쉽게 화를 냈다. 이러한 변화를 알고 있었지만 바꿀 마음은 전혀 없었다. 오히려 더 그러고 싶었다. 나한테는 그게 갑옷이나 마찬가지였다. 분노의 갑옷. 고통을 느끼는 것보단 화를 내는 게 더 쉬웠다.

나는 위층으로 뛰어가 옷장에서 여행 가방을 꺼내 바닥에 펼쳤다. 인부들이 화장실에서 망치로 타일 바닥을 깨부수는 사이, 나는 웅크리고 앉아 양말과 속옷, 파자마와 바지와 셔츠를 가방에 쑤셔 넣었다.

나는 재킷을 들고서 이번 여행에 필요할지 잠시 고민했다. 요즘 뉴욕 날씨가 추울까? 재킷을 옆에 던져놓고 후드티를 집어서 가방에 넣었다. 그런 다음 뚜껑을 닫고 위에 올라앉아서 지퍼를 채우기 시작했다. 젠장. 세면도구를 빼먹었다.

벌떡 일어나서 머릿속에 떠오르는 물건을 대충 챙겼다. 욕실 찬장을 뒤적이며 화장품과 여행용 칫솔, 미니 치실, 구강 세정제를 집어 들고 여행 가방의 앞 덮개에 던져 넣었다. 그런데 바로 그때 휴대폰이 윙윙거리기 시작했다. 얼른 화면을 밀어서 받았다.

"네, 아빠?"

망치로 깨부수는 소리와 드릴로 구멍 뚫는 소리가 귓전을 때렸다. 쿵. 쿵. 쿵. 윙. 윙. 위이잉.

"아무래도 네가 와야겠다."

"정말요?"

쿵. 쿵. 쿵. 윙. 윙. 위이잉.

"그렇단다."

나는 다시 여행 가방에 올라앉았다. 이놈의 물건이 왜 안 닫히는
거지? 나는 지퍼를 더 세게 잡아당겼다. 손에 잡고 있던 고리 부분
이 뚝 부러졌다. 부러진 부분을 바닥에 내동댕이쳤다.

"확실해요? 지금 당장 비행기를 타러 출발해야 하거든요. 기사
가 밑에서 기다리고 있어요."

수화기 너머에서 아빠의 한숨 소리가 들렸다. 스트레스를 받는
것 같았다.

"어디 가는 거냐?"

"뉴욕이요. 전에 말했잖아요."

"왜 가는데?"

윙. 위이잉. 위이이이이이잉.

이렇게 시끄러운 드릴 소리는 처음 들었을 만큼 요란했다.

"바깥 놀이를 권장하려고 니켈로디언에서 주최하는 월드와이
드-"

나는 말하다 말고 멈추었다. 바깥 놀이를 권장한다면서 사람들
을 TV 앞에 붙잡아놓는 게 너무 우스꽝스러웠기 때문이다.

"잘 모르겠어요. 아무튼 거기서 무슨 쇼를 진행해야 해요. 그런
데도 가지 말라는 거예요?"

"의사들 말로는 오늘이 그날이라는구나."

나는 충격을 받았지만, 그 충격이 별로 오래가진 않았다. 이런 말

을 벌써 몇 번째 듣는지 몰랐다. 그들은 엄마가 금방이라도 눈을 감을 듯 호들갑을 떨었지만 그런 일은 번번이 일어나지 않았다. 나는 다시 지퍼를 채우려 애썼다.

"네, 하지만……." 나는 말하다 말고 입을 다물었다. 말하지 않아도 아빠가 알아들을 줄 알았다.

"하지만 뭐?"

아뿔싸. 아빠가 내 속내를 한 번도 알아차리지 못했다는 사실을 잠시 잊어버렸다.

"하지만 그런 말은 전에도 여러 번 들었잖아요. 이번에도 그냥 허위 경보라면, 내가 진짜로 곤란해진다고요. 이번 행사를 바람맞히면 니켈로디언 측에서 무척 화낼 거예요."

잠시 적막이 흘렀다. 하지만 바로 다음 순간 현관문을 두드리는 소리가 들렸다. 운전기사가 재촉하러 올라온 듯했다. 아빠가 침을 꿀꺽 삼켰다.

"아무래도 오는 게 좋겠다."

"알았어요."

전화를 끊고 간신히 지퍼를 다 채웠다. 땀이 났다. 몸을 일으키고 침대 발치에 걸터앉았다. 엄마를 마지막으로 보러 가기 전에 잠시 마음을 가라앉히려 애썼다. 이 냉혹한 현실에 어떻게든 대응하려 애썼다. 하지만 망치 소리와 드릴 소리와 노크 소리가 나를 가만히 놔두지 않았다.

쿵. 쿵. 쿵. 윙. 윙. 위이잉. 똑. 똑. 똑.

55

나는 소파에 앉아 엄마를 바라봤다. 엄마는 지금 가비지 그로브의 난장판, 즉 우리 집 거실에 마련된 환자용 침대에 누워 있었다. 거실에 있던 소파는 침대 공간을 확보하려고 멀찍이 떨어져 있었다. 엄마가 지난 3주 동안 집에서 호스피스 치료를 받았기 때문에 이 모습은 익히 보던 광경이었다. 물론 치료 받는 동안엔 지금처럼 누워 있지 않고 주로 앉아 있었다. 엄마의 숨소리는 그 어느 때보다 얕게 들렸다.

스콧과 더스틴이 가까이에 앉아 있었다. 다들 수년째 겪는 일에 지쳐 말 한마디 없었다. 눈물이 메말랐는지 아무도 울지 않았다. 엄마의 죽음에 대한 리허설을 열 번도 넘게 한 듯했다. 게다가 어렸을 때 봤던 비디오 영상도 기억했다.

휴대폰에서 문자 수신음이 울렸다. 니켈로디언에서 보냈는데, 월드와이드 어쩌고 행사를 놓친 것에 대해 전혀 걱정하지 말라는 내용이었다. 답장으로 감사 문자를 보냈다.

금세 문자 수신음이 또 울렸다. 이번엔 얼마 전부터 만나던 남자에게서 왔다. 이 남자는 트위터를 통해 알게 되었다. 우리는 직접 만나기로 하고 날을 잡았다. 나는 혹시나 끔찍한 일을 당할까 싶어 그 자리에 친구도 몇 명 초대했다. 함께 있어도 안전한 남자라는 사실을 알고 나서, 우리는 멋진 레스토랑에서 저녁도 먹고 서바이벌

게임도 하고 미니 골프도 쳤다. 심지어 디즈니랜드에 함께 가서 불꽃놀이를 보기도 했다. (행진을 방해해서 구피를 또 열 받게 할까 봐 VIP 가이드에게 돈을 마구 뿌렸다.)

이 남자는 굉장히 다정하고 사려 깊고 낭만적이었다. 하지만 그를 사랑하진 않았다. 엄마가 죽어가는 와중에 누군가를 사랑할 마음의 여유가 없는 건지, 아니면 관계의 진정성 부족을 비통한 마음 탓으로 돌리는 건지 나도 잘 모르겠다. 핑계를 대는 데엔 비통함만 한 게 없다. 누군가를 사랑하지 않는 게 얼마나 강력한 도구인지 새삼 깨달았다.

누군가를 사랑하게 되면 취약해질 수밖에 없다. 상대를 챙겨야 하고 뭐든 다 받아줘야 한다. 관계 속에서 허우적거려야 한다. 결국 나 자신은 점차 사라지게 된다. 그냥 몇 달 만나면서 즐거운 추억을 쌓다가 진지한 관계로 발전하기 전에 헤어지고 또 새로운 사람을 만나는 게 훨씬 쉬웠다.

지금 만나는 남자도 딱 그런 사이였다. 잠깐 정신을 팔 수 있어서 좋았지만, 조만간 새로운 사람으로 교체할 생각이었다.

나는 휴대폰을 꺼내서 문자를 확인했다.

뭐 하고 잇어?

맞춤법을 깐깐하게 따지는 편은 아니지만 그래도 기본은 지켜야 한다고 생각했다. 이 남자랑 진짜로 끝낼 때가 된 것 같았다. 나는 답장을 써 내려갔다.

이봐, 미안한데 지금은 너랑 노닥거릴 수 없어. 엄마가 곧 죽을 것 같아. 한동안 혼자 있고 싶어. 네가 이해해줬으면 해.

보내기 버튼을 눌렀다. 끝났다. 아주 간단하다. 다시 고개를 들고 죽어가는 엄마를 쳐다봤다. 다음 순간, 문자 수신음이 또 울렸다.

그런 말 하지 마, 자기야. 자기 엄마는 안 주글 거야.

그는 내 메시지의 나머지 부분을 무시했다. 화가 났다. 엄마가 암으로 죽어간다는 얘기를 열 번도 넘게 했지만, 그는 엄마가 그저 발목을 삔 정도로 취급했다. 상실의 아픔 따위는 전혀 모르는 듯했다. 세상에는 두 부류의 사람이 존재하는 것 같다. 상실의 아픔을 아는 사람과 모르는 사람. 모르는 사람을 만나면 나는 그냥 무시해버렸다.

요즘에는 걸핏하면 짜증이 났다. 더 이상 사람들을 상대하고 싶지 않았다. 나는 소파 팔걸이에 휴대폰을 뒤집어놓았다. 더스틴과 스콧과 엄마를 차례로 쳐다봤다. 엄마의 호흡은 몹시 거칠었다. 마지막 안간힘을 쓰는 것 같았다. 도저히 지켜볼 수 없었다.

그런데 엄마가 헉! 하고 가쁜 숨을 한 번 들이마신 후 내뱉었다. 호스피스 간호사가 아빠와 눈을 맞추며 고개를 살짝 끄덕였다. 아빠가 우리를 쳐다봤다. 엄마가 떠났다. 영영.

다들 그냥 멍하니 앉아 있었다. 아무도 울지 않았다. 그냥 말없이 앉아만 있었다. 한참 만에 내가 휴대폰을 집어 들었다. 메시지가 수없이 쏟아져 들어왔다. 〈E! 뉴스〉가 벌써 속보를 낸 것이다. 대체 어떻게 알았을까?

나는 문자 창을 열고 요즘 만나는 남자와 주고받던 메시지를 불러왔다. 그가 마지막으로 보낸 메시지를 빤히 쳐다봤다.

그런 말 하지 마, 자기야. 자기 엄마는 안 주글 거야.

그에게 답장을 보냈다.

방금 죽었어.

엄마가 죽은 후

56

우리는 엄마에게 작별 인사를 했다. 인사라고 해봤자 엄마의 시신을 멍하니 바라보는 게 고작이었다. 간호사가 엄마의 병상 침대를 밀고 나가서 호스피스 밴에 실었다.

아빠는 우리에게 무엇을 할지 물어보다 말고 그냥 어디로든 나가자고 제안했다. 아무도 반응하지 않았다. 아빠가 사우스 코스트 플라자로 가자고 다시 제안했다. 집에서 20분 거리에 있는 고급 쇼핑몰이었다. 우리는 차에 우르르 올라탔다.

나는 아이폰 케이스가 필요했다. 그래서 다 같이 애플 스토어에 들렀다. 작은 체구에 머리가 막 벗어지기 시작한 직원이 활기차게 우리를 맞이했다.

"안녕하십니까? 어서 오십시오!"

흰 이를 활짝 드러내며 웃는 그를 우리는 그저 멍한 눈으로 쳐다봤다. 분위기를 감지한 애플 직원이 바로 미소를 거두었다. 나는 눈치 빠른 그의 태도가 고마웠다.

"제가 뭘 도와드리면 되겠습니까?"

나는 휴대폰 케이스를 골라서 바로 계산했다. 우리는 5분 만에 그곳을 나와서 점심을 먹으려고 같은 층에 있는 작은 카페로 들어갔다. 나는 샐러드를 주문했다. 엄마가 자랑스러워 하도록 드레싱은 따로 달라고 했다. 하지만 한 입도 먹지 않았다. 다행스럽게도,

심지어 고맙게도, 배가 하나도 고프지 않았다. 엄마가 떠나고 없는데도 음식에 손이 가지 않았다. 적어도 내 몸에, 지금의 가녀린 몸매에 자부심을 느꼈다. 나는 이제 다시 아이처럼 보였다. 이 상태를 계속 유지할 것이다. 엄마 뜻을 계속 받들 것이다.

그날 밤 크고 썰렁한 집으로 혼자 돌아왔다. 빌리와 인부들은 내일도 올 예정이라 장비를 다 두고 갔다. 거실 가구마다 방수포가 덮여 있었다. 나는 그중 하나에 앉아 주변을 둘러봤다. 이 집이 싫어질 것 같았다.

몸을 움직일 때마다 방수포가 구겨지면서 자꾸 성가신 소리를 냈다. 뭘 해야 할지 종잡을 수 없었다. 위스키를 따서 병째로 몇 모금 마신 후, 콜튼과 다른 친구들에게 시간 좀 내줄 수 있느냐고 문자를 보냈다.

우리는 일본 사람들이 많이 사는 리틀 도쿄로 가서 저녁을 먹으려고 초밥집에 들어갔다. 메뉴를 보니 뭐든 다 먹고 싶었다.

너무 혼란스러웠다. 지난 한 달 동안 나는 입맛이 하나도 없었다. 음식 생각이 하나도 안 났다. 그저 날마다 위스키와 제로 콜라만 마시고, 바비큐 맛의 레이즈 감자 칩 두 봉지로 연명했다. 그런데 이건 뭐란 말인가? 갑자기 배가 고파 죽을 것 같았다.

나는 10여 분 동안 한마디도 안 했다. 다들 내 침묵을 슬픔 탓이라고 생각했겠지만, 사실은 그게 아니었다. 그저 음식에 대한 은밀한 집착이었다.

웨이트리스가 다가왔을 때 여전히 뭘 주문할지 결정하지 못했다. 그래서 술기운에 제일 먼저 눈에 띈 데리야키 덮밥을 골랐다. 반찬으로 나오는 양배추 찜과 밥만 몇 숟갈 먹겠다고 속으로 생각했지만, 뜨끈한 밥그릇이 내 앞에 놓이자 참을 수가 없었다. 허겁지겁 먹다 보니 그릇이 금세 비워졌다. 나는 사케를 한 병 더 시키고 밥과 계란말이도 추가로 주문했다. 술과 음식을 남김없이 먹고 나서 후식으로 아이스크림도 먹었다.

취기가 올라와 머리가 빙빙 돌았다. 다 같이 우리 집으로 이동했다. 보드게임도 하고 음악도 들었지만, 나는 그저 건성으로 참여했다. 머릿속에선 한 가지 생각뿐이었다.

'잔뜩 먹은 이 음식을 어떻게 처리하지?'

나는 가능한 한 빨리 사람들을 집에서 내보내려 애썼다. 엄마가 죽었다면서 곁에 있어달라고 초대해놓고 이젠 가라고 하니 잘 먹히지 않았다. 한 사람씩 떠날 때마다 진짜로 가도 되겠냐고 거듭 확인했다.

다들 떠나자마자 나는 계단을 뛰어 올라가 내 침실에 딸린 욕실로 들어갔다. 빌리의 장비가 사방에 널려 있어서, 발끝으로 조심조심 걸었다. 변기 뚜껑을 젖힌 후 바닥에 무릎을 대고 앉았다. 그리고 목구멍으로 손가락을 밀어 넣었다.

아무 일도 일어나지 않았다. 젠장. 더 세게 밀어 넣었다. 아야! 찝찔한 피 맛이 느껴졌다. 목구멍 주변을 손톱으로 긁은 듯했다. 괜찮아, 그럴 수 있어! 숨을 고르고 다시 시도했다. 목구멍 가운데로 손가락을 최대한 깊숙이 밀어 넣자 가슴이 울렁울렁하더니 마침내 뭐가 올라왔다. 입에서 나온 내용물이 변기로 떨어졌다. 밥 알갱이, 닭고기, 거품처럼 보이는 아이스크림이 보였다. 드디어 해냈어!

머리가 헤까닥 돌아서 잔뜩 먹으면 어때? 실패하면 어때? 그래서 뭐 어떻다고?

그냥 손가락을 목구멍에 찔러 넣고 다 토해내면 그만이었다. 되돌릴 수 있는 잘못은 잘못이 아니었다. 이젠 뭔가 좋은 일이 시작될 것 같았다.

57

엄마의 장례식에 맞춰 머리를 만지고 화장을 하면서 거울에 비친 내 모습을 쳐다봤다. 엄마가 제일 좋아하는 스타일이자 내가 제일 싫어하는 스타일이었다. 크게 부풀린 머리와 시뻘건 입술, 시키면 아이라인까지 다 마치고 보니, 내가 기대했던 모습보다 더 보기 싫었다. 다시 할까도 생각했으나 시간이 없었다.

자동 프로그래밍 된 로봇처럼 검은 드레스를 입고 지퍼를 올린 다음 구두를 신었다. 이번 주에 나와 함께 지내는 마커스가 운전대를 잡았다. 마커스의 아내인 엘리자베스가 조수석에 앉고 나는 뒷좌석에 앉았다. 한 시간 반 동안 차를 타고 가면서 계속 고민했다. 아무리 생각하고 또 생각해도 도무지 결정하기 어려웠다.

길이 너무 막혔다. 장례식장으로 가는 길이 아니라 지옥으로 가는 길처럼 느껴졌다. 게다가 라디오에선 어디를 틀든 사라 바렐리스의 〈브레이브〉(Brave, 용기라는 뜻의 단어—옮긴이 주)가 흘러나왔다. 요즘 가장 인기 있는 노래인가 보았다. 평소라면 모를까, 엄마의 장례식 날엔 용기를 내라고 미친 듯이 외쳐대는 사라의 노래를 듣고 싶지 않았다. 나는 노래를 애써 무시하고 눈을 감았다. 어떻게든 결정을 내려야 했다.

엄마의 장례식장에서 〈내 날개 밑에서 부는 바람아〉를 부를 것인가, 말 것인가?

지난 몇 달 동안 이 문제로 내내 고민했다. 얼마 전까진 밤마다 연습하기도 했다. 어찌나 연습했던지, 이웃이 '베트 미들러는 이제 그만!'이라는 쪽지를 문에 붙여놓기도 했다.

일부 남아 있는 모르몬교 신앙 때문에, 나는 이 쪽지를 본 순간 엄마가 오늘 천상의 왕국에서 내려다보다가 나한테 실망할 거라는 뜻으로 해석했다. 모르몬교 신앙에선 인간이 죽으면 세 가지 왕국 으로 가는데, 천상의 왕국이 가장 높은 곳이었다. 엄마가 지상의 왕 국이나 별의 왕국으로 갈 일은 없을 것이다.

사라가 마지막 후렴구에서 목청을 돋우기 시작할 때 나는 마침내 생각의 소용돌이에서 벗어났다. 그래, 사라가 옳을 수도 있어. 나는 용기를 내야 해. 엄마의 장례식장에서 〈내 날개 밑에서 부는 바람아〉 를 불러야 해. 그래야 저승에 가서 엄마한테 시달리지 않을 거야.

마커스가 예수 그리스도 후기 성도 교회의 가든 그로브 제6교 구 주차장으로 방향을 틀었다. 우리는 예전에 다녔던 교회의 앞 계 단을 올라가 옆문으로 들어갔다. 몇 년 만에 와보지만, 이곳은 내가 기억하는 모습과 냄새를 그대로 간직하고 있었다. 소나무 향의 세 정제와 삼베 휘장에서 나는 은은한 향, 입구에 깔린 흰색 타일과 복 도에 깔린 푸른색 카펫, 제자들과 함께 있는 그리스도의 여러 그림 까지 옛날 그대였다. (그림 속 남자의 긴 머리는 전혀 매력적으로 보이지 않았지만, 턱선은 아주 멋지게 보였다.)

마커스와 엘리자베스는 조문객을 맞으러 갔다. 혼자 남은 나는 가족 대기실로 갔다. 더스틴과 스콧, 할머니가 침울한 얼굴로 앉아 있었다. 더스틴 옆에 앉은 다음, 만약을 대비해 간밤에 뽑아둔 〈내 날개 밑에서 부는 바람아〉의 악보를 꺼냈다. 가사를 다 외웠는지 확인하려고 마음속으로 노래를 불렀다. 후렴구에 이르러 나도 모르게 얼굴을 찡그렸다. 젠장. 이 노래를 제대로 부를 수 없다는 걸 알지만, 반드시 불러야 할 것 같았다. 죽어가는 엄마와 했던 마지막 약속을 도저히 저버릴 수 없었다.

피아니스트가 지나가기에 악보를 건네려 하는데, 때마침 운구하는 사람들이 엄마의 관을 들고 들어왔다. 사람들의 시선이 일시에 쏠렸다. 운구자들은 엄숙한 그 순간을 최대한 음미하며 천천히 걸었다. 오빠들은 울었고 할머니는 울부짖었다. "편육이 부족할 것 같아! 조문객이 이렇게 많이 올 줄 누가 알았니!"

나는 추도 행사의 주인공인지라, 다른 사람들의 추도사를 듣는 와중에도 노래를 어떻게 불러야 하나 계속 고민했다. 전체 노래를 한두 음정 낮춰서 부를까 싶었지만, 그러면 앞 구절이 너무 낮을 것이다. 후렴구 멜로디를 수정할까 싶었지만, 현실적으로 베트 미들러의 멜로디를 수정할 수는 없는 노릇이었다. 내가 뭐라고.

드디어 내 차례가 왔다.

나는 연단으로 걸어갔다. 떨렸다. 피아니스트에게 악보를 주지 않았기 때문에 〈내 날개 밑에서 부는 바람아〉를 무반주로 부를 수밖에 없었다. 나는 목청을 가다듬고 숨을 깊이 들이마셨다. 그리고 노래를 부르려 했지만 노래 대신 울음이 터졌다. 목구멍 깊숙한 곳에서 터져 나온 울음이었다. 〈호미사이드〉 오디션 때의 눈물 연기가 무색해질 만큼 목 놓아 울었다. 멈추려 했으나 둑이 터진 눈물이 쏟아졌다. 참다못한 주교가 내 어깨를 두드렸다.

"15분 내로 장례 미사를 마쳐야 합니다. 바로 이어서 존 트레이더의 세례식을 준비해야 하거든요."

나는 무대 밖으로 걸어 나왔다. 베트 미들러의 노래는 결국 한 소절도 부르지 못했다.

58

"너그럽게 이해해줘서 고맙다."

조감독이 고마우면서도 안쓰러운 눈길로 내게 말했다.

"뭘요." 내가 별 감흥 없이 대답하는 사이에도 두 아이가 내 위로 뛰어내렸다. 그들이 제대로 연기할 수 있도록 이 장면만 벌써 일곱 번째 연습했다. 아이들이 대사를 까먹거나 동선을 제대로 익히지 못했다는 등 사소한 이유로 크리에이터가 즉석에서 해고하는 모습을 많이 봤다. 그래서 오늘 같은 리허설 날에 감독들은 아이들이 막판에 잘리지 않도록 연습을 충분히 시키고 싶어 했다.

"너그럽게 이해해줘서 고맙다."

요즘 들어서 이 말을 자주 들었다. 실은 거의 매일 들었다. 조감독뿐만 아니라 내 매니저들도 통화할 때마다 이렇게 말했다. 작가나 프로듀서도 일주일에 한 번씩은 이렇게 말했다. 심지어 방송국 임원마저 바니스(Barneys)에서 쓸 수 있는 500달러짜리 기프트 카드를 보내면서 첨부된 메모에 바로 이 말을 적었다.

나는 걸핏하면 이 말을 듣는 이유를 알고 있었다. 공동 주연인 아리아나 그란데가 떠오르는 팝스타라 각종 시상식에 가서 노래를 부르고 신곡을 녹음하고 곧 출시할 앨범을 홍보하느라 바빴기 때문이다. 그사이 나는 뒷전에서 화를 삭이며 기다려야 했다. 표면적으론, 그녀가 촬영에 임하지 못하는 이유를 이해했다. 하지만 속으론, 왜 그녀만 그렇게 하도록 허락받는지 이해할 수 없었다. 나 역시 〈아이칼리〉 기간 동안 영화를 두 편이나 의뢰받았지만 다 거절해야 했다. 〈아이칼리〉 팀이 에피소드에서 나를 빼주지 않아 영화 촬영할 짬을 낼 수 없었기 때문이다.

나는 늘 전체 상황을 생각해서 마음을 가라앉히려 노력했다. 그래, 좋아. 그들은 에피소드에서 나를 완전히 뺄 수 없으니까 내가 일주일 내내 영화를 찍도록 허락할 수 없었을 거야. 반면 아리아나는 리허설에만 빠지거나 촬영 날의 일부만 빠지면 되니까 허락했을 거야.

그러다 이번 주에 일이 터지고 말았다. 아리아나가 일주일 내내 촬영에 임할 수 없다고 하자, 그들은 이번 에피소드에서 그녀 캐릭터를 상자에 가둬 놓는 식으로 처리하겠다고 했다.

뭐라고?

그러니까 아리아나는 빌보드 뮤직 어워드에서 멋대로 까불게 놔두고 나는 의뢰 들어오는 영화를 죄다 거절해야 한다고?

이게 무슨 엿 같은 상황이란 말인가!

한때는 너그럽게 이해해줘서 고맙다는 말을 진심에서 우러나온 칭찬으로 받아들였다. 그런 말을 들으면 우쭐하기도 했다. 자랄 때 엄마는 내게 항상 그런 사람이 되라고 가르쳤다. 그래야 좋은 평판을 얻고 더 많은 역할을 맡으면서 연기 경력을 쌓을 수 있다고 했다. 그래서 그런 말을 들으면 내가 옳은 일을 했다고 생각했다.

'그래, 난 너그러운 사람이야. 남을 배려하는 괜찮은 사람이야. 뭐든 시키는 대로 잘하고 까다로운 요구도 안 하는, 그야말로 호인이지.'

하지만 이젠 아니다. 좀 더 모질게 굴기로 굳게 다짐했다. 남들은 다 제멋대로 행동하는데 왜 나만 그들의 비위를 맞춰야 한단 말인가? 앞으론 너그럽게 이해하지 않을 것이다. 지금까지 그랬던 게 후회스러웠다. 처음부터 너그럽게 굴지 않았더라면 애초에 이런 처지로 내몰리지도 않았을 것이다. 이런 거지 같은 쇼에서 거지 같은 헤어스타일로 거지 같은 대사를 읊지도 않았을 것이다. 어쩌면 내 인생이 지금과 달랐을지도 모른다. 완전히 달랐을지도 모른다.

하지만 실상은 다르지 않았다. 이게 내 인생이었다. 아리아나는 자신의 음악 경력을 추구하느라 걸핏하면 촬영을 빼먹었지만, 나는 이 거지 같은 스튜디오에 갇혀 있을 뿐이었다. 이런 상황에도 화가 났고 그녀에게도 화가 났다. 게다가 여러 이유로 그녀에게 질투심까지 일었다.

일단 그녀는 나보다 훨씬 수월하게 어린 시절을 보냈다. 나는 가비지 그로브의 쓰레기더미 속에서 암에 걸린 엄마의 밀린 집세와 공과금 타령을 들으며 자랐다. 아리아나는 플로리다 주의 부촌인 보카러톤 시에서 건강한 엄마의 응석받이로 자랐다. 구찌 가방과 호화로운 휴가와 샤넬 의상 등 뭐든 원하는 대로 다 누릴 수 있었다. 개인적으로 샤넬 원단을 좋아하지도 않고 걸치고 싶지도 않지만, 그녀가 샤넬로 휘감고 있는 모습은 솔직히 부러웠다.

다음으로, 몇 년 전 니켈로디언에서 내 쇼를 시작한다는 이야기가 오갈 때만 해도 나는 단독 주연인 줄 알았다. 제목도 처음엔 〈저스트 퍼켓〉이었고, 건방진 비행 청소년이 학교의 상담 지도사로 변신해 화끈한 이야기를 펼쳐간다는 내용이었다. 그런데 실상은 샘의 얼빠진 친구인 캣을 공동 주연으로 내세워, "샘과 캣의 신나는 베이

비시팅 서비스"라는 보육 회사를 세우고 어설프게 애들을 봐준다는 내용으로 전개되었다. 화끈한 이야기와는 거리가 멀었다.

세 번째 이유로, 아리아나는 30세 이하 30인 명단에 빠지지 않고 등장하면서 자신의 음악 경력을 멋지게 쌓아 나가고 있었다. 그런데 나는 고양이 캐릭터를 내세운 의상과 소품으로 10대 초반의 주머니를 터는 '레베카 봉봉'(Rebecca Bonbon)의 새 모델로 선정되었다고 즐거워하고 있었다. 듣자 하니, 월마트에서만 독점 판매한다고 했다. 게다가 나는 내 경력을 아리아나의 경력과 비교하는 실수를 자주 저질렀다. 나도 어쩔 수 없었다. 촬영 때문에 노상 같은 공간에 있어야 하는데, 그녀는 자신의 성공을 전혀 숨기려 하지 않았다.

처음엔 질투심을 잘 다스렸다. 그녀가 빌보드 시상식에서 공연할 거라면서 촬영을 빼먹었을 땐 그런가 보다 했다. 그래서 어쩌라고? 나는 하기 싫어서 그만둔 음악 경력을 그녀가 추구하든 말든, 무대에서 저급한 팝송을 부르든 말든 무슨 상관이겠는가. 나는 전혀 주눅 들지 않았다.

그런데 하루는 그녀가 촬영장에 와서 《엘르》 잡지의 표지 모델이 됐다고 자랑했다. 그땐 기분이 살짝 나빴다. 나는 잡지의 표지 모델을 할 만큼 예쁘지 않단 말인가? 이 쇼가 공동 주연으로 진행되지 않았다면 표지 모델은 내 차지가 되지 않았을까? 나한테 올 기회를 그녀가 중간에서 채갔단 말인가? 속에서 이런 생각이 차올랐지만, 꾹 누르고 촬영에 임했다.

그러다 나를 진짜로 열 받게 하는 사건이 벌어졌다. 아리아나가 휘파람을 불면서 촬영장에 나타나 전날 밤 톰 행크스의 집에서 제스처 게임을 하며 놀았다고 하는 게 아닌가! 그 말을 들었을 땐 더 이상 견딜 수 없었다. 음악 공연이나 잡지 모델 따위는 얼마든지 넘어갈 수 있었다. 하지만 아카데미상 후보에 여섯 번이나 오르고 두 번이나 수상한 국보급 배우와 어울려 놀았다고? 이건 아니지.

그 순간부터 나는 아리아나가 싫어졌다. 도저히 좋아할 수가 없었다. 팝스타로 성공하는 거야 그럭저럭 봐줄 수 있었지만, 우디 보안관(〈토이 스토리〉에서 톰 행크스가 목소리를 연기한 캐릭터—옮긴이 주)과 포레스트 검프를 연기한 톰 행크스와 어울린다고? 그건 도저히 봐줄 수 없었다.

그때부턴 그녀가 촬영을 빼먹을 때마다 개인적인 공격으로 느꼈다. 그녀에게 뭔가 신나는 일이 벌어질 때마다 내가 누려야 할 기회를 빼앗겼다고 느꼈다. 그리고 누가 내게 너그럽다고, 배려심이 깊다고 말할 때마다 짜증이 확 밀려왔다. 그런 사람으로 살고 싶지 않다고 소리치고 싶었다. 나도 내 편한 대로 살면서 톰 행크스와 제스처 게임을 하고 싶었다.

59

콜튼과 나는 리암이 운전하는 2009년형 토요타 코롤라의 뒷좌
석에서 테킬라 포켓 샷을 벌컥벌컥 들이켰다. 주머니에 쏙 들어가
는 크기의 포켓 샷은 한번에 벌컥벌컥 마시면 끝이었다. 마실 때마
다 거의 토할 정도로 역겨웠지만, 그래도 우리는 계속 마셨다. 도착
할 때까지 흠뻑 취하고 싶었다.

"기분 어때?"

리암이 정지 신호에 차를 세우고 수줍게 물었다. 그는 대여섯 번
이나 같은 질문을 했는데, 내 답변만 신경 쓰겠다는 듯 매번 내 얼
굴을 쳐다봤다.

두어 달 전, 콜튼의 친구가 주최한 '싱코 데 마요'(Cinco de Mayo,
멕시코인이나 멕시코계 미국인이 5월 5일에 전쟁 승리를 기념하며 벌이는
축제—옮긴이 주) 파티에서 리암을 처음 만났다. 그는 뷔페 테이블에
서 파히타를 만들고 있었다. 189센티미터 키에 덥수룩한 머리를 한
이 남자에게 나는 바로 끌렸다. 우리는 마가리타를 마시며 서로 호
감을 드러냈다.

"끝내줘!"

콜튼과 함께 포켓 샷을 하나 더 들이켜면서 내가 웅얼거렸다.

'진짜로 기분이 좋았다.'

"좋아, 좋아."

리암은 나한테 윙크를 날린 후 다시 운전했다. 윙크하면서 느물 거리는 느낌을 주지 않는 남자는 별로 없는데, 리암이 딱 그랬다.

아직 아무한테도 내 몸을 허락하지 않았지만, 이젠 때가 됐다는 생각이 들었다. 이젠 섹스고 뭐고 다 두렵지 않았다. 엄마가 죽은 뒤로는 그냥 다 될 대로 되라는 식이었다.

리암은 내가 순결을 잃어도 될 만큼 괜찮은 사람 같았다. 그에게 호감을 느끼긴 했지만 푹 빠지진 않았다. 그래서 섹스한 후에 그에게 애착이 생길까 봐 걱정할 필요는 없었다. 여자의 약점에 대해서 수없이 들었다. 나는 절대로 그렇게 되고 싶지 않았다. 단지 내 안에 들어왔다는 이유만으로 그 남자에게 매달리는 나약한 여자는 결코 되고 싶지 않았다. 그보다는 더 강한 사람이 되고 싶었다.

아무튼 리암과 곧 하긴 할 것이다. 그냥 느낌이 그랬다. 오늘 밤엔 처음으로 입을 맞추고 한두 주 더 밀당을 주고받은 다음 마침내 몸을 섞지 않을까 싶었다. 그 생각만 하면 왠지 후끈 달아올랐다. 나는 포켓 샷을 하나 더 들이켰다.

20분 후, 우리는 친구인 에미가 스물한 번째 생일 파티를 벌이는 댄스 클럽에 도착했다. 내가 너무 취한 데다 굽이 너무 높은 구두를 신어서 똑바로 걸을 수 없자 콜튼과 리암이 옆에서 부축해주었다. 우리는 안으로 들어가 곧장 카운터로 갔다. 그리고 술을 석 잔 주문해서 단숨에 들이켰다.

파티 자체는 괜찮았지만, 술에 취한 상태에서도 약간 지루했다. 에미가 리암을 자꾸 곁눈질하는 게 느껴졌다. 여자들이 남자에게 너무 노골적으로 들이대는 모습은 언제 봐도 꼴불견이었다. 어떤 여자는 당신과 밀당을 주고받는 남자인 줄 뻔히 알면서도 호감을 표하면서 당신을 배신하기도 했다. 엄마는 생전에 남자보다 여자를 더 믿을 수 없다면서 이런 이야기를 장황하게 들려주곤 했다.

"남자들은 말이야, 너를 잘 알지도 못한 상태에서 상처를 준단다. 하지만 여자들은……, 여자들은 너를 잘 알면서도 상처를 준다니까. 그렇다면 어느 쪽이 더 나쁘다고 할 수 있겠니?"

그래서 나는 여자를 믿지 않았다. 그냥 관찰만 했다. 그들이 무모하고 나약하고 한심하게 행동하는 모습을 지켜봤다. 때로는 여자로 산다는 게 너무 창피했다. 나는 그렇게 살지 않으려고, 그들보다 더 낫게 살려고 에미 같은 여자들을 연구했다.

한 잔 더 마시면서 에미가 리암에게 수작을 거는 모습을 지켜봤다. 에미는 지나치게 들뜬 목소리로 장황하게 떠들면서 쓸데없이 눈을 깜빡이거나 머리를 넘기거나 그의 팔을 자꾸 건드렸다. 가엾게도, 죄다 잘못하고 있었다. 나는 에미와 정반대로 행동했다. 파티 내내 리암을 싹 무시했다. 이건 뭐, 너무 쉬웠다.

두 시간 뒤, 우리는 다시 내 집으로 돌아왔다. 오는 길에 콜튼을 내려줬기 때문에 리암과 나 둘뿐이었다. 리암은 나를 침대로 던지고 내 구릿빛 원피스를 벗겼다. 머리가 어지럽고 방이 빙빙 돌았다. 너무 취해서 몸을 가눌 수 없었다. 너무 혼란스러웠다. 여기가 대체 어디지?

"뭐 하는 거야?" 마침내 내가 물었다.

"너랑 섹스하는 거잖아." 리암이 구역질 나게 하는 어조로 말했다. 억양은 높지 않았지만, 유아들이 내는 혀 짧은 소리와 비슷했다.

그만 멈추라고 하고 싶었다. 이런 식으로 순결을 잃고 싶지는 않았다. 오늘 밤에 하게 될 줄은 꿈에도 몰랐다. 오늘 밤엔 그냥 달콤한 첫 키스를 나누고 한두 주 후에 몸을 섞을 줄 알았다. 정신적으로나 감정적으로 준비할 시간이 있다고 생각했다.

한편으론 그냥 놔두고 싶기도 했다. 절차니, 준비니 누가 신경이나 쓰겠는가? 차라리 이참에 순결 문제에서 벗어나면 속이 후련할 것 같았다.

젠장. 나는 아무 말도 안 했다. 그저 눈을 가늘게 뜨고 뭐가 어떻게 되는지 보려고 애썼다. 결국 하고 말았다. 리암은 내 엉덩이를 붙잡고 반복해서 밀어붙였다. 땀방울이 그의 이마를 타고 흘러내렸다. 역겨웠다.

한참 만에 리암이 내게서 빠져나가더니, 정액을 내뿜었다.

다음 날 아침 눈을 떴더니 침대에 땀이 흥건했다. 숨이 막힐 것 같았다. 구속복을 입은 듯 꼼짝할 수 없었다. 눈을 번쩍 떴다. 리암의 두 팔이 나를 감싸고 있었다. 밤새 그의 품에서 땀을 흘렸나 보았다. 그에게서 벗어나려 했지만 도저히 꼼짝할 수 없었다. 빌어먹을 거인한테 붙잡힌 기분이었다. 나처럼 체구가 작은 여자에게 남자는 다 거인처럼 느껴졌다. 몸을 꼼지락거리며 빠져나오려 했지만 역시나 소용없었다. 결국 그가 깰 때까지 쿡쿡 찔렀다. 그가 몸을 뒤척이는 기미가 보이자 나는 숨을 죽였다.

리암이 그윽한 눈길로 나를 쳐다봤다. 그리고 미소를 지으며 어젯밤엔 정말 끝내줬다고 말했다. 나 역시 그랬다고 거짓말을 했다. 그를 차버릴 방법은 나중에 혼자 있을 때 구상하기로 했다.

그가 나를 또 안으려고 하기에 화장실이 급하다고 둘러대며 벌떡 일어났다. 서둘러 가려 했지만, 너무 쓰라려서 제대로 걸을 수 없었다. 뒤뚱거리며 화장실로 가서 속옷을 내렸다. 피가 묻어 있었다. 생리혈은 아니었다. 여러 가지 섭식 장애 때문에 몇 년째 생리가 나오지 않았다. 처음으로 섹스를 해서 그런 게 틀림없었다.

소변을 보는 데 너무 화끈거렸다. 조금씩 누면 덜 아플까 싶었지만 고통의 시간만 길어질 뿐이었다. 오줌 누는 게 이리도 아프고 어려운 일인가 싶었다.

손에 비누를 칠해서 씻고 또 씻었다. 10분 넘게 시간을 끌었다. 리암에게 돌아가고 싶지 않았다. 그냥 불편하고 꺼림칙했다.

똑. 똑. 똑.

"자기야, 괜찮아?"

나는 몸이 조금 안 좋다고 말했다. 리암은 군소리 없이 떠났다.

음식 배달 서비스인 포스트메이츠에서 아침을 주문했다. 달걀과 베이컨, 토스트와 감자, 휘핑크림을 곁들인 라떼가 도착하자마자 허겁지겁 먹었다. 반쯤 먹다가 문득 '여기서 멈출 수 있어. 배가 꽉 찼으니까 더 먹지 않아도 돼. 이 사이클을 중단할 수 있어'라는 생각이 들었다. 나는 배달 용기를 쓰레기통에 던졌다. 격한 감정이 온몸을 휘감았다. 화장실로 뛰어가 변기 뚜껑을 열었다. 그리고 방금 먹은 음식을 죄다 게워냈다. 그리고 입을 깨끗이 헹궈냈다.

보통 이 시점이 되면 몸과 마음이 지치고 허했는데, 이번엔 그렇지 않았다. 여전히 억눌린 불안감으로 꽉 막혀 있었다. 이런 엿 같은 기분을 없애야 했다.

나는 쓰레기통으로 달려가 배달 용기를 다시 꺼냈다. 달걀을 입에 넣고 우걱우걱 씹었다.

'제기랄! 내가 지금 뭐 하는 거지? 여기서 멈춰. 여기서 멈추라고.'

나는 반쯤 씹은 달걀을 쓰레기통에 뱉었다. 그리고 욕실에서 향수병을 가져와 더는 먹지 않으려고 남은 음식에 뿌렸다. 하지만 다음 순간 다시 음식에 손이 갔다. 향수 때문에 역해서 구역질이 올라왔다. 결국 다 게워냈다.

60

"정말 멋져 보인다."

"요새 얼굴이 활짝 피는 것 같아."

"그 어느 때보다 좋아 보이긴 하지만, 이쯤에서 멈추도록 해. 더 빼면 너무 말라 보일 거야."

"몸매가 끝내준다."

지난 몇 주 동안 나와 함께 일하는 프로듀서와 에이전트와 스태프가 이런 칭찬을 쏟아냈다. 내 몸매에 대해 이렇게 긍정적이고 때로는 아첨하는 듯한 말을 이토록 많이 들었던 적은 처음이었다.

섭식 장애를 앓은 지도 벌써 10년이 넘었다. 한동안 신경성 식욕 부진, 즉 거식증에 시달렸고 뒤이어 미친 듯이 먹는 대식증을 앓았으며 요즘엔 잔뜩 먹고 게워내는 신경성 식욕 항진, 즉 폭식증을 앓았다. 이런 일이 거듭될수록 내 몸은 안에서 벌어지는 일을 제대로 반영하지 못하는 듯했다. 지난 10년 동안 내 몸은 아동용 사이즈 10 슬림(허리 24인치)에서 성인용 사이즈 6(허리 26인치) 사이를 오르락내리락했지만, 어디에 속하든 문제가 있었다.

섭식 장애를 앓아본 적 없는 사람들은 이걸 잘 이해하지 못하는 듯했다. 그저 마르면 '좋다'고 생각하고 육중하면 '나쁘다'고 생각했다. 아울러 너무 마른 것도 '나쁘다'고 간주하는 것 같았다. '좋다'에 속하는 구역이 너무 협소했다. 내 식습관은 결코 좋다고 할 수 없는데도 나는 현재 이 구역에 속했다. 나는 날마다 내 몸을 학대했다. 비참할 정도로 지쳤지만, 내 몸매에 대한 찬사는 계속 쏟아졌다.

"네가 리허설을 할 때나 현장 촬영을 하려고 걸어올 때면 자꾸 네 엉덩이에 눈이 간단다. 이런 말 한다고 나를 이상하게 보진 말아 줘. 칭찬으로 하는 말이니까."

61

월요일은 두 가지 이유로 내가 제일 좋아하는 날이었다. 첫째, 월요일엔 리허설이 빨리 끝났다. 둘째, 월요일에 대본 읽기를 하러 오면 최신 일정표가 배포되는데, 각 에피소드의 제목과 감독들, 향후 에피소드의 촬영 일자 등을 확인할 수 있었다. 일정표가 내 앞에 놓일 때마다 나는 에피소드 제목 중 하나에 내 이름이 감독으로 올라와 있는지 확인했다.

내가 스핀오프에 서명한 이유는 엄마를 달랠 목적이 컸지만, 한편으론 크리에이터가 여러 에피소드 가운데 하나에 나를 감독으로 쓰겠다고 약속했기 때문이다. 물론 크리에이터의 여러 쇼 가운데 하나를 감독한다고 창작욕을 다 풀어낼 수는 없었다. 어차피 크리에이터가 촬영장에 상주하면서 다른 의견을 무시하고 자기식으로 찍게 했다. 하지만 텔레비전의 한 에피소드를 감독하고 나면, 이 업계에서도 나를 그저 아역 배우로만 바라보지는 않을 것이다. 기존의 틀을 벗어나 내 가치를 보여줄 기회였다. 그래서 나는 감독 일을 정말로 해보고 싶었다.

내가 감독을 맡게 될 날짜는 자꾸 미뤄졌다. 다른 감독들과 일정이 안 맞아서 그러려니 싶었다. 마지막 에피소드 몇 개만 남겨두고 있었기 때문에 조만간 기회가 올 거라고 확신했다.

나는 커피를 들고 의자에 앉아서 프로덕션 보조원이 최신 일정표를 배포하는 모습을 초조하게 지켜봤다.

'브래들리, 제발 빨리 좀 돌려, 빨리.'

"여기 있습니다." 브래들리가 내 앞에 주황색 일정표를 내려놨다. 나는 얼른 집어서 최종 에피소드가 나열된 페이지를 죽 훑어봤다. "감독자" 칸 중 하나에 내 이름이 적혀 있기를 간절히 바라면서.

하지만 내 이름은 어디에도 없었다. 뭔가 착오가 있는 게 틀림없었다. 고개를 들고 주변을 살펴봤지만, 내게 제대로 설명해줄 스태프는 없었다. 의상 담당자는 이런 문제를 알 턱이 없었다.

호흡이 가빠졌다. 이 문제에 대해 알 만한 제작자가 없나 더 둘러봤지만, 아직 아무도 나타나지 않았다. 도무지 믿을 수가 없었다. 숨이 꽉 막히는 것 같았다.

임원진과 제작진이 하나둘 들어왔다. 그들 중 한 명과 눈이 마주쳤다. 그나마 내가 제일 믿고 따르는 사람이었다.

'나중에 얘기하자.' 그가 입 모양으로만 말했다.

아니, 나는 나중에 얘기하고 싶지 않았다. 어떻게 된 일인지 당장 얘기하고 싶었다. 이런 엿 같은 상황을 어떻게 참으란 말인가? 이 한 가지만 바라보고 여태 참아왔는데, 내가 지금 대본 읽기나 하면서 태연히 앉아 있길 바란단 말인가?

나는 눈물이 나오려는 걸 억지로 참았다. 내가 어리석었다. 그들이 애초에 내뱉은 말대로 하리라고 믿었다. 나한테 했던 약속을 지킬 거라고 철석같이 믿었다. 나는 날마다 출근해서 프로답게 임하고 어떤 상황에서도 화를 삭이며 40편에 달하는 에피소드를 다 찍었다. 그들은 나한테서 빼먹을 걸 다 빼먹었다. 그러니 애초에 내가 이 모든 걸 소화해낸 이유 따위는 중요하지 않을 것이다. 정말 믿는 도끼에 발등 찍힌 기분이었다.

대본 읽기를 마친 후, 나는 바로 에이전트와 매니저에게 연락했다. 다들 지금까지 그랬던 것처럼 '너그럽게 이해하라'고 했다. 하지만 나는 이해하고 배려하는 사람으로 사는 데 지쳤다. 더는 그렇게 살 수 없었다.

***

같은 주 금요일, 촬영을 앞두고 내 메이크업 아티스트이자 절친한 친구이기도 한 패티가 메이크업을 해주는 데 1시간 30분이나 걸렸다. 내가 눈물을 그치지 않았기 때문이다. 너무 화가 나고 속이 상해서 정신을 차릴 수 없을 정도였다. 완전히 속은 기분이었다. 내가 무슨 상황인지 설명하자 패티는 덩달아 흥분하면서 내 편을 들어주었다. 심지어 내가 여러 프로듀서의 사무실에 찾아가 따지는 데 동행해주기도 했다. 물론 따져봤자 소용도 없었다. 아무도 나와 이야기하려 하지 않았다. 그저 입에 지퍼를 채운 듯 침묵을 지켰다. 다들 한통속으로 움직이긴 했지만, 〈하이 스쿨 뮤지컬〉(High School Musical)처럼 두 손을 높이 쳐들고 신나게 손뼉을 치진 않았다.

나는 의상을 입고 천천히 세트장으로 향했다. 될 대로 되라는 기분으로 대사도 제대로 외우지 않았다. 그들이 나를 해고하면 딱 좋겠다고 생각했다. 어차피 여기는 나약한 내 정신 건강에 유독했다. 그냥 뛰쳐나가고 싶었다.

나는 복싱 장면을 찍는 세트장에 도착했다. (출연진 중 한 명이 겨우 열 살짜리 매니저를 둔 복서를 연기했다.) 나는 말없이 대사를 훑어봤다.

촬영이 시작되었다. 첫 번째 테이크(take. 카메라를 중단시키지 않고 한번에 찍는 장면—옮긴이 주)는 간신히 찍었다. 두 번째 테이크도 가까스로 넘어갔다. 세 번째 테이크에선 더 이상 버틸 수가 없었다. 두 번째 대사를 읊는 와중에 공황 발작이 일어날 때처럼 호흡이 가빠졌다. 젠장. 눈앞에 별이 아른거렸다. 이대로 기절할 것 같았다. 결국 바닥에 쓰러졌다. 가슴이 크게 들썩거렸다. 내 인생에서 가장 끔찍하고 격렬한 비명과 함께 침이 질질 흘러나왔다. 출연진과 제작진과 엑스트라가 모두 보는 앞에서.

복서를 연기한 배우가 나를 안아서 세트장 밖으로 나갔다. 그는 내 분장실까지 나를 안고 가서 소파에 내려놓고 옆에 앉았다. 패티가 합류했다. 두 사람은 나를 위로하며 다 이해한다고 했다. 나는 그들이 무척 고마웠다.

한참 만에 누가 문을 두드렸다. 나는 두려운 마음에 잔뜩 얼어붙었다. 패티가 곧 나가겠다고 소리쳤다. 문밖에서 잠시만 들어가게 해달라는 소리가 우렁차게 들렸다. 목소리로 봐선 프로듀서 중 한 명인 듯했다.

"지금은 안 된다고요." 패티가 문 반대편에 있는 프로듀서에게 버럭 소리쳤다. 나는 그런 패티가 기특하고 고마웠다. 패티는 이 사람들에게 맞설 배짱이 있었다.

"제닛하고 잠깐 얘기 좀 할 수 있을까? 제닛이 너무 안쓰러워서 그래." 프로듀서가 말했다.

또 속고 싶지 않다는 생각이 들면서도 한편으론 그의 말을 믿고 싶었다. 나는 미심쩍은 마음을 접고 그를 들여보내라고 했다. 그가 둘이서 조용히 얘기할 수 있냐고 해서 두 사람은 자리를 비켜줬다.

그는 내 맞은편 소파에 앉았다.

"이곳을 아주 멋지게 꾸며놨네."

그가 농담을 던졌지만 나는 웃지 않았다. 나는 이 썰렁한 분장실에 아무것도 추가하지 않았다. 그가 목청을 가다듬었다.

"이게 다 네가 감독 명단에서 배제되었기 때문이겠지."

"이유를 따지자면 한이 없죠."

잠시 침묵이 흐른 뒤 그가 다시 입을 열었다.

"나는 확실히 너를 지지했다는 사실을 알아줬으면 한다. 네가 감독을 맡아서 진행하길 바랐어. 하지만 네가 감독하는 걸 반대하는 사람들이 있어. 그들은 결사적으로 반대하고 있어. 어찌나 결사적인지, 네가 감독을 맡으면 쇼를 중단시키겠다고 했어. 우리로서는 어쩔 수 없었어. 너를 명단에서 빼는 수밖에 없었던 거야. 네가 미덥지 않아서 뺀 게 절대 아니야. 그 점을 꼭 알아줬으면 한다."

나는 깜짝 놀랐지만, 딱히 할 말이 없었다. 프로듀서가 일어나 조용히 분장실을 나갔다.

내가 감독하는 걸 반대하는 사람들이 있었다고? 내가 감독을 맡으면 쇼를 중단시키겠다고 했다고? 이런 일이 어떻게 가능한지 도무지 이해할 수 없었다. 나는 토하고, 또 토하고, 또다시 토했다. 내 주변에서 벌어지는 온갖 일에 달리 어떻게 대처해야 할지 몰랐다. 내 통제력을 벗어난 온갖 상황에 어떻게 대처해야 할지 도무지 몰랐다. 분장실의 흰 벽을 둘러봤다. 여기나 장식해볼까? 소품 담당자가 문을 두드리더니, 다음 장면에 쓸 내 버터양말을 갖다주었다.

62

나는 일주일치 식료품을 사러 홀푸드 마켓에 갔다. 농산물과 냉동 식품을 사는 데 큰돈을 쏟아부을 생각이었다. 한 번 먹고 말 음식에 막대한 돈을 쓰면 아까워서라도 토하지 않을 것 같았기 때문이다.

이즈음 나는 양껏 먹고 토해내는 폭식증을 한없이 지속할 수 없다는 사실을 깨달았다. 목에선 날마다 피가 나고 치아도 점점 약해졌다. 얼굴은 푸석해 보이고 위에선 음식을 소화하기가 점점 힘들어졌다. 이걸 시작한 이후로 충치도 여러 개 생겼다. 이 상태를 바꾸고 싶었지만, 의지만으론 역부족이었다. 아침에 눈을 뜨면 오늘은 절대로 토하지 말아야지 다짐하지만, 열 시를 넘기지 못하고 변기로 달려갔다. 의지력에 기대봤자 소용이 없으니, 나는 전략을 바꿔서 홀푸드를 활용해보기로 했다.

선반에서 냉동 미트로프를 집어서 영양 성분표를 확인했다. 440 칼로리에 지방이 15그램이었다. 헉! 나는 얼른 내려놨다. 내 새로운 전략 중 하나는 어렸을 때처럼 칼로리 섭취를 제한하는 것이었다. 칼로리를 낮게 유지하면 토하고 싶은 충동이 사라지고 음식을 제대로 섭취할 수 있을 것 같았다. 그런데 표면적으론 이런 전략을 내세웠지만, 마음속 깊은 곳에선 다른 진실이 숨어 있었다.

나는 폭식증이 물러가고 거식증이 돌아오길 바랐다. 거식증을 앓던 시절로 돌아가고 싶었다. 한때는 양껏 먹고 싹 비워내는 폭식증을 일거양득이라고 생각했지만, 이젠 폭식증 때문에 굴욕감을 느꼈다. 토할 때마다 끔찍한 기분이 들었다.

음식을 먹고 나면 매번 수치심과 불안감에 휩싸였다. 그런 기분에서 벗어나려면 토하는 것 말고는 달리 대처할 방법이 없었다. 그렇게 해서 토하고 나면 기분이 둘로 갈라졌다. 일단 속이 허하고 기진맥진해져서 마치 아무것도 남지 않은 것처럼 느껴졌다. 그나마 이런 기분은 나쁘지 않았다. 다른 한편으론, 머리가 깨질 듯 아프고 목도 따끔거렸다. 토사물이 팔과 머리카락에 튀어서 엉겨 붙었다. 돼지처럼 먹기만 한 게 아니라 그걸 다 토해냈다는 데서 오는 수치심까지 더해지니 기분이 정말 더러웠다. 폭식증은 절대로 해결책이 아니었다.

거식증으로 돌아가야 했다.

폭식증 앞에서는 통제력이 없어서 혼란스럽고 무기력했지만, 거식증에는 당당하고 전권을 휘두를 통제력이 있었다. 게다가 저렴했다. 내 주변엔 거식증을 앓는 친구가 몇 명 있었는데, 그들은 내게 연민을 느꼈다. 섭식 장애가 있는 사람은 누가 섭식 장애를 앓고 있는지 딱 보면 알 수 있었다. 그것은 당신이 알아챌 수밖에 없는 비밀 코드와 같았다.

홀푸드 계획과 거식증 미션을 정하고 나자, 엄마가 죽은 뒤로 한 번도 느끼지 못했던 의욕이 샘솟았다. 물론 대부분의 일은 내 통제력을 벗어났다. 사랑하는 사람을 잃었고, 창피하게 생각하는 쇼에 출연하고 있으며, 감독직에서 배제되었다. 하지만 이것은? 이것은 그나마 내가 통제할 수 있었다.

나는 카트를 밀고 가다 검은콩으로 만든 햄버거 패티를 집어 들었다. 패티 하나당 180칼로리에 지방이 5그램이었다. 나는 이 기특한 음식을 카트에 담았다. 내 미션을 수행하는 데 유익한 음식이었다.

카트를 밀고 앞으로 나아가는데, 때마침 휴대폰이 울렸다. 할머니였다.

나는 할머니를 썩 좋아하지 않았다. 걸음마를 떼던 무렵부터 할머니가 내 등을 쓰다듬고 머리를 쓸어주던 방식이 너무 싫었다. 할머니는 아기를 편안하게 어르고 달래는 식으로 만지는 게 아니라 이성을 유혹하듯 만졌다. 그런 손길은 참으로 역겨웠다.

내가 자랄 때 할머니는 노상 전화로 수다를 떨거나 파마를 하거나 불평을 늘어놓았다. 발이 아프다, 셔츠가 너무 낀다, 파마가 마음에 들지 않는다, 루이스가 전화를 잘 안 한다, 할아버지가 일찍 퇴근하지 않는다, 가스 요금이 너무 비싸다, 수플랜테이션 (Souplantation) 샐러드 바에서 옥수수빵을 메뉴에서 빼버렸다……

할머니가 그저 담배를 입에 물고 푸념을 늘어놓기만 한다면 웃어넘길 수도 있었다. 하지만 노상 눈물을 글썽이며 울부짖어서 자신의 문제를 모두의 문제로 만든다는 게 문제였다.

이러한 이유로, 나는 할머니를 좋아하지도, 존경하지도 않았다. 그리고 할머니도 나를 좋아하는 것 같지 않았다. 하지만 할머니는 내가 당신을 좋아하지 않는다고 불평하느라 바빠서 당신이 나를 좋아하지 않는다는 사실을 절대로 인정하지 않았다.

엄마가 죽은 뒤, 나는 할머니와의 관계를 개선하려고 꽤 노력했다. 시간 날 때마다 문자로 답장을 보내고 며칠에 한 번씩 전화를 걸었으며, 일주일에 한 번씩 이메일을 보냈다. 하지만 이 관계를 잘 유지하려면 내가 원하는 것보다 훨씬 더 큰 노력이 필요했다. 설사 그렇게 노력하더라도 할머니에게는 충분하지 않았다. 나와 이야기할 때마다 할머니는 섭섭하다는 소리를 대놓고 했다.

나는 감정적으로 지쳐 있었지만, 외동딸을 잃은 할머니를 모른 채 하는 못된 손녀가 되고 싶지 않아서 이 관계를 어떻게든 유지하려 애썼다.

나는 휴대폰을 주머니에 도로 넣고 통로를 따라 걷다가 냉동 채소를 발견했다. 봉지를 하나 뽑아서 카트에 담았다. 휴대폰이 다시 울렸다.

또 할머니였다.

문자를 보냈다. 조금 있다가 전화할게요.

나는 짜증스럽게 휴대폰을 다시 주머니에 넣고 농산물 코너로 향했다. 핑크 레이디 품종의 사과 한 봉지와 당근 몇 개를 카트에 담았다. 어떻게 먹는지도 모르지만 보기에 좋아서 코코넛도 하나 담았다.

할머니가 또 전화했다. 휴대폰을 던져버리고 싶었지만, 꾹 참고 전화를 받았다. 할머니가 알아차릴 수 있도록 성가신 속내를 숨기지 않았다.

"할머니, 이따가 집에 가서 전화할게요. 지금 식료품을 사고 있다고요."

내 말은 듣지도 않고 할머니가 뭐라고 울부짖었다. 울면서 소리치는 통에 뭐라고 하는지 알아들을 수가 없었다. 걱정스러운 마음에 별일 없느냐고 물었다. 할머니는 계속 울부짖었고, 나는 계속 물어봤다.

"넌…… 넌…… 넌…… 이 할미한테 통 전화도 안 하잖니!"

할머니가 마침내 알아들을 만한 말을 내뱉었다. 할머니가 이렇게 전화로 울부짖을 때마다 나는 할아버지에게 무슨 일이 생겼나 싶어 가슴이 철렁했다. 할아버지는 건강이 몹시 안 좋았다. 내가 전에 이런 말을 했기 때문에 할머니는 내가 이런 결론에 성급하게 도달한다는 사실을 익히 알고 있었다. 나는 할머니에게 전화할 때 소리치면서 울지 말라고 거듭 부탁했다. 그럴 때마다 할머니는 두 번 다시 그러지 않겠다고 약속했지만, 그 약속을 한 번도 지키지 않았다.

나는 집에 도착하면 전화하겠다고 단호하게 말하고 전화를 끊었다. 이젠 나만 스트레스를 받는 게 아니었다. 내 앞에서 쇼핑하는 여자도 성가시다는 눈치를 보였다. 화장기 없는 얼굴에 헐렁한 셔츠를 입고 있었는데, 그녀의 맑고 깨끗한 피부가 은근히 부러웠다. 흘겨보는 듯한 그녀의 눈길에 나는 당황했다.

할머니가 또 전화했다. 나는 결국 포기했다. 식료품 카트를 그 자리에 버려두고 가게를 빠져나왔다. 맑은 피부의 여자는 흡족한 표정을 지었다. 나는 미세침 고주파 치료라도 받을까 하는 생각이 들었다.

주차장을 가로질러 걷는데 폭우가 쏟아졌다. 매장에 들어간 지얼마 안 된 시점부터 천둥과 번개가 치기 시작했다. LA에서 매년발생하는 희귀한 뇌우 중 하나였다. 보통 때 같으면 빗속에서 운전하지 않았다. 애초에 운전하는 것을 즐기지 않았으니, 비까지 내리면 운전대를 잡을 일은 거의 없었다. 하지만 오늘은 미니 쿠퍼에 오른 다음 시동을 걸었다. 와이퍼를 작동하고 막 출발하려는데 할머니가 또다시 전화를 걸었다. 블루투스에 연결되어 있어서 스피커를 통해 할머니의 목소리가 쩌렁쩌렁 울렸다. 할머니는 여전히 울부짖었다.

"할머니."

나는 할머니를 진정시키려 애쓰며 최대한 차분하게 말했다. 할머니는 히스테리를 일으키면서 내가 버릇없이 전화를 끊었다는 이야기를 늘어놓았다. 나는 주차장에서 나와 오른쪽으로 꺾어 집으로 이어지는 큰길로 향했다.

"할머니." 나는 분노로 얼굴이 화끈거렸지만, 최대한 차분하게 다시 말했다. "아까는 식료품을 사고 있었어요. 이젠 통화할 수 있어요. 왜 전화하셨어요?"

할머니의 눈물은 곧 악의에 찬 독설로 변했다.

"나한테 그렇게 심술 사납게 굴지 마라, 나쁜 년아."

할머니는 걸핏하면 나를 "나쁜 년"이라고 불렀다. 맛을 좋게 하려고 음식에 간을 하듯이 의미를 강조하려고 말에도 욕설을 가미했다.

"할머니, 전에도 말했지만 전화할 때마다 나한테 자꾸 욕하고 죄책감을 부추기면 할머니를 차단해버릴 거예요."

"위협하지 마, 계집애야."

"위협하는 게 아니에요. 난 그저 사실을 말하는 거예요."

"난 그저 사실을 말하는 거예요." 할머니는 내 목소리를 흉내 내며 조롱했다. "다른 손자들은 너보다 훨씬 더 자주 전화한단 말이야." 할머니가 불만스럽게 말했다.

"그동안 어떻게 지내셨어요?"

"허, 내가 그동안 어떻게 지냈을 것 같으냐? 내가 방금 한 말을 듣긴 한 게냐? 넌 이 할미를 제대로 대접하지 않아. 네 엄마가 무덤

속에서 탄식하고 있을 거다."

나는 이 마지막 말에 눈알을 굴리면서 할머니에게 미친 할망구라고 소리치고 싶었다. 하지만 그럴 순 없었다. 엄마 얘기는 나를 끊임없이 괴롭히는 약점이었다. 나는 엄마가 나한테 불리하게 이용되는 것을 용납하지 않았다. 그런 일이 있으면, 단호하게 조치를 취했다.

"알겠어요, 할머니. 이제 전화 끊고 할머니를 차단할 거예요."

"감히 뭐 어쩌고 어째? 네 엄마가 하늘에서 눈물을 쏟을 거다."

할머니는 늘 이런 식이었다. 무언가가 내게 깊은 상처를 준다는 사실을 알면, 그 부위에 칼을 깊숙이 찔러서 사정없이 비틀었다. 할머니라는 사람이 손녀에게 어찌 이런 고통을 안기고 싶어 한단 말인가? 물론 할머니는 힘든 삶을 살았다. 남들의 관심에 목말라 했으며, 내가 냉담하게 대해서 상처를 받았다. 그렇다 하더라도 할머니의 행동에는 변명의 여지가 없었다.

"안녕히 계세요!"

내가 전화를 끊은 뒤에도 할머니는 계속 전화를 걸었다. 나는 차를 세우고 핸드폰을 열어서 할머니를 기어이 차단했다. 기분이 좋았다. 옳은 일을 한 것 같았다. 10년 묵은 체증이 쑥 내려간 듯 후련했다. 이제 다시 정상적으로 호흡할 수 있었다.

비가 내려서 집으로 가는 계단을 천천히 올라갔다. 홀푸드 마켓에서 그냥 뛰쳐나오는 바람에 빈손으로 집 안에 들어갔다. 오늘 밤부터 저칼로리 거식증 식단을 시작하려 했지만, 지금은 너무 피곤했다. 아무래도 그 계획은 뒤로 미뤄야 했다. 포스트메이츠 배달앱에서 내가 좋아하는 식당의 음식을 주문하기로 했다. 베이컨과 양배추, 감자튀김과 소고기 꼬치를 주문해놓고, 식사에 곁들일 테킬라를 한 잔 가득 따랐다.

배달 음식이 도착하기도 전에 나는 테킬라를 들이켰다. 음식이 도착했을 땐 배가 무척 고팠다. 나는 미친 듯이 먹어 치웠다. 다 먹고 나선 죄다 토해냈다.

빌어먹을. 나한테는 이 방법이 통했다. 실컷 먹고 토하면 그만이었다. 할머니는 차단해버렸고 내 몸은 싹 비워졌다. 그럼 됐다. 달리 뭐가 더 필요하겠는가!

63

지난 몇 주 동안 촬영이고 뭐고 다 때려치우고 싶었다. 리허설에 맞춰 대사를 외우지도 않고 아침에 대충 한 번 훑어보기만 했다. 마지못해 촬영하고 틈틈이 진행되는 인터뷰도 완전히 무시했다. 특히 점심시간의 뒷부분은 흔히 10대 초반을 대상으로 하는 잡지의 인터뷰로 채워졌는데, 죄다 거절하고 분장실에 틀어박혀 있었다. 감독직에서 배제된 이후로 나는 쇼가 끝나기만을 손꼽아 기다렸다.

이제 딱 20일 남았다. 에피소드 네 개만 더 찍으면 끝이었다. 그런데 그때까지 버틸 수 있을지 확신이 서지 않았다.

폭식증으로 인해 심장마비가 올 것 같았다. 한편으론 차라리 그랬으면 좋겠다는 생각이 들었다. 그러면 더 이상 여기 있을 필요가 없을 테니까. 최근 몇 주 동안 내 생각은 이렇게 암울하고 극단적으로 흘러갔다. 처음엔 이러한 변화를 인식하고 걱정했지만, 이젠 그러려니 했다. 그동안 실망스러운 일이 쌓이고 쌓이면서 고통도 점점 커졌다. 엄마의 죽음만으로도 견디기 어려웠는데, 다른 일까지 연달아 나를 괴롭혔다.

이젠 폭식증을 억누를 수가 없었다. 더 이상 대적할 힘도 없었다. 나보다 더 강한 존재인데, 싸워봤자 무슨 소용이 있겠는가? 그냥 받아들이는 게 더 쉬웠다.

이젠 연기 활동을 좋아하지 않는다는 사실도 받아들이게 되었다. 감독할 기회를 주겠다는 약속을 믿고 시즌을 여기까지 끌고 올 수 있었지만, 감독 기회는 영영 오지 않았다. 나는 일개 배우에 지나지 않았고 앞으로도 배우로서만 살게 될 것 같았다. 한물간 배우로만. 니켈로디언에서 거의 10년이나 굴렀던 나를 누가 고용하고 싶겠는가? 내가 어떻게 이 속임수투성이의 기괴한 영역에서 벗어나 "진정한" 배우로 거듭날 수 있겠는가? 나는 대학에 진학하지도 않았고 실생활에 필요한 기술도 없었다. 연예계 밖에서 직업을 얻고 싶어도 일단 학업과 기술을 따라잡으려면 몇 년이 걸릴지 몰랐다.

남자도 나한테는 도움이 되지 않았다. 그저 주의를 어지럽히는 존재일 뿐이었다. 차라리 밤에 와인이나 독한 위스키 등 뭐든 손에 잡히는 것으로 허전한 마음을 달래는 게 나았다. 심지어 보드카도 괜찮았다. 보드카를 마실 때마다 몸에서 거부 반응이 일어나 피부가 뒤집혔지만, 취해서 아무 생각도 안 할 수 있다면 그깟 뾰루지가 문제겠는가!

내 앞엔 아무런 희망도 보이지 않았다. 그저 절망감을 안고 살아갈 수밖에 없었다. 나는 어깨를 잔뜩 움츠리고 천천히 걸었다. 눈꺼풀은 계속 쳐져 있었고, 카메라 앞에서 거짓으로 웃었던 것 말고는 마지막으로 웃었던 때가 언제였는지 기억도 나지 않았다.

내가 뭘 잘 몰랐다면, 나의 나쁜 기운이 주변 사람들에게 영향을 미쳐서 촬영장의 최근 분위기가 비참한 슬럼프 상태로 떨어졌다고 말했을 것이다. 하지만 나는 그렇게 어리석은 사람이 아니었다. 진짜 이유를 알고 있었다.

크리에이터는 그간의 감정적 학대 혐의로 방송국에서 곤경에 처했다. 이렇게 되기까지 참으로 오랜 시간이 걸렸다. 이런 사태가 훨씬 더 일찍 일어났어야 했다.

나는 그가 엄청난 곤경에 처해야 마땅하다고 봤다. 가볍게 나무라는 식으로 끝낼 문제가 아니었다. 실제로, 그는 어떤 배우와도 세트장에 함께 있을 수 없는 지경에 이르렀다. 그 때문에 촬영장의 의사소통이 복잡하게 꼬이고 말았다.

크리에이터는 스튜디오 한쪽의 작은 동굴 같은 방에서 즐겨 먹는 콜드 컷(cold cuts, 얇게 썬 고기와 햄 따위─옮긴이 주) 간식과 키즈 초이스 어워즈(Kids' Choice Awards, 니켈로디언의 대표적 시상식)에서 받은 비행선 모형에 둘러싸여 있었다. 그는 이 은신처에 설치된 네 대의 모니터로 우리의 연기를 지켜보다가 지시할 게 있으면 조감독에게 말했다. 그러면 조감독은 스튜디오를 가로질러 달려와서 우리에게 전달했다. 그래서 평소에 13시간 정도 걸리던 촬영 시간이 17시간으로 늘어났다. 요즘 촬영장의 전반적 분위기는 불만이 팽배한 가운데 "오, 하나님, 제발 얼른 끝나게만 해주소서!"라는 말로 요약할 수 있었다.

드디어 마지막 장면에 이르렀는데, 주요 세트 중 하나인 레스토랑에서 진행되었다. 로봇을 테마로 한 레스토랑이다 보니 웨이터는 당연히 로봇이었다. 내 캐릭터는 테이블 위로 뛰어 올라가 누군가에게, 아니 무언가에게 태클을 걸기로 되어 있었다. 그게 뭐든 알게 뭐람. 이젠 장면과 연기와 대사가 전부 흐릿했다.

전에도 스턴트를 몇 번 해본 적이 있었다. 스턴트와 장시간의 촬영, 폭식증 사이에서 나는 지칠 대로 지쳤다. 이젠 다 때려치우고 집에 가서 위스키를 마시고 싶었다.

마침내 새벽 한 시가 넘어서 촬영이 끝났다. 나는 집에 돌아와

위스키를 한 잔 가득 따라서 반쯤 마신 후 샤워를 했다. 가짜 속눈섭을 떼어내고 두툼하게 바른 파운데이션을 벗겨냈다. 헤어스프레이로 뻣뻣해진 머리도 감았다. 샤워를 마칠 즈음, 술기운이 올라왔다. 게슴츠레한 눈으로 이메일을 확인하는데, 메시지가 잔뜩 쌓여 있었다. 그중 절반은 쳐다보지도 않을 것이다. 내 삶의 다른 일에도 다 그렇듯이 편지함 폴더에도 무계획적으로 접근할 생각이었다. 편지함에서 막 빠져나오려는데 맨 아래쪽에 불길한 제목이 눈길을 끌었다. 내가 소속된 기획사에서 보낸 메일인데, 내일 아침 일찍 연락하겠다는 내용이었다.

나는 이메일을 닫고 잔을 비운 다음 어떻게든 잠에 빠지려 애썼다.

64

다음 날 아침 나는 에이전트 세 명, 매니저 두 명, 변호사 두 명과 통화를 했다. 정확히 언제, 그리고 왜 내 팀이 이렇게 커졌는지 기억나지 않았다. 또 이 팀의 누군가가 마지막으로 흥미로운 아이디어를 냈는지도 기억나지 않았다. 전화 회담에서 누군가가 한 말을 그대로 따라 하면서 한동안 낄낄대는 게 고작이었다. 하지만 연예계에서 성공하면 다들 이런 쓸모도 없는 팀을 거느리는 게 관행인 듯했다.

"잠깐, 그들이 쇼를 취소한다고요?" 나는 기쁨을 감추지 못하고 말했다.

"그렇다니까. 네가 신나 할 줄 알았어." 에이전트 1이 말했다.

"가장 좋은 점은……" 에이전트 2가 극적 효과를 위해 잠시 뜸을 들였다. (연기력은 에이전트가 단연 최고였다.) "…… 그들이 너한테 30만 달러를 제안했다는 점이야."

나는 멈칫했다. 이건 또 무슨 말인가?

"아니, 왜요?" 내가 물었다.

매니저 2가 끼어들었다. 그런데 가만 보니, 그는 다소 주눅이 든 것 같았다. 남들이 이야기하는 동안 무슨 말을 할지 내내 궁리하다가 이때다 싶어 내뱉은 느낌이었다.

"그냥 감사의 선물로 생각하면 돼."

매니저 2는 이 말을 하고 나서 안도의 한숨을 내쉬었다. 자기 할 일을 다 했으니 이젠 입 다물고 있어도 된다고 생각하는 듯했다.

감사의 선물? 뭔가 수상했다.

"그래, 감사의 선물." 매니저 1이 반복해서 말했다. "그들이 너한테 30만 달러를 주면서 유일하게 바라는 점은, 니켈로디언에서 있었던 일을 공개적으로 말하지 말라는 것뿐이야." 크리에이터와 관련된 일이라면 특히나.

"싫어요." 내가 본능적으로 불쑥 말했다.

한동안 침묵이 흘렀다.

"시, 싫다고?" 에이전트 3이 마침내 물었다.

"죽어도 싫어요."

"공짜로 주는 돈이야." 매니저 1이 나를 구슬렸다.

"아뇨, 그건 공짜 돈이 아니에요. 나한테는 입막음 돈으로 느껴진다고요."

침묵과 함께 팽팽한 긴장감이 감돌았다. 그들 중 하나가 헛기침을 했다.

연예계에 오래 몸담고 있으면서 나는 겉으로 떠드는 이야기와 실제 상황이 좀체 같지 않다는 사실을 깨달았다. 이러한 운영 방식은 나와 맞지 않을뿐더러 앞으로도 적응할 수 있을 것 같지 않았다. 사람들은 다들 이야기의 핵심을 교묘하게 왜곡하려고 그럴싸한 말로 포장하려들었다. 나는 결국 무슨 말이 오가는지 제대로 이해하지 못해서 대놓고 물어봐야 했다.

그런데 가끔은 지금처럼 정확히 무슨 일이 벌어지는지 간파할 때가 있었다. 이런 경우, 나는 무슨 일이 벌어지는지 묻지 않고 그냥 터놓고 말해버렸다. 그에 따른 결과는 다양했다. 때로는 웃음이 터졌고, 때로는 불편한 상황이 조성되었다. 이번엔 불편한 쪽이었다.

"글쎄, 내가 너라면 그런 식으로 생각하지 않을 거야." 매니저 1이 초조하게 웃으며 말했다.

"하지만 그게 맞는 걸 어떡하죠? 난 입막음 돈은 받지 않을 거예요."

"어, 음, 알았어. 네가 정 그렇다면⋯⋯." 에이전트 1 또는 2가 말했다. (그 둘의 목소리는 분간하기 어려웠다.)

그 말을 끝으로 그들은 모두 전화를 끊었다. 뚜. 뚜. 뚜. 전화 회담에 연결된 사람은 이제 나뿐이었다. 나도 전화를 끊고 침대 가장자리에 앉았다.

뭐 어쩌고 어째? 니켈로디언에서 입막음 돈으로 내게 30만 달러를 제시했다고? 그간의 경험을, 크리에이터의 학대에 대한 내 개인적 경험을 공개적으로 떠벌리지 않는 조건으로? 니켈로디언은 어린이용 프로그램을 제공하는 네트워크였다. 그렇다면 엄격한 도덕적 잣대를 갖춰야 하지 않을까? 적어도 윤리적 기준에 맞춰 보고하려고 애써야 하지 않을까?

침대 머리판에 등을 기대고 다리를 교차해서 쭉 뻗었다. 두 팔을 뻗어 손깍지를 끼고 머리 뒤로 보냈다. 도덕적 잣대로 볼 때 나보다 더 깨끗한 사람이 누가 있을까? 나는 방금 30만 달러를 거절했다.

잠깐!

30만 달러라고? 그건 엄청난 돈이었다. 〈샘 & 캣〉의 스핀오프로 꽤 벌긴 했지만, 30만 달러가 하찮게 여겨질 만큼 많이 벌지는 못했다. 젠장. 그냥 받겠다고 할걸.

65

쇼가 끝난 지 3주 반이 지났다. 언론에선 동료 배우가 나보다 출연료를 더 많이 받는다는 사실에 내가 열 받아서 쇼를 접게 되었다는 이야기가 돌았다. 그런 엉뚱한 소문에 마음이 상했다. 내 매니저는 프로듀서 가운데 한 명에게 성희롱 혐의가 제기되는 바람에 쇼가 취소되었다고 했다.

그게 뭐든 무슨 상관이랴. 그들은 비난할 사람이 필요했고, 결국 나를 선택했다. 거기에 대고 내가 할 수 있는 일은 아무것도 없었다.

진실을 말하는 것 말고는. 나는 다양한 방법으로 진실을 말하려고 생각했지만 결국 하지 않았다. 그 쇼와 니켈로디언에서 보낸 시절에 대해 떠들어봤자 사람들의 머릿속에 나와 니켈로디언 쇼에 대한 연결을 더 주지시킬 뿐이었다. 그래봤자 "니켈로디언의 왈가닥 소녀, 샘 퍼켓"이라는 내 이미지가 더 견고해질 뿐이었다.

나는 샘으로 알려지는 게 싫었다. 끔찍할 정도로 싫었다. 그 이미지와 어느 정도 화해하려고 노력했지만, 소용이 없었다. 사람들이 나한테 "〈아이칼리〉에 나오는 여자애처럼 보인다"고 할 때마다 나는 "아뇨, 전혀 아니에요!"라고 말했다. 사람들이 하루에도 몇 번씩 나한테 "샘!" "프라이드치킨!" "〈아이칼리〉 걸!"이라면서 사진을 찍자고 접근하면, 나는 싫다고 거절하고 자리를 떴다. 그들은 간혹 내게 욕설을 퍼부으며 건방지다고 말했다. 그래도 상관없었다.

하지만 내 실명을 아는 사람이라면 누구하고라도 사진을 찍을 것이다. 그렇지 않은 사람에게는 나도 예의를 차리고 싶지 않았다.

내가 자꾸 냉소적으로 대한다는 사실도, 걸핏하면 화를 낸다는 사실도 알고 있었다. 하지만 개의치 않았다. 나는 그 쇼에 내 청소년기를 빼앗겼다. 비판받거나 무시당하지 않고서 삶을 경험할 수 있는 평범한 학창 시절을 다 빼앗겼다.

열여섯 살이 되었을 무렵, 나는 명성을 극도로 싫어하게 되었고, 스물한 살이 된 지금은 명성을 경멸하는 지경에 이르렀다.

내가 어렸을 때 시작한 일로 유명해졌다는 사실은 도움이 되지 않았다. 사람들이 가령 중학생 때의 밴드 활동이나 7학년 때의 과학 프로젝트, 8학년 때의 연극 등 열세 살 무렵에 했던 일로 유명해진다면 어떨까, 생각해봤다. 중학교 시절엔 수시로 비틀거리고 넘어지며 온갖 실수를 저지른다. 열다섯 살이 될 무렵이면 벌써 그 시절을 비밀로 덮어두려 한다.

하지만 나는 그럴 수 없었다. 나는 어린 시절의 모습으로, 철없이 까불던 시절의 모습으로 사람들의 마음속에 단단히 박혀 있었다. 세상은 내가 그때보다 성장하도록 허락하지 않았다. 세상은 내가 다른 사람으로 살아가도록 허락하지 않았다. 언제까지나 샘 퍼켓으로 남아 있기를 바랐다.

이런 복에 겨운 소리가 얼마나 짜증스럽게 들리는지 잘 알고 있다. 수많은 사람이 유명해지기를 꿈꾸는데, 나는 지금 유명해져서 싫다고 투덜대고 있다. 나는 유명해지기를 꿈꿨던 사람이 아니었기에 싫어할 자격이 있다고 본다. 유명해지고 싶었던 사람은 내가 아니라 엄마였다. 엄마가 나를 여기까지 떠밀었다. 나는 다른 사람의 꿈을 미워할 수 있다. 그게 내 현실이라 할지라도.

66

나는 콜튼과 함께 우버 뒷좌석에 앉아 있었다. 길이가 아주 짧은 검정 원피스에 굽이 상당히 높은 구두를 신고 있었다. 굽이 높을수록 불안감을 조금이라도 덜 수 있을까 싶었지만, 아직까진 그런 운이 따르지 않았다.

폭식증 덕분에 처음 몇 달은 살이 계속 빠졌다. 하지만 그 몇 달이 지나자 폭식증은 나를 배신했다. 내 몸은 내가 섭취한 음식을 최대한 저장하려 들었다. 작아지기는커녕 오히려 더 커졌다.

폭식증을 앓은 지 몇 달 지나서 엄마가 정해준 내 목표 체중보다 5킬로그램이나 늘었다. 이 5킬로그램은 내가 아침에 눈을 뜰 때 가장 먼저 의식하는 문제였고, 밤에 잘 때 가장 마지막까지 고민하는 문제였으며, 낮 동안에 가장 자주 주목하는 문제였다. 나는 이 5킬로그램에 집착했다. 고문이 따로 없었다.

도저히 이해가 안 됐다. 내 몸은 왜 내가 원하는 대로 되지 않는 것일까? 폭식증은 왜 더 이상 나를 도와주지 않는 것일까? 나는 우리가 친구라고 생각했다. 폭식증이 내 뒤를 받쳐준다고 믿었다. 하지만 아니었다. 내가 이 관계를 완전히 오해했다. 그런데도 나는 여기에서 헤어날 수 없을 것 같았다. 폭식증에 종속되다 못해 아예 노예가 된 것 같았다.

우버 기사가 술집 앞에서 차를 세우고 우리를 내려줬다. 콜튼과 나는 곧장 술집으로 들어갔다. 친구들 몇 명이 벌써 와서 술을 마시고 있었다.

"생일 축하해!"

그들은 한목소리로 소리쳤다. 한 친구가 내게 테킬라를 한 잔 건넸다. 나는 재빨리 들이켰다. 다음 잔도, 또 다음 잔도 단숨에 들이켰다.

한 시간도 안 돼서 나는 잔뜩 취했다. 그때까지 오십 명 정도의 친구들이 찾아왔고, 다들 흥겹게 시간을 보냈다. 그런데 베서니라는 친구가 나를 향해 걸어오는 모습을 본 순간 상황이 확 바뀌었다. 베서니의 손에는 양초를 꽂은 케이크가 들려 있었다.

젠장. 양초를 꽂은 케이크라니, 제발 이것만은!

베서니는 케이크를 들지 않은 쪽 팔을 뻗어서 나를 꽉 껴안았다. 한쪽 팔로만 껴안았는데도 가슴이 답답했다. 그런 힘이 어디서 나오는지 신기했다.

"넌 포옹을 잘 못 하는구나." 베서니가 밸리 걸(Valley girl, 캘리포니아의 샌 페르난도 밸리에서 전형적으로 볼 수 있는, 발랄한 성격에 도발적인 옷차림, 쇼핑 같은 것에만 관심이 있는 부잣집 딸을 일컬음—옮긴이 주) 특유의 도발적이고 경쾌한 목소리로 말했다.

"어, 그래……."

"케이크 가져왔어. 네가 제일 좋아하는 바닐라 케이크야. 게다가 끝내주는 바닐라 버터크림 토핑이야. 멋지지 않니?"

"굉장해." 나는 속내를 감추고 말했다.

"그렇지? 지금 촛불을 끌까? 그래, 지금 촛불을 끄자." 베서니는 손가락을 튕기면서 군중을 향해 소리쳤다. "자자, 시작해!"

다들 노래를 부르기 시작했다. 음정이 제각각이었다. "생일 축하 노래"는 지구상에서 가장 인기 있는 노래인데 왜 이렇게 부르기 어렵단 말인가? 이 무슨 역겨운 농담이란 말인가?

그나마 차차차는 유행이 지났나 보았다. 나는 너무 취한 나머지 내 앞에 서서 다양한 음조로 노래하는 사람들의 흐릿한 이미지를 제대로 알아볼 수도 없었다. 마침내 노래가 끝나고 다들 나를 쳐다봤다. 조그마한 밀랍 막대기에서 타오르는 작은 불길을 꺼트리길 한마음으로 기다렸다.

바로 이거였다. 이게 바로 내가 애초에 케이크와 촛불을 원치 않았던 이유였다. 나는 생일 소원을 마주하고 싶지 않았다. 스물두 살 생일을 맞아 처음으로 나는 무슨 소원을 빌어야 할지 몰랐다. 평생 빌었던 소원이 물거품처럼 사라져버렸기 때문이다. 다 끝났다. 그동안 비밀리에 바랐던 소원, 나한테 통제력이 있다고 믿었으나 실제론 전혀 없었던 소원이 죄다 헛수고로 끝났다.

내 인생의 목적은 엄마를 살리고 행복하게 해주는 것이었지만 이젠 허사가 되었다. 엄마에게 집중하며 보냈던 숱한 세월이, 엄마를 가장 기쁘게 해줄 거라고 여겼던 일에 쏟았던 내 모든 생각과 행동이 죄다 무의미해졌다. 이젠 엄마가 죽고 없으니까.

나 자신을 진정으로 알고 싶은 열망을 포기한 채, 나는 무엇이 엄마를 행복하게 하고 무엇이 슬프게 하는지 등등 엄마라는 사람을 제대로 알려고 필사적으로 노력했다. 하지만 엄마가 곁에 없으니 이젠 내가 무엇을 원하는지 모르겠다. 나한테 무엇이 필요한지도, 내가 어떤 사람인지도 잘 모르겠다. 생일 소원으로 무엇을 빌어야 할지 정말 모르겠다.

몸을 앞으로 숙이고 촛불을 껐다. 속으로 아무 소원도 빌지 않았다.

"한 조각 먹어봐! 버터크림을 입혔다니까!"

베서니가 케이크를 자르며 소리치더니, 첫 번째 조각을 나한테 건넸다.

나는 한 입 베어 물고, "으음, 끝내주네"라는 표정으로 눈을 크게 떴다. 이 정도면 베서니가 만족하기를 바랐다. 진짜로 만족했는지, 베서니는 손뼉을 치면서 팔짝팔짝 뛰었다. 나는 그길로 화장실에 가서 토했다.

67

나한테도 희망이 생겼다. 몇 년 만에 처음으로. 넷플릭스의 새로운 시리즈인 〈큐 콘페티〉(Cue Confetti, 색종이 조각을 날리라는 뜻, 2015년에 〈비트윈〉(Between)이라는 제목으로 방영됨—옮긴이 주)에서 내게 주연 자리를 제안했다. 그것도 공동 주연이 아니라 단독 주연이었다. 물론 같이 연기하는 사람들이 있긴 하지만 내가 극을 이끌었다. 나는 네트워크 업그레이드를 고려해서 그 제안을 받아들이기로 했다.

물론 "받아들이기"가 가장 쉬운 선택은 아니었다. 파일럿 대본을 읽고 초반엔 우려를 표했었다. 업계에선 흔히 "촉이 오지 않는다"는 말로 에둘러 표현하지만, 정확하게 말하자면 "이런 쓰레기 같은 드라마를 누가 하겠어!"라는 뜻이다. 하지만 내 에이전트는 이 프로젝트를 하라고 재촉했다. 보수가 꽤 좋았던 데다 내가 당시에 제안받은 다른 프로젝트가 죄다 저급한 시트콤과 리얼리티 쇼였기 때문이다. 그들은 넷플릭스 같은 전도유망한 회사와 연을 맺어둘 가치가 있다고 했다. 그들의 논리가 타당해 보여서 나는 결국 계약서에 서명했다.

10월 1일, 내가 앞으로 3개월 동안 집이라고 부를, 뉴욕보다 더 깨끗하고 친절한 도시 토론토에 도착했다. 호텔 숙소에 들어서자 가슴이 설레고 자신감마저 솟구쳤다. 내 인생이 바뀌고 있다고, 이 일을 계기로 내 삶이 정상 궤도에 올라설 거라고 확신했다.

이젠 어린이 쇼가 아니라 진짜 쇼에 출연하는 것이었다. 어린이 쇼 스타는 알코올 중독과 폭식증으로 신세를 망칠 수 있었다. 하지만 넷플릭스 스타 같은 진정한 스타는 나락으로 떨어지지 않았다. 진정한 스타는 뭐든 척척 해냈다.

그래서 토론토의 요크빌에 도착한 날, 나는 진정한 스타로 거듭나고자 서점에 가서 자기계발서를 잔뜩 사왔다. 일주일 동안 샅샅이 훑어본 다음 확고한 사명 선언문을 생각해냈다. 지난 일주일 동안 스스로 계발한 지식의 총체를 요약한 사명 선언문이었다.

나 자신에게 집중하라.

일기장에 이 문구를 쓰고 다섯 번 터치했다. (이것은 내가 아직도 버리지 못한 OCD 틱 중 하나였다. 나는 여전히 화장실에 들어갈 때마다 빙그르르 돌았다. 그 정도는 그냥 재미로 여겼기 때문이다.)

나 자신에게 집중하기가 쉽지 않으리라는 사실은 익히 알았다. 지속적인 노력과 시간과 관심이 필요할 것이다. 어떤 문제든 내 주의를 흩트리는 일인 양 배척하거나 실제보다 작은 일인 양 무시하는 대신에 정면으로 부딪쳐 나갈 것이다. 내 문제를 처리하는 게 바로 내 일이 될 것이다. 나쁜 습관과 불안감, 자기 파괴적 패턴이 어디서, 왜 발생하는지 이해하려면, 그리고 설사 이런 나쁜 습관과 불안감, 자기 파괴적 패턴이 삶의 다양한 사건으로 계속해서 촉발되는 동안에도 끝까지 맞서서 이겨내려면, 영혼까지 탈탈 털어낼 만큼 자기 성찰이 필요할 것이다.

필요하다면 내 인생의 모든 것과 모든 사람을 털어낼 준비가 되었다. 오로지 나 자신에게 집중할 준비가 되었다.

스티븐을 만나기 전까지만 해도.

촬영 첫날, 트레일러에 앉아 2화부터 6화까지 대본을 훑어보는데 자꾸 암담한 생각이 떠올랐다.

아무래도 내가 넷플릭스의 첫 번째 실패작에 포함될 것 같았다. 파일럿 대본 때보다 더 촉이 오지 않았다. 예산도 기대했던 것보다 낮았다. 저예산 프로젝트에 문제가 있다는 말은 아니다. 다만 바이러스가 발생해서 스물한 살을 넘긴 사람은 죄다 죽어나가는 작은 마을을 배경으로 펼쳐지는 포스트-아포칼립스, 즉 종말을 주제로 한 드라마에 들어맞는 예산이 아니었다. 출연진과 제작진을 환영하는 사전 파티에 넷플릭스 측 인사가 한 명도 없었다. 이런 행사에는 항상 방송국의 고위 인사가 참석하기 마련인데, 도무지 이해가 안 갔다.

나는 전화기를 들고 내 에이전트에게 차례로 전화를 걸었다. 그들 중 한 명과 간신히 연결되었다. 내가 우려 사항을 말하자, 그는 넷플릭스 측 인사가 촬영장에 없었던 이유로 이 쇼가 넷플릭스와 시티TV(CityTV)라는 캐나다 방송국 간에 파트너십으로 제작되기 때문이라고 설명했다. 시티TV는 제작사이고 넷플릭스는 그저 배급사일 뿐이었다.

아, 이럴 수가! 이럴 수가!

그러니까 이 드라마는 넷플릭스의 〈큐 콘페티〉 쇼가 아니었다. 시티TV의 〈큐 어쩌고저쩌고〉 쇼였다.

한편으론 괜히 물어봤다는 생각이 들었다. 그냥 내가 넷플릭스 쇼에 출연한다고 순진하게 생각하며 앉아 있을 수 있기를 바랐다.

다른 한편으론 좀 더 일찍 물어봤어야 했다는 생각이 들었다. 그러면 애초에 이 쇼에 출연하겠다고 결정하지도 않았을 것이다.

전화를 끊고 트레일러에 앉아서 거울에 비친 내 모습을 쳐다봤다. 내 자신이 너무 부끄러웠다. 내 경력도 부끄러웠다. 자랑스럽게 내세울 만한 텔레비전 쇼에 출연하는 것보다 더 나쁜 일이 있다는 것을 알고 있었다. 하지만 그런 걸 안다고 해서 뭐가 달라지진 않았다. 그게 내 현실이었다. 얼굴을 들지 못할 만큼 부끄러웠다.

나는 좋은 작품을 하고 싶었다. 자랑스럽게 내세울 만한 작품을 하고 싶었다. 나한테 이 문제는 깊고 본질적인 차원에서 중요했다. 변화를 일으키고 싶었기 때문이다. 적어도 작품을 통해서 변화를 일으킨다고 느끼고 싶었다. 그러한 느낌과 연결되지 않는다면, 작품은 아무 의미도 없는 것 같았다. 그리고 나 자신이 아무 의미도 없는 것 같았다.

지금 토하면 얼굴이 붓고 눈에 눈물이 고여서 카메라에 고스란히 드러날 것이다. 하지만 나도 어쩔 수 없었다. 당장 토해야 했다. 내가 느끼는 이 수치심을 도저히 견딜 수 없었다. 평소의 대처 방법을 동원해야 했다. 싹 토해낸 뒤에 느끼는 고갈된 기분이 필요했다. 소파에서 벌떡 일어나는데, 때마침 트레일러 문을 두드리는 소리가 들렸다. 나를 촬영장으로 안내하려고 제작 보조원이 온 모양이었다. 젠장, 토할 시간이 없었다. 나는 트레일러 계단을 내려가서 보조원을 따라갔다. 오늘의 첫 장면을 찍을 장소는 눈보라가 휘몰아치고 있었다.

흩날리는 눈송이와 거센 바람 사이로 그가 보였다. 적갈색 머리칼에 영혼이 담긴 듯한 녹색 눈동자, 매력적으로 보이는 삐딱한 자세, 면바지에 패딩 재킷을 걸치고 털 방울이 달린 비니를 쓰고 있었다. 그는 스타 왜건 트레일러에 기대어 한쪽 발을 타이어에 올려놓은 채 담배를 피우고 있었다. 참으로 멋져 보였다. 그는 아이폰에 대고 영어와 이탈리아어를 섞어서 말했다.

"오케이, 오케이. 띠 아모. 챠오, 마마."

휴식 시간에 어머니에게 전화를 걸다니, 이런 남자가 진짜로 있단 말인가! 그는 전화를 끊고 나서 코트 주머니에 넣었다. 그런 다음 담배를 새로 꺼내서 불을 붙였다.

"스티븐! 촬영 시작해요." 제작 보조원이 나의 새로운 사랑에게 소리쳤다. 스티븐은 이번 촬영의 조감독이었다. 내 심장이 쿵쾅쿵쾅 뛰었다. 그러니까 앞으로 3개월 동안 평일엔 매일 그를 만날 수 있다는 뜻이었다.

"오케이." 스티븐은 이렇게 말한 후 촬영장으로 향했다.

내 머릿속에선 이미 스티븐과 어떻게 엮어갈지 상상의 나래가 펼쳐졌다. 자기계발서에는 목표를 설정할 때 융통성을 발휘하고 때맞춰 조정하라고 나와 있었다. 나는 기꺼이 조정할 의사가 있었다. 나 자신에게 집중하라는 목표를 당장 내버릴 수 있었다. 수치심과 굴욕감, 슬픔, 폭식증, 알코올 문제를 해결하려 애쓰고 싶지 않았다.

어쩌면 이 시티TV 쇼에 출연하는 게 썩 나쁘지 않을 것 같았다. 어쩌면 진짜로 색종이 조각을 날릴 가치가 있을지도 몰랐다.

68

2주 반 동안이나 우연을 가장해서 교묘하게 여러 번 마주친 후에야 스티븐은 내게 데이트를 청했다.

우리는 '사사프라즈'(Sassafraz)라는 레스토랑에서 술을 마셨다. 내가 묵고 있는 호텔 맞은편에 있었다. 스티븐은 호밀과 생강으로 우려낸 위스키를, 나는 진토닉을 주문했다.

스티븐에게는 착한 남자들이 흔히 풍기는 다정한 면모가 있었다. 까놓고 말해서, 그런 다정함은 따분하기 마련인데, 스티븐의 다정함에는 쿨한 분위기가 깔려 있었다. 아마도 그의 목소리 때문인 듯했다. 아, 그의 목소리는 정말 끝내줬다. 그에게서 내가 가장 좋아하는 부분이었다. 나직하면서 걸걸한 목소리는 아마도 하루 두 갑씩 피워대는 담배 때문일 것이다. 뭐, 괜찮다. 폐암은 나중에 대처하면 될 테니까.

스티븐은 평범한 듯하면서도 개성이 넘치는 사람이었다. 날카로움과 부드러움, 특이함과 수수함이 교묘하게 균형을 이루었다. 나는 그의 남다른 면모에 홀딱 빠졌다.

두 번째 데이트 때, 우리는 '잭 애스터스'(Jack Astor's)에 갔다. 캐나다의 TGI 프라이데이 격인 체인 레스토랑인데, 나초와 수프를 시켜서 나눠 먹었다. 나는 화장실에 가서 죄다 토하고 휴대용 리스테린으로 입을 헹군 다음 자리로 돌아왔다. 스티븐이 나를 보고 손을 흔들었다. 불과 몇 주 전만 해도 폭식증을 없앨까 했다는 사실이 믿기지 않았다. 이젠 마치 내 몸의 일부처럼, 꼭 필요한 습관처럼 느껴졌다. 나는 여전히 기댈 데가 있다는 사실에 안도했다.

우리는 두어 잔을 더 마신 후 내 숙소로 이동했다. 노트북으로 스탠드업 코미디 스페셜을 보면서 몇 잔 더 마셨다. 우리 사이엔 편안함과 안락함이 감돌았다. 아무것도 숨길 필요가 없었다. 삶에서 원하는 일과 원치 않는 일을 스스럼없이 이야기했다. 20대 초반에 느낄 수 있는 기이한 점, 과거의 관계, 과거의 상처, 희망, 꿈 따위를 터놓고 이야기했다. 새벽 1시까지 이야기를 나누다 소파에서 한 시간 동안 서로의 몸을 더듬었다. 그리고 새벽 4시까지 이야기를 이어갔다.

세 번째 데이트에선 스티븐의 제안으로 춤을 추러 갔다. 나는 너무 취해서 자제력을 완전히 잃었다. 스티븐과 나는 몸을 딱 붙이고 춤을 추었다. 평소라면 하찮게 여겼을 만한 일들이 마법처럼 황홀하게 느껴졌다. 그게 다 스티븐 덕분이었다. 남자한테 이런 감정을 느껴본 적이 없었다. 지금까지 첫사랑이라고 생각했던 조에 대한 감정도 지금의 이 감정에 비하면 너무 미숙하고 유치하게 느껴졌다. 이게 진짜 사랑이었다. 순수하고 심오한 사랑이었다. 나는 스티븐에게 온전히 인정받고 이해받는다고 느꼈고, 스티븐도 나한테서 똑같이 느끼는 것 같았다.

네 번째 데이트 때, 우리는 스티븐의 집에서 서바이벌 오디션 프로그램인 〈더 보이스〉(The Voice)를 봤다. 텔레비전 프로그램에 대한 그의 취향이 조금 미심쩍었지만, 스티븐과 함께 시간을 보낼 수 있다면 크리스티나 아길레라가 참가자들에게 판에 박힌 칭찬을 늘어놓는 모습을 보더라도 행복했다. 둘이서 테킬라 한 병을 비웠다. 마지막 몇 방울이 남았을 때 우리는 그의 소파에서 서로의 몸을 더듬기 시작했다. 그는 내 셔츠를 벗긴 후 자기 바지를 벗었다. 그리고 콘돔을 끼웠다. 세상에, 그는 책임감마저 갖춘 사람이었다!

우리는 처음으로 섹스를 했다. 신기하게도, 섹스하는 동안 내 머릿속에서 펼쳐지던 실황 중계가 이번엔 한마디도 들리지 않았다.

그전에는 섹스할 때 머리와 몸이 따로 놀았다. 몸에서 벌어지는 일을 머리에서 일일이 중계했다. 상대가 알아차리지 못하도록 중간에 신음도 곁들였다. 하지만 이번엔 달랐다. 이번엔 그 순간에 온전히 빠져들었다. 스티븐은 나를 싹 잊게 했다. 정신이 아득했다. 너무 좋았다.

갑자기 눈물이 나왔다. 스티븐이 괜찮냐고 물었다. 나는 사실대로 말했다. 섹스가 원래 이런 느낌인 줄 이제야 알게 돼서 감격했다고 했다. 스티븐이 더 진하게 키스했다. 우리는 섹스를 몇 번 더 했다. 스티븐이 내게 자고 가라면서, 언제까지나 내 옆에서 잠들고 싶다고 했다. 크리스티나가 휘트니 휴스턴의 노래를 부른 젊은 여자를 칭찬했다. 그래, 다 잘될 거야.

69

푹신한 거실 소파에 앉아 있는데, 위층에서 빌리가 착암기로 벽을 뚫는 소리가 연신 들렸다. 캘리포니아에 있는 집으로 돌아온 지도 벌써 3주나 지났다. 토론토에서 흩날리던 요정의 마법 가루가 다 가라앉았다.

그동안 스티븐에게 집착하다 보니, 넷플릭스가 배급만 하는 프로그램의 품질과 나의 전반적인 상태에 대한 불안감이 어느 정도 억제되었다. 하지만 지금은 스티븐이 곁에 없으니, 다시 불안해졌다.

이 프로그램이 내 경력을 끝장내지 않을까? 더 나아가, 또 다른 난처한 현상으로 번져서 내 정체성에 먹칠하지 않을까?

그나저나 내 정체성은 무엇일까? 그건 대체 어떻게 생겨 먹은 것일까? 내가 그걸 어찌 알겠는가? 어렸을 때부터 청소년기를 거쳐 성인기에 들어선 지금까지 내내 다른 사람인 척하면서 살았다. 나 자신을 찾는 데 써야 할 그 시기에 나는 늘 다른 사람인 척하면서 보냈다. 캐릭터(character, 인격)를 갈고 닦아야 할 그 시기에 나는 온 갖 캐릭터(등장인물)를 구축하면서 보냈다.

연기를 그만둬야 한다는 생각이 그 어느 때보다 확고했다. 연기는 내 정신적, 정서적 건강에 도움이 되지 않았다. 오히려 그 둘에 피해를 줬다. 내 정신적, 정서적 건강을 해치는 다른 요인으론 또 무엇이 있을까? 깊이 따져볼 것도 없이 섭식 장애와 알코올 문제를 꼽을 수 있었다.

연기와 폭식증과 알코올. 이것들을 끊어내야 한다고 확신하면 할수록 도저히 끊어낼 수 없다는 생각이 들었다. 이들을 원망하면 할수록 오히려 이들이 나를 명확히 정의했다. 이게 바로 내 정체성이었다. 어쩌면 그래서 내가 이것들을 원망하는지도 모르겠다. 이러한 깨달음은 곧 스트레스를 유발했고, 여느 스트레스와 마찬가지로 나를 화장실로 이끌었다. 또다시 변기 앞에 꿇어앉았다. 소파로 다시 돌아오니, 스티븐에게서 온 부재중 전화가 찍혀 있었다.

내가 토론토를 떠나던 날 스티븐과 나는 공식 커플이 되었다. 그제야 마음이 조금 놓였다. 나는 우리 사이가 일시적 만남으로 끝날까 봐 무척 두려웠다. 한바탕 즐기고 헤어지는 불장난이나 무료한 직장 생활을 달래줄 소일거리에 지나지 않는다면, 내가 우리 사이를 단단히 오해했다는 뜻일 것이다. 내가 어리석었다는 뜻일 것이다. 나는 우리 사이에 뭔가 진실한 면이 있다고 확신했지만, 이런 내 마음을 지지하고 내 지위를 뒷받침해줄 증표가 필요했다.

비행기가 이륙하기로 예정된 날 아침, 스티븐이 나를 깨우더니 자신의 "여자"가 되어달라는 편지를 내밀었다. 그런 스티븐을 떠나려니 가슴이 미어졌다. 택시에 올라 작별을 고했던 순간은 내 평생 느꼈던 가장 강렬한 감정 가운데 하나였다. 불안감과 두려움과 무력감에 휩싸인 격정적 상태였다. 우리의 미래가 어떻게 흘러갈지 알 수 없었다. 게다가 멀리 떨어져 지내게 되면서 더욱 불안했다. 지난 몇 달은 그저 환상이나 망상에 불과했을 수도 있다. 어쩌면 스티븐은 그의 일상으로 돌아갈 것이고, 나는 내 일상으로 돌아갈 것이다. 증표를 받았다 해도 결국 각자의 일상으로 돌아가 서서히 잊게 될 것이다.

그런 이유로, 지금 스티븐이 내게 전화했다는 사실에 안도했다. 이 전화가 무엇을 뜻하는지 알았기 때문이다. 간밤에 페이스 타임으로 세 시간 동안 영상통화를 하면서, 스티븐은 나와 한시도 더 떨어져 있을 수 없으니 LA행 비행기 표를 알아보고 혹시라도 구하면 아침에 연락하겠다고 했다. 이 전화는 그가 표를 구했다는 뜻이었다. 이 전화는 스티븐이 나를 만나러 오늘 온다는 뜻이었다. 이 전화는 우리 사이가 한바탕 즐기고 헤어지는 불장난이 아니라는 뜻이었다.

***

스티븐의 비행기가 착륙했다. 그는 이삼 일 정도 머물 예정이라 휴대용 가방만 챙겨왔다. 그래서 금세 우버에 올라타고 내게로 향했다. 오는 내내 나와 문자를 주고받았다. 나는 차분히 기다릴 수 없었다. 빌리를 황급히 쫓아냈기 때문에 그의 연장이 사방에 흩어져 있었다. (그나저나 이놈의 수리는 언제쯤 끝날까? 벌써 1년이 넘었다.)

문 두드리는 소리가 들렸다. 나는 스티븐을 집 안으로 들였다. 3주 동안 휴대폰 화면으로만 보던 그를 직접 만나니 심장이 쿵쾅거렸다. 하지만 처음엔 둘 다 쭈뼛거렸다. 대화도 어색했다. 나는 겁이 덜컥 났다. LA에선 우리 사이가 서먹해진 것일까? 토론토에 있을 때 황홀했던 마법이 LA에선 풀려버린 것일까?

내 인생에서 가장 긴 3분이 흐른 뒤, 마침내 스티븐이 나를 껴안고 애무를 시작했다. 그는 내 옷을 벗겼고, 나는 그의 옷을 벗겼다.

그가 주머니에서 콘돔을 꺼내 음경에 끼운 다음, 내 쪽으로 훅 내밀었다. 나는 그 모습에 홀렸고, 우리는 소파에서 세 번이나 섹스했다. 그런 다음 이야기를 시작했는데 모든 게 정상으로 돌아온 듯 술술 풀렸다. 몸도 마음도 아주 편안했다. 아까의 그 서먹함은 성적 긴장감 때문인 듯했다.

한 시간 동안 이런저런 이야기를 나눈 뒤, 스티븐은 소변을 보러 화장실에 갔다. 그런데 돌아올 때 보니 표정이 안 좋았다. 뭔가 걱정스러운 일이 생긴 듯했다. 그는 나와 거리를 두고 거실의 아치형 출입구에 멈춰 섰다. 선뜻 말하지 못하고 조심스러워하는 것 같았다.

"뭔데?" 결국 내가 먼저 물었다.

"제니……." 스티븐이 걱정스럽게 말했다.

"뭐냐니까?" 나는 조금 전보다 더 안달하며 물었다. "그러니까 겁나잖아. 대체 무슨 일인데 그래?"

"그게 말이야……."

스티븐은 아래를 내려다보며 체리목 바닥을 발로 문질렀다. 나는 스티븐이 무슨 말을 하려는지 전혀 알 수 없었지만, 시간을 끌수록 더 초조했다. 그냥 얼른 말해줬으면 싶었다.

"혹시 무슨 문제 있어?" 그가 마침내 물었다.

"문제?"

"그래, 문제."

"무슨 말인지 잘 모르겠는데……."

"변기에 토사물이 묻어 있었어."

"아, 그거?" 나는 애써 대수롭지 않은 일인 듯 말했다. "글쎄, 나는 그걸 문제라고 생각하지 않아. 그건 그냥…… 내가 하는 일일 뿐이야."

스티븐은 전혀 수긍하지 않는 눈치였다.

"그러니까 자기가 담배를 피우는 것과 같아." 나는 그의 문제를 끌어들였다. "자기는 담배를 피우고 나는 토를 하는 거야. 이런 건 그냥 우리가 행하는 일일 뿐이야."

"아니, 이건 달라." 스티븐이 단호하게 말했다. "폭식증은 너를 죽일 수 있어."

"담배도 자기를 죽일 수 있어."

"그래, 하지만 난 끊을 거야."

"맞아. 나도 끊을 거야."

스티븐이 한숨을 쉬었다.

"난 그저 네가 건강하고 괜찮았으면 좋겠어, 제니."

"난 대체로 건강하고 괜찮아."

"아니, 그렇지 않아."

"대체로 그렇다니까."

스티븐은 엄한 표정으로 나를 유심히 쳐다봤다. 이런 얼굴로 나를 대하긴 처음이었다. 부모가 자식을 대하는 듯한 엄하면서도 안타까운 그의 표정이 마음에 들지 않았다. 하지만 내가 좋든 싫든 그는 생각을 바꿀 것 같지 않았다. 도저히 그를 설득할 수 있을 것 같지 않았다.

"제니, 넌 도움을 받아야 해. 그렇지 않으면 난…… 난 너랑 함께 있을 수 없어. 네가 이런 짓을 저지르는 모습을 도저히 지켜볼 수 없어."

나는 깜짝 놀랐다. '진심이야?'

그가 눈빛으로 대답했다. '진심이야.'

이런, 젠장.

70

나는 지금 로라의 센추리 시티 사무실에 앉아 있다. 처음 와본 치료사의 대기실은 내 예상과 상당히 달랐다. 환자를 진료하는 곳인데도 전혀 병원 같지 않았다. 편안하고 아늑했다. 물론 로라는 치료사이자 인생 전반에 대해 조언과 코치를 해주는 상담자라 일반 치료사보다 장식을 더 많이 했는지 모르겠다. 뭐가 됐든 별로 신뢰가 가진 않았다.

자기계발서가 잔뜩 꽂힌 책장 옆에는 코바늘로 뜬 청록색 쿠션이 놓여 있었다. 내가 앉아 있는 오렌지색 의자에는 크림색의 니트 담요가 드리워 있었다.

'보호 치크(Boho Chic, 자연 직물과 뉴트럴 컬러로 편안하고 아늑한 분위기를 연출한 보헤미안 스타일의 인테리어─옮긴이 주)로군.'

리뷰 어플인 '옐프'(Yelp)의 후기를 읽었다면 이런 점을 먼저 알았겠지만, 별점 다섯 개짜리 평가가 많기에 그냥 이곳으로 예약해버렸다. 게다가 굳이 시간을 내서 남들이 쓴 후기를 꼼꼼히 읽고 싶어 하는 사람이 어디 있겠는가? 일없이 후기나 쓰면서 시간 죽이는 사람들을 누가 믿겠는가?

나는 부드러운 니트 담요를 쓰다듬으며 어떻게 시작할지 궁리했다. 그냥 가벼운 마음으로 임하고 싶었다. 치료실 의자에 털썩 주저앉아 가엾은 치료사가 학위 취득을 후회할 정도로 온갖 문제를 투덜대고 싶진 않았다. 때마침 로라가 나를 맞으러 나왔다.

"제넷?"

대기실에 앉아 있는 사람은 나뿐이고 이 시간에 예약한 사람도 나뿐인데도 그녀의 말끝이 올라갔다.

"로라?"

나도 덩달아 말끝을 올렸다. 로라가 활짝 웃으며 고른 치열을 드러냈다. 그녀도 화이트스트립스 미백제를 사용하는가 보았다.

"안녕하세요!"

로라가 나를 향해 걸어오는데, 마치 공중에 떠서 움직이는 듯했다. 발목 아래까지 길게 늘어진 꽃무늬 주름 스커트 때문인지, 아니면 그녀의 걸음걸이가 원래 땅을 밟지 않는 듯 사뿐거리는지 알 수 없었다. 나는 그녀에게 흥미를 느꼈다.

로라가 나를 끌어안았다. 원래 포옹을 좋아하는 편이 아니지만, 따뜻하고 미더운 로라의 포옹은 거부할 수 없었다. 로라에게선 건조기에서 막 꺼낸 시트 냄새가 났다. 폭 안기고 싶은 마음에 그 냄새를 조심스레 맡았다.

로라는 내 팔뚝을 그대로 잡은 채 몸을 뒤로 빼더니 내 눈을 지그시 쳐다봤다. 다른 사람이었다면 나는 대뜸 방어적으로 굴었을 것이다. 하지만 로라는 뭔가 달랐다. 여기선 일반적인 규칙이 적용되지 않았다.

"자, 시작해볼까요?" 로라가 두 눈을 반짝이며 물었다.

그래요, 로라. 얼른 시작해요!

나는 로라의 작은 사무실로 안내받았다. 대기실과 마찬가지로 아늑한 분위기였다. 로라의 맞은편에 앉아 있는데, 아까 궁리해둔 계획은 로라에 의해 진작 무장 해제되었다.

로라가 내게 어떻게 해서 이곳에 왔는지 물었다. 나는 스티븐의 최후통첩을 언급한 후, 그를 너무나 사랑하고 이번 일이 잘 해결되기를 바라는 마음에서 왔다고 말했다.

"그렇군요. 흠, 괜찮아요. 하지만 치료는 우리가 하겠다고 결정해야 할 사안이에요. 다른 누군가를 위해서가 아니라 우리 자신을 위해서 스스로 변하고 싶어 해야 해요."

로라는 잠시 멈추고 차를 길게 한 모금 마셨다.

"그러니까 제넷, 당신은 변하고 싶나요?"

"그야 그렇죠."

한마디로 답하긴 어려운 사안이었지만 일단은 그렇다고 말했다. 마치 로라는 캐스팅 감독이고 나는 아역 배우라서, 콜백을 받을 만한 답변을 내놔야 할 것 같았다. 네, 나는 수영할 수 있어요. 네, 나는 스카이콩콩을 탈 수 있어요. 네, 나는 변하고 싶어요.

"좋아요." 로라가 말했다.

로라는 내게 요즘 어떤 고민이 있는지, 스티븐이 정확히 왜 치료를 받아보라고 제안했는지 물었다. 나는 바로 뛰어들어서 엄마의 죽음과 폭식증, 알코올 문제, 그간의 작품 활동에 대해 털어놨다. 구체적인 내용은 앞으로 더 풀어갈 시간이 많을 터라 최대한 간단명료하게 설명했다.

로라는 나긋나긋한 목소리로 우리가 앞으로 어떻게 풀어갈지 개략적으로 설명했다.

"나는 회복을 위해서 전체론적 접근법을 활용하기 때문에 우리의 치료 세션에 다양한 방법을 동원할 거예요. 오늘은 일단 인생의 수레바퀴(life wheel, 인생을 수레바퀴라고 생각하고 각 영역의 만족도를 표시해서 현재 상황을 직시하고 그 상태에서 균형 잡힌 삶으로 나아가는 방법─옮긴이 주)에 초점을 맞춰 어디서부터 시작할지 파악하고 이를 벤치마크 삼아 진행 상황을 추적할 거예요."

나는 인생의 수레바퀴가 뭔지도 모르면서 고개를 끄덕였다. 그게 뭐든 일단 돌려보자고요, 로라.

"앞으로 4개월 동안 우리는 함께 장도 보고 요리도 할 거예요. 여러 가지 실험적 활동을 통해 당신의 취미와 열정을 발견하고, 섭식 장애와 관련된 책을 읽으며 당신이 공감하는 점과 안 하는 점을 메모할 거예요. 아울러 균형 잡히면서 비강박적인 신체 활동을 탐색할 거예요."(내 섭식 장애는 운동으로도 해석되었다. 나는 일주일에 두 번씩 하프 마라톤을 뛰고 이틀에 한 번씩 10킬로미터에서 15킬로미터를 뛰는 셈이라고 했다.)

로라의 설명은 죄다 그럴듯하게 들렸다. 이 모든 과정을 로라가 함께할 테고, 내가 거부하면 스티븐을 잃게 될 터였다. 자, 그럼 어디에 서명하면 되는 거야? 얼른 등록시켜줘. 난 변할 준비가 됐다고.

71

햇볕에 그을린 효과를 주는 스프레이를 뿌렸더니, 몸에서 토스트 타는 냄새와 개 오줌 냄새가 났다. 문득 드웨인 "더 록"(The Rock) 존슨도 이 냄새를 맡았는지 궁금했다('더 록'은 드웨인 존슨이 1996~1998 WWF/WWE 시절 프로레슬링 선수로 뛸 때 별명이다—옮긴이 주). 설사 맡았더라도 나처럼 구시렁대진 않았을 것이다. 그가 새삼 대단하게 느껴졌다.

나는 시상식 무대 뒤에서 광고 방송이 끝나고 내 차례가 되길 기다리고 있었다. 그게 틴 초이스 어워즈인지 피플스 초이스 어워즈인지 팬 페이버릿 어워즈인지 모르겠다. 뭔들 다르겠는가. 꽃무늬를 좋아하지 않는데도 청록색의 꽃무늬 투피스에 발목을 파고들 정도로 끈을 꽉 조인 고가의 하이힐을 착용하고 있었다. 네트워크에서 제공한 복장이라 어쩔 수 없이 입었다.

넷플릭스 쇼가 아직 방영되지 않았기에 나는 여전히 니켈로디언 쇼로만 알려져 있었다. 네트워크에선 여전히 〈샘 & 캣〉의 새로운 에피소드를 방영하고 있었다. 그 덕에 나는 여전히 만면에 미소를 띠고 엉덩이에 손을 얹은 모습으로 10대 잡지의 표지를 장식하면서 아무 근심도 없는 스타의 이미지로 세상을 주무르고 있었다. 하하.

로라를 만난 지 한 달이 지났지만, 처음 그녀의 푹신한 의자에 앉았을 때보다 기분이 더 안 좋았다. 일단, 나를 로라의 의자에 앉게 한 당사자인 스티븐이 애틀랜타에서 진행하는 프로그램 때문에 내 곁을 떠나고 없었기 때문이다. 다음으로, 지금 상황이 얼마나 암울한지 직시했기 때문이다. 나는 알코올 섭취(큰 문제)와 폭식증(더 큰 문제), 엄마의 죽음에 따른 슬픔(극복할 수 없는 문제)을 더 이상 부정할 수 없는 상태에 이르렀다.

로라와 함께한 프로그램의 첫 3주 동안 나는 정보를 수집하여 내가 정확히 어디에 있는지 파악했다. 그런데 지금까지 수집된 정보가 전혀 마음에 들지 않았다.

나는 하루에 다섯 번에서 열 번 정도 폭식과 구토를 반복하고, 밤마다 독한 술을 여덟 잔에서 아홉 잔 정도 마셨다. 로라와 함께한 첫 3주는 내 상황이 얼마나 암울한지, 내가 얼마나 잘못되었는지 여실히 보여주었다.

하지만 이제 4주차에 접어들면서 우리는 주 5회 관리 세션에 들어갔다. 로라는 이제 내 일상이 얼마나 한심한지 평가하는 대신에 변화를 향해 나아가도록 돕기 시작했다. 우리는 이미 폭식과 구토와 알코올 섭취를 유발하는 요인을 파악했고, 이번 레드카펫 행사는 어느 면으로 봐도 경계 목록의 상단을 차지했다. 행사 자체에서 오는 스트레스 때문만이 아니라 이런 행사에서 제공하는 엄청난 양의 음식 때문이었다. 엄청난 양의 음식은 곧 엄청난 폭식 및/또는 구토 기회를 뜻했다. 그런 이유로, 로라와 나는 앞으로 몇 달 동안 모든 행사에 동행하기로 했다. 그래야 로라가 내 행동을 감시하고 감정적으로나 정신적으로 지원할 수 있을 테니까.

조명이 어두워지자 객석이 보였다. 로라는 맨 앞줄에 앉아 있었다. 눈이 마주치자 로라는 빙그레 웃으며 입 모양으로 '당신은 할 수 있어요'라고 말하기 시작했다. 그런데 '있어요'라는 말을 하려는 참에 한 엄마가 아이들을 우르르 앞세우며 로라 앞으로 지나갔다. 로라는 '실례하세요'라는 표정을 지으려다 그 엄마가 앤젤리나 졸리인 걸 파악하고 바로 '세상에, 이런 영광스러운 일이!'라는 표정으로 바꾸었다.

나는 조명이 다시 켜지기 전 잠깐이라도 로라와 눈을 마주치려 애썼다. 그녀의 지지가 절실했다. 내 간절함이 그녀의 영혼까지 꿰뚫을 거라고 확신했지만, 오산이었다. 그녀의 관심은 이미 앤젤리나에게로 넘어갔다. 그렇다고 로라를 탓할 순 없었다. 다 이해했다.

카메라 감독인 칩이, (실은 그의 이름을 정확히 모르지만, 카메라 감독의 이름이 칩일 확률은 90퍼센트에 이른다.) 한 손을 들고 카운트다운을 시작했다. 신경이 곤두섰다.

조명이 들어오자 몸서리가 쳐졌다. 오만 가지 시상식에 몇 번을 참석해도 조명에는 도무지 익숙해지지 않았다. 눈을 제대로 뜨기도 어려웠다. 온갖 사소한 이유로 상을 주거나 받으러 무대에 올라온 사람들이 눈을 가늘게 뜨지 않는다는 게 놀라울 따름이었다.

나는 환한 미소와 '신나는' 목소리로 프롬프터에 떠 있는 내용을 읊기 시작했다. 내 손이 제멋대로 움직이는 것을 알아차렸지만 통제할 수가 없었다. 몸과 마음이 완전히 따로 놀았다.

닉 조나스가 당당히 걸어 나와 상을 받자 조명이 다시 꺼졌다. 나는 물속에서 숨을 오래 참다가 올라온 사람처럼 헐떡거렸다. 고개를 숙이고 손을 쳐다봤다. 어두워진 조명에 눈이 아직 적응하지 못해서 아무것도 보이지 않았다. 하지만 굳이 보지 않아도 덜덜 떨린다는 걸 알 수 있었다.

다부진 체구의 보안 요원이 다가와 나를 무대 뒤로 안내했다. 그를 따라가는데 가느다란 물줄기가 뺨을 타고 주르르 흘러내렸다. 젠장. 눈물이었다.

어둑한 무대 뒤 통로에 이르자 손이 잘 보였다. 단단한 공처럼 꽉 쥔 채로 덜덜 떨고 있었다. 이보다 더 뚜렷한 증거가 필요하지 않았다. 나는 공황 발작을 일으키고 있었고, 그 이유도 정확히 알았다.

오늘은 한 번도 토하지 않았다. 로라는 자기와 점심을 함께 먹겠다고 약속해야 이번 행사에 동행하겠다고 했다. 내가 본능적으로 시상식 전에 잔뜩 굶주리다 결국 폭식과 구토를 감행하리라고 간파했기 때문이다. 로라는 우리를 위해 몸에 좋은 음식을 주문했고, 내가 까탈스러운 세 살배기처럼 음식을 깨작거리는 동안 참을성 있게 앉아 있었다.

"입맛이 없겠지만 그래도 먹어둬야 해요. 배 속이 너무 허한 상태로는 감당할 수 없을 거예요."

하지만 나는 거의 한 시간 동안 음식에 손도 대지 않았다. 우리를 행사장에 데려다줄 리무진이 도착하자 나는 의자를 뒤로 밀고 벌떡 일어났다. 하지만 로라의 '이대론 안 돼!' 하는 표정에 결국 도로 앉고 말았다. 내가 몇 입 먹자 로라가 조금 더 먹으라고 권했다. 내 배 속에 기어이 음식이 들어간 후에야 우리는 캐딜락에 올랐다.

행사장으로 가는 길은 지옥 같았다. 머릿속에선 내가 얼마나 많은 음식을 섭취했고 그 음식의 칼로리가 얼마인지 계산하느라 바빴다. 그걸 제거할 수 없다는 사실 외에는 아무 생각도 안 들었다. 당장 화장실로 달려가고 싶은데, 45분 동안 라디오에선 느려 터진

R&B 음악만 흘러나왔다. (로라의 음악 취향이 의심스러웠다.)

"음, 괜찮으십니까?" 다부진 체구의 보안 요원이 내게 물었다.

무너지기 일보 직전인데 괜찮을 리가 있겠는가? 나는 대충 얼버무리고 눈물을 닦은 다음 무대 뒤로 통하는 문을 밀어젖혔다. 제일 먼저 뷔페 테이블이 눈에 들어왔다. 테이블에는 출연진을 위한 음식이 푸짐하게 차려져 있었다. 샐러드, 올리브, 미니 소시지, 새우 칵테일, 미니 치즈 샌드위치, 팝콘 치킨, 치즈버거 슬라이더⋯⋯.

제기랄. 치즈버거 슬라이더! 나는 고기와 치즈가 듬뿍 들어간 슬라이더를 입속에 욱여넣은 다음 화장실로 달려가 재빨리 토하고 싶은 마음이 간절했다. 토하고 나면 아드레날린이 솟구치고 육체적으로 너무 지쳐서 불안감을 느낄 여유가 없을 것이다. 당장 이 치료제가 필요했다.

하지만 그럴 수는 없었다. 그러지 말라고 로라가 나와 동행했다. 로라! 그래, 나한테는 로라가 필요했다. 로라는 지금 어디 있을까?

나는 미친 듯이 주변을 둘러봤다. 〈모던 패밀리〉의 매니가 〈빅뱅이론〉의 셸든과 수다를 떨고 있었다. 구석에서 손톱을 물어뜯고 있는 크리스틴 스튜어트에게 퍼기가 다가가 말을 붙였다. 고개를 반대쪽으로 돌리자 드디어 로라가 보였다. 애덤 샌들러와 무슨 이야기를 주고받는지 환하게 웃고 있었다. 그에게 반한 게 분명했다. 누군들 그에게 반하지 않겠는가? 〈백만장자 빌리〉(Billy Madison)에서 애덤 샌들러가 욕조에 몸을 담근 채 "샴푸가 더 좋아"(shampoo is better)를 연기한 장면은 어린 시절 나한테 진정한 포르노였다.

마음이 찢어졌다. 미국에서 가장 인기 있는 '얼간이 겸 인디 영화계의 총아'와 흥미진진한 토론을 벌이는 로라에게 달려가 내가 지금 공황 발작을 일으키고 있다고 말할까? 아니면 뷔페 테이블로 달려가 온갖 간식으로 볼을 빵빵하게 채운 다음 화장실에서 토할까? 어느 치료제를 선택할까?

나는 뷔페 테이블로 직행해서 음식 담을 빈 접시를 집지도 않고 바로 치즈버거 슬라이더를 양손에 들고 입속에 밀어 넣기 시작했다. 내가 뭘 하는지 아무도 볼 수 없도록 등을 돌렸다. 슬라이더 한 개를 끝내고 두 번째 슬라이더를 반쯤 먹었을 때 옆에서 웬 목소리가 들렸다.

"당신이 뭐라도 먹으니까 참 좋네요. 조금 천천히 먹으면 더 좋겠어요. 그리고 토하지 않고 당신 감정을 다스릴 수 있도록 나와 잠시 조용한 곳으로 물러나 있으면 해요. 어때요?"

가슴이 철렁 내려앉았다. 허겁지겁 먹어 치운 치즈버거 슬라이더가 배 속에서 돌덩이처럼 느껴졌다. 로라가 좋은 뜻으로 이런다는 걸 알지만, 지금은 그런 로라가 싫었다. 토할 기회를 차단하는 로라가 정말 싫었다.

"그러지 말고 지금 나가는 게 어떨까요?"

로라가 제안했다. 아마도 내 뺨에 생긴 눈물 자국이나 꽉 움켜쥔 주먹을 포착했거나, 아니면 슬라이더를 토할 수 없다는 사실에 내가 얼마나 절망했는지 간파한 듯했다.

차에 올라타자마자 나는 흐느껴 울었다. 공황 발작이 본격적으로 일어났다. 죽을 것 같았다.

"아아악! 내가 미쳤지, 미쳤어. 슬라이더를 먹다니!! 빌어먹을 슬라이더를 먹다니!!!"

"알아요, 알아." 로라가 다정하게 말하며 내 머리를 쓰다듬었다.

"당신은 잘하고 있어요, 잘하고 있다고요."

정말? 나는 전혀 '잘하고' 있다는 기분이 들지 않았다. 달랑 세 줄밖에 안 되는 프롬프터 대사에 덜덜 떨었고, 치즈버거 두 개를 정신없이 먹어 치운 후 완전히 무너져버렸다. 로라는 내 몸이 오랫동안 그 습관에 익숙한 데다 그 습관이 감정을 억제하는 원천이었기 때문에 이런 식의 반응이 정상이라고 했다. 하지만 나는 전혀 정상처럼 느껴지지 않았다. 오히려 너무나 굴욕적으로 느껴졌다.

나는 계속 울부짖었다. 리무진 기사는 멍하니 앞만 주시했다. 반짝이는 가죽 시트에 오렌지색 태닝 스프레이 냄새를 묻히는 히스테리성 폭식증 환자에게 이 정도로 무덤덤하다면, 그가 자신의 캐딜락 뒷좌석에서 무슨 일을 목격해왔을지 생각하고 싶지도 않았다.

"기사님, 라디오를 KOST 103.5로 좀 틀어주시겠어요?" 로라가 정중하게 부탁했다.

기사가 라디오 채널을 바꾸자 글로리아 에스테판의 〈리듬이 당신을 사로잡을 거예요〉(Rhythm is Gonna Get You)가 흘러나왔다.

"엄마가 글로리아 에스테판을 정말 좋아했어요!"

나는 흐느끼면서 로라의 무릎으로 쓰러졌다. 로라의 발가락이 박자에 맞춰 까닥거리는 게 보였다. 리듬이 진짜로 그녀를 사로잡았다.

"제넷……." 로라가 말하다 말고 입술을 문질렀다. 로라는 뭔가 중요한 말을 한다고 느낄 때마다 그랬다. "회복할 땐 누구나 그렇답니다."

누군가가 정곡을 찌른다고 생각하며 던진 말이 완전히 헛소리로 들릴 때 나는 극심한 감정적 단절을 느꼈다. 지금이 딱 그랬다.

그 단절감을 더 악화시키려는 듯, 로라가 눈을 감고 방금 한 말을
반복했다.

"회복할 땐……."

안 돼요, 로라. 강조하려고 뜸 들이지 말아요. 제발!

"…… 누구나 그렇답니다."

72

    나는 로라의 맞은편에 놓인 푹신한 의자에 앉아서 한숨을 내쉬었다. 일이 잘 안 풀릴 때 뱉는 묵직한 한숨과 달리, 어떤 과제를 해낸 뒤에 기뻐서 얼른 자랑하고 싶을 때 뱉는 한숨에 가까웠다.

    마침내 그 일을 해냈다. 토하지 않고 꼬박 24시간을 보냈다. 그게 뭐 대단한 일인가 싶겠지마는 나한텐 대단한 일이었다. 하루에도 몇 번씩 폭식과 구토를 반복한 지 벌써 3년째였다. 그동안 이놈의 섭식 장애에 지배당한다고 느꼈다. 로라와 함께한 후로도 토하지 않고 보낸 날이 단 하루도 없었다. 치료 세션을 힘들게 마치고 집에 돌아오자마자 억눌린 감정적 혼란이 완전히 해소될 때까지 토하고 또 토했다. 그래놓고 다음 날 로라를 찾아가 전날의 잘못을 토로했다. 그러면 우리는 다시 처음부터 시작했다. 끔찍한 패턴이 계속 반복되면서 좌절감과 실망감을 감당하기 힘들었다. 그런데 이번엔 마침내 해냈다.

    어제 아침 세션 이후로 나는 한 번도 토하지 않았다. 내 한숨은 빌어먹을 승자의 한숨이었고, 로라는 그 점을 놓치지 않았다. 미소를 지으며 내게 하고 싶은 말이 있느냐고 물었다. 내가 좋은 소식을 전하자 로라는 손뼉을 치면서 어떻게 그럴 수 있었는지, 어떻게 해냈는지 물었다.

    그때부터 내 자부심이 서서히 줄어들기 시작했다. 정말 힘들었고, 또다시 그렇게 할 수 있을지 자신이 없었다. 24시간 동안 토하지 않으려고 나는 거의 쉬지 않고 감정 일기를 썼다. 감정을 파악하기도 어려운데 그 감정을 글로 적으려니 더 어려웠다. 혼자서 몇 번이나 흐느끼다 간밤에 로라에게 세 번이나 전화해서, "온갖 불편한 점들은 옵션으로 따라오는 건가요?"라고 따져 묻기도 했다. 로라는 내가 구체적 성과를 거두도록 소통 통로를 열어주었다.

폭식증으로 내 주의를 돌리는 대신, 이 강력하고 혼란스러운 감정 덩어리를 그대로 느끼는 일은 너무나 벅찼다. 폭식증은 지속 불가능한 해결책이긴 해도 이러한 감정을 일시적으로 없애도록 도와주었다. 이러한 감정에 직면하는 일이 불가능하게 느껴졌다. 그걸 제대로 파악할 수조차 없는데 어떻게 맞서서 이겨낼 수 있겠는가?

내가 두렵다고 말하자 로라는 한 단계씩 밟아나가는 거라고, 시간이 꽤 걸릴 거라고 다독여주었다. 그 과정에 내내 함께하겠다는 로라의 말에 마음이 조금 놓였다. 그러자 로라는 내가 하루 동안 토하지 않은 기분을 경험했고 또 그렇게 할 수 있다는 사실도 알았으니, 이젠 문제를 더 깊이 파고들 필요가 있다고 했다. 이 경험이 내게 동기부여로 작용하겠지만, 원인이 아닌 문제만 다룰 수는 없다는 것이다. 폭식증의 기저에 무엇이 있는지 원인을 파악하려면, 내 삶을 좀 더 포괄적인 방식으로 풀어나가야 했다.

"그래요?"

선뜻 내키지 않았다. 이번엔 또 뭘까? 나는 이런 불확실성이 싫었다.

"어린 제넷에 대해 더 알고 싶어요." 로라가 다정하게 말했다. "당신이 어린 나이에 부담감을 많이 느끼고 책임감도 컸다는 사실은 이미 알고 있어요. 그 시절을 좀 더 구체적으로 듣고 싶어요."

치료사들은 언제나 어린 시절을 들먹인다. 어렸을 때 어떤 엿 같은 일이 벌어져서 당신을 지금처럼 엉망으로 만들어놨다는 식의 진부한 희생양 스토리는 영화나 TV 프로그램에서 지겹도록 봤다.

하지만 나는 그렇지 않았다. 알코올 중독자 아버지도 없었고, 부모가 집에 없을 때 오빠들이 나를 괴롭히지도 않았다. 물론 가난했고 쓰레기 같은 집에서 살았으며, 내가 아주 어렸을 때 엄마가 암에 걸려서 두렵기도 했다. 하지만 그 외에는 다 괜찮았다. 나는 로라에게 이런 내용을 밝은 어조로 전하며, 지금 상황이 불행한 어린 시절의 결과 어쩌고저쩌고하는 진단으로 이어지지 않도록 신경 썼다.

"오케이."

로라가 다 안다는 듯 야릇한 미소를 지으며 말했다. 나는 이런 답답한 상황이 짜증스러웠다. 로라를 좋아하지만 나를 갖고 노는 듯한 태도엔 기분이 나빴다.

"엄마 이야기를 좀 해볼까요? 어렸을 때 엄마와의 관계에 대해서 말해줘요."

순간적으로 나는 방어 태세를 취했다. 로라는 왜 엄마에 대해 말하라는 것일까? 엄마한테 무슨 문제가 있다는 거지? 엄마는 아무 문제도 없었다. 엄마는 완벽했다. 속으론 이 말을 믿지 않았고 이보다 훨씬 더 복잡하다는 사실을 직감적으로 알았지만, 그래도 내가 왜 로라에게 시시콜콜한 이야기를 들려준단 말인가? 지금까지 아무한테도 말하지 않았고 앞으로도 말하지 않을 것이다. 나는 엄마와의 관계를 완전히 이해하지도 못하고, 이해하고 싶지도 않았다. 이해할 필요도 없었다.

"엄마는 멋진 분이었어요. 솔직히, 완벽한 엄마였다고 할 수 있어요."

"아, 그래요? 뭐가 그렇게 완벽했죠?"

나는 활짝 웃었다. 내 기분과 상관없이 아무 때나 지어 보였던 가짜 미소를 이번에도 써먹었다. 로라는 날카로운 사람이라 웬만한 고객의 속내를 간파할 수 있겠지만 나한테는 못 당할 것이다. 허접한 시트콤에 10년 넘게 출연하면서 내가 전혀 믿지도 않는 대사를 그럴듯하게 읊는 법 하나 배우지 못했겠는가?

"솔직히, 모든 면에서 완벽했어요. 엄마는 나와 오빠들을 돌봐줬어요. 엄마에겐 정말 힘든 일이었을 거예요."

"그건 엄마로서 당연한 일이에요."

내가 제대로 표현하지 못해서 괜히 추궁당하는 기분이 들었다. 그래서 잽싸게 해명했다.

"글쎄요. 내 말은 그러니까 대다수 부모와 다르다는 뜻이에요."

젠장. 괜한 말을 했다.

"어떻게 다르죠?"

나는 마음을 가라앉히려고 잠시 뜸을 들였다. 로라 앞에서 겁먹을 필요는 없었다. 나는 차분하고 신중한 어조로 말을 이어갔다.

"엄마는 나를 위해서 전적으로 희생했어요. 나를 돌볼 수 있도록 늘 참고 견디었죠. 언제나 자신보다 나를 먼저 생각했어요."

"흠. 그게 건전한 관계였다고 생각해요?"

이건 또 무슨 헛소리인가? 답하기 어려운 퀴즈쇼라도 하자는 건가? 엄마를 좋게 보이도록 하려면 어떻게 대답해야 한단 말인가?

"글쎄요. 내 말은 그러니까 나도 엄마를 먼저 생각했어요. 그런

점에선 균형이 잘 잡혔다고 할 수 있죠. 우리는 서로를 먼저 생각하면서…… 그렇게…… 균형을 잡아갔어요."

로라가 나를 쳐다봤다. 속내를 알 수 없는 표정으로. 말없이. 아무 소리도 들리지 않는데도 귀가 먹먹했다.

"우리는 둘도 없는 친구였어요." 내가 단호하게 말했다.

"아? 엄마에게 달리 또래 친구가 있었나요? 아니면 당신과의 우정이 주된 교우 관계였나요?"

'나한테 대체 뭘 원하는 거죠, 로라?!'

나는 이렇게 따져 묻고 싶은 마음을 억누르며 자세를 조금 틀었다.

"혹시 어디 불편……"

"전혀 불편하지 않아요."

"엄마에게 달리 또래 친구가 - "

"네, 그 질문은 좀 전에 들었어요." 내가 신경질적으로 말했다.

로라가 약간 놀라는 표정을 지었다. 미안했다. 그녀의 목소리는 줄곧 궁금해서 묻는 어조였는데, 나는 내내 인신공격이라도 당하는 듯 방어하느라 급급했다. 어쩌면 그녀는 자신의 질문에 특별한 의미를 두지 않았을 것이다. 어쩌면 이 모든 게 전혀 해롭지 않을 것이다.

"미안해요."

"완전히 괜찮아요."

그냥 괜찮으면 되지 않았을까? 굳이 '완전히' 괜찮았어야 할까? '로라는 왜 자꾸 나를 이런 식으로 성가시게 하는 걸까?' 나는 성가신 속내를 숨기고 미소를 지었다. 내가 바라던 미소보다 딱딱했다. 로라도 미소를 지었다. 내가 바라던 미소보다 더 부드러웠다.

"그러니까……."

로라가 입을 열었지만 다른 질문을 던지기 전에 내가 선수를 쳤다.

"엄마한테도 물론 지인들이 있었죠. 하지만 엄마는 늘 친구들을 만날 시간이 없다고 했어요. 나를 각종 오디션과 촬영장 등으로 데려다주느라 몹시 바빴으니까 그럴 만도 했죠."

"아, 그렇군요." 로라가 안타깝다는 듯 고개를 끄덕였다. "그렇다면 연기는 언제부터 하고 싶었나요?"

나는 간교한 질문을 들으면 바로 알아차렸다.

"사실 내가 연기를 시작하길 바랐던 사람은 엄마였어요. 엄마는 내가 자기보다 더 나은 삶을 살게 되길 바랐어요."

"아, 그러니까 당신은 연기하고 싶지 않았었군요? 당신 엄마가 원해서 시작한 거였군요?"

"네." 나도 모르게 목소리에 힘이 들어갔다. "엄마는 내가 자기보다 더 나은 삶을 살게 되길 바랐어요. 참으로 다정하고 너그러운 분이었어요."

"오케이."

"정말로 그런 분이었어요."

"알겠어요."

심장이 두근거렸다.

"당신의 체중이나 몸을……" 로라가 적절한 어휘를 찾으려고 잠시 뜸을 들였다. "그러니까 유의미한 방식으로 처음 인식했던 때가 언제인지 말해줄 수 있나요?"

이 질문에는 답하고 싶지 않았지만, 내가 계속 꾸물거리면 로라가 곧장 후속 질문으로 타격을 가할 것 같았다. 나는 조심스럽게 입을 열었다.

"글쎄요…… 열한 살 때였나? 가슴이 살짝 봉긋해지는 것 같다고 걱정하니까 엄마가 나를 도와주겠다고 칼로리 제한법을 알려줬어요."

"도와주겠다고?"

"네."

"뭘 도와주겠다는 거죠?"

"그러니까 가슴이 봉긋해질까 봐 내가 걱정했거든요."

"그렇군요. 하지만 당신 엄마는 칼로리 제한으로 당신을 어떻게 돕겠다고 한 거죠?"

"내가 섭취하는 칼로리를 신경 쓰면 성인기를 늦출 수 있잖아요."

로라가 예의 그 속을 알 수 없는 표정으로 나를 쳐다봤다. 구체적인 내용이야 가늠할 수 없었지만, 머릿속에서 온갖 추측이 난무하는 듯했다. 뭔가 덧붙여야 할 것 같았다.

"연기를 위해서도 그래야 했어요. 나는 항상 실제보다 어린 캐릭터를 연기했거든요. 그래서 출연 계약을 계속 따내려면 실제보다 어려 보이는 게 중요했어요. 엄마는 칼로리 제한법을 알려줌으로써 내가 이 바닥에서 성공할 수 있도록 도와줬던 거예요."

나는 내 말을 강조하려고 고개를 살짝 끄덕였다. 이것으로 로라의 판단이 바뀌길 바랐지만, 몇 초 만에 그렇지 않았음을 알 수 있었다.

"제닛, 당신이 방금 설명한 방법은…… 정말로 건강에 좋지 않아요. 당신 어머니는 기본적으로 거식증을 용인하고 부추겼어요. 그녀가 당신에게 그걸 알려줬어요. 그건 학대예요."

문득 '거식증'이라는 단어를 처음 들었을 때가 떠올랐다. 닥터 트랜의 5번 진료실에 앉아 있을 때였다. 갑자기 다시 그 혼란스럽고 두렵고 불확실했던 열한 살 소녀로 돌아간 것 같았다. 그 열한 살 소녀는 자신이 돌아가는 상황을 제대로 아는지 의심스러워 했고, 엄마가 스스로 내세우듯 영웅인지 확신하지 못했다. 그런데도 의심과 의혹을 애써 떨쳐버렸다.

눈에 눈물이 고이려고 했다. 당황스러웠다. 나는 신호에 따라 눈물을 흘리거나 참는 데 도가 텄다. 그래서 평소 쓰던 방법을 동원하여 이를 악물고 눈을 잽싸게 몇 번 깜빡여서 눈물을 쏙 집어넣었다.

"그냥 나오게 해도 괜찮아요." 로라가 몸을 앞으로 숙이며 말했다.

닥쳐, 로라. 나는 더 이상 참을 수 없었다. 하루 동안 토하지 않고 버텨냈는데, 이젠 내 엄마를 왕좌에서 끌어내리고 내가 평생 간직해온 엄마의 영웅적 서사를 훼손하겠다고?

"가야겠어요."

내가 벌떡 일어서며 말했다.

"잠깐만요, 제넷. 이건 좋은 일이에요. 중요한 과정이라고요."

"가야겠어요." 나는 어깨 너머로 같은 말을 내뱉으면서 문을 열고 황급히 그곳을 나왔다.

울면서 집으로 운전하고 가는 동안 오늘 있었던 일을 어떻게든 되짚어보았다. 로라는 엄마가 나를 학대했다고 말했다. 내 삶은, 내 존재는 언제나 엄마가 나한테 가장 좋은 것을 원하고 나한테 가장 좋은 것을 행하며 나한테 가장 좋은 게 뭔지 안다는 서사에 초점을 맞춰왔다. 우리 사이에 분노가 모락모락 피어오르거나 장벽이 생기

340

기 시작했을 때조차도 나는 그 분노와 장벽을 억눌렀다. 내 생존에 꼭 필요하다고 느끼는 이 서사를 온전히 가슴에 품고 나아갈 수 있도록 분노를 삭이고 장벽을 깨부쉈다.

엄마가 나한테 가장 좋은 것을 원하지 않거나 나한테 가장 좋은 것을 행하지 않거나 나한테 가장 좋은 게 뭔지 정말로 몰랐다면, 내 삶과 내 관점과 내 평생의 정체성은 잘못된 토대 위에 세워졌다는 뜻이다. 그리고 내 삶과 내 관점과 내 평생의 정체성이 잘못된 토대 위에 세워졌다면, 그 잘못된 토대에 맞서는 일은 그걸 무너뜨리고 새로운 토대를 처음부터 다시 세워야 한다는 뜻이다. 나는 그 일을 어떻게 해야 할지 몰랐다. 엄마의 그늘에서 벗어나, 엄마의 바람과 요구와 승인에 따라 내 모든 움직임을 통제받지 않고서 어떻게 살아가야 할지 하나도 몰랐다.

집에 도착해 차를 세웠다. 시동도 끄지 않은 채 휴대폰을 꺼내서 로라에게 보낼 이메일을 작성했다.

로라, 지난 한 달 동안 여러모로 고마웠어요. 이제 더는 치료 받으러 가지 않을 거예요. 잘 지내요, 제넷.

나는 보내기 버튼 위에서 잠시 손가락을 놀리다 결국 눌렀다. 그런 다음 서둘러 계단을 올라가 안으로 들어간 다음 화장실로 달려갔다. 손가락을 목구멍에 찔러 넣고서 토하고 또 토했다. 더 깊숙이 찔러 넣자 기침이 나왔다. 기침과 함께 피도 조금 나왔다. 그래도 멈추지 않았다. 피가 섞인 토사물이 변기로 쏟아져 내렸다. 일부는 팔을 타고 흘러내렸고, 일부는 머리카락에 들러붙었다. 나는 계속 토했다. 나한텐 이게 필요했다.

나는 긴장을 풀기 위해 목욕을 했다. 욕조에서 나오는데 온몸이 쑤시고 열이 났다. 토하고 나면 매번 그랬다.

아프고 지친 몸을 이끌고 침대로 기어들어가 공처럼 웅크렸다. 휴대폰 화면을 밀어 열었다. 로라에게서 부재중 전화 세 통과 음성 메시지 한 통이 와 있었다. 나는 로라의 번호를 삭제했다. 다음 행사에는 동행자가 없을 것이다.

73

문 옆에 서서 초조하게 바지를 만지작거리고 있는데, 스티븐을 태운 택시가 집 앞에 멈춰 섰다. 스티븐은 여기 LA에서 6개월짜리 프로젝트를 맡아 내내 우리 집에서 머물 예정이었다. 드디어 함께 지내게 되었다. 엄청난 일이었다. 이 점은 정말 좋았다. 하지만 좋지 않은 점도 있었다. 치료를 그만뒀다고 스티븐에게 실토해야 했다. 그가 어떤 반응을 보일지 알 수 없지만, 애초에 치료를 받으라고 부추긴 사람이 그였기에 분명 좋지 않을 것이다.

택시 문이 열리고 크루 넥 스웨터와 면바지 차림의 스티븐이 나왔다. 택시가 떠나는 사이, 스티븐은 캔버스 가방을 들쳐 메고 트렁크를 끌면서 계단을 올라왔다. 평소보다 활기가 넘쳤다. 원래 함부로 나대는 사람은 아니었다. 오히려 느긋하게 떠돌아다니는 방랑자에 가까웠다. 오늘의 활기찬 모습은 나를 봐서 신났기 때문일 것이다. 그래서 그에게 나쁜 소식을 전하기가 더욱 미안했다. 그는 현관문을 열고 들어오자마자 나를 번쩍 안아 올렸다.

"'제니, 제니 보 베니 바나나 파나 포 페니 피 파이 모 메니, 제니!'" [Jenny, Jenny bo Benny Banana fana fo Fenny Fee fy mo Menny, Jenny, 규칙((X), (X), bo-b(Y) Banana, fana fo-f(Y) Fee fy, mo-m(Y), (X)!)에 따라 이름을 넣어서 재미있게 부르는 노래—옮긴이 주]

스티븐이 나를 이리저리 돌리면서 노래했다. 나는 노래를 따라

하려다 슬그머니 입을 다물었다. 한참 만에 스티븐이 나를 내려주었다. 나는 이제 막 행하려는 일을 위해 마음을 다잡았다. 그에게 바로 말할 생각이었다. 어떻게든 실토할 생각이었다.

"스티븐……."

내 입에서 그 말이 나오기도 전에 스티븐이 먼저 얼마나 신나는지 모르겠다며 쉴 새 없이 떠들었다. LA에 머물게 되어서 신나거나 앞으로 진행할 프로젝트가 신나거나 우리가 함께 지내게 돼서 신나는 게 아니었다. 내가 예상했던 일과는 아무런 상관이 없었다. 스티븐이 신난다고 말한 이유는, 바로 나를 교회에 데려갈 생각 때문이었다.

교회? 나는 엄마의 장례식 이후로 교회에 간 적이 없었고, 조만간 아니 앞으로도 죽 갈 계획이 없었다. 스티븐이 가톨릭 신자로 성장했다는 사실은 알고 있었지만, 그의 가족이 미사에 참석하는 것 같지 않았다. 요즘은 물론이고 어렸을 때도 종교가 그에게 중요한 비중을 차지한 것 같지 않았다. 내가 혼란스러워 하자 스티븐이 설명했다.

"나도 모르겠어. 그냥 삶에는 더 많은 게 존재하는 것 같아. 더 깊이 있고 더 의미 있는 게 존재하는 것 같아."

나는 그 연관성을 이해하지 못했다. 가톨릭을 통해서 삶을 어떻게 더 깊이 있고 의미 있게 꾸려간다는 것일까? 나는 그의 들뜬 기분을 망치고 싶지 않아서 최대한 부드러운 어조로 우리가 데이트 초기에 나눴던 대화를 상기시켜주었다. 종교는 성장을 촉진하는 게 아니라 오히려 저해한다던 내 말에 그도 당시엔 동의하는 것 같았다.

"맞아." 스티븐이 고개를 끄덕였다. "하지만 지금은 그 말에 전혀 동의하지 않아."

오케이. 나는 그에게 더 자세히 설명해달라고 요구했다.

"그러니까 얼마 전에 넷플릭스에서 〈신은 죽지 않았다〉(God's Not Dead)를 보는데, 정말 마음에 와닿았어. 정말 일리가 있는 내용이었어, 제니. 다 맞는 말 같았어. 그래서 우리도 이참에 교회에 나갔으면 해. 종교의 참뜻을 찾으려고 노력했으면 해."

"잠깐만. 그러니까 넷플릭스에서 허접한 기독교 영화를 보고서 당신이 그동안 그리스도에 대해 품었던 인생철학을 통째로 내버리겠다는 거야?"

내 말투가 스티븐에게 상처를 준 것 같았다. 그의 눈빛을 보면 알 수 있었다. 잠시 침묵이 흘렀다. 문득 스티븐이 괜찮은지 의문이 들기 시작했다. 왠지 제정신이 아닌 것 같았다. 하긴 우리가 사귄 지 몇 달밖에 지나지 않았다. 어쩌면 이건 밀월 관계가 끝날 때 나타나는 자연스러운 변화인지도 몰랐다. 아니면 이게 그의 진정한 모습일지도 몰랐다.

"스티븐, 나…… 치료를 그만뒀어."

10분 전까지만 해도 그렇게 망설이던 말이 이렇게 불쑥 튀어나오다니, 믿기지 않았다. 숨 막히는 침묵을 어떻게든 깨고 싶었는지 모르겠다. 아니면 화제의 초점을 교회에서 돌리고 싶었는지 모르겠다. 이유가 뭐든 그 말은 이미 내 입 밖으로 나왔다. 이제 스티븐의 반응을 기다릴 차례였다. 그는 가방을 뒤적이다 말고 나를 쳐다봤다.

"괜찮아."

정말? 정말 괜찮다고? 믿기지 않았다. 너무 좋아서 도저히 믿을 수가 없었다. 스티븐이 뭐라고 더 말하려고 입을 열었다.

"당신은 치료가 필요하지 않아. 그리스도를 영접한다면."

74

스티븐과 나는 글렌데일에 있는 남침례교회 뒷좌석에 앉아 성가대의 찬송가를 듣고 있었다. 무슨 찬송가였는지 모르지만, 성가대원 중 일부는 정말 최고였다.

성가대의 뛰어난 찬송에도 불구하고 나는 눈을 반쯤 감고 있었다. 이번 주에만 예배에 벌써 네 번째 참석했다. 굳이 저항하진 않았다. 내게 치료를 강요하지 않는다는 것에 감사할 따름이었다. 어차피 스티븐의 신앙심은 조만간 사그라들 테니, 로라나 다른 치료사가 엄마에 대한 내 서사를 갈기갈기 찢어놓는 꼴을 보지 않으려면 한동안 그의 비위를 맞추는 수밖에 없었다.

처음에 우리는 가톨릭교회 미사에 참석했는데, 스티븐이 자기에게 맞지 않는 것 같다고 했다. 다음엔 할리우드의 어느 초교파적 예배에 참석했는데, 스티븐이 너무 할리우드적이라고 했다. 그다음엔 사이언톨로지 센터에 갔다. 스티븐은 처음부터 이곳을 경계하긴 했다. 혹시 몰라서 일단 갔는데 역시나 아니었다. 골디락스가 세 마리 곰의 오두막에서 찾았던 '딱 맞는' 스타일을 골디스티븐은 세 종류의 교회에서 찾지 못했다. 그래서 우리는 지금 네 번째 교회에 왔다.

스티븐은 예배에 진심으로 참여하는 듯했다. 설교를 들으면서 연신 고개를 끄덕였다. 아이폰의 노트 탭을 열어서 성경 구절을 받아 적기도 하고, 두 팔을 들고서 찬송가를 따라 부르기도 했다. 마침내 예배가 끝났다. 할렐루야! 내가 하나님에게 가장 가까이 다가 간 순간이었다.

집에 돌아오면, 나는 지난 몇 달 동안 그랬던 것처럼 보드카를 섞은 와인을 한 잔 따랐다. 스티븐은 예배에 대해서 계속 떠들었다. 나는 그저 귓등으로 흘리다가 어느 순간 귀가 번쩍 뜨였다.

"그리고 제니, 이 문제를 놓고 계속 기도했는데…… 아무래도 우리는 더 이상 섹스를 하면 안 될 것 같아. 난 순결 서약을 할 거야."

"뭐라고? 방금 뭐라고 했어?"

"그게 말이야…… 우리가 더 이상 그런 죄를 지으면 안 된다고 생각해."

와인 잔이 깨질 듯 손가락에 힘이 들어갔다. 스티븐이 말을 이었다.

"이 문제를 놓고 계속 기도했는데, 우리가 정말로 더 이상 섹스를 하면 안 될 것 같아. 그건 죄악이야. 당신이 그 점에 대해 괜찮았으면 해."

나는…… 전혀 괜찮지 않았다. 우리의 섹스는 내가 경험한 최고의 섹스였다. 내 삶이 다른 모든 분야에서 훨훨 날아오른다 해도 그것을 포기하고 싶지 않았다. 게다가 지금 내 삶은 날아오르기는커녕 나락으로 떨어지고 있었다. 그나마 스티븐과의 섹스가 나를 붙잡아주고 있었다. 이 한 줄기 희망마저 포기하고 싶지 않았다.

"내가 괜찮지 않다면?"

숨이 막혔다. 마지막 남은 보드카 와인을 꿀꺽 삼킨 후 잔을 테이블에 내려놓고 최대한 매혹적으로 잔 가장자리를 손가락으로 쓸었다. 색기가 줄줄 흐르는 마리옹 코티야르도 저리 가라 할 정도로 요염하게. 나는 몸을 내밀고 스티븐에게 키스했다. 스티븐도 내게 키스했다. 처음엔 머뭇거리더니 이내 열정적으로 변했다. 됐어!

곧이어 내 손이 그의 성기에 닿았다. 딱딱했다. 아주 딱딱했다.

"자기 몸이 나를 얼마나 원하는지 봐." 내가 그의 귀에 대고 속삭였다.

"제니, 그만해." 스티븐이 얼굴을 붉히며 말했다.

"정말로 그만할까?"

나는 최대한 끈적끈적한 목소리로 말했다. 호기심 많은 유아와 짓궂은 10대 사이의 어중간한 목소리였는데도 스티븐에게 먹힌 듯했다. 성적으로 조금만 흥분돼도 뭐든 먹힌다는 사실이 놀라웠다. 나는 슬슬 손을 뗐다.

"아냐…… 아냐. 계속해."

스티븐이 내 손을 잡아서 자기 성기에 갖다 댔다. 나는 그의 바지 지퍼를 풀고 몸을 숙여서 스티븐에게 일생일대의 구강성교를 선사하기 시작했다. 나는 온갖 수단을 동원했다. 오로지 이 목적을 위해서 사는 사람처럼 정성을 쏟았다. 누가 뭐래도 최고의 구강성교라고 자부할 만했다. 딱딱해진 그의 성기를 빨고 쓰다듬고 핥고 어루만졌다. 내 역량의 15만 퍼센트를 발휘했다. 결국 스티븐은 내 입속에 정액을 사정없이 분출했다.

나는 뿌듯한 얼굴로 고개를 들었다. 스티븐이 나와 섹스하지 않기란 불가능하다고 선언하리라 확신했다. 나와 함께 있는 매 순간 그걸 원한다고, 그게 필요하다고 선언하리라 굳게 확신했다. 내가 최대한 매혹적인 표정을 지으려는데, 스티븐이 자기 턱을 쓰다듬기 시작했다.

"그래, 제니. 이건 옳지 않은 것 같아. 우리는 두 번 다시 그걸 할 수 없어. 정말로 다시는 할 수 없어."

　스티븐의 눈에 어린 단호함으로 보아, 당분간 그의 성기에 접근하긴 그른 것 같았다. 벌어진 내 입에서 정액이 흘러 턱을 타고 내려가더니 무릎으로 뚝뚝 떨어졌다. 나는 멍한 눈으로 그를 쳐다봤다. 내가 무슨 짓을 한 거지?

75

"그러니까 엄마와 사이가 좋았던 적이 있긴 했어요? 아니면 내가 기억하는 식으로…… 항상 그랬던 거예요?"

나는 엄마 쪽에서 들려준 이야기에 익숙했다. '네 아버지가 아무래도 바람을 피우나 보다', '가족을 제대로 부양하지 못한다', '게으르고 무능한 데다 무뚝뚝하다', '감정 표현이라곤 못해서 답답하기가 고구마 같다' 등등.

내가 기억하기론 좋았던 일도 꽤 있었다. 아버지의 플란넬 셔츠에서 풍기는, 갓 베어낸 나무 향과 페인트 냄새가 좋았다. 때로는 그 셔츠를 두르고 자면서 위안을 받기도 했다. 내가 '샘스클럽'의 쇼핑 카트에 앉아 있을 때, 화장지 가격이 왜 이렇게 올랐냐고 엄마가 투덜대는 사이에 아버지는 내게 핑크색 '곰돌이 푸' 운동화의 끈을 토끼 귀처럼 묶는 법을 알려주었다. 아버지는 '홈 디포'에서 주최한 직원 크리스마스 파티에 나를 초대했다. 아버지가 다른 누구도 아닌 나를 초대했다는 게 믿기지 않았다. 물론 그런 놀라움은 오래가지 않았다. 나를 초대하도록 부추긴 사람이 엄마라는 사실을 금세 알았기 때문이다. 엄마는 내게 아버지가 바람을 피울 만한 동료에 대해 알아 오라고 했다.

"돈(Don)을 배제하진 마라. 네 아버지가 혹시 게이는 아닌지 진작부터 미심쩍었거든. 자리에 앉는 방식이나 다리를 꼬는 방식이 왠지 좀 걸렸어."

이유야 어쨌든 나는 그날 파티에서 즐겁게 지냈다. 벽에는 빨간색과 초록색의 시폰 커튼이 걸려 있었다. 팔리지 않은 크리스마스트리도 벽을 따라 늘어서 있었다. 나는 블랙잭 하는 법을 배웠다. 그날은 아버지에게 정말로 사랑받는 딸이라는 기분이 들었다.

하지만 그 밖의 다른 기억은 썩 좋지 않았다. 대체로 아버지는 그 자리에 있어도 있는 것 같지 않았다. 관심이 통 없는 듯했다. 가령 아버지가 밤마다 나와 스콧에게 《핫도그 맨 스탠》(Stan the Hot Dog Man)을 읽어줬는데, 한 삼사 주 정도 지나서 결국 우리가 두 손 들고 말았다. 조금 읽어주다 아버지가 먼저 잠이 들었기 때문이다. 아버지는 또 춤 발표회를 매번 잊어버렸고, 엄마가 내 TV 방영 시간에 맞춰 준비한 파티에서도 매번 잠이 들었다. 나는 또 2003년 포르노 대참사도 기억했다. 아버지가 포르노를 보다 엄마에게 들켜서 집 밖으로 쫓겨난 사건이었다. 모르몬교에선 외설물 시청을 큰 죄악으로 여겼다. 그 일로 아버지는 한 달 동안 집 안에 발도 들여놓지 못했다. 엄마 말로는 내가 그때부터 아버지를 '마크'라는 이름으로 부르기 시작했다고 했다. 실제로 나는 엄마가 죽을 때까지 아버지를 이름으로 불렀다.

나는 아버지와 아버지의 새 여자친구를 마주하고 앉아 있었다. 이젠 엄마 쪽을 두둔할 생각도 없고 그간의 기억을 더듬고 싶지도 않았다. 아버지 쪽에서 하는 이야기를 듣고 싶었다.

"글쎄다, 워낙 오래돼서 잘 기억나지 않는구나."

아버지가 마침내 대답했다. 10초쯤 후엔 동의라도 구하듯 여자친구를 쳐다봤다.

아버지의 여자친구는 카렌이었다. 엄마의 고등학교 시절 단짝이자 엄마가 지어둔 아기 이름을 훔쳐 간 바로 그 친구였다. 나는 카렌을 본 순간 엄마가 카렌과 비슷하게 화장하려 했음을 깨달았다. 그게 아니면 카렌이 엄마와 비슷하게 화장하려 했거나. 뭐가 됐든 마음이 불편하긴 마찬가지였다.

나는 아버지가 행복하길 바라긴 했지만, 아버지는…… 뭐랄까, 너무 행복했다. 엄마가 죽은 지 벌써 1년이 흘렀다. 그런데 아버지는 엄마가 죽고 일주일 만에 카렌을 만나기 시작했다. 장례식 뒤풀이에서, 아버지는 30년을 해로한 아내를 애도하는 것보다 카렌의 전화번호를 알아내는 데 더 신경 쓰는 것 같았다. (장례식 후에는 흔히 사람들이 핑거 샌드위치를 먹으면서 몇 년 전에 죽은 고양이를 언급하는 식으로 당신의 상실감에 공감하려 들지 않나?)

아버지는 오빠들과 내가 예상했던 것보다 더 빨리 움직였다. 다들 말은 안 했어도 그 점에 섭섭해 했다. 힘든 와중에도 우리는 아버지와 어떻게든 관계를 유지하려 애썼다. 엄마를 잃었는데, 아버지마저 잃고 싶진 않았다.

공평하게 말하자면, 아버지도 노력하지 않았던 건 아니다. 실은 엄마가 살아 있을 때보다 훨씬 더 많이 노력했다. 가끔 전화해서 안부를 물었고, 크리스마스 선물로 무엇을 원하는지 알아내려고 아마존 위시 리스트를 작성해달라고 했다. 그래서 아버지가 지난주에 "이야기할 게 있으니" 직접 만나자고 전화했을 때, 살짝 놀라긴 하면서도 이번 만남이 그런 노력의 일환이려니 생각했다.

부녀간의 유대와 친화력 부족을 의식하며 아버지와 카렌을 마주하고 있자니, 이번 만남은 그런 노력의 일환이 아니라는 생각이 들었다. 아버지의 몸짓은 평소보다 더 뻣뻣했다. 뭔가 중대 발표라도 하려나 보았다.

이젠 내 몸도 뻣뻣해졌다. 젠장. 아버지와 카렌이 결혼하려나 보았다. 맙소사, 이 결혼을 응원하는 척, 심지어 흥분하는 척해야 할까? 물어보기 위해 용기를 끌어모으는 동안 눈을 마주치지 않도록 손톱을 물어뜯었다.

"그러니까…… 왜 꼭 만나자고 했어요?"

"아, 그게 말이다……." 아버지가 카렌을 쳐다보자 카렌은 "어서요!"라는 눈짓을 보냈다. 오, 맙소사. 올 것이 오고야 말았다.

자, 어서!

"더스틴과 스콧과 너는…… 내 친자식이…… 아니다."

……

……

……

헐?!

충격으로 얼굴에서 핏기가 싹 가시는 게 느껴졌다. 이대로 기절할 것 같았다.

"뭐라……" 목이 메어 말이 나오지 않았다.

아버지는 그저 고개만 끄덕였다. 카렌의 눈에 눈물이 고였다.

"하지만 이 사람은 네 아버지란다." 카렌이 말했다. 복받치는 감정 탓에 목소리가 갈라졌다. "틀림없는 네 아버지란다."

현기증은 조금 가셨으나 여전히 제대로 생각할 수 없었다. 온몸의 감각이 마비된 것 같은데도 뺨을 타고 흘러내리는 눈물이 느껴졌다.

"네가 꼭 알아야 한다는 생각이 들었단다."

아버지가 눈을 내리깔고 두 손을 비비면서 말했다. 엄마는 아버지가 손을 비빌 때마다 얼굴을 찌푸리며 "핸드크림을 좀 발라요, 마크"라고 나무라곤 했다.

나는 몸을 기울여서 아버지를 껴안았다. 아버지도 나를 껴안았다. 그 모습을 카렌이 가만히 지켜봤다.

"알려줘서 고마워요." 내가 말했다.

나는 아버지의 플란넬 셔츠에 고개를 묻었다. 익숙한 소나무 향과 페인트 냄새가 났다. 격자무늬로 된 가슴 주머니가 눈앞에 들어왔다. 내 눈에서 떨어진 눈물로 옷감이 점점 축축해졌다.

구부정한 내 몸 쪽으로 카렌이 다가오더니 오른팔로 나를 감싸안았다. 셋이 있는 상황에서 둘이 포옹할 때, 세 번째 사람이 왜 굳이 포옹에 동참해야 한다고 느끼는지 모르겠다. 포옹은 원래 셋이 아니라 둘이서 하는 활동이다. 우리는 당신이 필요하지 않아요, 카렌. 알겠어요?

"이 사람이 나한테 말해주더구나. 내가 너한테도 꼭 알려야 한다고 했단다." 카렌이 내 머리카락 사이로 속삭였다. "내가 이 사람더러 너한테 꼭 말해야 한다고 했단다. 너야말로 알 자격이 있으니까."

나는 한참 만에 포옹을 풀고서 아버지나 카렌을 보지 않으려고 창밖을 내다봤다. 극적인 순간에 눈을 마주치면 훨씬 더 무겁고 극적으로 느껴지는 법이다. 모자 위에 또 모자를 쓰는 격이랄까. 지금 이 상태로도 충분했다. 더 막장으로 치달을 필요는 없었다.

창밖을 내다보는데 문득 내 친아버지가 누구인지 궁금했다. 아버지에게 물어보고 싶은 생각이 들었다. 그분은 누구일까? 나와 어떤 공통점이 있을까? 내 앞에 있는 마크보다 부녀간의 친화력을 더 자연스럽게 조성할 수 있을까? 더 끈끈한 유대감을 맺을 수 있을까? 막상 물어보려니 입이 안 떨어졌다. 아버지, 그러니까 내 앞에 앉아 있는 아버지의 감정을 상하게 하고 싶지 않았다. 오늘 밤엔 이쯤에서 끝내기로 했다. 질문은 나중에 얼마든지 할 수 있을 테니까.

"그럼 이제 뭐 할까? 음…… 영화라도 보러 갈래?" 아버지가 물었다.

어이구, 진짜 고구마 같은 인간.

76

스티븐에게 이 소식을 전하기가 너무 불안해서 미루고 또 미뤘다. 한 시간 뒤엔 호주에서 열릴 기자 시사회를 위해 떠나야 했다. 넷플릭스는 그곳에서 서비스를 시작하며 출시 홍보차 다양한 프로그램의 출연진을 보내기로 했다. 나를 비롯해 데릴 해나, 엘리 켐퍼, 아지즈 안사리 등이 자리를 빛낼 예정이었다. 심지어 여신 같은 로빈 라이트가 참석한다는 소문도 들렸다.

"자기한테 꼭 하고 싶은 말이 있어."

저녁 식사 자리에서 마주 앉았을 때 스티븐에게 말했다. 마크가 내게 생물학적 아버지 운운한 지도 벌써 일주일이나 지났지만, 나는 아직도 머릿속이 복잡했다. 아니, 멍하다고 하는 게 더 맞을 듯했다. 일주일 내내 술에 절어 지냈고 구토를 일삼았다.

그 와중에 마크에게 몇 가지 질문을 퍼부었다. 엄마가 바람피운다는 사실을 알고 있었나요? (그렇단다.) 오빠들도 이 엄청난 사실을 알고 있어요? (아니다.) 이게 진실이라고 1000퍼센트 확신해요? (그렇단다.) 그렇다면 내 아버지가 누구인지 알아요? (그래.)

하지만 이런 기본적인 사항을 제외한 다른 질문엔 "나도 잘 모른다"는 식의 답변만 돌아왔다. 엄마가 외간 남자의 자식을 셋이나 낳은 줄 알면서도 어떻게 그동안 엄마 곁에 머물렀어요? (잘 모르겠다……) 내 친아버지는 내 존재를 알고 있나요? (글쎄다……) 엄마의 바람은 어떻게 끝났나요? (음…… 모르겠다.)

그런데 내가 가장 궁금했던 사항은 정작 물어보지 못했다. 답해 줄 사람이 이미 떠나고 없으니, 물어볼 수도 없었다. 엄마는 왜 우리한테 말하지 않았을까? 기회가 있었는데도 엄마는 왜 우리에게 말하지 않았을까? 어떻게 이런 이야기를 안 하고 떠났을까?

나는 엄마의 결정을 옹호하고 이해하려고 노력했다. 하지만 곰곰 생각할수록, 엄마의 결정을 이해하고 심지어 용서하려고 노력하면 할수록 더 화가 치밀었다.

이유가 뭐든 간에 엄마는 결국 말하지 않았다. 그 점이 나를 아프게 했다.

엄마는 나한테 세상 누구보다 중요했던 사람이다. 내 존재의 중심이었던 사람이다. 엄마의 꿈이 곧 내 꿈이었고, 엄마의 행복이 곧 내 행복이었다. 내가 살아 숨 쉬는 이유이자 목적이었던 사람이 어떻게 내 정체성의 근본을 끝까지 숨길 수 있었단 말인가?

엄마가 우리에게 말할 기회가 없었을 거라고 간절히 말하고 싶었지만, 적당한 때를 못 잡았을 거라고 생각할 수도 있었지만, 그건 사실이 아니었다. 엄마는 말할 기회가 있었고, 자신이 죽어간다는 사실을 충분히 인식했다. 나는 사람이 죽을 때가 되면 느슨한 매듭을 단단히 묶어야 한다고 생각했다. 다사다난했던 삶을 정리하고, 자식들에게 친아버지가 누구인지 말해줄 절호의 기회라고 생각했다. 그런데 왜 엄마는 그 기회를 차버렸을까? 왜 끝까지 진실을 외면했을까?

그 답을 알 수 없으니, 어떤 식으로 생각해도 화가 치밀었다. 답을 얻지 못하는 질문이 많아질수록 의문도 늘어났다. 의문이 늘어날수록 답을 얻지 못하는 질문도 덩달아 많아졌고, 그 답을 찾으려 애쓰느라 점점 더 미칠 것 같았다. 나는 이러한 감정을 토로할 대상이 필요했다. 나를 다독여주고 건전하게 조언해줄 사람이 필요했다.

스티븐에게는 친아버지에 관한 이야기를 일부러 안 했다. 그저 종교 문제가 얼른 진정되기를 기다렸다. 친아버지 문제든 종교 문제든 한 가지만으로도 괴로운데, 두 문제를 동시에 다루기엔 너무 벅찼다. 하지만 이제 비행기를 타러 떠나야 하므로 선택의 여지가 없었다. 내 인생에서 가장 중요한 사람에게 말하지 않고 떠날 수는 없었다.

"그래……." 스티븐이 내 말을 받아서 말했다. "실은 나도 당신에게 꼭 할 말이 있어."

"그래……." 내가 어리둥절한 채 말했다. "음, 자기가 먼저 말해. 내 이야기는 상당히 심각하니까."

"아니, 당신이 먼저 말해. 내 이야기가 더 심각할 테니까." 스티븐이 단호하게 말했다.

"아, 그냥 자기 먼저 말하라니까."

"좋아," 스티븐이 한숨을 무겁게 내쉬며 말했다. "나는…… 환생한 예수 그리스도야."

……

……

……

헐?!

본능적으로 웃음이 터져 나왔다. 충격과 슬픔, 분노와 불신이 어우러져서 절로 터지는 불편한 웃음이었다. 자신이 우리의 구세주인

예수 그리스도라고 생각한다고? 설마, 농담이겠지. 하지만 그 말이 진심이라는 사실을 깨달은 순간, 나는 또 본능적으로 눈물이 터질 것 같았다. 다 내려놓고 목 놓아 울고 싶었다.

"나를 믿어줘, 제니." 스티븐이 진지하게 말했다. "이상하게 들리겠지만, 당신은 나를 믿어줘야 해."

나는 화장실로 달려가 속을 싹 비워내면서 어떻게 할지 궁리했다. 생각할 시간이 많지 않았다. 스스로 예수 그리스도라고 생각하는 남자친구에 대해 내가 뭘 할 수 있겠는가?

스티븐은 확실히 정상이 아니었다. 하지만 어떤 식으로든 도움이 될 만한 사람에게 그 사실을 알려줄 방법이 없었다. 그의 가족이나 친구의 전화번호를 전혀 몰랐다. 그런 정보를 알 만큼 오래 만나지 않았다. 근처에 사는 친구들의 전화번호를 넌지시 물어봤지만, 스티븐은 울음을 터뜨리며 아무한테도 이 비밀을 알리지 말라고 애원했다.

"제발 당신과 나만 아는 비밀로 해줘, 제니."

"당신 가족한테는 알려야 한다고 생각해."

내가 조심스럽게 말했다. 가족이 알면 누구라도 당장 날아와서 그를 돌봐줄 거라고 생각했다.

"그럴 수 없어." 스티븐이 고개를 저으며 말했다. "절대로 그럴 수 없어. 그들은 내 말을 믿지 않을 거야. 내 말을 믿어줄 사람은 제니, 당신뿐이야."

나는 대응하지 않았다. 내 안에는 대응할 힘이 남아 있지 않았다. 그만큼 무력했다. 그리고 너무 혼란스러웠다. 스티븐은 나의 진정한 첫사랑이었다. 10분 전까지만 해도 이 관계에서 얻는 기쁨이 요즘 내 인생에서 유일하게 긍정적인 점이었다. 아직은 그걸 놓아줄 준비가 되지 않았다. 소매로 눈물을 닦는데 벽에 걸린 시계가 눈에 들어왔다. 더 지체하면 늦을 것 같았다. 당장 떠나야 했다.

나는 스티븐을 꼭 껴안았다. 스티븐도 나를 껴안았다. 공항으로 가는 길에 매니저에게서 문자가 왔다. 로빈 라이트도 참석한다는 내용이었다.

77

시드니로 날아가는 열네 시간 내내 먹고 토하기를 반복했다. 지옥이 따로 없었다. 기내식 두 끼는 물론이요, 곰 젤리와 그레이엄 크래커, 도리토스 칩 등 승무원이 수시로 제공하는 간식거리도 모조리 먹고 싹 비워냈다. 식사고 스낵이고 죄다 내 배 속에 들어갔다가 다시 올라와 기내 화장실 변기로 쓸려 내려갔다. 그야말로 혼란의 연속이었다. 먹고 토하기를 열네 번이나 반복하면서 옆 좌석의 부분 가발을 쓴 사업가에게 어떻게 하면 이상하게 보이지 않을까 계속 궁리했다.

마지막으로 토할 때는 정말 기절할 것 같았다. 입안이 쓰라리고 시큼한 냄새도 났다. 눈알이 빠질 듯 아팠다. 그런데도 손가락을 목구멍 속으로 밀어 넣자 갈색 덩어리가 포함된 액체가 폭포수처럼 쏟아져 회색 변기 속으로 빨려 들어갔다. 그 속에서 작고 하얗고 단단한 물체가 언뜻 눈에 들어왔다. 혀로 이빨을 죽 훑는데 하나가 빠지고 없었다. 위액의 산성도 탓에 법랑질이 닳아서 왼쪽 아래 어금니가 빠져버렸다.

쇠 맛이 느껴져서 싱크대에 침을 뱉자 피가 묻어 나왔다. 어쩔 수 없이 기내 화장실 세면대에 손을 넣고 수상한 물을 받아서 입을 헹궈냈다. 이 과정을 서너 번 반복하다 거울에 비친 내 모습을 포착했다. 엉망이었다. 어떻게든 안 보려 했지만 결국 보고야 말았다. 이렇게 좁은 공간에서 이렇게 큰 거울을 보지 않는 건 쉽지 않았다.

마침내 비행기가 시드니에 착륙했다. 나를 기다리는 닛산 센트라를 향해 걸어가다 휴대폰을 보니, 모르는 번호로 음성메시지가 와 있었다. 확인하려고 휴대폰 화면을 밀어 열었다. 스티븐의 부모님이었다. 그들은 스티븐의 혼란스러운 연락을 받고 놀라서 당장 비행기를 타고 스티븐을 찾아갔으며, 스티븐이 조현병을 앓는지도 모른다는 정신과 의사의 말에 지금 정신병원에 와서 검사를 받게 하는 중이라고 했다. 나는 메시지를 다 듣고 차 뒷좌석에 올라탔다.

"어서 오세요. 기분이 어떠세요?" 우버 기사가 쾌활한 목소리로 물었다.

나는 아무 대답도 안 하고 앞만 바라봤다. 기분이 어떠냐고? 그야말로 지옥에 떨어진 것 같았다. 엄마는 평생 내 친부가 누구인지 숨겼고, 나는 폭식증에 시달리는 상태인 데다 왼쪽 아래 어금니가 빠진 채로 기자 시사회에 참석해야 하며, 내 남자친구는 조현병을 앓고 있다. 더 이상 나빠질 수 없는 상황이었다.

"아, 이 노래 정말 좋아하는데, 볼륨 좀 높여도 될까요?" 우버 기사는 내 대답을 기다리지도 않고 볼륨 조절 스위치를 돌렸다. 아리아나 그란데의 히트 싱글인 〈나에게 집중해〉(Focus on Me)였다.

"지난번 싱글보다 훨씬 낫지 않습니까?"

기사가 물었다. 그는 고개를 까딱거리며 노래를 흥얼거렸다. 손가락으로 대시보드까지 두드리면서. 나는 창밖으로 시선을 돌렸다. 멀리 시드니 오페라 하우스가 보였다. 구멍 난 어금니 자리를 혀로 핥으면서 생각에 잠겼다. 어쩌면 아리아나의 말이 맞을지도 몰랐다. 이젠 나한테 집중할 때가 된 것 같았다.

78

"안녕하세요, 제넷."

"안녕하세요, 제프."

"자, 이리 와서 체중계에 올라가 볼래요?"

에헴? 뭐라고? 인터넷에서 찾은 섭식 장애 전문가와의 첫 세션에서 체중을 재야 한다는 조항은 상담 서류 어디에도 없었다. 그런 조항이 있었다면, 내가 예약했을지 확신이 서지 않았다. 혹시라도 예약했다면 '남들 앞에서 체중 잴 때 입는 의상'을 챙겨 입었을 것이다. 즉, 옷 무게를 줄이려고 날씨야 어떻든 포플린 스커트에 얇디얇은 탱크톱을 걸쳤을 것이다. 이렇게 두껍고 무거운 청바지나 크고 묵직한 케이블 니트 스웨터는 죽어도 입지 않았을 것이다.

"체중을 꼭 재야 하나요?"

"예. 당신은 숫자를 보지 않아도 됩니다. 나만 볼게요. 그저 임상 목적입니다. 세션이 시작될 때마다 체중을 기록해야 하거든요."

나는 불안하게 손을 비틀었다.

"기분이 언짢은 것 같군요."

"난 체중을 재고 싶지 않아요."

"그냥 과정의 일환일 뿐입니다. 그래도 당신의 언짢은 기분은 전적으로 이해합니다. 솔직히, 내가 지금까지 봤던 반응에 비해서 상당히 약한 편이네요."

"지금까지 뭘 봤는데요?"

"흐느껴 울거나 마구 소리를 지르는 분도 있었고, 한번은 가방을 확 내던진 분도 있었습니다. 혼자 보기 아깝더군요."

나도 모르게 웃음이 나왔다.

"당신의 감정적 경험을 마주해야 회복 과정에서 큰 변화를 맞게 될 겁니다. 그런 변화는 일단 음식 섭취와 당신의 몸, 그리고 체중 측정에 관한 감정적 경험을 마주하는 데서 시작됩니다. 당신이 이 모든 과정을 잘 이겨내도록 내가 도와주겠지만, 진심으로 더 나아지고 싶다면 당신이 이러한 것들에 맞서 나가야 합니다."

"빠져나갈 구멍이 없는 것 같네요, 제프."

제프가 씩 웃었다. 하지만 다음 순간 표정을 확 바꾸더니 나를 빤히 쳐다봤다.

제프는 2미터에 육박하는 큰 키에 푸른 눈, 한쪽으로 깔끔하게 빗어 넘긴 금발 머리와 잘 다듬은 금발 턱수염을 하고 있었다. 슬랙스와 체크무늬 버튼다운 셔츠에 넥타이를 두르고, 은색 버클이 달린 검정 벨트를 차고 있었다. 말투도 몸짓만큼이나 명쾌해서 '어, 에, 음' 같은 군말을 전혀 붙이지 않았다. 남자가 이런 군말 없이 간결하고 명쾌하게 말하려면 상당한 노력이 필요했을 것이다.

나는 일어나서 체중계 쪽으로 걸어갔다. 눈을 감고 숨을 길게 들이마신 다음 그 위에 올라섰다. 제프가 클립보드에 메모하는 소리가 들렸다.

"이제 내려와도 됩니다."

나는 체중계에서 내려와 다시 소파로 가서 앉았다. 제프가 나를 향해 미소를 지었다. 그의 미소엔 약간의 온기도 있었지만, 자기 업무에 충실한 사람의 미소에 더 가까웠다.

"이제 시작해봅시다."

79

"나를 예수라고 생각하다니, 믿을 수가 없어."

스티븐이 감자튀김을 먹으면서 말했다. 스스로 생각해도 어이가 없었는지 실실 웃었다. 우리는 스튜디오 시티에 있는 '로렐 터번'(Lurel Tavern)이라는 바의 한 테이블에 마주 앉았다. 나는 메즈칼 뮬 칵테일을 마시면서 스티븐의 이야기를 잠자코 들어주었다. 온갖 이유로 입원과 퇴원을 반복하던 엄마의 이야기를 들어줄 때처럼. 잠자코 들어주는 일은 누군가를 온전히 받아들이는 순수한 방식이다. 거기엔 상대가 병마를 이겨내고 내 앞에 앉아 있어서 고맙고 대견한 마음이 담겨 있었다.

나는 스티븐이 정신 병동에 입원한 뒤론 연락할 수 없을 거라고 생각했다. 그런데 스티븐은 휴대폰을 다시 손에 넣자마자 나한테 연락했다. 연결되자마자 우리 둘 다 울었다. 그의 말투는 평소와 비슷하면서도 살짝 무기력하게 들렸다. 스티븐은 약에 포함된 리튬 오로테이트 때문이라면서 시간이 지나면 본래의 자신으로 돌아갈 거라고 했다. 나는 그렇게 되기를 간절히 바랐다.

두 달이 지난 지금 그의 맞은편에 앉아 있으려니, 진짜 그럴지도 모른다는 생각이 들었다. 스티븐은 퇴원 후에 다시 나와 함께 지냈고, 잘 이겨내는 것 같았다. 심리 치료사와 정신과 의사도 정기적으로 만났고, 약도 꼬박꼬박 먹었다. 순결 서약도 다 잊고 이젠 나와 화끈한 섹스를 즐겼다. 다 지난 일인 양 가볍게 취급하면 진짜로 지난 일이 되듯이, 스티븐은 조현병 에피소드를 지난 일인 양 가볍게 취급했다.

"나도 믿을 수가 없어." 내가 동의했다.

스티븐이 테이블 건너편에서 내 손을 잡았다. 감자튀김을 먹느라 손가락에 기름기가 번들거렸지만 상관없었다.

"나 때문에 겁났지?" 스티븐이 물었다.

"응, 겁났어."

"당신 곁에 있어주지 못해서 미안해."

"괜찮아. 나도 자기 곁에 있어주지 못했는걸. 혼자 다 겪어냈잖아."

"그래. 하지만 우리 둘 다 일이 많았잖아. 앞으로는 서로 곁에 있어주도록 하자. 다 잘될 거야."

나는 고개를 끄덕였다. 그를 믿었고 그의 말도 믿었다.

80

나는 앞에 놓인 스파게티 접시를 노려봤다. 이걸 먹기 전에 떠오르는 생각과 감정을 전부 처리하느라 10분째 노려보기만 했다.

마침내 연필을 들고 워크시트를 작성해나갔다.

생각: 이 스파게티를 먹고 싶지만, 한편으론 먹고 싶지 않다. 이걸 먹고 살이 찔까 봐 두렵다. 수렁에 빠진 기분을 느끼고 싶지 않다. 중압감에 시달리고 싶지도 않다. 그런 기분을 느끼는 데 지쳤다. 먹는 게 두렵다. 이걸 토하고 싶지 않다.

감정: 꺼림칙함-8/10. 불안감-8/10. 두려움-7/10. 갈망-6/10.

심호흡을 하고 나서 한 입 먹었다. 생각도 많아지고 감정도 많아졌다. 늘 그랬다. 끊임없는 생각과 감정으로 진이 빠졌다. 다시 워크시트로 돌아가 적기 시작했다.

먹으면서 든 생각: 엄마는 늘 나트륨 때문에 내 얼굴이 붓는다고 했다. 내일 아침에 얼굴이 부을까 봐 두렵다. 내가 이걸 먹는 모습을 보면 엄마가 화낼 것이다. 나한테 실망할 것이다. 나는 실패자다.

감정: 슬픔-8/10. 실망감-8/10.

눈물이 떨어졌다. 나는 연필을 내려놓고 그냥 울었다. 제프가 그러라고 했다.

제프와 상담을 시작한 지도 벌써 3개월이 흘렀고, 느리지만 꾸준한 진전을 이루었다. 그동안 워낙 많은 일을 해서 일일이 거론하기도 어렵다.

일단 '린 퀴진'(Lean Cuisine)의 냉동식품, 다이어트 크랜베리 주스, 다이어트 차 등 온갖 다이어트 식품을 싹 버렸다. 운동복도 버렸다. 제프가 이 단계에서는 운동도 하지 말라고 했다. 스트레칭과 적당한 산책은 괜찮지만 하프 마라톤은 나한테 무리였다. 다이어트와 관련된 지표는 모두 배제해야 했다.

다음으로, 2주 동안 폭식과 구토를 추적하라는 지시가 떨어졌다. 섭취한 음식과 그것을 먹은 시간까지 꼼꼼히 적어야 했다. 구토에 대해서 기록하는 것은 이해할 만했다. 로라도 전에 그러라고 했기에 어느 정도 예상했다. 하지만 섭취한 음식에 대해서 일일이 기록하라니, 혼란스러웠다. 이건 섭식 장애를 부추기는 게 아닌가? 건강에 좋지 못한 강박적 행동 아닌가?

"맞습니다. 섭취한 음식을 추적하는 일은, 시간이 지나면서 점차 없애야 할 행동입니다. 실제로, 나중엔 당신이 얼마나 자주 추적하는지 기록하게 할 겁니다. 그 수치가 결국 0이 될 수 있도록 함께 노력할 겁니다."

"그러니까 결국 추적하는 행동을 추적하라는 거네요."

제프가 슬며시 웃다가 표정을 바꿨다.

"맞습니다."

"좋아요. 그런데 추적하는 행동을 결국엔 없애야 한다면서 지금은 왜 추적하라는 거죠?"

"음식과 관련된 당신의 행동을 엿보려는 겁니다. 그러려면 일단 당신의 몸속에 뭐가 언제 얼마나 들어가는지 알아야 하거든요."

2주 뒤, 제프는 수염을 쓰다듬으면서 내가 적어준 워크시트를 훑어봤다.

"흠. 그렇군. 흥미롭군. 흠. 그렇군."

뭔데요? 그게 무슨 뜻이죠, 제프? 무슨 뜻이냐고요?

"흥미롭군……."

"뭐가 흥미롭다는 거죠?"

내가 더 이상 참지 못하고 물었다.

"그러니까 당신은 거의 매일 아침을 거르고 오후 2시 30분이나 3시쯤 점심을 먹습니다. 실은 점심이라고 할 것도 없네요. 제대로 된 식사가 아니니까. 화요일엔 연어를 여덟 입 정도 먹었군요. 수요일엔 단백질 바 한 개, 목요일엔 달걀 두 개를 먹었네요. 그런데 달걀은 왜 토해냈죠?"

내가 어깨를 으쓱했다.

"그 점은 차차 살펴보도록 하죠. 보아하니, 당신은 아주 늦게야 식사를 하는군요. 점심은 대충 때우고 8시쯤 저녁을 먹는데, 저녁도 매번 부실해 보입니다. 그러다가 밤 11시쯤 본격적으로 일이 터지기 시작하네요. 당신이 폭식이라고 묘사한 부분이군요. 팟타이 한 접시와 볶음밥, 델 타코(Del Taco)의 브리토까지. 그런데 이렇게 늦게 먹은 음식은 뭐가 됐든 죄다 토해내는군요."

그래요. 나도 알아요, 제프. 내가 그렇게 적어놨잖아요.

"맞아요." 내가 뭐라도 배우는 척하며 말했다.

"그런데 말이죠, 제넷. 당신은 오전엔 쫄쫄 굶고 보냅니다. 아침을 거르고 늦은 시간에 점심과 저녁을 먹습니다. 아주 부실하게. 그러니까 밤 11시쯤엔 완전히 허기가 져서 닥치는 대로 먹게 됩니다. 몸에서 음식을 구걸하기 때문이죠. 이 시간에 당신이 선택하는 음식을 보면 지극히 당연해요. 배가 너무 고프니까 속을 든든히 채워줄 음식을 원하게 되는 거죠. 하지만 그런 음식과 관련된 당신의 판단과 뿌리 깊은 파괴적 사고 패턴 때문에 결국 죄다 토해냅니다. 다음 날 그 과정을 또 반복하고."

"그래도 이번 주는 꽤 괜찮았어요." 내가 설명했다. "치료든 뭐든 '잘하고 싶어서' 그랬나 봐요."

"일리가 있습니다." 제프가 수긍하듯 말했다. "하지만 지나치게 분석할 필요는 없어요. 그냥 있는 그대로 받아들이면 됩니다. 한 단계 올라갔다고."

그는 고개를 끄덕인 다음 턱을 낮추고 결연한 표정으로 나를 쳐다보며 덧붙였다.

"하지만 나는 우리가 더 많은 일을 할 수 있다고 생각합니다."

나는 그를 믿었다. 확신에 찬 그의 말을 믿었다. 군말을 붙이지 않는 남자는 이유도 없이 무언가를 확신하지 않는 법이다.

"앞으로 우리가 할 일은 이겁니다. 일단 당신의 식습관을 정상화할 겁니다. 정해진 시간에 하루 세 번 제대로 된 식사를 하고 두 번 간식을 먹을 겁니다. 협상의 여지는 없습니다. 식습관 정상화 과정을 시작하기 전에 요주의 음식부터 파악해야겠네요. 요주의 음식이란, 당신이 판단을 많이 하는 음식이죠. 다시 말해, 구토를 유발한다고 느끼는 음식입니다."

굳이 덧붙여 설명할 필요 없어요, 제프. 나는 요주의 음식 이름을 줄줄이 읊었다.

"케이크, 파이, 아이스크림, 샌드위치, 감자튀김, 빵, 치즈, 버터, 감자 칩, 쿠키, 파스타⋯⋯."

"좋아요, 좋아요."

제프는 열심히 받아 적으면서 내게 속도를 늦추라고 하지 않았다. 진짜로 의욕이 넘치는 사람이었다. 뭐든 해낼 사람이었다. 펜이 날아가듯 움직였다. 그가 '파스타'까지 적고 나서 고개를 들고 나를 쳐다봤다.

"그러니까 치료에서 궁극적 목표 중 하나는 음식에 관련된 판단을 줄이는 겁니다. 아니, 싹 없애는 겁니다. 나는 당신이 음식을 중립적으로 바라보길 바랍니다. 음식은 좋거나 나쁜 게 아니라 그냥 당신이 섭취하는 겁니다. 그게 파인애플이든 팬케이크든 상관없이."

"나는 그 둘 다 나쁘게 보거든요. 둘 다 당분이 아주 많아요."

제프가 눈을 한 번 찡긋하더니 말을 이었다.

"좋습니다. 그래서 지금부터 그 부분에 공을 들일 겁니다."

"알았어요."

"그런데 제넷, 미리 경고하건대, 식습관을 정상화하고 음식을 중립적으로 바라보는 일은 쉽지 않을 겁니다. 감정적으로 아주 힘든 일이에요. 당신의 식습관이 그만큼 오랫동안⋯⋯ 엉망진창이었으니까."

그렇게까지 말할 줄은 몰랐네요, 제프. 하지만 그 열정은 고맙게 생각해요.

"치열할 겁니다. 하지만 내가 끝까지 도와줄게요."

***

스파게티 접시에 찝찔한 눈물을 흘리면서 앉아 마리나라 소스를 살살 뿌렸다. 제프의 말이 맞았다. 식습관을 정상화하고 음식을 중립적으로 바라보는 일은 감정적으로 정말 힘든 일이었다.

나는 눈물을 그치기는커녕 점차 가슴까지 들썩이며 흐느껴 울었다. 이렇게 우는 나 자신에게 화가 치밀었다. 통제 불능으로 치닫는 내가 싫었다.

워크시트에 눈물이 떨어져 글자가 흐릿해졌다. 제기랄. 젖은 부분에 바람을 후후 불어서 말리려다 콧물이 떨어지는 바람에 더 지저분해졌다. 워크시트를 구겨서 건너편 쓰레기통으로 휙 던졌다. 구겨진 종이는 쓰레기통 근처에도 미치지 못했다. 빌어먹을!

될 대로 되라지 하는 심정으로 벌떡 일어나 화장실로 가서 토했다.

81

"사소한 실수는 지극히 정상적인 일입니다. 실수는 실수일 뿐, 그게 당신을 규정하진 않습니다. 그 때문에 실패자가 되지도 않고 요. 그런 실수가 크나큰 잘못으로 이어지지 않도록 하는 게 제일 중 요합니다."

제프는 이렇게 말한 다음, 〈사소한 실수가 크나큰 잘못으로 이어 지지 않게 하라〉는 제목의 봉투를 내밀었다. (아무래도 그가 이런 상 황을 미리 연습했다는 느낌이 들었다. "그렇게 말한 다음 꾸러미를 건네. 그 럼 제대로 먹힐 거야.")

제프는 세션이 끝날 때마다 새로운 봉투를 하나씩 내밀었다. 그 안에는 대개 기사 한 개, 퀴즈 한두 개, 워크시트 몇 장이 들어 있었 다. 관련 주제는 〈건전한 관계를 구축하는 법과 현재의 관계를 점검 하는 법〉, 〈섭식 장애 없이 정체성을 구축하는 법〉, 〈진정한 자기관 리란 무엇인가?〉 등 아주 다양했다.

나는 매주 새로 받은 봉투를 열어서 실천하는 게 즐거웠다. 생각 과 감정을 종이에 옮겨 적으면서 간결하게 정리할 수 있는 점도 좋 았다. 머릿속에 있을 땐 뒤죽박죽 혼란스러웠지만, 종이에 적힌 글 자와 수치와 그래프에 비친 내 모습을 보면 모든 게 명확해졌다.

봉투는 늘 우리가 세션에서 다루는 내용과 연결되므로, 오늘 세 션은 사소한 실수와 관련되는가 보았다.

"제넷, 실수를 받아들이고 앞으로 나아가야 합니다. 이는 회복에서 가장 중요한 부분 중 하나입니다."

내가 고개를 끄덕였다.

"섭식 장애 성향이 있는 사람은 흔히 실수에 사로잡혀 앞으로 나아가는 데 어려움을 겪습니다. 완벽주의자라서요. 어때요, 이 말이 마음에 와닿지 않습니까?"

"아, 예……." (그런 꼬리표가 살짝 거슬렸지만, 마음에 와닿긴 했다.)

"그런데 우리가 실수를 저지르고 나서 계속 자책하면, 그 실수에서 오는 죄책감과 좌절감에 수치심까지 더하는 꼴입니다. 죄책감과 좌절감은 우리를 앞으로 나아가도록 도울 수 있지만, 수치심은……이놈의 수치심은 우리를 꼼짝 못 하게 합니다. 우리를 마비시키는 감정이거든요. 수치심의 소용돌이에 휘말리면, 우리는 애초에 그 수치심을 유발한 것과 같은 식의 실수를 더 저지르게 됩니다."

나는 이 말에 공감하며 고개를 끄덕였다.

"그래서 사소한 실수가 크나큰 잘못으로 이어지는 거군요."

"빙고!" 제프가 흐뭇한 표정으로 말했다.

굳이 "빙고!"라는 말로 나를 치켜세우지 않았더라도, 그 점은 내 안에서 깊고 강렬한 울림을 주었다. 나는 수치심의 소용돌이가 내 문제에 얼마나 큰 영향을 미치는지 절감했다. "다시는 그러지 않을 거야"라고 맹세하고 또 맹세했지만, 번번이 실패했다. 이젠 맹세하는 것도 지쳤다. 어쩌면 내가 실수를 받아들이지 않았던 게 문제였나 보다. 실수를 저질렀을 때, 앞으로는 수치심의 소용돌이에 휩쓸리지 않고도 실망감과 좌절감을 해소할 수 있을지 모르겠다. 그 소용돌이에 휩쓸려 실수가 또 다른 실수를 불러와 결국 크나큰 잘못으로 이어지는 악순환의 고리를 끊어낼 수 있을지도 모르겠다. 그렇게만 된다면, 이젠 제프의 말대로, 실수는 그저 실수로 끝날 수 있을 것이다.

82

젠장. 이러다 회의에 늦겠다. 가방을 집어 들고 서둘러 아래층으로 내려갔는데 스티븐이 보였다. 멍하니 앉아서 창밖을 내다보며 검지로 머리카락을 배배 꼬고 있었다. 표정이 꼭 긴장증 환자 같았다. 요즘 들어서 부쩍 더 그런 것 같았다. 스티븐이 이런 상태에 있으면 나는 겁이 덜컥 났다. 처음엔 리튬 오로테이트 복용량이 너무 높아서 이런 증상이 나타나는가 싶었다. 하지만 리튬 복용량을 십여 차례 조정한 뒤에도 긴장증 증세는 멈추지 않았다. 그제야 나는 다른 문제가 있음을 알았다.

"안녕, 스티븐." 나는 최대한 가벼운 목소리로 말했다. "기분 어때?"

그는 내 말을 듣는 것 같지 않았다.

"스티븐?"

역시나 반응이 없었다. 나는 입술을 깨물었다.

"음, 난 회의가 있어서 나가야 해. 바람이라도 쐴 겸 자기도 같이 갈 테야? 내가 회의하는 동안 자기는 근처에서 산책이라도 하면 되잖아. 한 시간을 넘기진 않을 거야."

얼마 전부터 약속이나 일이나 회의가 있을 때마다 나는 스티븐에게 같이 가자고 했다. 그렇게라도 하지 않으면, 스티븐이 집 밖으로 통 나가려 하지 않았기 때문이다.

스티븐은 이제 일을 다 그만두었고 다시 시작할 마음도 전혀 없어 보였다. "일은 그저 인생 낭비"라고 주장했다. 취미를 즐기지도 않았고, 친구들과 시간을 보내는 데도 통 관심이 없었다. 그저 시도 때도 없이 대마초만 피웠다. 아침에 눈 뜨자마자 시작해서 온종일 피워댔다. 깨어 있는 동안엔 줄곧 약에 취해 있었다. 내가 봤던 그 누구보다 더 취해 있었다. (온몸의 운동 기능이 극도로 억제되어 꼼짝도 안 하는) 긴장증 환자처럼 굴었다.

처음엔 대마초를 피워도 괜찮을 거라고 생각했다. 조현병 진단과 그에 따른 온갖 중압감에서 벗어나려고 그러는가 싶었다. 그래서 아무 말도 안 했다. 양이 좀 많아 보이긴 했지만, 그가 원하는 만큼 구할 수 있도록 밀매자를 찾는 걸 도와주기까지 했다.

그러다 결국 이 지경에 이르렀다. 그를 전혀 이해하지 못하는 건 아니었다. 아니, 복잡다단한 인생사를 다 잊고 멍해지고픈 마음을 이해하고도 남았다. 하지만 나는 더 이상 그렇게 멍하니 보내고 싶지 않았다. 어쩌면 우리 사이엔 그게 문제인지 몰랐다. 나는 폭식증에서 조금씩 회복되고 있었고 전처럼 내 몸을 학대하지도 않았다. 날마다 나 자신과 마주하려 애썼다. 그에 따른 결과는 다양했지만 어쨌든 시도는 일관적이었다.

내가 회복되면 될수록 스티븐은 점점 더 약물에 빠져들었다. 그리고 우리 사이도 점점 더 멀어졌다.

그러다 몇 주 전, 무슨 일이 있어도 우리 사이를 원상태로 회복하겠다는 마음에서 기발한 아이디어를 떠올렸다. 스티븐이 내 폭식증을 도우려 애썼으니, 나도 그가 마리화나 중독에서 벗어나도록 끝까지 도울 생각이었다.

일단 대마초 끊는 방법에 관한 자료와 기사를 출력하고 각종 지원 단체를 찾아봤다. 스티븐에겐 중독 전문 치료사를 새로 알아보라고 권했다. 스티븐이 대마초를 잠시라도 덜 피우도록 둘이서 참여할 만한 야외 활동을 계획했다. 그를 내내 감시하기 위해 내가 가는 곳마다 함께 가자고 했다. 스티븐이 할 만한 취미 활동도 두루 알려주고, 대마초도 죄다 내버렸다.

하지만 어떤 방법도 효과가 없었다. 스티븐은 내가 뽑아준 기사를 읽으려 하지 않았다. 지원 단체의 모임에도 참석하지 않았다. 새로운 치료사를 만나기는커녕 기존 치료사마저 만나지 않았다. 취미 생활도 즐기지 않고 그저 대마초만 더 사들였다.

나는 그야말로 속수무책이었다. 그에게 아무런 힘도 미칠 수 없었다. 하지만 그를 사랑했고, 우리가 함께 지내길 바랐다. 그래서 노력을 멈출 수 없었다.

"어때, 같이 갈 테야?" 내가 재차 물었다.

"아, 아니…… 난 그냥 집에 있을래. 아무튼 같이 가자고 청해줘서 고마워."

스티븐이 머리카락을 계속 배배 꼬면서 말했다.

83

"밥, 얘가 하는 소리 들었어요?! 돈이 다 떨어졌다네요!"

할머니는 이렇게 소리치면서 할아버지 어깨에 고개를 묻고 눈물도 안 나오는 데 억지로 흐느꼈다. 할머니는 원래 눈물이 메마른 사람이었다.

"허 참, 얘가 뭔 그런 소리를 했다고."

할아버지는 나보다 참을성 있게 할머니를 다독였다.

우리는 스튜디오 시티에 있는 내 집 거실에 앉아 있었다. 할머니는 여전히 나한테 차단된 상태였지만, 내가 할아버지를 만나려 하면 반드시 따라왔다. 할머니를 빼고는 할아버지를 만날 수가 없었다. 두 분에게 방금 집을 팔겠다고 했는데, 아무래도 쉽게 풀릴 것 같지 않았다.

"린다한테는 뭐라고 말하니? 그리고 조아나랑 루이스한테는?!"

할머니가 두 팔을 마구 흔들며 소리쳤다.

"그냥 사실대로 말하면 되잖아요." 내가 제안했다.

"내가 세상에서 제일 사랑하는 손녀딸이 아름다운 집을 멋대로 팔아치우고 허접한 방 한 칸짜리 아파트로 이사하겠다고 했다고?!"

"물론이죠."

"안 돼!"

"허 참, 다 괜찮을 거야." 할아버지가 할머니 손을 토닥이며 말했다.

나는 제프와 상담할 때 스트레스를 유발하는 영역에 대해서 자주 논의했는데, 집도 몇 번 언급했다. 그러자 제프가 결국 왜 팔아버리지 않느냐고 물었다.

"글쎄요, 예전부터 팔고 싶었지만 그럴 수 없었어요."

"왜죠?" 제프가 물었다.

"왜냐하면…… 현명한 조치가 아니니까요."

"그게 왜 현명한 조치가 아니라는 거죠?"

"집은 좋은 투자 수단이니까요."

"흠. 그렇다면 집에서 받는 스트레스가 뭔지 말해봐요."

"끊임없이 문제가 발생해요. 도급업자가 거의 매일 들락거릴 정도로 수리할 곳이 많아요. 주택을 소유하면 신경 쓸 게 이렇게나 많은지 미처 몰랐어요. 나로선 관심도 없고 시간도 없는 일투성이에요."

"그 밖에 다른 점은?"

"외로워요. 무섭기도 하고. 나한테 너무 크거든요. 이웃도 마음에 들지 않고. 그리고 누가 내 주소를 온라인에 유출했는지, 가끔 스토커가 소름 끼치는 메모를 남기기도 해요. 한번은 피가 뚝뚝 떨어지는 장미 다발을 집 앞에 두고 간 적도 있어요."

"정말 스트레스 요인이 많군요."

"예."

"그런데도 좋은 투자라서 팔지 않는다고요?"

"예."

"어째서 좋은 투자가 된다는 거죠?"

"나도 정확히는 모르겠어요. 그냥 그렇다고 들었어요. 다들 그러잖아요, 집은 좋은 투자처라고."

"어떤 사람에겐 좋은 투자가 다른 사람에겐 나쁜 투자일 수도 있습니다."

"그야 그렇죠."

"당신의 정신 건강에 투자하는 건 어때요? 안전하다는 느낌은 정신 건강에 중요한데, 방금 무섭다고 했잖아요."

"그렇긴 하지만……, 잘 모르겠어요. 아무래도 집은 팔 수 없을 것 같아요."

제프가 눈도 깜빡이지 않고 나를 쳐다봤다.

"그냥 나무라도 사다 심을까 봐요."

내가 어깨를 으쓱하며 말했다. 그런 생각은 진작부터 했지만, 실제로 행동에 옮긴 적은 없었다.

"다른 아이디어는 없습니까?"

"휴가를 더 자주 떠날 수도 있고요."

"그렇다고 당신의 주요 환경, 즉 집에 변화가 생기진 않습니다. 정신 건강에 영향을 미치는 건 주요 환경이니까, 집에다 초점을 맞춰볼까요?"

"그럼 나무 말고?"

"나무보다 큰 부분에." 제프가 고개를 끄덕이며 말했다.

"그럼…… 인테리어 업자를 고용해볼까요?"

"좋아요. 그런데 인테리어 업자가 당신의 스트레스를 어떻게 줄여주죠?"

"글쎄요. 집이 워낙 횅해 보이니까 외롭게 느껴질 수 있잖아요."

"양탄자 몇 개 깐다고 도움이 될까요?"

"될 수도 있죠." 내가 살짝 퉁명스럽게 말했다. 그의 판단하는 듯한 말투가 거슬렸다.

"좋습니다." 제프가 고지식하게 말했다. "그럼 그 지점에서 시작해볼까요?"

나는 집에 돌아와서 부동산 중개인에게 전화로 괜찮은 인테리어 업자를 아는지 물었다. 그가 딱 맞는 업자를 안다고 했다.

***

리즈가 헐렁한 검은색 상의에 호피 무늬 레깅스 차림으로 우리 집에 나타났다. 호피 무늬 차림으로 어디든 갈 수 있는 사람은 컨트리 팝의 여왕, 샤니아 트웨인밖에 없다.

"자, 뭐 좋아하는 스타일이라도 있나요?"

리즈가 식탁 의자에 앉으며 물었다. 그녀는 커다란 버킷 백을 식탁에 쿵 내려놓고 원단 조각과 바인더, 두툼한 잡지를 꺼내기 시작했다.

"어……." 나는 휑한 공간을 돌아보며 말했다. "딱히 좋아하는 스타일은 없어요. 그냥 당신이 생각하는 대로 하면 어떨까 싶어요."

"오, 좋아요." 리즈가 들뜬 목소리로 말했다. "나한테 아이디어가 많거든요. 일단 동물무늬를 가미해서 화려하고 멋지게 꾸며볼까 해요."

나는 그녀의 레깅스에 눈길을 주지 않으려 무지 애썼다.

"내가 동물무늬를 딱히 좋아하지 않거든요."

"아." 리즈가 살짝 불쾌한 표정으로 말했다. "호피 무늬나 젖소 무늬나 얼룩말 무늬로 살짝 악센트만 줄 건데. 요즘은 이런 게 대세거든요."

나한테 왜 얼룩말을 들이미는 거죠, 리즈?! 나는 베개나 이불이나 커튼에 얼룩말 무늬를 쓰고 싶지 않아요. 나는 원래 베개나 이불이나 커튼에 무슨 무늬로 '재미'를 가미하려는 이유를 도통 이해할 수 없다고요. 이런 물건은 재미가 아니라 기능이 중요하니까. 그냥 가구와 어울리는 깔끔한 단색으로 제시하고 오늘은 이만 끝내도록 하죠.

"글쎄요." 나는 최대한 조심스럽게 말했다. "나는 그냥 단순한 게 좋아요. 특별한 취향은 없지만 어쨌든 단순하고 깔끔한 게 좋아요."

"하지만 당신은 아주 젊잖아요! 그리고 재미도 있고요! 당신의 공간에 그 점을 반영하고 싶지 않아요?"

전혀.

"어……."

"일단 한번 시도해보는 게 어때요? 시도했다가 마음에 안 들면 바꾸면 되잖아요? 환불이 안 되긴 하지만."

호구로 사는 것도 나쁘지만 고집 센 호구로 사는 것은 더 나쁘다. 호구는 상냥해서 누구하고든 잘 지낸다. 고집 센 호구도 상냥하게 행동하고 누구하고든 잘 지내지만, 속으로 끙끙 앓고 분개한다. 나는 고집 센 호구였다.

"그러죠, 그럼." 내가 꾹 참으며 말했다.

사흘 뒤, 민트색과 크림색이 어우러진 호피 무늬 커튼이 1만 4,742달러 영수증과 함께 문 앞에 도착했다. 리즈는 햇빛을 차단하려고 이 정도 거금을 팍팍 쓰는 고객을 상대하는 데 익숙하겠지만,

나는 그런 고객이 아니었다.

무늬와 가격은 차치하고라도, 이불이나 커튼이나 베개를 무엇으로 하든 상관없다는 생각이 퍼뜩 스쳤다. 그런 것들이 끊임없는 공사와 외로움, 피 묻은 장미를 두고 가는 스토커를 보상해주지는 못할 테니까. 마침내 나는 이 집에서 더 이상 살지 않기로 마음을 굳혔다.

나는 리즈에게 전화해서 그녀의 서비스가 더 이상 필요하지 않다고 말했다.

"음, 실망스럽지만 당신 뜻을 전적으로 존중할게요. 집은 알아서 잘 꾸미길 바랍니다."

"고마워요. 실은 집을 팔 생각이에요."

"오?"

"옙."

"아무튼 알겠어요……."

"그러니까…… 호피 무늬 커튼을 어디로 돌려보내면 되는지 알려줘요."

"아, 그건 환불이 안 됩니다."

***

며칠 지난 지금, 나는 할머니에게 집을 팔겠다는 내 뜻을 어떻게든 납득시키려 애썼다.

"내가 이 집을 팔겠다는데 할머니가 왜 이렇게 야단인지 모르겠어요."

"야단이라니?!" 할머니가 소리쳤다.

분별없는 사람들을 논리적으로 설득하려는 노력이…… 결국엔 분별없는 짓임을 나는 자꾸 잊어버렸다.

"나한테는 이게 최선이에요. 그러니 두 분도 내 결정을 지지해주면 좋겠어요."

"난 지지할 수 없다! 절대로 지지할 수 없다!" 할머니가 할아버지의 어깻죽지에 고개를 묻으며 말했다.

"괜찮아, 여보. 다 괜찮을 거야." 할아버지가 할머니를 다독이며 말했다.

"얘, 그럼 넌 대체 어디로 옮길 거니?" 할머니가 훌쩍이며 내게 물었다.

"'아메리카나'(The Americana) 위에 있는 아파트로 옮길 거예요."

"아메리카나?" 할머니가 훌쩍임을 뚝 그치고 나를 쳐다봤다. "분수대도 있고 프랭크 시나트라의 음악도 흘러나오는 그 고급 쇼핑센터?"

"네, 거기요."

할머니가 잠시 머뭇거렸다.

"거기라면 썩 나쁘진 않겠구나. '앤 테일러 로프트'(Ann Taylor Loft)가 있으니까……."

84

"이건 너무 부담스러울까?"

내가 콜튼과 미란다에게 물었다. 중요한 행사를 앞두고 두 사람에게 의상 고르는 일을 부탁했다.

"나라면 치마는 벗을 거야. 너무…… 과한 것 같아." 콜튼이 말했다.

나는 콜튼의 솔직함에 고마움을 표한 후 얼른 청바지를 들어서 다리에 대봤다.

"그게 확실히 낫네."

"그분이 나를 싫어하면 어떡하지?"

나는 옷을 갈아입으러 화장실로 가면서 두 사람에게 소리쳤다.

"그분은 너를 좋아할 거야." 미란다가 나를 안심시키려고 소리쳤다.

나는 너무 초조했다. 첫 만남에 앞서 그 어느 때보다 떨렸다. 어쩌면 위험부담이 더 크기 때문일 수 있다. 이건 단순한 첫 만남이 아니었다. 친아버지와 처음 만나는 자리니까.

우리는 미란다의 포르쉐에 올라 405번 고속도로를 타고 콘서트가 열리는 호텔로 향했다.

"그러니까 네 친아버지는 트럼펫을 분다고?" 목적지가 가까워졌을 때 콜튼이 물었다.

"트롬본이라니까." 내가 바로잡아주었다.

"그게 그거지, 뭐." 콜튼이 어깨를 으쓱하며 말했다.

호텔에 가까워질수록 분위기가 더 무거워졌기 때문에 콜튼은 무슨 말이라도 하려고 애썼다. 우리는 딸의 존재 여부를 아는지조차 모르는 내 친부의 재즈 콘서트에 예고도 없이 찾아가는 길이었다.

마크 아버지에게 자세한 내막은 들을 수 없었지만, 친부의 이름과 직업은 알아낼 수 있었다. 그 정보만으로도 온라인 검색에서 친부의 공식 웹사이트를 찾을 수 있었다. 〈스타워즈〉, 〈쥬라기 공원 2: 잃어버린 세계〉 등 여러 영화의 사운드트랙에서 연주했다는 크레딧 목록도 올라와 있고, 열정적으로 참여하는 재즈 밴드의 투어 날짜도 자세히 나와 있었다. 나는 LA에서 가장 늦은 공연 날짜를 골랐다. 마음의 준비를 위한 시간을 최대한 확보하고 싶었다.

이제 몇 분 뒤면 그 콘서트가 열릴 예정이었다. 참석하겠다고 결정한 지 수개월이 지났지만 나는 여전히 마음의 준비가 된 것 같지 않았다.

앤드류는 자신이 내 아버지라는 사실을 알고 있을까? 자신이 더스틴과 스콧의 아버지라는 사실을 알고 있을까? 내가 어렸을 때 잠시라도 내 곁에 있었을까? 엄마하고 어느 시점에 헤어졌을까? 헤어진 뒤로 엄마와 계속 연락하고 지냈을까? 엄마가 죽었다는 사실은 알고 있을까? 가정을 꾸렸을까? 그 가족은 이런 상황을 알고 있을까?

물어볼 게 너무 많았지만, 어떤 질문에 대한 답변도 예측할 수 없었다. 그래서 더 불안했다. 그분에게 가족이 있다면? 자식들이 콘서트에 와 있다면? 그들이 이런 상황을 전혀 모른다면? 나는 그들에게 이 소식을 전하는 사람이 되고 싶진 않았다. 그래서 콘서트가 끝날 무렵, 그분이 무대에서 내려와 혼자 있을 때 접근하기로 마음먹었다.

나는 그분이 부인할 수 있다는 점도 고려했다. 어쩌면 나를 보고 "썩 꺼져!"라고 말할지도 몰랐다. 내 존재를 전혀 모를 수도 있었다. 앞으로 어떤 상황이 펼쳐질지 도무지 알 수 없었다.

미란다가 주차 요원 앞에 차를 세운 후 다들 차에서 내렸다. 콜튼은 내 팔을 잡아줬지만 미란다는 그러지 않았다. 여자친구들끼리는 보통 손을 잡고 수시로 포옹하거나 머리를 만지는 등 신체 접촉이 빈번하다. 그런데 미란다와 나 사이엔 이러한 신체 접촉이 거의 없었다. 오랜만에 만났을 때 포옹하는 것 말고는 손도 거의 안 잡았다. 그게 편했다.

우리는 호텔 복도를 따라 걸어갔다. 내가 오줌 누러 화장실에 가겠다니까 미란다가 따라왔다. 혹시 구토라도 할까 봐 걱정되는 모양이었다. 미란다가 대놓고 말하진 않았지만, 그냥 알 수 있었다. 미란다는 매번 나를 따라나서진 않았다. 그렇게 눈치 없게 구는 친구가 아니었다.

보통 때 같으면 성가셨을 것이다. 내가 구토하려 할 때 스티븐이 방해하면 그런 기분이 들곤 했다. 하지만 이번엔 그렇지 않았다. 애초에 구토할 생각이 없었기 때문이다. 내 몸에는 지금 토해낼 게 하나도 없었다. 속이 내내 울렁거려서 뭘 먹을 수가 없었다. 내일 상담하러 갈 때 이 문제를 언급해야겠다고 마음먹었다. 오늘은 일단 이겨내기로 했다.

나는 손을 한참 씻었다. 초조해서 그런지 손에서 자꾸 땀이 났다. 마스카라를 덧바르고 블러셔도 살짝 덧발랐다. 친아버지에게 내가 어떻게 보일지 왜 이렇게 신경 쓰는 걸까? 그 점이 내내 궁금했다. 나는 마스카라와 블러셔를 가방에 넣은 후 화장실을 나섰다. 우리는 호텔을 지나 긱(gig, 재즈 연주회. 긱은 흔히 '일시적인 일'이라는 뜻으로 쓰이는데, 1920년대 미국 재즈클럽 주변에서 단기 계약으로 연주자를 섭외해 공연한 데서 유래했다─옮긴이 주)이 펼쳐질 안뜰로 향했다. 개인적으로 '긱'이라는 단어를 좋아하진 않지만, 이런 재즈 연주회를 부르는 적절한 용어라고 들었다.

연주회가 시작되기 몇 분 전, 콜튼과 미란다와 나는 뒤쪽 테이블에 자리를 잡았다. 관객은 대부분 40대와 50대로 보였다. 다들 여유가 있는지, 명품 가방이 많이 보였다.

"젊은 사람들이 여긴 어쩐 일이죠?"

진주 목걸이를 두른 옆자리 여자가 와인에 취한 목소리로 내게 물었다. 나는 속으로, '한 번도 만난 적 없는 친아버지가 이 밴드에서 트롬본을 연주해요. 그래서 연주회가 끝나면 친아버지에게 가서 거지 같은 내 어린 시절에 대해 따지려고 왔어요'라고 말할까 하다가 참았다.

"우린 재즈를 좋아한답니다."

멍하니 눈만 껌뻑이는 나 대신, 콜튼이 대답했다.

"아, 거참 다행이네요. 우리 사회에는 여러분처럼 교양 있는 젊은이가 더 필요해요. 어떤 재즈 밴드를 좋아해요?"

"다…… 전부 다 좋아합니다." 콜튼이 고개를 끄덕이며 말했다.

"좋아요, 좋아요." 진주 여사는 콜튼의 허접한 답변에 만족한 듯 웃으며 말했다. "오오, 저기 나오네요!"

진주 여사가 손뼉을 치면서 환호하자 우리 셋은 밴드를 보려고 무대 쪽으로 몸을 돌렸다. 나는 트롬본을 든 내 아버지를 레이저라도 쏘듯이 노려봤다. 나와 특별히 닮은 것 같지는 않았다. 너무 뒤에 앉아서 잘 보이지 않는 걸 수도 있었다. 어쩌면 엄마 유전자가 더 강했는지도 몰랐다.

밴드가 연주를 시작했다. 콜튼은 내 손을 몇 번 잡았다. 미란다는 곁눈질로만 나를 살폈다. 나는 밴드의 연주가 이어지는 내내 정신이 아득했다.

한 시간 뒤, 색소폰 연주자가 마지막 곡을 연주한다고 발표했다. 입이 바짝 말랐다. 손이 또다시 끈적거리고, 심장이 터질 듯 쿵쾅거렸다.

"됐다, 가자."

콜튼이 내 손을 잡으며 말했다. 우리 셋은 자리에서 일어나 무대 출구 쪽으로 향했다.

"젊은이들, 어디 가는 거죠?!"

진주 여사, 지금은 당신을 상대해줄 짬이 없네요!

마지막 곡의 마지막 소절이 연주되었지만 우리는 아직 무대 출구에 이르지 못했다. 속도를 높였다.

"여기 오시면 안 됩니다." 경비원이 우리를 제지했다.

"실례지만, 이 친구가 서둘러 할 일이 있답니다."

콜튼이 합법적 권리라도 주장하듯 당당하게 말하자, 경비원은 당황한 나머지 우리를 지나가게 해주었다. 친부는 이미 무대를 가로질러서 계단에 거의 도착한 상태였다.

"서둘러!" 미란다가 말했다.

나는 30미터 정도를 냅다 달렸다. 때마침 계단을 다 내려온 친부와 마주쳤다. 나를 알아보는 듯했다. 눈이 마주쳤다. 친부는 당황하기도 하고 살짝 경계하는 것 같기도 했다.

"우리에게 공통점이 있는 것 같아요."

내 입에서 이 말이 튀어나왔다. 친부의 눈에 눈물이 고였다. 내 눈에도 고였다.

그 뒤로 10분 동안 서로 모호했던 정보를 교환했다. 나는 친부에게 내 존재를 알고 있었냐고 물었고, 친부는 알고 있었다고 했다. 오빠들의 존재도 알고 있었지만, 우리가 먼저 연락하길 기다렸다고 했다. 우리가 이 사실을 아는지 확신할 수 없어서 먼저 연락하지 못했다고 했다. 친부는 내게 어떻게 알았냐고 물었다. 내가 사실대로 말하자 친부는 엄마와 좋게 끝내지 못했다고 했다. 우리가 어렸을 때 양육권 분쟁이 크게 일어났는데, 자신이 신체적으로 학대했다고 엄마가 주장하는 바람에 패소하긴 했지만, 실제로 그런 일은 없었다고 단언했다. 나는 친부에게 엄마가 죽었다는 사실을 아는지 물었다. 친부는 〈E! 뉴스〉에서 봤다고 했다. 나는 그 말이 참 이상하게 들렸다.

기술자들이 다가와 우리에게 빨리 이동하라고 했다. 친부는 내게 전화번호를 알려주며 연락하라고 했다. 우리는 포옹과 함께 작별을 고했다. 미란다와 콜튼이 다가왔다. 나는 여러 감정을 느꼈지만, 딱히 뭐라고 꼬집어 말할 순 없었다. 그래도 진전을 이룬 것 같았다.

친부가 우리의 존재를 알고 있어서 기뻤다. 걱정했던 일을 끝내서 후련하긴 했지만, 금방 헤어져서 아쉬웠다. 친부가 먼저 연락하지 않은 점도 서운했다. 애초에 나를 만나고 싶은 생각이 없었던 게 아닐까? 대놓고 물어보면 당연히 그렇지 않다고 할 테니, 그 답은 영영 알 수 없을 것이다.

첫 만남에 관한 한, 확실히 이번이 가장 흥미로웠다. 두 번째 만남으로 이어질지는 나도 잘 모르겠다.

85

　손에 든 물건은 차갑고 무거웠다. 나는 시간을 벌려고 일부러 천천히 걸었다. 전에도 이걸 없앤 적이 있었다. 일곱 번인가 여덟 번정도. 하지만 버린 다음 날 어김없이 새로 사들였다. 지금까진 24시간 내로 다시 사들이지 않고는 살 수 없었지만, 이번엔 다를 수 있기를 바랐다. 어쩌면 다를 수 있을지도 몰랐다. 스물네 번째 생일을 맞은 나 자신에게 주는 선물인 만큼, 이번엔 정말로 영원히 없앨 수 있을지도 몰랐다.

　이게 뭐냐고? 너무나 오랫동안 나를 규정해온 내 체중계이다. 체중계가 제시한 숫자는 늘 내가 성공했는지 실패했는지 알려줬다. 내가 열심히 노력했는지 게으름을 피웠는지도 알려주고, 내가 잘하는지 못하는지도 알려줬다. 체중계 따위에 내 자존감을 좌지우지할 만큼 많은 권한을 부여하면 건강에 해롭다는 사실을 알았지만, 아무리 애써도 떨쳐낼 수가 없었다. 나는 늘 체중계 숫자로 격하되었다. 어떤 면에선 그게 더 쉬웠기 때문이다. 자신을 규정하는 일은 어렵고 복잡해서 골치가 아팠다. 체중계 숫자에 그 일을 맡기면 쉽고 간단하고 명쾌했다.

　나는 43킬로그램이거나 48킬로그램이었다. 또는 52킬로그램이거나 57킬로그램이기도 했다. 체중계에 어떤 숫자가 나오든 나는 그 숫자가 되었다. 그 숫자가 바로 나였다.

아니, 나였었다. 이젠 그 숫자가 나를 규정하게 하고 싶지 않았다. 그 숫자에 내 정체성을 맡기고 싶지 않았다. 나는 이제 체중계에서 벗어난 삶을 경험할 준비가 되었다.

'체중계에서 벗어난 삶이라니!' 바보 같은 소리처럼 들리겠지만 안타깝게도, 나한테는 맞는 말이었다. 이게 내 현실이라는 게 속상했다. 어쩌면 이런 감정을 느끼는 게 좋은 것인지도 모르겠다. 속상함을 느끼면서 한 단계 성장할 수 있을 테니까.

나는 쓰레기 처리실에 도착해 빗장을 내려서 배출구 문을 열었다. 그런 다음 체중계를 활송 장치 속으로 밀어 넣었다. 체중계가 떨어지면서 활송 장치 측면에 쿵쿵 부딪히는 소리가 들렸다. 나는 체중계가 바닥에 쾅 하고 떨어지는 소리를 듣고 나서야 쓰레기 처리실을 나왔다.

다음 날 해가 떴다가 저물었다. 나는 새 체중계를 주문하지 않았다.

86

우리는 에코 파크 레이크에서 보트를 탔다. 흉측한 백조 보트를 탔다. 둘 다 5분째 한마디도 안 했다. 빌어먹을 백조 보트에 앉아 있으니 5분이 50분처럼 느껴졌다.

내가 빤히 쳐다보는데도 스티븐은 내 시선을 의식하지 못했다. 그저 음울한 얼굴로 먼 데만 응시했다. 스티븐은 요즘 걸핏하면 사색에 빠져 있었지만, 딱히 어떤 결론에 이르는 것 같지 않았다. 헛바퀴만 돌아서 전혀 움직이지 못하는 자동차처럼 그의 생각도 그저 제자리만 맴돌았다.

나는 스티븐을 도우려고, 아니 어쩌면 통제하려고 오랫동안 노력했다. 그 둘은 서로 밀접하게 연관되어 있어서 어느 쪽인지 잘 모르겠다. 하지만 뭐가 됐든, 몇 달 전부턴 손을 놨다.

제프가 내게 상호의존성(codependency, 보살핌이 필요한 사람과 그것을 베푸는 사람 간에 지나친 정서적 의존성―옮긴이 주)에 관한 읽을거리를 준 뒤로 나는 손을 떼기 시작했다. 자료를 읽다 보니 공감 가는 부분이 많았다. 스티븐과 내가 깊은 상호의존적 관계에 있다는 사실도 알게 되었다. 제프는 내게 앞으론 내 문제를 해결하는 데 집중하라고 제안했다.

"그래서 여기 있잖아요. 나는 지금 내 문제를 해결하려고 애쓴다고요."

"게다가 썩 훌륭하게 해내고 있습니다." 제프가 고개를 끄덕이며 말했다. "하지만 스티븐의 삶을 관리하는 데 쏟는 에너지까지 죄다 당신의 삶을 관리하는 데 쏟는다면, 더 큰 진전을 이룰 거라고 봅니다."

변화는 순식간에 일어났다. 제프의 제안에 따라, 나는 혼자서 하던 식이요법 과정에 집단 치료를 추가했다. 섭식 장애 회복에 관한 책도 더 많이 읽었다. 내 문제에 시간을 더 집중할수록 스티븐의 문제에는 시간을 덜 썼다. 스티븐의 문제에 소홀할수록 우리 사이는 점점 더 멀어졌다.

안타깝게도, 우리 관계는 상대를 고치려는 노력을 중심으로 돌아갔다. 스티븐은 내 폭식증을 고치려 애썼고, 나는 스티븐의 마리화나 중독을 고치려 애쓰거나 적절한 약물을 찾으라고 계속 채근했다. 그런 노력이 우리 관계를 끈끈하게 붙여주었다. 상대를 고치려는 상황이 아니면, 우리는 할 이야기가 별로 없었다. 지금처럼.

"스티븐." 내가 마침내 입을 열었다.

이 한마디에 스티븐은 깊고도 깊은 사색에서 벗어나 나를 쳐다봤다.

나는 더 말할 필요가 없었다. 스티븐은 내 입에서 무슨 말이 나올지 알고 있었다. 스티븐이 울기 시작했다. 나도 울었다. 우리는 울면서 서로 껴안았다. 그리고 빌어먹을 백조 보트의 페달을 밟았다.

87

"제넷, 당신을 위해서 팀 전체가 호출된 상태예요."

내 에이전트들 가운데 비서 한 명이 전화로 알렸다. '팀 전체'가 호출될 때는 항상 매우 좋은 소식이거나 매우 나쁜 소식 가운데 한 가지였다. 축하하거나 위로하거나 둘 중 하나였지, 그 중간은 없었다. 팀원이 한 명씩 전화 회의에 참여했다. 나는 이번엔 또 어떤 소식일지 잠자코 기다렸다.

"다들 들어왔나요?" 어느 목소리가 물었다.

"예, 다들 들어왔습니다." 다른 목소리가 말했다.

"그러니까 제넷……."

아무래도 나쁜 소식인가 보았다. 이렇게 뜸 들일 때는 늘 나쁜 소식이었다.

"…… 넷플릭스 쇼가 취소됐어."

침묵. 내 에이전트들에겐 나쁜 소식이겠지만, 나한텐 썩 나쁘게 들리지 않았다. 오히려…… 괜찮은 소식으로 들렸다.

"상관없어요."

"상관없다고?" 누군가의 목소리가 혼란스러운 듯 물었다.

"상관없다고요." 내가 반복해서 말했다. "알려줘서 고마워요."

"상관없다니까, 그럼 그 문제는 됐고……." 다른 목소리가 안도하듯 말했다. "음, 에, 그러니까…… 좋은 소식은, 네가 더 이상 넷플

릭스를 위해 대기하지 않아도 되니까 다른 역할에 지원할 수 있다
는 점이야."

"실은……."

이번엔 그들이 숨을 죽이고 내 입에서 어떤 말이 나올지 기다렸
다. 전화기 너머로 그들의 불안한 마음을 느낄 수 있었다. 다들 '제넷
이 울면 어떡하지? 아, 제발 울지 않게 해주소서!'라고 비는 듯했다.

"실은 쇼가 세 번째 시즌에 들어갈지 말지 소식을 기다리면서 계
속 고민했는데요. 시즌이 시작된다면 하겠지만, 취소된다면 아예
연기를 잠시 쉬겠다고 마음먹었어요."

침묵.

"아," 마침내 누군가의 목소리가 들렸다. "그럼 그렇게 알고 있을
게. 음……, 그런데 마음을 확실히 굳힌 거야?"

"예, 확실히 굳혔어요."

"진짜로 확실히 굳힌 거야?"

"예, 진짜로 확실히 굳혔어요."

"좋아, 그럼……, 마음이 바뀌면 언제든 우리한테 연락해. 너한
테 맞는 역할에 계속 지원해볼 테니까."

"나중에 연락할게요."

어색한 작별 인사를 몇 마디 주고받은 뒤 통화가 끝났다. 그만큼
간단했다. 18년간의 경력이 단 2분간의 전화 통화로 끝났다.

그들에게 통보하고 나니 마음이 편했다. 결정을 내리고 처음엔
편치 않았다. 여기까지 오는 데 1년 넘게 고민했고 제프하고도 이야
기를 많이 나누었다. 연기와의 관계가 복잡하다는 사실은 오래전부
터 알고 있었다. 음식과 내 몸에 대한 관계와 별반 다르지 않았다.

두 관계 모두 끊임없이 끌어당기고 갈망하고 구걸하고 싸우는 것처럼 느껴졌다. 나는 그들의 승인과 애정을 얻기 위해 필사적으로 노력했지만, 결코 얻을 수 없는 것 같았다. 그들의 승인과 애정을 얻기에 나는 늘 모자랐다.

나는 그런 싸움에 지치다 못해 점점 더 분개했다.

그러다 음식과의 관계를 어느 정도 통제하게 되었고, 그 관계가 건전해질수록 연기 경력은 점점 더 불건전하게 느껴졌다. 어떤 직업에서든 그 일의 종사자가 통제할 수 없는 측면이 많겠지만, 연기에서는 특히나 그랬다.

배우로서, 당신은 어떤 에이전트가 당신을 대변할지 통제할 수 없다. 에이전트가 당신에게 어떤 역할을 제안할지도 통제할 수 없다. 어떤 오디션을 볼지, 어떤 콜백을 받을지, 어떤 역할을 맡을지, 그 역할에서 어떤 대사를 말할지, 그 역할에서 어떻게 보일지, 감독이 당신의 연기를 어떻게 지시할지, 편집자가 어떻게 편집할지도 통제할 수 없다. 그 쇼가 호평을 받을지, 영화가 좋은 반응을 얻을지, 비평가가 당신의 연기를 좋아할지, 당신이 유명해질지, 언론이 당신을 어떻게 묘사할지 등, 당신은 아무것도 통제할 수 없다. 이렇게 불확실한 상황을 견딜 수 있는 사람들에게 신의 가호가 있기를! 하지만 나는 더 이상 견딜 수 없었다.

내 인생의 많은 부분이 너무 오랫동안 내 통제를 벗어나 있었다. 이젠 그 인생에 작별을 고하고자 한다.

나는 내 인생이 내 손에 달렸으면 좋겠다. 섭식 장애나 캐스팅 감독이나 에이전트나 엄마의 손이 아니라 내 손에.

88

"마음에 쏙 들어." 내가 말했다. 여섯 살 생일 선물로 러그래츠 캐릭터 옷을 받았을 때처럼 거짓말하는 게 아니었다. 진짜로 마음에 들었다.

같은 백팩을 3년째 메고 다니다 보니 상당히 낡았다. 몇 달 전부터 불평하면서도 마땅한 대체품을 찾지 못했는데, 미란다가 결국 찾아냈다. 금색 디테일이 돋보이는, 세련된 검은색 투미(Tumi) 백팩이었다. 완벽했다.

생일 선물만 완벽한 게 아니었다. 미란다는 항상 생일 카드도 멋지게 작성했다. 적절한 농담을 곁들여 재치 있고 간결하게 표현했다. 그리고 끝에 꼭 알렉 볼드윈이라는 이름으로 서명했다. 이 농담이 어디서 나왔는지 기억도 안 나지만 볼 때마다 웃음이 나왔다.

"디즈니랜드에 먼저 갈까, 아니면 저녁을 먼저 먹을까?" 미란다가 물었다.

내 스물여섯 번째 생일이었다. 할아버지는 이제 디즈니에서 일하지 않지만, 15년 동안 근속한 덕분에 공원 출입증과 직원 할인을 평생 받을 수 있었다. 우리가 묵고 있는 그랜드 캘리포니아 호텔의 멋진 정원 뷰 객실도 40퍼센트나 할인받았다. 고마워요, 할아버지.

"일단 디즈니랜드로 가자."

물론 나는 디즈니랜드를 선택했다. 그게 디즈니랜드이기 때문

만은 아니었다. 저녁 식사와 다른 선택지 중에 골라야 한다면, 나는
당연히 다른 선택지를 골랐을 것이다.

섭식 장애에서 회복된 지 몇 년 지났지만, 여전히 부침이 있었다.
어떤 주에는 구토를 안 했지만 어떤 주에는 결국 하기도 했다. 폭식
증으로 진단받으려면, 3개월 동안 매주 한 번 이상 폭식과 구토를
해야 한다. 가끔 이러한 주간 기준을 넘기긴 하지만 구토가 일관적
이지는 않아서, 제프의 소견에 따르면 나는 폭식증 환자로 간주되
지 않았다. '이따금 폭식증 행동을 보이는 사람'일 뿐이었다. 물론
이 진단도 썩 좋게 들리진 않았다.

그나마 실수를 저지른 뒤 크나큰 잘못으로 이어지지는 않아서
다행이었다. 그것만으로도 크나큰 진전을 이루었다. 그렇지만 나는
제프에게 "이따금 폭식증 행동을 보이는 사람"으로 살고 싶지 않다
고 거듭 말했다. 더 나은 사람이 되고 싶었다. 더 단단한 사람이 되
고 싶었다. 더 확실하게 회복되고 싶었다. 섭식 장애를 다 이겨냈다
고, 그런 건 이제 과거의 일이라고 단언하고 싶었다. 하지만 아직은
그러지 못했다.

음식을 향한 욕구와 갈망과 두려움은 여전히 내 에너지를 많이
고갈시켰다. 식사에 대한 언급이나 식사를 연상시키는 단어만 들어
도 순식간에 불안감이 엄습했다.

그런 이유로, 저녁 식사와 다른 선택지가 제시되면 나는 항상 다
른 선택지를 골랐다. 식사의 혼란을 최대한 미루고 싶었다. 나는 침
실 탁자에서 적갈색 가발과 선글라스를 집어 들었다. 공개된 장소
에 나갈 때면 사람들 눈에 띄지 않으려고 이런 식으로 변장하곤 했
다. 미란다와 나는 디즈니랜드로 걸어가서 스페이스 마운틴에 올라

탔다. 다음으로 마테호른에 올라탔다. 마테호른은 둘 다 썩 좋아하진 않았지만 바로 옆에 있어서 그냥 탔다. 우리는 걸어서 파트너 테마파크인 캘리포니아 어드벤처로 갔다. 일단 가디언즈 오브 갤럭시를 탄 다음 애니메이션 아카데미 건물로 들어갔다. 그런데 〈라이언 킹〉의 심바를 한창 그리고 있는데, 갑자기 내 배에서 꼬르륵 소리가 났다. 우리는 깔깔 웃으며 저녁을 먹기로 했다.

미란다는 꽤 오래전부터 내 섭식 문제를 알고 있었다. 회복 초기에 믿을 만한 친구들한테 말하라는 제안을 받았을 때, 나는 미란다에게 털어놓았다. 그 뒤로 미란다는 줄곧 든든한 지원군 역할을 해주었다.

나는 미란다의 지원이 고마우면서도 한편으론 부담스러웠다. 미란다가 내 폭식증 비밀을 알기 전까진 나 혼자서 부침을 겪어냈다. 그땐 나만 책임지면 됐고 나만 실망하면 됐다. 그런데 이젠 미란다가 내 비밀을 알고 있으니, 그녀도 내 식습관을 과도하게 의식하고 관찰하게 되었다. 내 실수로 나만 실망하는 게 아니라 미란다마저 실망하게 되었다.

"어디로 가고 싶어?" 미란다가 물었다.

"아무 데나 줄이 없는 곳으로 가자."

나는 그저 식사를 얼른 마치고 싶었다. 감정의 맹렬한 공격을 이겨내고 끝내 토하지 않기를 바라는 시간이 최대한 단축되길 바랐다.

우리는 테마파크에 딸린 쇼핑 구역인 다운타운 디즈니로 걸어갔다. 그리고 대기 줄이 가장 짧은 토르티야 식당으로 향했다. 우리는 구석진 자리에 앉아서 바로 주문했다. 감자 칩과 과카몰리를 기본으로 해서 미란다는 타코를, 나는 연어 샐러드를 주문했다. 몸에 좋은 음식을 주문하면 나중에 토하지 않을 가능성이 더 크다고 생각했기 때문이다. 햄버거보다는 연어가 수치심을 줄여줄 테니까. 이 방법이 항상 먹히길 바랐지만, 딱히 그렇지는 않았다.

너무 참다 음식을 마주하다 보니 감자 칩과 과카몰리에 자꾸 손이 갔다. 맛만 보게 한두 개만 먹자고 속으로 생각했지만, 세 개, 네 개를 넘어 계속 입에 넣었다. 머릿속에선 그만 먹으라고 하는데도 내 손은 무심히 감자 칩으로 향했다.

섭식 장애를 앓는 뇌는 정말 짜증스러웠다. 내가 식사하면서 누군가와 대화를 나눌 때마다 머릿속에서 계속 혼잣말을 지껄였다. 온갖 판단과 비판과 자기혐오로 나를 가혹하게 압박했다. 누구와 마주하고 대화하든 도무지 집중할 수가 없었다. 내 초점은 항상 사람보다 음식에 쏠렸다.

이런 식의 생각, 즉 '섭식 장애 뇌의 혼잣말'도 시간이 갈수록 줄어든다고 들었다. 진짜로 그러는지 두고 봐야겠다.

메인 코스가 나왔다. 미란다의 시선을 보니, 내가 불안해 한다는 사실을 알고 있는 듯했다. 나는 천천히 씹고 차분하게 행동하라고 속으로 되뇌었다. 하지만 결국 소변을 봐야 한다는 핑계를 대고 자리에서 일어났다.

화장실로 가서 칸막이 아래를 일일이 살폈다. 전부 비어 있었다. 칸칸이 확인하는 습관은 3년 전 디즈니랜드에 왔을 때 붙었다. 정글 크루즈에서 내려 곧장 어드벤처랜드 화장실로 가서 클램 차우더를 토할 때였다. 내가 한창 토하고 있는데, 옆 칸막이에서 작은 손이 '미키와 친구들' 사인북을 밑으로 불쑥 내밀며 사인해달라고 했다. 나는 오른손잡이라 사인을 해줄 수가 없었다. 방금 올라온 클램 차우더 조각이 오른팔을 타고 흘러내렸기 때문이다. 그 손으로 사인했다간 (당시 인어 공주를 맡았던 배우인) 리틀 베일리의 얼굴에 얼룩이 생겼을 것이다.

다행히 이번엔 칸들이 다 비어 있었다. 보는 사람이 없을 때 얼른 해치워야 했다. 나는 제일 넓은 칸으로 들어가서 손가락을 목구멍에 밀어 넣었다. 배 속이 싹 비워질 때까지 계속 토한 다음, 팔에 묻은 구토물을 휴지로 닦아냈다. 그런데 디즈니랜드 구내의 두루마리 휴지는 너무 얇아서 구토물이 잘 닦이지 않았다. 오히려 휴지가 팔에 들러붙곤 했다. 그래서 구토물과 휴지까지 다 닦아내려면 그놈의 얇은 휴지를 여러 번 겹쳐서 빡빡 문질러야 했다.

그렇게 한참 문지르는데, 문득 제프가 한 말이 떠올랐다.

"설마 마흔다섯 살 크리스마스 파티 중에 몰래 화장실로 가서 아티초크 딥을 토하고 싶진 않죠?"

마흔다섯 살이 되려면 한참 남았다. 그리고 나는 아티초크 딥을 좋아하지도 않았다. 이제 겨우 스물여섯 살 생일을 맞이했다. 하지만 계속 이 나이로 머물진 않을 것이다.

엄마 생각도 났다. 나는 엄마처럼 되고 싶지 않았다. 그래놀라 바와 데친 채소로 연명하고 싶지 않았다. 내 인생을 《우먼스 월드》의 다이어트 페이지에 얽매여 보내고 싶지도 않았다. 엄마는 나아지지 않았지만, 나는 반드시 나아질 것이다.

89

브렌트우드에서 눈이 튀어나올 정도로 화려한 저택의 경사진 잔디밭에 서 있자니, 스틸레토 힐이 자꾸 잔디에 박혔다. 잔디밭에서 열리는 파티에 이렇게 굽 높은 구두를 신고 오는 게 아니었다. 하지만 행사에 맞춰 코디하는 법도 모르는 데다 매번 도와주던 니켈로디언 스타일리스트도 이젠 없었다.

날은 어둑했지만 내 주변에는 반짝이는 불빛과 스타 연예인들로 화려하게 빛났다. 집필을 위해 새로 고용한 매니저가 업계 관계자들의 사교 모임에 나를 초대했다. (연기 중단이 짧게 끝나지 않으리라는 사실을 알고 에이전트들은 모두 떨어져나갔다.)

발뒤꿈치를 치켜들고 뷔페 테이블로 향하는데, 방황하던 두 눈이 미니 치즈버거에 꽂혔다. 하지만 지금은 기름진 고기와 치즈가 당기지 않았다. 뭔가 달콤한 게 먹고 싶었다. 요즘 들어선 이런 느낌에 주의를 기울였다. 때마침 갓구운 초콜릿 칩 쿠키가 눈에 들어왔다. 완벽했다.

거식증을 앓던 시절엔 입에 대지도 못했을 테고, 폭식증을 앓을 땐 배 속에 담아두지도 못했을 만큼 달콤한 초콜릿 칩 쿠키였다. 칼로리를 계산하느라 애초에 안 먹었거나 먹더라도 불안해서 기어이 토해냈을 테니까. 하지만 구토를 그만둔 지도 1년이 넘었고, 섭취하는 음식에서 즐거움을 찾게 된 지도 몇 달 됐다.

회복 과정은 어떤 면에선 폭식증과 알코올에 시달리던 시절만큼 힘들었지만, 힘들다고 느끼는 방식은 달랐다. 나는 섭식 장애와 알코올 남용으로 회피하지 않고 처음으로 내 문제와 마주했다. 엄마의 죽음에 대한 슬픔뿐만 아니라 내가 진정으로 나 자신을 위해 살 수 없었던 유년기와 청소년기와 성인기 초기의 슬픔까지 다 마주했다. 정말 힘들었지만, 어려움을 극복하고 있다는 데서 자부심을 느꼈다.

어깨 너머로 귀에 익은 우렁찬 목소리가 들렸다. 몸을 돌리자 드웨인 "더 록" 존슨이 보였다. 큰 덩치에 넘치는 카리스마를 자랑하면서도 그의 미소는 참으로 따뜻해 보였다.

나는 다가가 인사도 건네고 몇 년 전 시상식장에서 만났던 사실을 얘기해볼까 생각했다. 드웨인 존슨은 내가 그때 얼마나 비참했는지 알아차릴 수 있었을까? 지금은 그때와 다르다는 사실을 느낄 수 있을까? 이 쿠키가 나타내는 온갖 장애물과 성취를 이해할 수 있을까? 드웨인 존슨은 정말 신일까? (〈블랙 아담〉에서 드웨인 존슨이 신으로 환생한 사실을 언급한 듯하다─옮긴이 주)

뭔가 재치 있거나 매력적인 말을 떠올리려 애썼지만 딱히 떠오르지 않았다. 사람들과 어울리는 자리에선 머리가 굳어버렸다. 불사신으로 환생한 드웨인 존슨 앞이라 더 그랬다. 우물쭈물하다 결국 기회를 놓쳤다. 그는 군중 속으로 걸어가 버렸다. 나는 다시 쿠키 먹는 일로 돌아갔다. 달콤한 쿠키를 천천히 음미했다.

90

내 아파트에서 저녁을 먹고 있는데 전화벨이 울렸다. 미란다였다. 미란다에게서 통 전화가 없었기에 보통 때 같으면 웬일인가 싶었을 것이다. 우리 사이는 예전 같지 않았다. 20대 후반에 직면한 서글픈 현실이었다. 20대 초반까지만 해도 내가 가까이 지내는 사람들과 평생 친구로 지낼 수 있을 것 같았다. 하루라도 만나지 않고는 배길 수 없을 것 같았다. 하지만 인생길에는 수많은 갈래가 펼쳐져 있다. 사랑도 하고 이별도 하면서 각자 다른 사람들과 다른 장소에서 변화와 성장을 겪는다. 그런 점을 깊이 생각하면 마음이 아파서 그냥 묻어두고 지냈다.

하지만 오늘은 미란다가 왜 전화했는지 알았다. 이 전화를 기다렸는데, 정확히 언제 올지 몰랐을 뿐이다.

"여보세요?" 나는 전화를 받으며 자리에서 일어나 운동화를 신었다.

"안녕!"

우리 둘 다 웃었다. 마지막으로 언제 통화했는지 기억도 나지 않지만, 우리는 전화가 연결되면 일단 웃고 나서 대화를 나눴다.

미란다와 통화하는 동안 동네를 산책하려고 밖으로 나왔다. 우리는 가족 문제와 인생의 중요한 사건들에 관해 묻고 답하며 그간의 공백을 메웠다. 잠시 침묵이 흘렀다. 이 대화가 시작된 이유를 꺼내기 전에 둘 다 뜸을 들였다.

"미란다, 나는 리부트에 참여하지 않을 거야. 네가 아무리 설득해도 소용없어."

"그래도 시도는 해볼래!" 미란다가 웃었다. 나도 웃었다.

미란다는 리부트가 출연자들 모두에게 '복귀할 수 있는' 기회가 될 거라고 했다. 어쩌면 다른 기회를 더 얻을 수 있다고도 했다. 〈아이칼리〉 리부트 소식을 처음 들었던 몇 달 전에 네트워크 임원이 했던 말과 똑같았다.

그 임원과 미란다 모두 좋은 의도로 하는 말인 줄은 알았다. 하지만 나는 그 말에 동의하지 않았다. 리부트로 다른 기회를 더 얻을 수 있다고 보지 않았다. 출연자가 탁월한 성과를 내지 못한다면, 리부트는 단지 추억을 상기해주는 역할로 그칠 것이다. 10년 전에 이름을 알렸던 역할에, 그들의 이미지를 아역 배우로 고착시켰던 역할에 오히려 더 매몰될 것이다.

연예계는 굉장히 냉정했다. 리부트 출연을 경력 회복으로 보지 않고 종료로 볼 게 뻔했다.

"하지만 돈은 진짜 짭짤할 거야." 미란다가 말했다. "내가 받는 액수만큼 너한테 줄 거냐고 물어보니까, 그런다고 했어."

미란다의 말이 맞았다. 네트워크는 상당히 후한 액수를 제시했다. 그렇게 제안하도록 부추긴 사람은 미란다였다.

"나도 알아. 하지만 돈보다 더 중요한 것들이 있어. 내 정신 건강과 행복이 그 범주에 들어가."

또다시 침묵이 흘렀다. 내가 말을 너무 많이 했거나 혹은 너무 적게 했다고 느끼는, 흔치 않은 순간이었다. 하지만 나는 내 뜻을 정확히 드러냈고, 그 뜻을 물릴 마음이 조금도 없었다. 이렇게 단단해진 나 자신이 대견했다. 우리는 계속 연락하기로 약속하면서 대화를 마무리했다. 나는 저녁 식사를 마저 하려고 집으로 향했다.

91

"엄마, 안녕."

하마터면 소리 내어 말할 뻔했지만, 주변의 다른 애도자들에게 미친 사람으로 비칠까 싶어 참았다. 실은 애도자들이라고 할 것도 없었다. 주변엔 내가 올 때마다 봤던 남자 한 명밖에 없었다. 그는 늘 양산이 달린 접이식 의자에 앉아 스테레오로 소프트 록을 틀어 놓고 한 묘비를 지긋이 바라봤다. 죽은 아내의 묘비인 듯했다.

나는 엄마의 묘비를 바라봤다. 엄마를 묘사한 형용사가 스무 개 가까이 적혀 있었다. 식구들 가운데 누구도 자신이 생각한 형용사를 포기하지 않았기 때문이다.

"'쾌활하다'를 붙여야 해." 할아버지가 주장했다.

"왜 아무도 '용감하다'를 말하지 않는 거야? '용감하다'는 정말 좋은 단어야!" 할머니가 울부짖었다.

그래서 우리는 그 자리에 모든 단어를 욱여넣었다. 엄마는 죽어서 누워 있는 장소마저 어수선했다. 지난 7월 엄마의 생일 이후로 오랜만에 이곳을 찾아왔다. 엄마의 요청에 따라 매일 방문하겠다고 약속했지만, 방문 횟수는 점점 줄어들었다. 처음엔 매주 한 번씩 찾아가면서도 충분치 않은 것 같아 죄책감을 느꼈다. 하지만 시간이 흐르고 현실적인 어려움도 뒤따르면서 횟수도 줄어들고 죄책감도 덩달아 옅어졌다.

나는 엄마의 무덤 앞에 다리를 꼬고 앉았다. 그리고 엄마의 묘비에 새겨진 글자를 유심히 바라봤다.

　용감하고 친절하고 충실하고 다정하고 사랑스럽고 우아하고 강인하고 사려 깊고 재미있고 진실하고 희망차고 쾌활하고 통찰력 있고…….

　엄마가 정말로 그랬던가? 정말로 이러한 성향을 갖추었던가? 울컥 화가 치밀었다. 엄마를 칭송하는 미사여구를 더 이상 쳐다볼 수 없었다.

　우리는 왜 죽은 사람들을 미화할까? 그들에 대해서 왜 솔직하게 말하지 못할까? 특히나 엄마에 대해서는 왜 이렇게 낭만적으로 미화할까?

　엄마는 성인군자요, 존재 자체로 천사이다. 엄마로 사는 게 어떠한지 누구도 알 수 없다. 남자들은 결코 이해하지 못한다. 아이를 낳지 않은 여자들도 이해하지 못한다. 엄마 말고는 그 누구도 엄마의 고충을 알 수 없으니, 엄마가 아닌 우리는 그저 엄마라는 존재를 칭송할 수밖에 없다. 엄마라고 불리는 여신 같은 존재에 비하면 우리는 그저 하찮고 가련한 존재일 뿐이다.

　내가 지금 이런 식으로 느끼는 이유는, 너무나 오랫동안 엄마를 이렇게 바라봤기 때문인지도 모르겠다. 나는 엄마를 높다란 대좌에 앉혀놓았다. 그 대좌가 내 행복한 일상을 얼마나 훼손했는지 이젠 잘 알고 있다. 나는 늘 꼼짝 못 했고, 감정적으로 위축되었으며, 두려움에 떨었다. 거의 언제나 감정적 고통 속에 지내면서도 그 고통에 대처하기는커녕 알아차릴 도구조차 없었다.

엄마는 그런 높다란 대좌에 오를 자격이 없었다. 엄마는 자아도취에 빠진 사람이었다. 온갖 문제로 가족 전체에게 막대한 피해를 안기면서도 자신의 문제를 전혀 인정하지 않았다. 엄마는 나를 정서적으로, 정신적으로, 신체적으로 학대했다. 그 여파는 내가 죽을 때까지 이어질 것이다.

엄마는 내가 열일곱 살이 될 때까지 유방 검사와 질 검사를 했다. 이러한 '검사'를 받을 때면 나는 너무 불쾌해서 몸이 뻣뻣해졌다. 모욕감을 느꼈지만 목소리를 낼 수 없었고, 표현할 능력도 없었다. 내 의사를 표현하는 행위는 엄마를 배신하는 거라고 믿도록 길들여졌기에 묵묵히 협조했다.

내가 여섯 살 때, 엄마는 내가 원하지도 않는 길로 나를 밀어 넣었다. 그 길을 걸어오면서 누리게 된 경제적 안정감엔 고마움을 느끼지만, 나는 연예계를 감당할 준비가 되어 있지 않았다. 이 세계의 극심한 경쟁과 거절, 이해관계, 가혹한 현실, 화려한 명성이 내가 감당하기엔 너무 벅찼다. 나는 아이로서 성장하고 정체성을 형성하는 데 그 시간을 써야 했다. 이젠 그 세월을 결코 되돌릴 수 없다.

엄마는 내가 열한 살 때 섭식 장애를 가르쳤다. 섭식 장애는 내게서 즐거움과 자유분방함을 앗아갔다.

엄마는 내 친아버지가 따로 있다는 사실을 끝까지 알려주지 않았다.

엄마의 죽음은 내게 대답보다 질문을, 치유보다 고통을 더 많이 남겼다. 그리고 켜켜이 쌓인 슬픔을 안겼다. 더 이상 내 곁에 없다는 원초적 슬픔, 나를 학대하고 착취했다는 사실에서 비롯된 슬픔,

그런데도 여전히 엄마를 사랑하고 그리워하는 데서 오는 슬픔……

나는 엄마의 격려가 그리웠다. 엄마는 자신감을 북돋우고 진가를 발휘하게 하는 데 탁월한 재주가 있었다.

나는 엄마의 어린애 같은 기질이 그리웠다. 엄마는 가끔 참으로 사랑스러운 에너지를 발산했다. 그럴 때면 누구라도 엄마에게 마음을 빼앗겼다.

그리고 나는 행복한 순간의 엄마가 그리웠다. 내가 바라던 만큼, 또 내가 애써 노력했던 만큼 자주 일어나진 않았지만, 엄마가 행복해 할 때면 나도 덩달아 행복해졌다. 엄마의 행복은 그만큼 전염성이 있었다.

엄마가 그리울 때면 가끔 이런 상상에 빠지곤 했다. 엄마가 아직 살아 있다면 우리는 어떤 삶을 살고 있을까? 어쩌면 엄마가 내게 사과한 후 서로 부둥켜안고 새롭게 시작하자고 약속하지 않았을까? 엄마가 내 정체성을 찾도록 도와주고 내 꿈과 희망을 지지하지 않았을까?

하지만 다음 순간, 내가 그저 남들과 똑같이 죽은 사람을 미화한다는 사실을 깨달았다. 엄마는 변화에 관심이 없다는 점을 분명히 밝혔다. 지금껏 살아 있다면, 엄마는 여전히 나를 당신이 원하는 사람으로 살도록 조종하려고 최선을 다했을 것이다. 나는 여전히 구토나 칼로리 제한이나 폭식의 늪에서 허우적거리고, 엄마는 여전히 그런 나를 묵인하고 부추겼을 것이다. 나는 여전히 허접한 시트콤의 배역을 억지로 연기하면서 불행의 늪으로 점점 더 빠져들었을 것이다. 레드카펫에서 난처한 실수를 얼마나 더 저지르고 전혀 믿지 않는 대사를 얼마나 더 읊어야 영혼까지 말라 죽게 될까? 지금쯤 나는 아마 완전히 정신이 나갔을 것이다. 정신적으로 몹시 피폐한 상태에서 불행하게 살았을 것이다.

엄마의 묘비를 다시 쳐다봤다.

용감하고 친절하고 충실하고 다정하고 사랑스럽고 우아하고…….

나는 고개를 저었다. 눈물을 흘리진 않았다. 슬픔에 잠긴 남자의 스테레오에서 두비 브라더스의 〈바보가 믿는 것〉(What a Fool Believes)이 흘러나왔다. 나는 일어나서 바지에 묻은 먼지를 털어낸 뒤 자리를 떴다. 여기에 다시 올 일은 없을 것이다.

감사의 말

이 책에 영향을 준 편집자 숀 매닝에게 감사드린다. 그는 내 목소리를 이해하고 훨씬 더 강하게 내도록 해주었다.

초기부터 나를 지지하고 격려해준 매니저 놈 알라젬에게 감사드린다. 그의 지혜와 전략, 배려, 흔들리지 않는 침착함은 내게 큰 힘이 되었다.

이 일을 끝까지 해내도록 재능과 유머를 아끼지 않은 피터 맥기건, 마흐디 살레히, 데릭 반 펠트에게 감사드린다.

질 프릿조, 스티븐 퍼틀메스를 비롯해, 총명함과 전문성을 보여준 질 프릿조 홍보대행사의 여러 직원에게 감사드린다.

참신한 지침과 도구를 제공해준 에린 메이슨과 제이미 C. 파쿠아에게 감사드린다.

마지막으로, 끝없는 사랑과 지원과 격려를 보내준 아리에게 고마움을 전한다. 우리가 한 팀이어서 정말 행복하다. 우린 정말 쿵짝이 잘 맞는다.

엄마가 죽어서 참 다행이야

초판 1쇄 발행 2023년 9월 6일
초판 3쇄 발행 2023년 10월 20일

지은이 제넷 맥커디
옮긴이 박미경
펴낸이 이승현

출판1 본부장 한수미
컬처 팀장 박혜미
편집 박혜미
디자인 함지현

펴낸곳 ㈜위즈덤하우스   **출판등록** 2000년 5월 23일 제13-1071호
주소 서울특별시 마포구 양화로 19 합정오피스빌딩 17층
전화 02) 2179-5600   **홈페이지** www.wisdomhouse.co.kr

ⓒ 제넷 맥커디, 2023

ISBN 979-11-6812-756-2 03840